U0438585

王鵬運詞集校箋

Notes and Commentary on collection of
Wang Pengyun's Ci Poetry

上

【清】王鵬運 著

沈家莊 朱存紅 校箋

上海古籍出版社

國家社科基金后期資助項目（13FZW070）

王鵬運五十周歲照

鎮無聊一樽相屬罪言君試聽取管城食肉都無妄說鳳脩臘君且住問鯖合矣家勝尋齏鹽召書空自語歎曰朔常飢將軍負腹奇氣向誰吐麟閣上往事何堪細數笑來圖畫此情苦

摸魚子 彭蕘新前塋閣近作拜新月詞贈司予和汝縱聲得金鼇豈毘未婦莫慰休起犀偓顧榷奇無硯矣封寰諢難擻高平博陸皆人傑屬國爾為何許云釣竿百尺儗倆殊不義雖誇閩上靈囷取鼇魚碩佐膽問君何處覓屠沽蓋綠抒詞中語也倚此奉和錄請

槐廬詞伯 教心希印拍疏 佑頤手臆初薬

王鵬運手稿

王鵬運《王龍唱和詞》手稿
（劉永濟舊藏，龍榆生寄贈南寧廣西區圖書館，右即龍榆生手跡）

歸安朱 彊邨先生手臨舊藏本

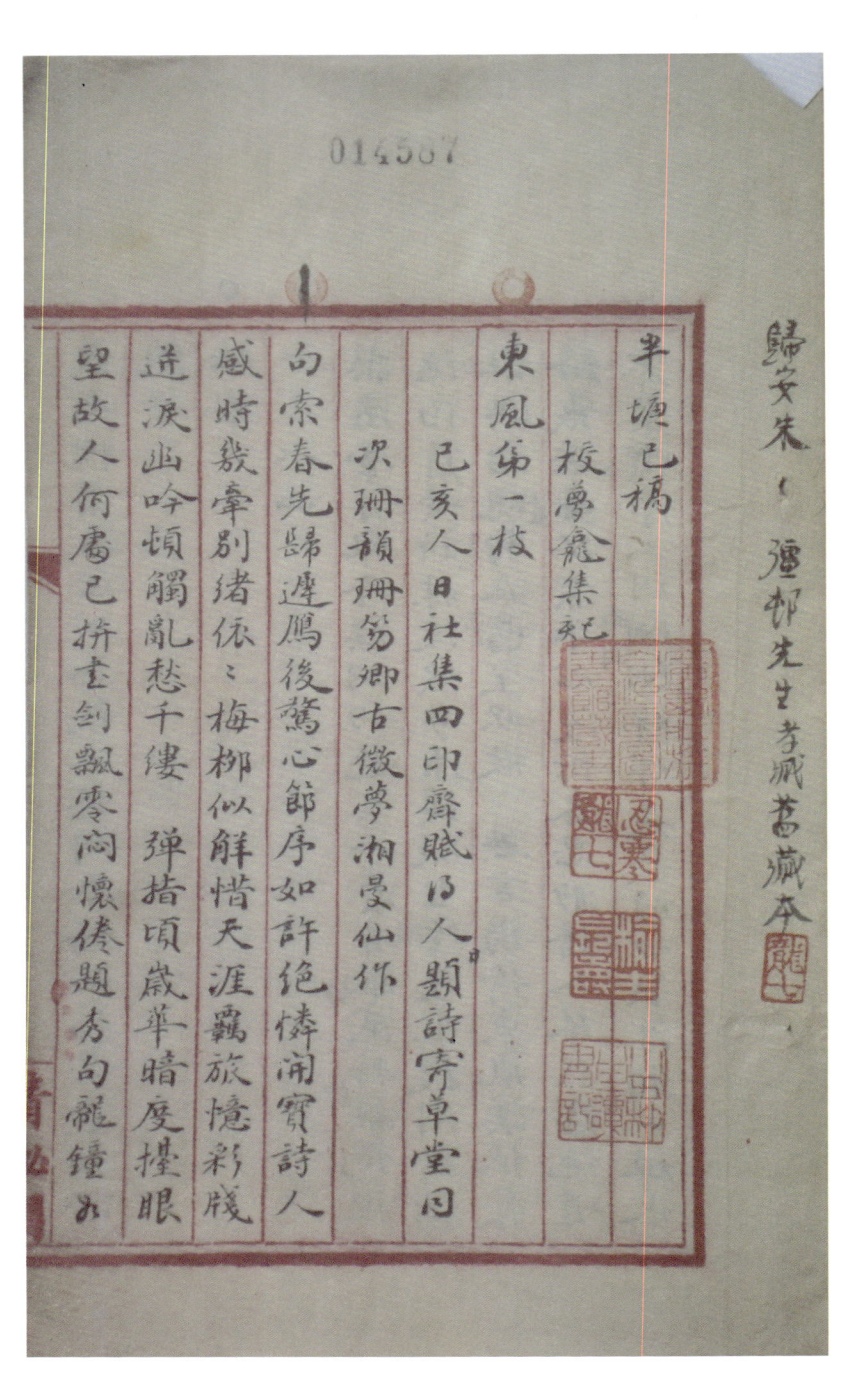

半塘己稿

校夢龕集記

東風第一枝

己亥人日社集四印齋賦此人題詩寄草堂同
次珊韻珊筠鄉古微夢湘曼仙作

句索春先歸遲鴈後驚心節序如許絕憐閒寶詩人
感時歎羈牽別緒依依梅柳似解惜天涯羈旅憶彩牋
迸淚山吟頓覺亂愁千縷彈指頃歲華暗度摧眼
望故人何處已拚盡劍飄零悶懷倩題秀句龍鐘矣

朱彊村舊藏本半塘己稿

序

龍集執徐之歲蕤賓至自吳中爲言客吳時與文君未問張君子苾和詞連句之樂且時時敦促繼作懶慢未遑也今年六月暑雨方盛子苾介蕤賓訪余四印齋出眎近作則與未問連句和小山詞也子苾往復循誦音節琅琅與雨聲相斷續遂約盡和珠玉詞顧子苾行且有日乃畢力爲之閱五日而卒業得詞一百三十八首當麘唱疊和促迫匆遽握管就短几疾書汗雨下不止坐客旁睨且哄而余三人者不惟忘暑且若忘飢渴者然是何也子苾瀕行謀釀金付

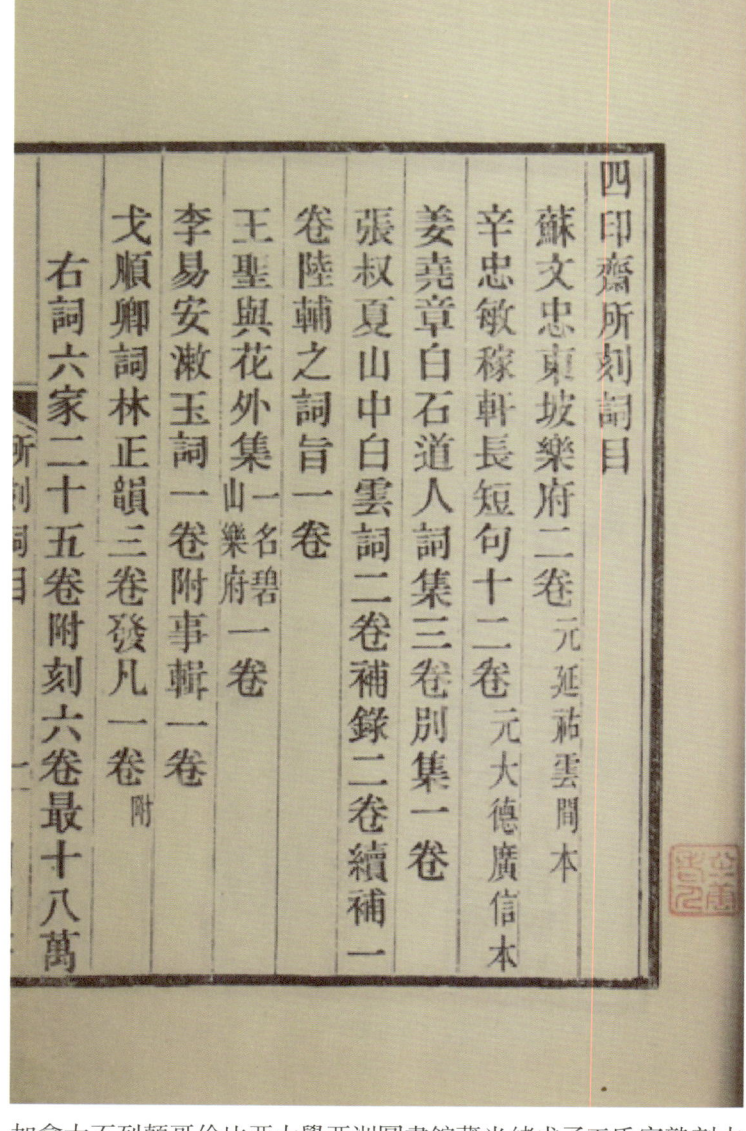

四印齋所刻詞目

蘇文忠東坡樂府二卷 元延祐雲間本

辛忠敏稼軒長短句十二卷 元大德廣信本

姜堯章白石道人詞集三卷別集一卷

張叔夏山中白雲詞二卷補錄二卷續補一卷陸輔之詞旨一卷

王聖與花外集一卷 一名碧山樂府

李易安漱玉詞一卷附事輯一卷

戈順卿詞林正韻三卷發凡一卷 附

右詞六家二十五卷附刻六卷最十八萬

加拿大不列顛哥倫比亞大學亞洲圖書館藏光緒戊子王氏家塾刻本《四印齋所刻詞》目錄

國家社科基金後期資助項目
出版說明

　　後期資助項目是國家社科基金項目主要類別之一，旨在鼓勵廣大人文社會科學工作者潛心治學，扎實研究，多出優秀成果，進一步發揮國家社科基金在繁榮發展哲學社會科學中的示範引導作用。後期資助項目主要資助已基本完成且尚未出版的人文社會科學基礎研究的優秀學術成果，以資助學術專著爲主，也資助少量學術價值較高的資料匯編和學術含量較高的工具書。爲擴大後期資助項目的學術影響，促進成果轉化，全國哲學社會科學規劃辦公室按照"統一設計、統一標識、統一版式、形成系列"的總體要求，組織出版國家社科基金後期資助項目成果。

全國哲學社會科學規劃辦公室

前　言

　　王鵬運是中國近代文化史上,具有獨到的創造性成就的卓越人物,世間公認爲詞史上"晚清四大家"中的首席。他的這個"首席",不是浪得虛名,而是在詞學史上做了許多先前和同輩學者沒有做過的詞學貢獻。如他曾精校精刻唐宋金元人詞籍數十家成《四印齋所刻詞》。龍榆生認爲"自鵬運以大詞人從事於此,而後詞家有校勘之學,而後詞集有可讀之本"①。他寬厚包容,廣泛結交詞學界先賢與同輩,樂於獎掖詞壇後進,且指導有方,故而在他身旁聚集起大批詞人,一同唱和,造成清代後期詞人社集之風大盛。他精研詞律詞法,而且行之於自己的創作實踐,平生留下七百多首風格各異的詞作;他的詞學理論獨樹一幟,標榜"重拙大"的評論宋詞原則和批評歷代詞作的準繩,這是一個倫理價值與詩歌藝術審美價值並重的新的詞學批評理論綱領,既爲後繼者況周頤在詞學理論上的突破並自成一家導夫先路,又以自己豐富的創作實踐,踐行著這一全新的詞學理論審美觀念。

　　所以康有爲稱許王鵬運"填詞爲光緒朝第一"②。葉恭綽稱許他:"半塘氣勢宏闊,籠罩一切,蔚爲詞宗。"③蔡嵩雲則首肯王鵬運爲清詞第三期的"創始人",爲"桂派"領袖,並强調"此派最晚出,以立意爲體,故詞格頗高;以守律爲用,故詞法頗嚴。今世詞學正宗,惟有此派。餘皆少所樹立,不能成派"④。

　　然而我們讀早年各種文學史的版本,除了中國近代文學史專家阿英曾將王鵬運等唱和的《庚子秋詞》編入《近代反侵略文學》叢書之《庚子事變文

---

① 龍榆生《龍榆生詞學論文集》,上海古籍出版社1997年版,第448頁。
② 此語出自康有爲光緒二十二年(1896)《寄贈王幼霞侍御》詩附注。康詩云:"修羅龍戰幾何時,王母重開善見池。金翅食龍四海水,女床棲鳳萬年枝。焰摩歡樂非非想,博望幽憂故故疑。大醉鈞天無一語,王郎拔劍我興悲。"附注云:"幼霞名鵬運,臨桂人,清直能文章,填詞爲光緒朝第一。時欲修圓明園,幼霞抗疏爭,幾被戮,幸翁常熟爲請,得免。然後爲榮禄所賣,誤劾常熟。常熟以救幼霞語我,吾告幼霞,卒劾榮禄引去。附注於此。"時王在北京,康有爲從廣州函寄。
③ 葉恭綽《廣篋中詞》卷二,浙江古籍出版社1998年影印本。
④ 蔡嵩雲撰《柯亭詞論》"清詞三期"條,見唐圭璋編《詞話叢編》,中華書局1986年版,第4908頁。

學集》外，其他對於王鵬運的介紹甚是寥寥——這種文學創作和文學活動中的成就及時人評價與文學史對其評價反差之大，在歷史上也是少見的。究其原因，大概有三：其一，王鵬運生逢清代末造，早年做文學史者，于近代文學研究有所忽略；其二，王鵬運詞流行版本爲其自删七稿九集僅存139首的《半塘定稿》，由朱祖謀刻印於廣州，雖然朱祖謀以刊落太甚，又取《袖墨》、《蟲秋》、《校夢龕》、《南潛》四集選録55闋爲《半塘剩稿》，但仍有四分之三强的王鵬運作品未能與廣大讀者謀面；其三，王鵬運父親王必達入廣西巡撫鄒鍾泉幕，因與太平軍相抗有功而進入仕途，出於當時政治傾向的考量，故二十世紀五十至七十年代鮮有學者關注王鵬運其人、其作，更未能對其家世、生平進行研究或做出中肯評價。

　　此次對王鵬運的全部詞作進行搜集、考訂、校勘和箋注。搜求到王鵬運詞集計有：乙稿（甲稿王鵬運自編時闕如，我們另有專文詳論）《袖墨詞》《蟲秋集》，丙稿《味梨集》，丁稿《鶩翁集》，戊稿《蜩知集》，己稿《校夢龕集》，庚稿《庚子秋詞》《春蟄吟》，辛稿《南潛集》（已佚。僅見《半塘定稿》及朱祖謀所輯《半塘剩稿》）。其中乙稿《袖墨詞》有《薇省同聲集》本，《蟲秋集》有家刻本（已佚），丙稿《味梨集》、丁稿《鶩翁集》、戊稿《蜩知集》、庚稿《庚子秋詞》《春蟄吟》有家刻本。己稿《校夢龕集》初未刻，後廣西北流陳柱借得龍榆生所藏稿本刻入《粤西詞四種》。半塘客揚州時，將七稿九集删存139首爲《半塘定稿》，交朱祖謀刻印於廣州，半塘去世一年後刻成。朱祖謀以刊落太甚，又取《袖墨》、《蟲秋》、《校夢龕》、《南潛》四集選録55闋爲《半塘剩稿》。除此之外，我們分别從北京、上海、南寧、桂林等地求得國家圖書館所藏《四印齋詞卷》稿本，上海圖書館所藏《袖墨詞》稿本、《梁苑集》稿本、半塘乙稿《袖墨集》一卷、《蟲秋集》一卷稿本（有鄭文焯校）、半塘己稿《校夢龕集》初定稿本（有鄭文焯校），廣西區圖書館所藏龍榆生捐贈的《王龍唱和詞》手稿（録半塘詞九首）以及朱祖謀舊藏《校夢龕集》手稿（即陳柱刻本所據）。今多方搜羅，去其重複，共得王鵬運詞759首（包含半塘詞集中所收與他人聯句之作14首）。這是迄今爲止海内外收録王鵬運詞最全者。

一

　　王鵬運（1849—1904），字幼霞（一作佑遐），中年自號半塘老人，一號半僧，晚號鶩翁、半塘僧鶩，因有室名"吟湘"，也曾自署吟湘病叟。先世山陰(今浙江紹興)人。高祖王雲飛,以乾隆戊子舉人大挑知縣出宰江西星子縣,數轉官至廣西昭平,卒於任上,家人貧不能歸,遂居臨桂(今廣西桂林市)。父王必達,累官至甘肅安肅道,有《養拙齋詩》十四卷。半塘家在臨桂鹽道街燕懷堂。道光三十年(1850),洪秀全在廣西桂平金田村起義,次年建號太平天國。王必達入廣西巡撫鄒鍾泉幕,與太平軍相抗。後必達以軍功薦赴部銓敘,得江西建昌縣令。約於同治元年(1862)王必達任饒州知府前後,半塘始至江西與父親團聚。此前半塘在臨桂家塾讀書,塾師爲灌陽唐懋功。自此半塘隨宦江西十餘年。同治四年(1865),半塘與曹氏成親。

同治九年(1870),半塘回鄉應鄉試中舉,翌年入京應進士試不第,後曾長期滯留京師。同治十三年(1874),半塘以內閣中書分發到閣行走,旋補授內閣中書,寓所在北京宣武門外校場頭條胡同(即四印齋)。同年,祖父誠立卒。光緒七年(1881)冬,半塘父王必達從甘肅安肅道移任廣東惠潮嘉道,行抵平涼卒。翌年春,半塘扶柩南歸,第三年冬至大梁(今河南開封市)省兄王維翰。在大梁期間半塘與當地詩友多有詩詞酬唱。半塘無子,以兄維翰之第三子瑞周爲嗣,改名爲鄘。在大梁,半塘與朱祖謀訂交。光緒十年(1884),半塘服闋回京。

半塘在京時,常在同鄉龍繼棟(字松琴,號槐廬)的覓句堂爲文酒之會。參加者除龍氏外,有永福韋業祥(字伯謙),桂林謝元麒(字子石),灌陽唐懋功之子唐景崧(字薇卿)、唐景崇(字春卿)、唐景封(字禹卿)三兄弟等,半塘與他們非親即故。覓句堂成員以廣西人爲主,亦有外省文友;覓句堂文會以作詞爲主,亦作詩、古文。作詞以半塘最專且久。光緒八年(1882),龍繼棟因雲南報銷案解任候質,覓句堂之會遂散,詞人又常在四印齋聚會。光緒十四年(1888),臨桂況周頤至京,與半塘在四印齋以詞相切磋。兩人成名以後,共稱王況。人稱他們創立臨桂詞派,以半塘爲首領。而覓句堂之會,實開其端。半塘開始學填詞時受江寧(今南京市)端木埰影響最大。端木埰任內閣中書,在詞壇年歲最長,填詞以常州派張惠言爲宗,與半塘在師友之間。端木埰曾手書宋詞十九首與半塘。

半塘於光緒十一年(1885)任內閣侍讀,值實錄館。光緒十三年(1887),慈禧太后下令修建頤和園,挪用海軍巨款作修園之用,致使海軍停購軍艦;並以海軍成員督修頤和園。同年慈禧下旨,爲光緒帝籌辦大婚典禮,半塘得預其事。光緒十四年(1888)四月,夫人曹氏卒,後半塘終身未續娶。光緒十五年(1889)正月,光緒帝完婚,慈禧歸政,光緒帝親政。光緒帝完婚敘勞,半塘得賜三品銜。光緒十七年(1891),頤和園初步竣工,慈禧入住主殿樂壽堂,光緒帝奉皇太后駐蹕頤和園自此始。光緒二十年(1894),中日甲午戰爭爆發,翌年初,北洋海軍全軍覆没。三月簽訂喪權辱國的《馬關條約》。

光緒十九年(1893)七月,半塘入都察院,任江西道監察御史,升禮科給事中,轉禮科掌印給事中。半塘既在諫垣,目睹中日甲午之戰中清廷的腐敗,導致戰事節節失敗,而投降派畏戰言和,喪權辱國,曾上疏彈劾李鴻章、孫毓汶、徐用儀等大員,以爲和議不可行,請罷奸邪以堅戰局。但中日戰爭中清廷終歸慘敗。光緒二十一年(1895),半塘屢次替康有爲上書談變法等事。七月,半塘參加强學會。半年後强學會被查封。光緒二十二年(1896)春,半塘爲使光緒帝免於事事受慈禧牽制,使之自主圖强,上疏諫駐蹕頤和園。疏入,光緒帝軟弱,深恐慈禧怪罪,遂引太監寇連材上書請慈禧勿干政被殺一案欲加嚴譴,幸有恭親王奕訢、吏部大臣李鴻藻(一説軍機大臣翁同龢)據理力爭得免。光緒二十四年(1898)正月,半塘上疏請開辦京師大學堂。四月二十三日光緒帝下詔定國是,宣布變法。五月五日詔立京師大學堂(即今北京大學前身)。八月六日慈禧發動政變,囚光緒帝於瀛臺,再出訓政,旋殺"六君子",變法失敗。之後,半塘上書"請端學説以正人心",以圖自保。

光緒二十二年(1896),朱祖謀重到京師,半塘邀其入咫村詞社。朱祖謀填詞,實出半塘誘導,半塘囑以專看兩宋詞,有所得,然後可看明以後詞。詞社中又有張次珊、鄭文焯、王以敏、易順豫等人,一時從游者甚衆。光緒二十五年(1899),半塘與朱祖謀一起校勘夢窗詞,並舉校夢龕詞社。

光緒二十六年(1900)七月二十日,八國聯軍侵佔北京,燒殺淫掠。慈禧挾光緒帝西逃。九月慈禧逃至西安。其時半塘身陷危城,與朱祖謀、劉福姚共集四印齋填詞以抒悲慨。宋育仁住所相近,亦時往填詞。九月,宋氏離京,三人仍填詞不已,共成《庚子秋詞》。後又與朱祖謀、鄭文焯等十餘輩迭相唱和,共成《春蟄吟》。

光緒二十七年(1901),半塘得請南歸,經朱仙鎮至金陵,過上海,游蘇州,與朱祖謀、鄭文焯相酬答,後寓於揚州。至上海時,曾講學於南洋公學。光緒二十九年(1903)主講揚州之儀董學堂。光緒三十年(1904)四月,況周頤過江相訪。五月,過江訪鄭文焯,相會於吳皋。六月,往山陰省墓道經蘇州,兩江總督端方約半塘夜宴於蘇州八旗會館(拙政園舊址),翌晨即病,二十三日夜卒於兩廣會館。初寄櫬滄浪亭側結草庵中,後歸葬臨桂城東半塘尾村祖墓之側(今桂林市育才小學內)。

二

半塘長期致力於校刻詞集。自1881年至1904年，前後二十五年，努力搜求前人詞集，創校詞五例：一曰正誤，二曰校異，三曰補脱，四曰存疑，五曰删複。其將校勘之學用於刻詞，所刻詞最爲精審。如《四印齋所刻詞》，搜羅有《東坡樂府》、《稼軒長短句》、《白石道人詞集》等二十四種詞籍（其中《漱玉詞》、《樵歌》爲輯佚）。又刻有《宋元三十一家詞》四册二十五種。其校刻《夢窗甲乙丙丁稿》，前後凡五年，三易其板，可見其校詞態度的精嚴。

《半塘定稿》所收各集標題下注有各集收詞起止年份。此年份當指删定前原七稿九集各集收詞起止年份。半塘諸詞集中詞作大體按寫作時間先後排列，但《半塘定稿》中所注起止年份有的與實際情況有所出入。《半塘定稿·袖墨集》收詞起止年份標"丙戌至己丑"，即光緒十二年（1886）至十五年（1889），而實際上《袖墨集》所收詞作有早至光緒六年（1880）庚辰的；《半塘定稿·蟲秋集》收詞起止年份標"庚寅至癸巳"，即光緒十六年（1890）至十九年（1893）；《半塘定稿·味梨集》收詞年份標"甲午乙未"，即光緒二十年（1894）和二十一年（1895），而實際上《味梨集》所收始於光緒十九年七月（此時半塘始入都察院任江西道監察御史）；《半塘定稿·鶩翁集》收詞年份標"丙申丁酉"（《鶩翁集》家刻本同），即光緒二十二年（1896）和二十三年（1897）；《半塘定稿·蜩知集》收詞年份標"戊戌"（《蜩知集》家刻本同），即光緒二十四年（1898）；《半塘定稿·校夢龕集》收詞年份標"己亥"，即光緒二十五年（1899）；《半塘定稿·庚子秋詞》收詞年份標"庚子"，即光緒二十六年（1900）；《半塘定稿·春蟄吟》收詞年份標"庚子辛丑"，即光緒二十六年和二十七年（1901），寫作時間爲庚子冬和辛丑春；《半塘定稿·南潛集》收詞起止年份標"辛丑至甲辰"，即光緒二十七年至三十年（1904）。

半塘詞集刊刻流傳較廣，各詞集之間互有異同，總體而言，以其七稿九集及家刻本和手稿最爲可靠。其家刻本最爲精審，絕少錯誤。半塘早期詞作稿本留存有數種，分存於各大圖書館，版本情況較爲複雜。下面大體以其詞集各本爲主，分别進行論述。

（一）《袖墨集》各本

1.《薇省同聲集》本《袖墨詞》

《薇省同聲集》於光緒十六年（1890）由時任南寧知府的彭鑾出資、王鵬運經手在京城刻印。何維樸題耑，彭鑾敘録。書分五卷，分别爲端木埰《碧灑詞》(上、下)、許玉瑑《獨弦詞》、王鵬運《袖墨詞》、況周頤《新鶯詞》。其中《袖墨詞》收半塘光緒十五年(1889)以前詞作59首,24頁,每頁10行,行20字。題序另行低詞牌一格,字同正文,注小字雙行,左右雙邊,白口。

2.《四印齋詞卷》

國家圖書館所藏《四印齋詞卷》爲北平圖書館館員張亞貞據南通馮翰飛藏該書副本過錄,所收詞作創作時間段同《薇省同聲集》本《袖墨詞》。正文54頁,頁10行,行20字。抄本。首頁有"國立北平圖書館"印、"北京圖書館藏"印。全書字體端正,惟抄者不精詞學,難免錯失。該書扉頁題"四印齋詞卷　光緒癸巳半塘老人自署",由此知原本各詞由半塘自定於光緒十九年(1893)以前;卷首有半塘題記。可知《四印齋詞卷》原本爲半塘於光緒二十一年(1895)持贈其家塾師李髯之本。《四印齋詞卷》所錄爲半塘"少作",分《袖墨詞》、《梁苑集》、《磨驢集》、《中年聽雨詞》四部分,共錄詞129首。今易見刻本如《薇省同聲集》本《袖墨詞》和《半塘定稿》、《半塘剩稿》所選存半塘乙稿《袖墨詞》及上海圖書館藏《袖墨集》稿本均不出此卷範圍。可推知諸本均從此卷選出,此卷爲半塘"少作"初定之本。據統計,現半塘詞僅見於《四印齋詞卷》者計有36首。此本收錄半塘早期詞作較全,具有較高的價值。

夏承燾《天風閣學詞日記(二)》一九四七年十月八日記云:"夕,見周雁石所抄王半塘詞一本,分《袖墨集》、《梁苑詞》、《中年聽雨集》三種,見於半塘定稿者僅數首。雁石過錄於友人處,云得於開封者。"此處所述王半塘詞當源於《四印齋詞卷》,據《四印齋詞卷》馮翰飛跋云:民國二十四年(1935)於開封南書店街王姓書籍鋪得《四印齋詞卷》稿本,曾寄請王駕吾對勘《半塘定稿》,而王駕吾曾任杭州大學中文系主任、圖書館館長,與夏承燾、周雁石爲同事,當時應該就原本錄有副本,所云得於開封也與馮説吻合。然二者内含各集名稱略有區别,且其中集數也不同,出於何因尚待考。

3.《王龍唱和詞》手稿

廣西區圖書館藏有《王龍唱和詞》手稿,據其中龍榆生跋可知,本爲劉永濟舊藏,劉氏寄給龍榆生,擬刊載《詞學季刊》未成,後於一九六四年由龍氏寄贈廣西區圖書館。龍繼棟爲劉永濟姑丈,劉氏曾得到龍繼棟一批藏書,此稿當爲其中之一。

《王龍唱和詞》原稿收王鵬運詞九首,龍繼棟詞二首。龍氏爲半塘學詞的啓蒙師。據其中半塘詞題序可知,此爲半塘錄其詞呈請龍繼棟指教。王詞九首,均爲其"少作",應作於光緒五、六年間。其中僅《解語花》(雲低鳳闕)、《摸魚子》(鎮無聊)、《摸魚子》(對燕臺)、《大江東去》(熙豐而後)四首收入《薇省同聲集》本《袖墨詞》;《憶少年》(一罏煙篆)、《高陽臺》(撲帽風輕)、《金縷曲》(芳草城南地)三首又見於《四印齋詞卷》;《臨江仙》(麗景潛收日腳)、《踏莎行》(十日愁霖)二首僅見此手稿。以上九首僅《摸魚子》(鎮無聊)一首收入《半塘定稿》(《半塘剩稿》以上九首均未收)。

4.《袖墨詞》稿本

上海圖書館藏有半塘《袖墨詞》稿本,收錄半塘光緒七年(1881)詞作15首。稿本首頁題"王鵬運幼遐甫稿",又有"卷盦六十六已後所收書"、"合衆圖書館藏書印"、"辨雅堂藏書記"等印,末頁有"蕙風簃藏書記"印,當爲況周頤舊藏,後輾轉入上海圖書館。此15首有《浪淘沙》(春殢小梅梢)、《淡黃柳》(東風巷陌)、《水調歌頭》(把酒看天語)、《浪淘沙》(未辦買山錢)等四首溢出《四印齋詞卷》第一部分《袖墨詞》外,並爲此本所獨見。詞作多可據推測按寫作時間順序補入《四印齋詞卷》中,其中第11首《齊天樂》(遊仙一夢匆匆醒)與詞卷本次序相違,爲光緒六年詞作誤收入者。

5.《梁苑集》稿本

上海圖書館藏《梁苑集》爲光緒九年(1883)秋至十年(1884)十月以前半塘在大梁(今開封)所作詩詞手稿,收錄半塘詞作29首,比《四印齋詞卷·梁苑集》多出7首,但有四首字跡潦草,且塗改太多,難於辨認。各詞次序與《四印齋詞卷·梁苑集》略同。尚有未刊詩30餘首。此本對研究半塘在大梁時的唱和交遊頗有價值。

6.《袖墨集》稿本

上海圖書館藏有半塘乙稿《袖墨集》一卷、《蟲秋集》一卷手稿,曾經過鄭文焯改訂,有合衆圖書館印(合衆圖書館藏書後歸上海圖書館)。其敘目後有自記。可知半塘幼弟辛峰願意刊刻其詞作,半塘遂於光緒二十四年(1898)歲末將其乙稿、丙稿、丁稿、戊稿各詞集重加删汰,郵寄給辛峰,可惜辛峰於次年六月即去世,恐未能刻成,故其刻本未見。半塘光緒二十九年(1903)春在揚州時又曾對各稿本進行訂正。據其敘目,包括"乙稿《袖墨集》令慢四十一闋,《蟲秋集》令慢二十四闋,丙稿《味梨集》令慢五十八闋,丁稿《鶩翁集》令慢六十二闋,戊稿《蜩知集》令慢六十一闋,凡五集四卷二百四十六闋"。此稿本五集今僅存乙稿《袖墨集》、《蟲秋集》二集。

此《袖墨集》稿本收詞41首,較《薇省同聲集》本《袖墨詞》59首,錄詞各有異同,相同者29首。二本錄詞均不出《四印齋詞卷》範圍。此稿本收詞仍大體遵時間順序,不同處在於同調名者前移置一處。《半塘定稿》、《半塘剩稿》所選《袖墨集》詞也不出此稿本範圍。上海圖書館稿本半塘乙稿《袖墨集》、《蟲秋集》和己稿《校夢龕集》部分篇目調名上標有"定"字,多與《半塘定稿》篇目相符,半塘自選《半塘定稿》當由此抄出。

(二)《蟲秋集》

半塘《蟲秋集》原有家刻本,已佚,今存上海圖書館藏半塘自定擬付刊未成的稿本。此本收錄半塘光緒十六年(1890)至十九年(1893)七月詞作24首,大體遵照寫作時間順序,但是同調名者前移到了一處,有鄭文焯改訂。《半塘定稿·蟲秋集》錄詞6首,《半塘剩稿·蟲秋集》錄詞7首,均不出《蟲秋集》稿本範圍。據劉映華《王鵬運年譜(續)》,《半塘詞錄》中尚有《蟲秋集》詞《百字令》(四山開霽)、《鷓鴣天》(鎮日看山未杖藜)、前調(不分瑤臺月下仙)、《金縷曲》(休惜纏頭費)4首,其中《金縷曲》(休惜纏頭費)今僅見於《蟲秋集》稿本,《鷓鴣天》(鎮日看山未杖藜)今僅見於劉映華《王鵬運詞選注》,其他二首未見,而《半塘詞錄》一書遍尋不見,只能深表遺憾了。由上可知,《蟲秋集》稿本在原稿基礎上是有所刪汰的。

(三)《味梨集》、《鶩翁集》、《蜩知集》

半塘《味梨集》、《鶩翁集》、《蜩知集》三集有分二冊同時刊刻者,《味梨集》爲一冊,《鶩翁集》、《蜩知集》合爲一冊,如廣西師大圖書館、國家圖書館藏《半塘詞》二冊本均如此,故在此放一處論述。下面仍將此三種詞集版本分別作一考察。

廣西區圖書館藏《味梨集》首刻本,收詞90首,有康有爲序。後用前版續刻成122首,無康序。續刻本收錄半塘光緒十九年(1893)七月至二十一年(1895)底的詞作,顧印愚題簽,正文62頁,每頁8行,行16字,黑口單邊,題序字略小居中,小注雙行。末有光緒二十一年九月半塘自記。上海圖書館藏《袖墨集》稿本卷首《半塘填詞敘目》稱"味梨集令慢五十八闋",較此刻本已刪汰過半。惜此《味梨集》稿本已佚。

半塘丁稿《鶩翁集》收錄半塘光緒二十二年(1896)和二十三年(1897)兩年詞作62首,半塘戊稿《蜩知集》收錄半塘光緒二十四年(1898)詞作62首。上二種合爲一冊。各處藏本除封面所題略有不同外(疑爲封面損壞後改裝所致),其他沒有差別。《鶩翁集》由劉福姚題簽,31頁;《蜩知集》由朱祖謀題簽,33頁。合刊。無序跋,每頁9行,行16字,四周單邊,黑口單魚尾,魚尾下署"鶩"或"蜩",各詞題序字略小居行中,小注雙行。附他人作例低一格。據上海圖書館藏《袖墨集》稿本卷首《半塘填詞敘目》稱"《鶩翁集》令慢六十二闋"、"《蜩知集》令慢六十一闋",其中《蜩知集》較刻本少一首,此二稿本均已佚。

半塘丁、戊稿尚有宣統元年鉛印本,內頁書名題《半塘詞》,各18頁,每頁10行,行27字,白口單魚尾,四周雙邊。前有羅氏敘,魚尾上方署"半塘丁(或戊)稿",下方標頁碼,下署"吉林日報社文苑專集之一(或之二)"。鉛印本印刷粗劣,個別字跡不清,錯誤百出。校印者於詞學太疏,且粗心大意,有增減字者;又有多處標缺字,所據或爲半塘丁、戊稿舊本字跡磨滅者?此本無甚價值。

據夏承燾《天風閣學詞日記》一九三九年三月記,當時有《蜩知集》改稿在半塘姪女婿姚萱素處。

(四)《校夢龕集》

半塘《校夢龕集》收錄其光緒二十五年(1899)詞作63首,現可見三種版本。分別爲廣西區圖書館藏抄本、上海圖書館藏稿本和陳柱刻本。半塘没有刻印其《校夢龕集》,其原因可能有二:一是其財力有限,二是其詞作仍在不斷修改中。

廣西區圖書館藏《校夢龕集》抄本後附有曹溶《寓言集》,卷首題"歸安朱彊邨先生孝臧舊藏本",有"龍七"、"忍寒龍七"、"榆生舊藏"、"小五柳堂讀書記"等印,可知爲朱祖謀錄自半塘,後留贈龍榆生者。此本卷末有一九六四年五月龍榆生《彊邨先生舊藏半塘老人丙丁戊己稿跋》。

上海圖書館藏半塘己稿《校夢龕集》初定稿本一卷,有鄭文焯改訂及光緒二十六年(1900)正月半塘錄詞時的題記,有合衆圖書館印。扉頁半塘寫有致鄭文焯信,信中請其"獨出手眼"刪存各集詞作。卷末有鄭文焯題記云:"甲辰五月廿六日辰刻忽值老人於海上,遂持報。"並有"鶴記"印。可知此爲半塘手書詞集,而鄭文焯對半塘詞作多有改訂。其詞目及收詞順序均同於廣西區圖書館藏本。校以《半塘定稿》,發現半塘多從鄭文焯所作改訂。

民國二十三年(1934)北流陳柱所刻《粵西詞四種》中有《校夢龕詞》,張爾田題簽,前有陳柱序。不標頁,每頁10行,行17字,小字單行靠右,黑口單魚尾,左右雙邊。桂林圖書館、廣西區圖書館、國家圖書館等均有藏本。據陳序可知此本據現藏廣西區圖書館《校夢龕集》本付刊。陳柱刻本多有錯誤,如"三姝媚"均誤作"三株媚","刀圭"誤作"刀桂"等,甚至未以《半塘定稿》校勘。朱蔭龍《半塘七稿八卷·校夢龕集》卷末記云:"此集刻本才廿七頁,錯文誤簡多至數十條,誠足爲王氏誣矣。"陳氏所刻流傳較廣,但陳柱恐怕不能算是半塘詞集的功臣。

(五)《庚子秋詞》

《庚子秋詞》收錄光緒二十六年(1900)八月二十六日至十一月底半塘

與朱祖謀、劉福姚、宋育仁等人於八國聯軍佔領北京時在圍城中唱和之作 622 首，其中半塘詞作 201 首。其版本有兩種。其一爲廣西區圖書館藏光緒二十六年初刻本，每頁 10 行，行 20 字，黑口單魚尾，上、下卷合爲一册，首有徐定超、王鵬運序，題辭有張亨嘉五古長篇一首、宋育仁七律一首、俞陛雲七律二首、張仲炘《秋思耗·依夢窗韻》一首、劉恩黻《清平樂·集夢窗句》一首、陳鋭《秋思耗·用夢窗韻》一首。桂林圖書館藏本題光緒二十六年刻本，其扉頁題"《春蟄吟》附"，但實未附《春蟄吟》，應爲光緒二十七年（1901）重刊本，與初刻本比較，僅無俞陛雲、張仲炘、陳鋭題辭，其他無異。

其二爲上海有正書局 1923 年石印本，桂林圖書館、廣西區圖書館均有藏本。分甲、乙二卷，二册。每頁 10 行，行 21 字，黑口單魚尾。廣西區圖書館藏本有桂林易熙吾 1951 年 2 月題詞云"此書爲伯崇親筆書寫"，據半塘序云"每夕詞成，伯崇以烏絲闌精書之"，又檢有正本誤字用小字在行側校改，可證此書確爲用劉福姚親書原本付印者。與光緒本對校，有徐定超、王鵬運序，而徐序多異文，且題辭僅宋育仁一首。詞作正文亦多異文，有數字在字後行中用小字標出了平仄，均可資校勘。除此以外二本所收詞作相同，其價值也同等重要。

（六）《春蟄吟》

《春蟄吟》刊於光緒二十七年，收錄光緒二十六年（1900）十二月至二十七年三月半塘與朱祖謀、劉福姚等十餘人在圍城中唱和之作 159 首，其中半塘詞作 46 首。桂林圖書館藏《春蟄吟》刻本每頁 10 行，行 20 字，黑口單魚尾，敘目後正文前有光緒二十七年元日半塘記。廣西區圖書館藏本同，據龍榆生題跋可知爲龍榆生捐獻的朱彊邨手校本。

（七）《南潛集》

《南潛集》收錄半塘光緒二十七年離京南遊後詞作，今佚，只能從《半塘定稿》及《剩稿》輯得半塘詞作 36 首。朱祖謀既從《南潛集》中選詞錄入《半塘剩稿》，則當時必有稿本在朱氏手中，可惜今已不知所蹤。半塘之孫王孝飴處也應有藏本，可惜亦不復可問。

（八）《半塘定稿》、《半塘剩稿》系列

《半塘定稿》和《半塘剩稿》是半塘詞作的精選集。半塘晚年將其詞作刪汰爲《半塘定稿》二卷，也包含七稿九集，詞作 139 首。在半塘去世後一年即光緒三十一年（1905），朱祖謀刊刻於廣州。朱祖謀惜其刊落太甚，又取

《袖墨集》、《蟲秋集》、《校夢龕集》、《南潛集》四集選錄55闋,編成《半塘剩稿》,於光緒三十二年(1906)刊行於世。後出《半塘定稿》及《半塘剩稿》各本均據朱祖謀刻本重刊。

朱刻《半塘定稿》及《半塘剩稿》存本較多。廣西師大文學院資料室藏朱祖謀刻《半塘定稿》二卷《半塘剩稿》一卷,牌記題"小放下庵藏版",敘目前有半塘僧鶩小像及鍾德祥像贊,敘目後有朱祖謀序、鍾德祥序。《半塘定稿》50頁,《半塘剩稿》22頁,每頁10行,行17字,左右雙邊,黑口單魚尾,未標句讀,卷末有朱祖謀跋。朱祖謀刊刻《半塘定稿》及《半塘剩稿》態度嚴謹,即使稍有瑕疵也不放過,其刊刻過程中屢有修改。以《半塘定稿》卷二第14頁《金明池》(環佩臨風)一首爲例,光緒三十一年(1905)首刻《半塘定稿》時其題作"荷花",在用其版增刻《半塘剩稿》時其題籤改爲"扇子湖荷花",後又將其版"荷花"二字挖改成"扇子湖荷花"。

南京姜文卿刻書處重刊本《半塘定稿》50頁,每頁10行,行17字,黑口單魚尾。對勘朱祖謀刻本,不同處在於:牌記無字,半塘小像及鍾德祥像贊移置鍾德祥序之後,"玄"字有多處不缺筆,《西河》(遊俠地)一首小序字體大小誤刻成與詞牌相同字體,等等。此本卷二《金明池》(環佩臨風)一首題作"荷花";《半塘定稿》光緒三十二年(1906)本(與《半塘剩稿》合刻)末首《浣溪沙》詞有題序作"再過馬牧",而此本無題序,均同光緒三十一年(1905)初刻本。此本仿《半塘定稿》朱祖謀初刻本,錯誤甚少,有神似處。

成都薛崇禮堂數刻《半塘定稿》,對勘各本異文,當有一刻、再刻,後又刻入《清季四家詞》,初刻錯誤較多,後出較精,錯誤愈少。首刻於1947年,不分卷,34頁,每頁11行,行23字,序注均小字雙行,左右雙邊,黑口雙魚尾。前有朱祖謀、鍾德祥序,有《半塘僧鶩傳》(即《半塘僧鶩自序》)。卷末有"成都雷履平斠"數字。1949年刻入《清季四家詞》,與前刻比較,錯誤已明顯減少,且末尾加附況周頤《半塘老人傳》(即況氏《王鵬運傳》)。

《續修四庫全書》收有《半塘定稿》二卷、《半塘剩稿》一卷,其題名頁稱據上海辭書出版社藏清光緒三十二年(1906)朱祖謀刻本影印。細檢之,發現其中《半塘定稿》標有句讀,對勘後知用南京姜文卿刻書處重刊本,《半塘剩稿》當用朱祖謀光緒三十二年(1906)刻本,實爲拼合而成。

陳乃乾編《清名家詞》有《半塘定稿》,不分卷。所據爲《半塘定稿》朱祖謀光緒三十一年(1905)初刻本,其中《金明池》(環佩臨風)一首題作"荷花"可證。

桂林圖書館藏《半塘定稿》(二卷)南京京華印書館鉛印本,爲民國三十七年(1948)半塘侄孫王序寧、王序灝據光緒三十一年(1905)羊城刻本重刊。該本句讀有不甚當處,不標韻,偶有錯別字,後附錄《王鵬運傳》錄自蔡冠洛編《清代七百名人傳》,末有蔡濟舒跋。

建國後半塘詞集在大陸未見重刊,只在臺灣重刊過《薇省同聲集》(半塘《袖墨詞》包含其中)、《庚子秋詞》及《半塘定稿》。

況周頤編《薇省詞鈔》收錄有半塘詞作十餘首,這些詞作多爲半塘與況氏社集唱和或異地唱酬之作,保存了詞作剛寫成時的原始面貌,與半塘詞各期刻本及《半塘定稿》、《半塘剩稿》所收多有異文,可資校勘。桂林圖書館藏朱蔭龍編成於 1942 年的《半塘七稿八卷》初校本,止於《春蟄吟》,無《南潛集》,且已缺卷二《蟲秋集》。此本爲首次對半塘詞作進行全部收集,但校勘價值不大。廣西師大曾德珪先生編《粤西詞載》爲粤西詞總集,所收半塘詞較全,且已收入廣西區圖書館藏《王龍唱和詞》手稿中半塘詞,但半塘早期詞作仍收錄不全,且人爲錯誤較多,校勘不精。半塘離世僅百年,筆者所見以外的詞作手稿如《南潛集》等或者還有存世者,期待這些稿本能早日重見天日。

三

王鵬運開始專力作詞約始於光緒五年(1879),至光緒三十年(1904)六月去世,專用心力於此。半塘雖自云"作輟一再",但其實創作頗豐。爲了深入瞭解王鵬運的創作過程,有必要對其全部詞作進行分期考察。這裏根據半塘各詞集所收詞作實際情況,結合半塘生平仕履,將其詞創作分爲以下四個時期。

第一期爲王鵬運任職内閣、在京優游度日專心學詞的時期。半塘自同治十三年(1874)在京第二次應進士試不第,十二月任内閣中書,約至光緒五年(1879)開始隨龍繼棟和端木埰學詞,參加覓句堂唱和及中書詞人唱和;光緒八年正月丁憂歸,九年秋至開封,與在開封的詩人相唱和,直至十年十月返京,服滿起復,十一月委署侍讀,繼續參加中書詞人唱和。光緒十五年(1889)十月,考取御史,光緒十九年(1893)七月補授江西道監察御史。半塘此期詞集有《袖墨集》和《蟲秋集》。

第二期爲王鵬運擔任臺諫恪盡職責、同時屢舉詞社招集詞友一同唱和吟詠的時期。半塘光緒十九年(1893)七月被補授爲江西道監察御史。二十年(1894)六月轉掌江西道監察御史。其直諫垣十年,疏數十上,大都關係政要,在甲午戰爭時期,曾上奏三爭和議,且多次彈劾李鴻章,爲抗戰出謀劃策。自光緒二十一年(1895)起,半塘屢次爲康有爲代遞奏摺,自己也多次建言,是變法維新運動中一位不可忽視的人物。半塘不畏强權,正直敢言,曾彈劾過不少權臣政要,特別是光緒二十二年三月十三日上奏諫帝后駐蹕頤和園,更是敢於擔當。半塘在臺諫任上,積極建言,但仍不廢吟詠,並且時常招集詞友社集唱和,推動了晚清詞壇的向前發展。此期詞集有《味梨集》、《鶩翁集》、《蜩知集》、《校夢龕集》。

第三期爲王鵬運對國事深感失望、身丁巨變而將滿腔忠憤或隱或顯地寄託於詞的時期。半塘約於光緒二十五年(1899)升任禮科給事中,後轉禮科掌印給事中。光緒二十六年(1900)庚子之亂起,半塘身處圍城中,與朱祖謀、劉福姚在四印齋唱和,成《庚子秋詞》二卷,詞中多君國之憂和《黍離》、《麥秀》之悲,被世人目爲"反侵略"之作。後又擴大範圍,與劉福姚、朱祖謀、鄭文焯諸人唱和成《春蟄吟》一卷。半塘曾於閏八月十一日上《爲首禍之臣情罪重大請飭交廷議摺》,請求將莊親王載勳等造成禍亂的大臣嚴加治罪。次年五月,半塘見國事終不可爲,憤而上疏彈劾榮禄,然後棄官南下。

第四期爲王鵬運棄官之後不問政事、優游名勝的時期。半塘南下後主要跟其兄及子住了大約兩年,其間也經常出游訪友,游蹤及南京、上海、蘇州等地。後出任揚州儀董學堂監督。光緒三十年(1904)六月,半塘游西湖歸,道經蘇州,卒於兩廣會館。此期詞作多爲紀游、酬贈之作。詞集有《南潛集》。

四

前人對王鵬運詞作的藝術風格多有論述,可謂衆説紛紜。我們試圖在深入把握半塘全部詞作的前提下,從其詞作的情感和詞境兩方面去歸納總結其主體藝術風格。

王鵬運身世坎坷,經受過各種人生的不幸。其喜怒哀樂都在詞中表現,悲多樂少,所以我們感覺到他主要借助詞這種形式來深刻地表現悲苦的情懷。

其悲苦原因大致數端:內憂外患的時代,仕途不順的經歷,報國無門的摧挫,鍛就了他千回百折的詞心;疾病的終生折磨,父母、兄弟、妻兒先後去世的巨痛,逐漸釀就了他憂鬱傷感的性格。半塘最知心的詞友朱祖謀曾評論半塘説:"君天性和易而多憂戚,若別有不堪者。既任京秩,久而得御史,抗疏言事,直聲震內外,然卒以不得志去位,其遇厄窮,其才未竟厥施,故鬱伊不聊之概,一於詞陶寫之。"①

　　半塘平生的種種情感都訴之於詞,其悲苦情感主要表現在如下幾方面:
　　其一,憂國傷時之悲。光緒十九年(1893)七月半塘任江西道監察御史,次年六月,中日甲午戰爭爆發。半塘在戰爭期間一力主戰,並積極建言,但最終清廷在戰爭中失敗,以割地賠款了局。此後西方列強逼迫日甚,至光緒二十六年(1900)八國聯軍佔領北京,兩宮西狩,半塘更是在京目睹了這幕歷史的慘劇。《庚子秋詞》和《春蟄吟》即表現出詞人對國事的擔憂和關注,對以慈禧爲代表的頑固投降派的諷刺和指責,對外國侵略者的斥責和痛恨,集中突顯其憂國傷時的鬱悶和傷痛。如其作於光緒二十六年(1900)閏八月底的《鳳來朝》詞云:

　　　　熱淚向風墮。壓城頭、壞雲磊砢。正黃頭市飲、歌相和。歎回面、有人過。　　目斷西征烽火。動哀吟、杜陵飯顆。自滅燭、深宵坐。又點點、亂磷大。

半塘將自己比作落魄的杜甫,表述自己在圍城中,眼見侵略者放縱猖狂,思念西去的光緒帝,深夜難眠,只有哀吟著向風灑淚而已。
　　其二,親友去世之悲。半塘自幼喪母,後又喪父,故自號"半塘老人"。其後生子未能長成,不到四十歲妻子去世,一兄一弟也先後棄他而去。其詞友韋業祥、謝元麒英年早逝,端木埰、許玉瑑等先後去世,志同道合的摯友"六君子"之一的楊銳不幸被殺害。半塘本來就是非常注重親情和友情的人,見到這些親友多數夭逝,哪能不悲傷痛苦?考其詞集中有悼念親友的詞作16首,集中體現了其傷悼親友的拳拳真情。除此之外,因時、因地、因物的觸發,亦往往會觸動詞人這種隱秘的傷痛。如《百字令》詞云:

　　　　深龕禮佛,乍摩挲斷碣,潸然欲涕。大願人天空記取,憔悴看雲心事。千劫難磨,三生誰認,此恨何時已。天親無著,羨他塵外兄弟。　　還記客歲分襟,秋心黯澹,君灑鴒原淚。爭信江湖書尺到,我亦飄摇如此。佛也無靈,天乎難問,散偈西風裏。蒲團投老,相期同證禪契。

此詞作於半塘幼弟辛峰去世不久,半塘收到鄭文焯寄給他的魏碑拓片,由其文字內容引發了對亡弟的懷念和悲傷,"佛也無靈,天乎難問"二句,足證其悲痛之深。
　　其三,不遇之悲。半塘終生進士未第,他報捐內閣中書,任職後十年未

---

① 朱祖謀《半塘定稿》序,光緒三十一年(1905)廣州刻本。

得升遷,後轉內閣侍讀,在任上又是將近十年;官終正五品的禮科掌印給事中,求一外任而不可得,最終鬱鬱而逝。半塘進士屢舉不第,尤爲心病。如《長亭怨慢》(乍吹起)、《金縷曲》(落落塵巾岸)、《鷓鴣天》(笑裏重簪金步搖)等詞均是其不遇悲歎的深刻表現。又如其《思遠人》詞云:

　　潦倒蓬蒿三徑晚,身世共蟲蟄。撐腸廣廈,低頭江岸,吟嘯意誰識。　　茂陵老盡秋風客。那更一錢值。笑大户今朝,醉鄉深處,紅箋爲生色。

撐腸三句用杜甫詩意。杜甫《茅屋爲秋風所破歌》:"安得廣厦千萬間,大庇天下寒士俱歡顏,風雨不動安如山。"又《哀江頭》詩:"少陵野老吞聲哭,春日潛行曲江曲。"作者以杜甫自況,潦倒不堪,卻心憂天下。

　　其四,欲歸不得之悲。半塘故鄉桂林山水秀麗,景色宜人,是半塘父母墓廬所在和親人所居。在那裏,留有詞人許多美好的童年記憶。半塘有一個夢想,就是希望有一天能和兄弟們歸隱故鄉,相守以終老。故鄉常在半塘的魂牽夢縈中,但真要歸去又恐怕很難。先是半塘尚有功名心,力求有所進取,歸隱故鄉只是一個比較遙遠的打算。《臨江仙·己丑除夕》、《驀山溪·怡貞下第游粵作此送之》、《南鄉子》(爛醉復奚疑)詞可證。半塘作於光緒二十二年(1896)底的《木蘭花慢》(童游牽夢慣)詞序云:"今年春日,頗動故園之思,嘗倩恒齋丁丈繪湖樓歸意圖,並賦詞寄興。既而歸不可遂,而恒齋出守,畫亦不可得。頃閲辛峰詞,有用稼軒翠微樓韻題杉湖別墅一闋,林容水態,模繪逼真,益令人根觸不已。故鄉風訊,咄咄逼人。南望清漓,正不獨一丘一壑繫人懷抱。依韻屬和,辛峰其知我悲也。"序中所云欲歸不得的傷痛,可謂直接道出其心聲。後來半塘毅然投劾出京,才真的有了歸隱故鄉的可能。但是此時半塘卻没有足夠的資財去應對隱居的生活,其作於南歸之後光緒二十八年(1902)冬的《長亭怨慢·臘月四日偶然作》道出此種進退維谷的尷尬:

　　幾絶倒、先生歸計。百甕黄齏,費人料理。落落雲孤,等閒舒捲定何意。寒氈青擁,還約略、兒時味。鷗鷺莫驚猜,試認取、盟書一紙。　　愁寄。問家山何處,黯黯夕烽西起。白頭吟望,儘銷得、杜陵憔悴。看倦羽、已落江湖,漫猶憶、巢痕雲倚。只催换新聲,未慣玉簫月底。

此詞自嗟身世,歎家貧欲歸無計,憂國傷時,諸感紛至沓來。半塘自知家貧欲歸而無法實現,會惹人嘲笑,凸顯其心中兩難處境的難言隱痛。

　　半塘詞情感的深沉同時體現在其表達方式的隱蔽性。半塘經常在其詞作中運用比興寄託的手法,大量地使用典故,在詞中含蓄地寄寓其情感,如果讀者不聯繫時代背景和半塘自身境遇仔細探究,有的是很難進入其詞所表達的意奧的;在多數情況下,抒情主人公一般不會站出來直接抒發其情感,而往往通過使用景物描繪進行側面烘托或今昔對比等,進行間接表達。如《減字木蘭花》:

  婆娑醉舞。呵壁無靈天不語。獨上荒臺。秋色蒼然自遠來。
  古人不見。滿目荆榛文字賤。莫莫休休。日鑿終爲渾沌憂。

此詞表面看是一首紀游之作,簡單的幾筆秋景的描寫,表達出作者的秋愁;但細繹詞意和詞中所用典故,則可知作者在詞中抒發的是面對蒼茫秋色而觸動的深沉的憂國之思。

  半塘精熟唐宋以來詞壇諸名家詞集,並能心摹手追,善於向不同風格的詞家學習,既得雄渾真髓,又不乏委婉肌膚,形成其自身獨特的語言特色和詞境。與半塘曾有交游的詞家陳鋭曾評其詞云:"王幼遐詞,如黄河之水,泥沙俱下,以氣勝者也。"①張爾田曾云:"並世作者,半塘之大,大鶴之精,彊村之沉,與蕙風之穆,駸駸乎拊南宋而上矣。"②葉恭綽則云:"半塘氣勢宏闊,籠罩一切,蔚爲詞宗。"③

  半塘詞所具有的闊大的氣勢當與其詞作的語言和詞境有很大關係。半塘非常推崇東坡詞的清雄,以爲是無法學習的,但事實上半塘詞的雄渾有與東坡類似的地方。如其登臨懷古、紀游之作就比較明顯地具有這一特點。其《西河·燕臺懷古用美成金陵懷古韻》詞云:

  游俠地。河山影事還記。蒼茫風色淡幽州,暗塵四起。夢華誰與説興亡,西山濃翠無際。 劍歌壯,空自倚。西飛白日難繫。參差煙樹隱觚棱,薊門廢壘。斷碑漫酹望諸君,青衫鉛淚如水。 酒酣擊筑訪舊市。是荆高、歌哭鄉里。眼底莫論何世。又蘆溝冷月,無言愁對。易水蕭蕭悲風裏。

此詞用周邦彦詞韻,沉鬱蒼涼與清真原詞接近而悲慨更甚。詞中眼界闊達,意境深幽,視野所由西山、薊門到蘆溝橋、易水河;尤其對樂毅、荆軻、高漸離等慷慨悲歌之士的追懷,讓人感慨嗚咽,情不能已,凸顯了半塘詞雄健渾厚而悲愴的特色。

  半塘詞的雄健渾厚特點不僅普遍體現於上述懷古、紀游之作中,即便是

---

① 陳鋭《裛碧齋詞話》"評近人詞"條,唐圭璋編《詞話叢編》,中華書局1986年版,第4198頁。
② 張爾田《詞莂》序,朱孝臧編、張爾田補録《詞莂》,《彊邨叢書》本。
③ 葉恭綽《廣篋中詞》卷二,浙江古籍出版社1998年影印本。

尋常的送別、酬贈之作,也往往可以見出其雄渾的特點。如其《翠樓吟·送鄭椒農游閩粵》:

> 月朗澎湖,鏡澄越嶠,樓船橫海重試。鯨波驚昨夢,費多少、鮫人清淚。書生豪氣,但白眼看天,狂歌斫地。曾知未。海鷗翔集,暗窺人意。　　快駛。萬里長風,喜烝輪電卷,壯游堪寄。神山凝望渺,想壺嶠、今通塵世。雲帆高倚。好向若探奇,鑿空求是。愁分袂。思君歲晚,海天無際。

因朋友鄭椒農將去之地閩粵臨近大海,故詞人把思維活動的舞臺移到了海上,想像了一番朋友在海上縱橫馳騁的壯舉,加上書生狂態的描寫,最後歸結到二人的友誼,全詞氣象開闊,雄健渾厚。

在半塘詞作中,情感內蘊無論強弱與否,也無論表達方式是抒情抑或寫景,抑或敘事,甚或議論,都很少通篇用率性無遺的直抒胸臆法。這一方面是由詞體本身的特點所決定,另一方面也是由半塘的詞學觀決定的。詞與詩不同,詞之情辭的達意傳聲強調含而不露、要眇宜修,富有煙水迷離之致;如前所論,半塘非常認同詞體的這一文學本色,這些就決定了半塘詞作的曲折婉轉、內斂蘊藉。

陳匪石論詞之氣和筆時曾説:"隨地而見舒斂,一身而備剛柔。半塘、彊村晚年所造,蓋近於此。"①誠哉斯言。如果慢慢咀嚼,讀者很容易發現半塘有許多詞作果然是柔中帶剛,綿裏藏針,剛柔相濟,別開生面——特別是其晚年詞作更臻於此境。我們如果試著去探尋上面所舉具有剛柔兩類詞境的例子,會發現在同一首詞作中其實可以找到相對的另一面。試一讀其《南潛集》紀游之《古香慢》:

> 蘚池粉冷,蘭徑香留,愁滿吳圃。暝入疏林,一角淡煙催暮。笫外雁程低,笑飛趁、輕身過羽。瞰滄波、萬頃在眼,老懷浣盡幽苦。　　是舊館、名娃深處。鐘磬僧房,殘霸誰主。步屧沉沉,落葉響廊疑誤。古意落蒼茫,亂雲鎖、盤空嶺路。剩巖花,自漂墜、半溪暗雨。

此詞用吳文英自度曲《古香慢》(怨娥墜柳)詞韻,夢窗原詞具有委婉深沉的特點。半塘此詞也出之以曲折婉轉姿態,通過選擇性的景物描寫和對歷史陳跡的追尋而發出登臨懷古之幽思。但是,詞人站在高山之頂,俯瞰萬頃滄波,並見亂雲封鎖了險峻的來路,這些景象的描繪,又流露出跌宕起伏的雄健渾厚之氣,從而達到了剛柔相濟的佳境。

---

① 陳匪石《聲執》卷上"行文兩要素"條,唐圭璋編《詞話叢編》,中華書局 1989 年版,第 4949 頁。

又如《念奴嬌·九月朔日宿徐州作》，全詞曲折婉轉地表達了詞人孤淒及懷友、傷時之情，同樣具備剛柔相濟的詞境。

總之，半塘詞境既有雄健渾厚的一面，又有委婉曲折的一面，並且二者在其詞作中得到了和諧的統一，形成了既雄渾又委婉的特色。

由以上論述可以得出結論，王鵬運在詞作的風格上進行過多種嘗試和探索，如其平日的聯句、和韻、擬作之舉，就是有意在追摹前賢和同輩的藝術風格。本來作爲一位詞壇大家，就不是一種藝術風格所能束縛得住的。由於半塘自身性格等方面的原因和外界環境各種因素的影響，悲苦沉鬱的情感和雄渾委婉剛柔相濟的詞境，共同構成了王鵬運詞作沉雄悲婉的主體藝術風格。

五

王鵬運曾校刊唐宋金元人詞籍數十家，故而非常精熟唐宋名家詞集，並心摹手追，有選擇地多方向他們學習，最終能自成一家。半塘向前代詞人學習的途徑主要得自常州詞派，但在此基礎上根據自己的興趣有所變通，學習的範圍更廣，在後期更能突破常州詞派的藩籬而廣泛涉獵，最終成爲清代詞學的集大成者。

常州詞派中期的理論家周濟認爲王沂孫"饜心切理，言近指遠，聲容調度，一一可循"，吳文英"奇思壯采，騰天潛淵，返南宋之清泚，爲北宋之穠摯"，辛棄疾"斂雄心，抗高調，變溫婉，成悲涼"，而周邦彦則爲"集大成者"，此四家爲宋詞之"領袖"。周濟在此認識基礎上提出向宋人學詞應遵循的途徑，即"問塗碧山，歷夢窗、稼軒，以還清真之渾化"①。朱祖謀評價半塘的學詞道路時即認爲與上述周濟之說非常契合。後來龍榆生在具體分析半塘各期詞作後更進一步提出半塘學詞"欲由碧山、白石、稼軒、夢窗，蘄以上追東坡之清雄，還清真之渾化"②，此說更加接近半塘向宋詞名家學習的實際，但似乎尚有不夠全面的地方。

半塘學詞從王沂孫入手，再由姜夔、辛棄疾、吳文英以上窺蘇軾、周邦彦，其間主要學習某一詞家的同時，還曾向上述其他諸家及以外的詞人如馮

---

① 周濟《宋四家詞選目録序論》，唐圭璋編《詞話叢編》，中華書局1986年版，第1643頁。
② 龍榆生《清季四大詞人》，見龍榆生著《龍榆生詞學論文集》，上海古籍出版社1997年版，第436頁。

延巳、周密、張炎等學習。至光緒二十五年(1899)以後,大致不主一家,並且由南追北,上及北宋張先、柳永、晏幾道等名家,欲取兩宋各大詞人之所長,由此逐步形成了其轉益多師、博觀約取的"重拙大"的獨特風格。至其光緒二十七年(1901)以後之作,可謂"老去詩篇渾漫與",雖出於自由揮灑,但能自具面目,首首都可稱爲精品。龍榆生曾舉半塘《浪淘沙·自題庚子秋詞後》、《尉遲杯·次漚尹寄弟韻》、《鷓鴣天·登玄墓還元閣用叔問重泊光福里韻》等詞爲例,認爲半塘這些詞作"已冶衆制於一爐,運悲壯於沉鬱"①。且看其後首:

  雲意陰晴覆寺橋。秋聲瑟瑟徑蕭蕭。五湖新約樽前訂,十月輕寒畫裏銷。 憑翠檻,數煙橈。一樓人外萬峰高。青山閱盡興亡感,付與松風話市朝。

此詞爲紀游之作。詞人的興亡之感本來是由青山長久而世事無常引發,但不是直接抒發出來的,而是賦予青山以人格,讓青山見證興亡,在松林風聲之中談論世間爭名逐利之事。故詞人心中的興亡之感表現得很含蓄。此詞正可以代表半塘詞沉雄悲婉的典型風格。

  半塘的學詞道路大致與常州詞派周濟之說相近,但其實差別還是明顯的。在其《四印齋所刻詞》,將《東坡樂府》列爲第一,《稼軒長短句》置于第二,便可見端倪。

  綜而論之,王鵬運在追摹前輩詞家後,漸悟漸變,其與常州詞派相較,於詞體之突破,大體可歸納爲四點。

  其一,在詞作内容上的突破。半塘生當晚清内憂外患極深之際,其生平經歷坎坷,其性情襟抱又與衆不同,故其詞作内容與常州詞派張惠言、周濟輩相比,已增加了不少新的東西,身世之感和家國之憂經常寄託於詞作中。半塘"天性和易,而多憂戚,故鬱伊不聊之概,一於詞陶寫之"②,因其"胸中別有事在"③,故發之爲詞,"於迴腸盪氣中仍不掩其獨往獨來之概"④,足見其詞作内容上不同於常州詞派的獨創性。

  其二,在詞學宗尚上的突破。半塘作詞於碧山、稼軒、夢窗、清真外兼宗姜夔、張炎之清空醇雅,實際上已取浙西詞派與常州詞派之長而避其短,在

---

① 據龍榆生《清季四大詞人》一文,見龍榆生著《龍榆生詞學論文集》,上海古籍出版社1997年版,第446—447頁。按三詞分別見《庚子秋詞》《春蟄吟》和《南潛集》。
② 朱祖謀《半塘定稿序》,見光緒三十一年(1905)朱祖謀廣州刻本。
③ 鍾德祥《半塘定稿序》,見光緒三十一年(1905)朱祖謀廣州刻本。
④ 朱祖謀《半塘定稿序》,見光緒三十一年(1905)朱祖謀廣州刻本。

一定程度上已經不同於清代詞壇前輩。同時不同於常州詞派的標榜稼軒，而是退辛進蘇，稍抑稼軒之豪曠，而推崇東坡之清雄。龍榆生有言："至其晚歲，始稍稍欲脫常州羈絆，以東坡之清雄，運夢窗之綿密，卓然有以自樹。"①正因爲半塘在詞學宗尚上有比較大的突破，其詞作才能取得較大成就，他才能成爲一代詞壇大家。

其三，嚴於詞律。常州詞派重視詞作內容，注重詞作的比興寄託，但不怎麼注重詞律。"鶩翁取義於周氏，而取譜於萬氏"②，於重視詞作內容的同時，也重視詞作的協律。半塘精於詞律，其詞作到後來守律漸嚴，更可證其對詞律的更加重視。

其四，對于唐宋以來詞作爲一種文學體裁的文學本質特性有獨到的體悟。如況周頤在《蕙風詞話》卷一論及其與半塘討論填詞要不要把意思說盡，用典需不需要注明典實原意時，引用半塘語曰："夠填詞固以可解不可解，所謂煙水迷離之致，爲無上乘耶。"半塘認爲詞的最上乘之作，就在於"可解不可解"、"煙水迷離之致"之間。因爲詞與一切文學作品一樣，是以"文字爲物質手段，構成一種表象和想象的形象，從而反映現實生活，表現藝術家的審美感受。"③語言文字本是概念認識的手段，但在文學作品裏則要求它不作邏輯論斷，"而要求利用它與感情經驗的聯繫來喚起自由的生動表象與情感"④，所以，真正稱得上文學作品的東西，是不能"一語道破"的。恩格斯認爲："作者的見解愈隱蔽，對藝術作品來說就愈好。"⑤比照思忖，結果十分明了，王鵬運對于詞的"無上乘"境界之認識，就是以上當代美學家和恩格斯所欣賞的文學境界。正由于半塘的這種文學本質屬性體認的前衛性，所以他讓我們讀到了有史以來，用詞來詠嘆中國歷史上第一部西方翻譯小說《巴黎茶花女遺事》中女主人公瑪格麗特的詞作《調笑轉踏·巴黎馬克格尼爾》。詞云：

妾家高樓官道旁。山茶紅白分容光。願作鴛鴦爲情死，托身不願邯鄲倡。浮雲柳絮無根蒂。情絲宛轉終難繫。漫道郎情似海深，不抵巴尼半江水。　　江水。恨無已。淚盡題瓊書一紙。紅香踠地塵難

---

① 龍榆生《與吳則虞論碧山詞書》，見龍榆生著《龍榆生詞學論文集》，上海古籍出版社1997年版，第373頁。
② 釋持（沈曾植號）《彊村校詞圖序》，見《東方雜誌》第三期，1922年3月。
③ 王朝聞《美學概論》，人民出版社1981年版，第270頁。
④ 李澤厚《美學論集》，上海文藝出版社1980年版，第354頁。
⑤ 恩格斯《致瑪·哈克奈斯》，《馬克思恩格斯列寧斯大林論文藝》，人民文學出版社1980年版，第135—136頁。

洗。淒絕名花輕委。臉紅斷盡銅華底。日夕明霞還起。

《調笑轉踏》，又名《傳踏》、《調笑》、《調笑令》、《調笑歌》。是興盛於北宋、詩與小令組合詠一情事的俗曲體制，常用於歌舞表演，也有士大夫所作，置於文案，自娛自樂者。黃庭堅、秦觀、毛滂等皆有所作。"轉"又作"傳"，是唐代歌舞表演的一種程式；"踏"者，"踏歌"之簡稱。"踏歌"屬樂府雜曲歌辭，有五言六句、八句，七言四句、八句等。李白《贈汪倫》詩有云："李白乘舟將欲行，忽聞岸上踏歌聲。"即此"踏歌"之謂也。王鵬運這首《調笑轉踏》，由兩部分組成：前半爲七言樂府《踏歌詞》，後半爲一首《調笑令》，體制與秦觀詠王昭君《調笑令》同。即踏歌詞尾句最後二字與調笑令首句二字相同，形成頂針修辭的連珠效果，一氣貫下，韻味渾成。

馬克格尼爾即法國小仲馬《茶花女》小說之女主人公的名字，今通譯作瑪格麗特。"山茶"句謂馬克格尼爾愛插山茶花爲飾，紅色山茶花與茶花女白嫩的臉蛋相輝映，互增光彩，也點明"茶花女"得名緣由。邯鄲倡，指歌伎。《古樂府·相逢狹路間》有云："堂上置樽酒，使作邯鄲倡。"戰國時趙國產歌伎，趙都邯鄲，故詩人常以"邯鄲倡"稱之。《茶花女》小說之男主人公阿爾芒誤會自己心愛的戀人瑪格麗特，曾生氣地辱罵瑪格麗特是"無情無義的娼婦"。此句以茶花女的口吻，表白自己如鴛鴦般嚮往矢志不渝的愛情，甚至可以爲情而死；發誓來世托身，也不願再做妓女。這兩句表明王鵬運對茶花女内心世界真實情愫和絕望悲苦情感的根源理解透徹，深懷同情。後四句寫男主人公阿爾芒。"浮雲柳絮"，喻天下不可靠的愛情以及朝秦暮楚、愛情不專一的男女。這裏，王鵬運從男女主人公愛情悲劇的事實跳出來作一凌空翻轉，他不是直接批評阿爾芒對愛情不忠，因爲事實上阿爾芒也是受其父蒙騙而對於茶花女產生誤會，所以作者這句旁白似的評論具有一種對於世間愛情泛認知的意味。對方既然是"無根蒂"，那麼任你情絲如何婉轉纏綿，始終是繫不住"浮雲"和"柳絮"的。"漫道"二句就是直接譴責阿爾芒了。曾對茶花女表白自己情深似海，但遇到挫折，卻不能夠堅定不移地信賴對方，其情還不如塞納河的半江水，甭說"似海深"了。巴尼，即巴黎。其城市主要河道爲塞納河。這八句詩是從總體上評價茶花女與阿爾芒的愛情悲劇。

後半部分由"踏歌詞"轉爲"調笑令曲"。是從細節上專一寫茶花女悲劇的淒慘結局——恰如一朵漂亮的茶花一樣，絢麗開放，刹那間衰敗零落成塵，再無重綻枝頭之望！"江水。恨無已。"過渡緊湊，意脈直逼女主人公哀感頑豔的決絕之"恨"！"淚盡題瓊"，四字寫盡小說悲劇性故事的細節泣咽：善良的瑪格麗特在戀人阿爾芒的父親的冷酷狡詐的欺騙下，流盡悲愴的淚水,迫不得已給戀人阿爾芒寫絕交信,讀信後的阿爾芒卻誤會了瑪格麗特,這封信斷送了兩位青年的真摯的愛情,也釀成讓茶花女致命的悲慘結局。題瓊,指寫信。瓊,喻色澤晶瑩如美玉之信箋。前蜀毛文錫《贊浦子》詞:"宋玉《高唐》意,裁瓊欲贈君。"可知"題瓊"在古代詩詞中常用來專指寫情書。這封絕交信,是茶花女寫給阿爾芒的最後一封情書。"淚盡"一語,將茶花女當時的傷心與絕望表述得令人肝腸寸斷!

"紅香"二句:謂豔紅芬芳的茶花女被齷齪冷酷的現實玷污而無法洗濯出自身的清白,淒慘地零落委頓。紅香,代指茶花女。這兩句也是雙關的手法,既寫紅山茶花零落塵埃,名花委地;又寫茶花女貧病交加,玉殞香消。踠地,屈曲斜垂著地貌。庾信《楊柳歌》:"河邊楊柳百丈枝,別有長條踠地垂。""臉紅"句:指瑪格麗特得了肺病,在鏡子中見到自己潮紅的臉色,逐漸由紅轉白,最後在銅鏡前變得臉色蒼白,身心俱灰,終於墮地,了斷了淒豔的餘生,孤寂死去。銅華,指銅鏡。這裏安排一面銅鏡非常符合人物身份,也很有藝術思維創意——半塘在這裏暗示茶花女就是一面鏡子:她身上折射出貌似強大的法國傳統制度的不合理性以及其所生活過的"上流社會"人性的缺失。"日夕"句:謂茶花女死後,太陽照舊升起又落下,世界還是原來老樣子,表達出詞人對世態炎涼的深沉喟歎。

言及此,人們會問:庚子年間(1900)的王鵬運,如何能夠讀到法國小仲馬的名著《茶花女》呢?原來,1899年2月,由新近從法國留學回國的福建學子周壽昌口授、林紓執筆翻譯的中國翻譯西方第一部小説《巴黎茶花女遺事》在福州首版發行。5月,汪康年在上海用原版刻板重印。不久,多家書館、書局爭相刊刻,《巴黎茶花女遺事》不脛而走,形成清代末年中國知識圈的《茶花女》熱。林紓也因爲這部小説的翻譯而一朝聲名大震,並且因此一發而不可收,從此畢生走上不懂外文的外國文學翻譯之路。

有一個巧合就是,當《巴黎茶花女遺事》在上海、北京流傳時,正值有法國軍隊參入的八國聯軍打進北京城、火燒圓明園、對中國人造成奇恥大辱的慘劇發生的時候。王鵬運等接觸到這個譯本,是平生讀到的第一部翻譯成中文的西方小説;也是目睹西方列強入侵中國、對於侵略者弱肉強食的暴掠本性有了感性認知的時候。正由於這種認知上的同步,使得詩人對於巴黎茶花女的個人悲劇性體悟得更爲深刻入骨,吟詠時的情感體驗,也就猶如感同身受,作品所內含的情愫便顯得十分悲戚憂傷——這應該是作爲一個封建時代士大夫的作者之所以能夠對於在資本壟斷的特權社會生活著的下層婦女飽受凌虐的悲慘身世遭際寄予極大的同情和理解的直接原因。

當時參加同題吟詠的還有上面提到的光緒十八年(1892)狀元、桂林人劉福姚和《宋詞三百首》的創編者浙江人朱祖謀。王鵬運爲首唱，劉福姚與朱祖謀乃和作。劉詞云：

> 雪膚花貌望若仙。陌上相逢最少年。柔絲宛轉爲郎繫，摧花一夜東風顛。珍重斷腸書一紙。鈿車忍過恩談里。山茶開遍郎不歸，嬌魂夜夜隨風起。　　風起。月如水。照見當年攜手地。春宵苦短休辭醉。金屋留春無計。花前多少傷心淚。訴與個儂知未。

朱詞云：

> 茶花小女顏如花。結束高樓臨狹斜。邀郎宛轉背花去，雙宿雙飛新作家。堂堂白日繩難繫。長宵亂絲爲君理。肝腸寸寸君不知，飽子坪前月如水。　　如水。妾心事。結定湘臯雙玉佩。曼陀花外東風起。洗面燕支無淚。願郎莫惜花憔悴。憔悴花心不悔。

這兩首和作都感慨茶花女的愛情悲劇，突出她的善良心地以及對愛情專一的純真性靈。兩人不同點在於對茶花女悲劇的理解和表達方式。劉作突出茶花女寄出絕交信後的期盼，希望阿爾芒能夠讀懂信件字裏行間的委屈悲哀，並希冀對方能夠理解自己的絕交信言不由衷、迫不得已以致陷入精神撕裂的内心苦楚。朱作則在於突顯女主人公對於雙方愛情堅定不移的執著和堅守。爲了信守愛情盟約，寧可摧折一己的肝膽，背負起沉重的十字架，整天以淚洗面，而不願對方受折磨，還在祈禱對方不要爲思念自己而憔悴。儘管如此，比起王鵬運的"漫道郎情似海深，不抵巴尼半江水"的無情棒喝，就顯得溫柔敦厚有餘，而愛恨是非略顯不足了。

這是中國歷史上第一篇詠西方小說的詞。既能夠證明王鵬運文學觀念的包容性和前瞻性，也能夠反觀與半塘同時代的黃遵憲主張"詩界革命"，提倡"舊瓶裝新酒"的文學觀念在這位以傳統詞的創作爲其安身立命根本的"老派"文人心靈和創作上的投影。這在中國詞史上，甚至在近代中國文學史和中西方文學交流史上，都是一個值得加載史册的話題。

半塘詞獨闢蹊徑，前人已有論列。如葉恭綽有云：

> 幼遐先生於詞學獨探本原，兼窮蘊奧，轉移風會，領袖時流，吾常戲稱爲桂派先河，非過論也。彊村翁學詞，實受先生引導。文道希丈之詞，受先生攻錯處，亦正不少。清季能爲東坡、片玉、碧山之詞者，吾於先生無間焉①。

---

① 葉恭綽《廣篋中詞》卷二，浙江古籍出版社 1998 年影印本。

蔡嵩雲在論清詞分期時曾云：

>清詞派別，可分三期。浙西派與陽羨派同時。浙西派倡自朱竹垞，曹升六、徐電發等繼之，崇尚姜、張，以雅正爲歸。陽羨派倡自陳迦陵，吳菌次、萬紅友等繼之，效法蘇、辛，惟才氣是尚。此第一期也。常州派倡自張皋文、董晉卿、周介存等繼之，振北宋名家之緒，以立意爲本，以叶律爲末。此第二期也。第三期詞派，創自王半塘，葉遐庵戲呼爲桂派，予亦姑以桂派名之。和之者有鄭叔問、況蕙風、朱彊村等，本張皋文意内言外之旨，參以凌次仲、戈順卿審音持律之説，而益發揮光大之。此派最晚出，以立意爲體，故詞格頗高；以守律爲用，故詞法頗嚴。今世詞學正宗，惟有此派。餘皆少所樹立，不能成派。其下者，野狐禪耳。故王、朱、鄭、況諸家，詞之家數雖不同，而詞派則同。①

蔡氏以爲半塘開創"桂派"，鄭文焯、況周頤、朱祖謀均爲"桂派"重要成員，該派立意、守律兼重，爲當時詞學正宗。

"桂派"，或者稱爲"廣西詞派""臨桂詞派"。此派是否存在，以及半塘是否爲該派的領袖，在當今詞學研究者中尚有異論。有論者認爲以半塘爲首的清季四家應當歸入常州詞派的晚期；有論者承認該派的存在，但認爲其領袖應當爲朱祖謀；也有不少論者認爲確實存在以王鵬運爲首的臨桂詞派，但又稱其爲常州詞派的餘緒；當然也有不少論者認爲以王鵬運爲領袖的臨桂詞派獨立於常州詞派之外。我們基本上同意後一種觀點，認爲臨桂詞派是清季出現的一個新的詞派，而王鵬運、朱祖謀先後爲該派的領袖。因前人就此爭論甚多，在此只陳述理由，而不作更多辯駁。

六

半塘坐鎮北京，以久宦京華的臺諫和詞壇名家的身份經常召集詞社，以其人格魅力吸引了大批同宦京城和北上求官或應試的詞人加入進來，其詞弟子況周頤、朱祖謀和深受半塘薰染的文廷式、鄭文焯即爲其中的傑出者。清季詞壇有名的人物如此，其他同游唱和者受半塘影響也可想而知。即使在出都後，半塘每至一地，都能與當地的詞人進行唱酬，其影響力也得以擴展。

---

① 蔡嵩雲撰《柯亭詞論》"清詞三期"條，見唐圭璋編《詞話叢編》，中華書局1986年版，第4908頁。

半塘與同時詞人的交流不僅僅限於以詞相唱和，還有其他的一些方式。如他在校刻《四印齋所刻詞》的過程中就結識了不少詞友，或者説請一些詞友參與到詞籍校勘中來，而這些詞友有的可能没有與半塘以詞唱和過。如馮煦、李慈銘等著名詞人都曾爲半塘所刻詞籍作有序跋，而未見其唱和詞作。他們之間没有相互唱和的原因還有待研究，但必須承認，幫同校刻前人詞集，這也是王鵬運與當時詞學界同仁間交流的一種重要方式。在這個交流過程中，半塘處於盟主地位。

　　上面主要談及半塘對清季詞壇的直接影響，同時還應注意到其詞弟子對清季詞壇的影響。如以下黄華表先生對于"廣西詞派"的論述：

> 嗣後況夔笙復至湖南，與湘社詞人程頌萬子大、易順鼎哭庵、易順豫叔由友善，以其所聞於半塘者，相與切磋；朱彊村又復廣半塘四印齋詞所不逮，匯刊宋元明各家詞集，爲彊村叢書；又復以所聞於半塘者，提倡於東南，選宋詞三百首以示範；夔笙又撰《蕙風詞話》，衡論古今詞家，指示學者途徑，爲詞家批評之學，由是全國風從，廣西詞派，遂悉拔浙常之幟，巍然爲海内詞宗。①

況周頤與朱祖謀如此，其他一些在京時從游唱和的詞人（如周岸登等）在離京後也曾將在半塘處所學詞學家數推衍傳播。這種間接的影響波及至民國。

　　縱觀千年詞史，經過兩宋的繁盛之後，元明漸現衰頽，清詞雅稱中興，而清代末季詞壇則爲千年詞史的終結揮灑出最後一抹豔麗的晚霞。半塘"開清季諸家之盛"②，其創作成就卓著，又聲望極高，號召力和影響力很大，"主持壇坫，時推祭酒"③，人謂之爲清季詞壇盟主，我謂其爲清代詞學集大成者，應該是當之無愧的。

廣西師範大學　沈家莊
銅仁學院　朱存紅
二零一七年十月

---

① 黄華表《廣西文獻概述》，見《建設研究》1941年四卷五期第72—73頁。
② 龍榆生編選《近三百年名家詞選》王鵬運小傳，上海古籍出版社1979年版，第153頁。
③ 徐世昌輯《晚晴簃詩匯》卷一百六十四，《續修四庫全書》第1632册影印民國十八年（1929）退耕堂刻本，第二十七頁。

凡　　例

一、本書所録王鵬運各詞集以王氏最早刻本或手稿本爲底本，對校以他本，並參校《半塘定稿》、《半塘賸稿》朱祖謀刻本以及同時的選本如《薇省詞鈔》、《篋中詞》等，其他各書收録有半塘詞可資校勘者亦間有取校，並參《詞律》、《詞譜》、《全宋詞》等校定各詞韻律。國家圖書館藏《四印齋詞卷》含《袖墨詞》、《梁苑集》、《磨驢集》、《中年聽雨詞》四集，收詞時段同《薇省同聲集》本《袖墨詞》和上海圖書館藏《袖墨集》稿本，收詞較全，但此本爲半塘手稿過録本，版本可靠度不高，姑僅按此本收詞次序編序。以《薇省同聲集》本《袖墨詞》刻本爲底本，該本未收者則據其他可靠稿本爲底本，對校補輯以各本，並隨文出校。《蟲秋集》家刻本已佚，今以上海圖書館藏稿本爲底本，參校《半塘定稿》、《半塘賸稿》朱祖謀刻本等。《校夢龕集》陳柱刻本多誤，今以上海圖書館藏稿本爲底本，對校以廣西區圖書館藏稿本。《鶩翁集》、《蝴知集》宣統元年鉛印本錯誤甚多，然流傳較廣，故以家刻本爲底本，對校以宣統本，以正其誤。《庚子秋詞》以光緒二十六年（1900）本爲底本，對校以上海有正書局（1923）本（校勘記稱爲"有正本"）。《南潛集》已佚，今據《半塘定稿》、《半塘賸稿》朱祖謀刻本爲底本收録所選《南潛集》詞。《味梨集》以續刻本爲底本，對校以加拿大不列顛哥倫比亞大學圖書館藏光緒二十一年原刻本（校勘記稱爲"UBC本"）。《春蟄吟》以光緒二十七年（1901）本爲底本，無別本可對校，僅參校《半塘定稿》、《半塘賸稿》朱祖謀刻本等並校律。

二、半塘各詞集所收詞作大體按寫作時間先後排列，今合併收録時一仍其舊，不輕易調整其次序。補録和輯佚之作可以判斷先後者補入相應位置，不能做出判斷者附於各集之後。上海圖書館藏《蟲秋集》稿本所收詞作同調名在後者移前置一處，不全按寫作時間先後排列，因《蟲秋集》家刻本已佚，姑仍其舊。本書所録《南潛集》詞據《半塘定稿》、《半塘賸稿》朱祖謀刻本，二書收詞各按寫作時間先後，但收入本書時已無法統一按寫作時間先後排列。

三、各詞集中同調詞作相連者,第二首後調名標注體例不一,即使相同詞作在不同詞集中調名標注亦有差異。今統一按同調聯章詞作第二首後調名標注爲"前調",其他則重新標注調名。

　　四、詞作正文使用標點力求簡明,協韻處用句號,句用逗號,讀用頓號。

　　五、本書校勘,儘量保持詞作原貌,人名號異體字一般仍其舊,其他異體字一般改爲常用繁體字。如"欄干"統作"闌干""椀"統作"碗""睠"作"眷"等,其他緣例,不出校記。

　　六、對校各本有異文處一律出校。於底本文意可通處,不輕易改動原文,少量文意未通處酌用他本,或據他書校改,少量據文意校改。以上凡改動處均出校記。手稿字跡辨認有疑問者,經反覆斟酌比甄由校者定奪之。其中或存舛誤,以伺識者釐正焉。

　　七、注釋以疑難字詞、典故史實、名物制度、引用化用他人詩詞之句爲主。不常見之疑難字讀音,以同音字"音'某'"標注。典故、史實、引語儘量引用原文,並注明出處。

　　八、凡注釋中引用前人成句或文獻故實,爲文學史中讀者所熟知作家(尤其是唐詩宋詞作家)者,不再標明其所屬朝代;標明朝代者,與人名相續,之間不用分號隔離。

　　九、底本及校本上之原作者夾注,以小於正文之字號排印。其間詞語一般不出注,涉及重要的人名詞集等出注。與詞作有關的詞人名號等,如前注釋已經出現者,一般簡注或不出注。

　　十、詞作中干支紀年及注釋中涉及作者生平之干支紀年,或出注,或在干支紀年後用括弧標出公元年份。在引文和其他引用中,干支紀年不出注。

　　十一、校勘以圓括號(1)、(2)、(3)……爲序,列於每首詞之後,注釋之前,用"【校】"標識。注釋以六角括號〔一〕、〔二〕、〔三〕……爲序,列於校勘記之後,以"【注】"標識。

目　　錄

前言 …………………………………………………………… 1
凡例 …………………………………………………………… 1

四印齋詞卷
袖墨詞

點絳唇(簾捲黄昏) ……………………………………………… 3
滿江紅(十載旗亭) ……………………………………………… 3
臨江仙(麗景潛收日腳) ………………………………………… 4
憶少年(一爐煙篆) ……………………………………………… 5
踏莎行(十日愁霖) ……………………………………………… 6
解語花(天開霽色) ……………………………………………… 6
解語花(雲低鳳闕) ……………………………………………… 8
齊天樂(離人心上愁初到) ……………………………………… 10
前調(梧桐庭院苔痕淺) ………………………………………… 10
前調(呢喃花下聞長歎) ………………………………………… 11
前調(游仙一夢匆匆醒) ………………………………………… 12
前調(新霜一夜秋魂醒) ………………………………………… 13
前調(碧華冉冉蘅皋暮) ………………………………………… 14
前調(紛紛群動迥然息) ………………………………………… 15
前調(樓高不放珠簾卷) ………………………………………… 16
掃花游(彎環十八) ……………………………………………… 17
翠樓吟(磬落風圓) ……………………………………………… 18
高陽臺(撲帽風輕) ……………………………………………… 20
浣溪沙(天外晴雲一晌留) ……………………………………… 21

摸魚子(鎮無聊) ……………………………………………… 22
前調(對燕臺) ………………………………………………… 24
金縷曲(芳草城南地) ………………………………………… 25
大江東去(熙豐而後) ………………………………………… 27
一萼紅(短牆隈) ……………………………………………… 29
一萼紅(禮浮圖) ……………………………………………… 30
唐多令(宮樹曉煙籠) ………………………………………… 32
齊天樂(人間水月尋常有) …………………………………… 33
浪淘沙(春殢小梅梢) ………………………………………… 35
南浦(廿四數花風) …………………………………………… 36
聲聲慢(尋芳策短) …………………………………………… 37
淡黄柳(東風巷陌) …………………………………………… 38
探春慢(柳擘綿輕) …………………………………………… 39
喜遷鶯(楚天凝望) …………………………………………… 40
宴清都(歡意隨春減) ………………………………………… 41
疏影(幾番游屐) ……………………………………………… 43
賀新涼(一葉空蒙裏) ………………………………………… 44
水調歌頭(把酒看天語) ……………………………………… 45
摸魚子(莽天涯) ……………………………………………… 46
滿庭芳(風露高寒) …………………………………………… 47
沁園春(秋色佳哉) …………………………………………… 48
長亭怨慢(乍吹起) …………………………………………… 50
齊天樂(西風吹醒槐花夢) …………………………………… 51
浪淘沙(未辦買山錢) ………………………………………… 52

梁苑集

滿江紅(夢裏曾游) …………………………………………… 54
三姝媚(浮屠空外現) ………………………………………… 55
浣溪沙(汴水微茫繞郭流) …………………………………… 56
前調(擁鼻孤吟不自支) ……………………………………… 57
前調(畫裏家山苦未真) ……………………………………… 57
前調(未賦登樓已不堪) ……………………………………… 58
前調(珠履三千說信陵) ……………………………………… 58

前調（舊日梁王尚有臺） ……………………… 59
前調（圖畫清明記上河） ……………………… 60
前調（一卷新詞托瓣香） ……………………… 60
前調（往事宣房憶塞河） ……………………… 61
前調（浪蕊浮花競弄姿） ……………………… 61
前調（吏隱宣南夢未差） ……………………… 62
前調（愁裏天涯夢裏身） ……………………… 62
水龍吟（銀箋偷譜秋聲） ……………………… 63
一萼紅（泛箐苓） ……………………………… 64
聲聲慢（新荷卓壁） …………………………… 66
百字令（剡溪雲懶） …………………………… 66
鷓鴣天（寒食郊原淑氣新） …………………… 68
法曲獻仙音（黄葉聲乾） ……………………… 68
金縷曲（塵世浮鷗耳） ………………………… 70
金縷曲（那得年長少） ………………………… 71
金縷曲（爽氣橫嵩少） ………………………… 72
綺羅香（埋玉香深） …………………………… 74
露華（綺雲婀娜） ……………………………… 75
高陽臺（静裏秋清） …………………………… 76
踏莎行（秋葉吟商） …………………………… 77
祝英臺近（佇清樽） …………………………… 78

磨驢集

齊天樂（片帆催入春明夢） …………………… 80
金縷曲（塞草青青裏） ………………………… 81
鷓鴣天（日麗雲輝淑景新） …………………… 82
徵招（槐街芳事唐花過） ……………………… 83
探芳信（正芳畫） ……………………………… 84
齊天樂（小長干里長干寺） …………………… 85
前調（丁年記作東園客） ……………………… 86
前調（卜居窮巷東西住） ……………………… 88
前調（鬱蔥喬木韋平第） ……………………… 89
齊天樂（虛堂夜氣寒生粟） …………………… 89

百字令(銅鈴六角) ……………………………… 90
百字令(軟紅如海) ……………………………… 91
齊天樂(素心相對渾忘倦) ……………………… 93
綺羅香(雨斷雲流) ……………………………… 94
百字令(因循萬里) ……………………………… 95
水調歌頭(三五正良夜) ………………………… 95
摸魚子(愛新晴) ………………………………… 96
大江東去(玉梅花下) …………………………… 97
慶清朝(杏酪初分) ……………………………… 98
買陂塘(認新居) ………………………………… 100
買陂塘(認新圖) ………………………………… 101
憶舊游(記開簾命酒) …………………………… 102
揚州慢(天末程遙) ……………………………… 103
長亭怨慢(自湖上) ……………………………… 104
淡黃柳(疏櫺畫箔) ……………………………… 105
石湖仙(玉隆煙雨) ……………………………… 106
暗香(玉壺圓月) ………………………………… 108
疏影(磚頑似鐵) ………………………………… 109
惜紅衣(雁路催寒) ……………………………… 111
角招(認襟袖) …………………………………… 111
徵招(周情柳思憑誰契) ………………………… 113
秋宵吟(冷雲低) ………………………………… 115
淒涼犯(懷人永夕) ……………………………… 115
翠樓吟(月朗澎湖) ……………………………… 117
湘月(冷官趣別) ………………………………… 118
百字令(天乎難問) ……………………………… 119
賀新涼(寂寞閒門閉) …………………………… 120
齊天樂(西風自入姜郎筆) ……………………… 121
金縷曲(問訊南湖柳) …………………………… 122
扁舟尋舊約(霽日烘窗) ………………………… 123
步月(寶鏡開奩) ………………………………… 125
摸魚子(黯銷凝) ………………………………… 125

百字令(心香炳處) …………………………………… 127

中年聽雨詞

百字令(華生銀海) …………………………………… 129

清平樂(鳳城東畔) …………………………………… 130

高陽臺(客去堂虛) …………………………………… 130

齊天樂(雨餘浣出天容淨) …………………………… 132

齊天樂(年年亭上尋秋慣) …………………………… 132

百字令(披圖一笑) …………………………………… 133

百字令(客爲何者) …………………………………… 134

高陽臺(夢短宵長) …………………………………… 136

臨江仙(記得朝回花底日) …………………………… 137

蝶戀花(隔院棠梨風葉亂) …………………………… 138

齊天樂(無端蓋篋輕開處) …………………………… 138

洞仙歌(紅塵碧落) …………………………………… 139

高陽臺(翠葉招涼) …………………………………… 140

南浦(柳外咽新蟬) …………………………………… 141

南浦(踏倦六街塵) …………………………………… 142

南浦(花外暫題襟) …………………………………… 144

南浦(容易又秋風) …………………………………… 145

清平樂(露華拂檻) …………………………………… 146

綠意(碧雲規月) ……………………………………… 146

金縷曲(別意從誰剖) ………………………………… 147

金縷曲(落落塵巾岸) ………………………………… 149

踏莎行(倦圃清愁) …………………………………… 150

聲聲慢(長房縮地) …………………………………… 151

掃花游(短檐注瀑) …………………………………… 153

風蝶令(詞筆隨年健) ………………………………… 154

青山濕遍(中秋近也) ………………………………… 155

臨江仙(爆竹聲中催改歲) …………………………… 157

蟲秋集

瑞鶴仙(亂流爭赴壑) ………………………………… 161

玉漏遲(月和人意懶)……………………………… 162
摸魚子(捲疏簾)…………………………………… 163
摸魚子(寄西風)…………………………………… 164
摸魚子(耐殘更)…………………………………… 165
摸魚子(倚疏櫺)…………………………………… 166
太常引(畫闌秋氣與雲平)………………………… 167
卜算子(盼到月輪圓)……………………………… 167
高陽臺(柳外青旗)………………………………… 168
洞仙歌(園林畫裏)………………………………… 169
洞仙歌(韶光九十)………………………………… 170
長亭怨慢(漫商略)………………………………… 171
金縷曲(刺促胡爲者)……………………………… 171
金縷曲(休惜纏頭費)……………………………… 172
采桑子(闌干彔曲閒凝佇)………………………… 174
湘月(對花無語)…………………………………… 174
水龍吟(舉頭十丈塵飛)…………………………… 175
鷓鴣天(老去風懷强自支)………………………… 177
念奴嬌(登臨縱目)………………………………… 177
望江南(清游好)…………………………………… 178
唐多令(兄弟此生休)……………………………… 179
疏影(秋雲易夕)…………………………………… 180
燭影搖紅(才出罨塵)……………………………… 181
水調歌頭(章貢接天碧)…………………………… 182
鷓鴣天(鎮日看山未杖藜)………………………… 183

味梨集

鷓鴣天(太液秋澄露半銷)………………………… 187
鵲橋仙(銅鋪雨過)………………………………… 188
鷓鴣天(似水閒愁撥不開)………………………… 188
沁園春(問訊黄花)………………………………… 189
摸魚子(倚高寒)…………………………………… 190
東風第一枝(寒重花慵)…………………………… 191

鷓鴣天（掛壁燈疏暈薄光）……………………………… 192
鷓鴣天（燈事頻催暖意回）……………………………… 193
點絳唇（侘傺無端）……………………………………… 193
青玉案（亭皋緑遍春來路）……………………………… 194
滿江紅（荷到長戈）……………………………………… 194
八聲甘州（是男兒萬里慣長征）………………………… 195
水龍吟（東風不送春來）………………………………… 197
金縷曲（夢境非耶是）…………………………………… 198
聲聲慢（雲濃堆墨）……………………………………… 199
清平樂（連天沙草）……………………………………… 199
清平樂（百年草草）……………………………………… 200
南浦（新緑滿瀛洲）……………………………………… 201
南浦（芳事説壺山）……………………………………… 202
虞美人（春衣欲試寒猶重）……………………………… 203
壽樓春（嗟春來何遲）…………………………………… 203
百字令（男兒墮地）……………………………………… 204
鷓鴣天（新緑禁寒瘦可憐）……………………………… 206
百字令（數才昭代）……………………………………… 206
浣溪沙（國色盈盈欲鬥妍）……………………………… 208
前調（記得排雲侍上清）………………………………… 208
唐多令（春樹噪昏鴉）…………………………………… 209
思佳客（老入温柔似醉鄉）……………………………… 209
祝英臺近（倦尋芳）……………………………………… 210
臺城路（蒼雲鬱鬱城西路）……………………………… 211
木蘭花慢（茫茫塵海裏）………………………………… 212
玉漏遲（望中春草草）…………………………………… 213
玉漏遲（玉簫沉舊譜）…………………………………… 214
點絳唇（抛盡榆錢）……………………………………… 215
南鄉子（爛醉復奚疑）…………………………………… 215
東風第一枝（懶蕊摶空）………………………………… 215
清平樂（禿襟窄袖）……………………………………… 216
摸魚子（算年年）………………………………………… 217

踏莎行(酒國先聲)…………………………………218
大酺(又海棠收)……………………………………219
蘭陵王(暮寒薄)……………………………………220
東風第一枝(弱不棲塵)……………………………221
八聲甘州(黯消魂渾不爲離情)……………………222
高陽臺(萱樹依然)…………………………………223
聲聲慢(腥餘海氣)…………………………………224
定風波(鶗鴂聲中醉不辭)…………………………225
摸魚子(指接天)……………………………………225
三姝媚(懷人心正苦)………………………………226
三姝媚(吟情休浪苦)………………………………227
三姝媚(天涯情味苦)………………………………228
三姝媚(江亭吟思苦)………………………………229
三姝媚(簫聲空外苦)………………………………230
三姝媚(休辭歌者苦)………………………………231
鶯啼序(無言畫闌獨憑)……………………………232
采綠吟(小苑槐風静)………………………………235
定風波(說到元黃事可哀)…………………………236
金縷曲(此恨君知否)………………………………237
踏莎行(影淡星河)…………………………………237
望江南(前夕醉)……………………………………238
鷓鴣天(喚取花前金叵羅)…………………………239
鶯啼序(遼天暗驚夜鵲)……………………………239
鶯啼序(疏鐘漫催暝色)……………………………241
三姝媚(清琴休按譜)………………………………244
八聲甘州(甚年年花底說春歸)……………………245
南鄉子(斜月半朧明)………………………………246
驀山溪(才逢旋別)…………………………………246
徵招(街南老樹藏詩屋)……………………………247
徵招(林梢舊灑西州淚)……………………………248
西子妝慢(簾額矑黃)………………………………250
摸魚子(甚陰陰)……………………………………251

水調歌頭(舉酒爲君壽)……………………………… 252

驀山溪(流雲試雨)…………………………………… 253

西河(分攜地)………………………………………… 253

解連環(離腸絲結)…………………………………… 255

解連環(虛檐綺結)…………………………………… 256

洞仙歌(林梢初日)…………………………………… 257

鶯啼序(西風漫歌寡鵠)……………………………… 257

感皇恩(槐午綠陰圓)………………………………… 260

感皇恩(芳草桂山陰)………………………………… 261

夢芙蓉(遥空雲浪起)………………………………… 262

紫玉簫(團扇歌闌)…………………………………… 263

卜算子(涼意透疏襟)………………………………… 265

清平樂(馬纓過了)…………………………………… 265

風中柳(説似心期)…………………………………… 265

側犯(畫闌側畔)……………………………………… 266

側犯(斷虹弄晚)……………………………………… 267

霜葉飛(縞衣染遍皋魚血)…………………………… 268

一萼紅(盼瑶臺)……………………………………… 270

臺城路(鳳樓西北關情地)…………………………… 271

夢芙蓉(玉奩驚散綺)………………………………… 272

南鄉子(雲意欲藏山)………………………………… 273

霜花腴(龍山會渺)…………………………………… 273

齊天樂(青鞋踏遍蒼松路)…………………………… 275

沁園春(橫覽九州)…………………………………… 276

沁園春(滿眼關河)…………………………………… 277

最高樓(吹短笛)……………………………………… 278

一斛珠(雨饕風虐)…………………………………… 279

點絳唇(種豆爲其)…………………………………… 280

徵招(雁聲催落屋梁月)……………………………… 281

燭影搖紅(絲竹何心)………………………………… 282

望江南(排雲立)……………………………………… 282

前調(山徑轉)………………………………………… 284

前調(雲木杪)···284
前調(金闕秘)···285
前調(新漲落)···285
前調(多少事)···286
前調(壺中靜)···286
前調(煙柳外)···287
前調(屏山曲)···287
前調(闌干側)···288
前調(琉璃壁)···288
前調(雲水畔)···289
前調(仙路迥)···289
前調(驂鸞路)···290
前調(游仙樂)···290
蘭陵王(小屏側)···290
一叢花(睡鄉安穩夜如年)·····································291
浣溪沙(離垢天空萬象清)·····································292
前調(聞道東風百六時)···293
前調(亭俯澄漪帶落霞)···294
前調(水作旋螺樹作龍)···294
百字令(輕衫小扇)···295

鶩翁集

鵲踏枝(落蕊殘陽紅片片)·····································299
前調(斜日危闌凝佇久)···300
前調(譜到陽關聲欲裂)···300
前調(風蕩春雲羅樣薄)···301
前調(漫說目成心便許)···302
前調(晝日懨懨驚夜短)···302
前調(望遠愁多休縱目)···303
前調(誰遣春韶隨水去)···303
前調(對酒肯教歡意盡)···304
前調(幾見花飛能上樹)···305

百字令(杉湖深處)……………………………………305
夜飛鵲(尋春鳳城曲)…………………………………306
卜算子(構景未須奇)…………………………………307
霓裳中序第一(香斑認未滅)…………………………308
徵招(煮茶聲裏官簾靜)………………………………309
疏影(流光電駛)………………………………………310
阮郎歸(雛鶯啼老怨春殘)……………………………311
浣溪沙(苜蓿闌干滿上林)……………………………312
紅情(橫塘煙冪)………………………………………313
高陽臺(羅襪侵塵)……………………………………314
摸魚子(甚人天)………………………………………315
念奴嬌(支離倦眼)……………………………………317
小重山令(誰采芙蓉寄所思)…………………………318
虞美人(扶頭兀兀長如醉)……………………………318
鷓鴣天(笑裏重簪金步搖)……………………………319
齊天樂(青銅霜訊先秋至)……………………………320
十拍子(風日琴尊自適)………………………………321
踏莎行(荷淨波涼)……………………………………322
謁金門(涼恁早)………………………………………322
憶舊游(儘沉吟攬鏡)…………………………………323
減字木蘭花(婆娑醉舞)………………………………324
八聲甘州(甚風塵才慰別離心)………………………325
南鄉子(聽唱懊儂歌)…………………………………325
點絳脣(一夕西風)……………………………………326
賀新涼(心事從何說)…………………………………327
木蘭花慢(童游牽夢慣)………………………………328
沁園春(詞汝來前)……………………………………329
沁園春(詞告主人)……………………………………331
一萼紅(占春陽)………………………………………332
滿庭芳(頌酒椒馨)……………………………………333
摸魚子(倚雕闌)………………………………………334
滿江紅(二十年來)……………………………………335

金縷曲（底處容橫覽）················336
長亭怨慢（泛一舸）················337
月華清（望遠供愁）················338
采桑子（丰姿濯濯靈和柳）···········339
八聲甘州（甚無風雨到重陽）·········340
祝英臺近（卷羅帷）················341
滿江紅（笑揖青山）················342
翠樓吟（積翠堆檐）················343
更漏子（菊初黃）··················344
摸魚子（莽風塵）··················344
念奴嬌（夢華遺恨）················346
金縷曲（獨對黃花笑）··············348
鷓鴣天（塵海蕭寥説賞音）··········348
高陽臺（烏帽欹塵）················349
玉樓春（蓬山桃熟傳開宴）··········350
齊天樂（一從玉局飛仙去）··········351
瑞鶴仙影（十年消息南鴻渺）········353
祝英臺近（袖藏鉤）················354
祝英臺近（綠苔侵）················355
浣溪沙（碎玉玲瓏折葉聲）··········355

蜩知集

燭影搖紅（吟袖年年）··············359
好事近（心事阿誰知）··············360
臨江仙（歌哭無端燕月冷）··········361
醉落魄（長懷無著）················362
角招（重回首）····················362
新雁過妝樓（星彩微茫）············363
眉嫵（乍玉奩開匣）················365
鶯啼序（南雲又歸塞雁）············365
瑞鶴仙（翠深天尺五）··············367
百字令（餘寒猶滯）················369

百字令(過春社了)……370
鷓鴣天(百五韶光雨雪頻)……372
金縷曲(淚灑東門道)……372
摸魚子(話春游)……374
浣溪沙(春淺春深燕子知)……374
前調(刻楮難工漫畫沙)……375
浣溪沙(許事人間未要知)……375
前調(萬里長風萬里沙)……376
倦尋芳(絆春梦尾)……376
探春慢(離恨題江)……377
齊天樂(舊游記識匡君面)……379
掃地花(信風乍歇)……380
還京樂(又春去)……381
還京樂(話歸去)……382
翠樓吟(壓架塵輕)……383
木蘭花慢(刹那催世換)……384
木蘭花慢(湖光澄淨業)……385
木蘭花慢(去天才一握)……386
木蘭花慢(梵天留幻影)……387
木蘭花慢(鳳城挑菜路)……388
木蘭花慢(晴檐飛絮雪)……389
西河(游俠地)……390
水龍吟(倚闌獨殿群芳)……392
花犯(問將離)……393
瑞鶴仙(玉階清似水)……393
綺寮怨(莫向黃壚回首)……394
點絳唇(水膩雲香)……395
琴調相思引(聞說移紅訪范村)……396
玲瓏四犯(簾底清歌)……397
眉嫵(正春歸芳榭)……397
繞佛閣(燭華夜斂)……398
驀山溪(西園花委)……399

吉了犯(畫檻)	400
丹鳳吟(忽漫驚飆吹雨)	401
十二時(正遥天)	403
琵琶仙(簪帶尋盟)	404
鷓鴣天(卅載龍門世共傾)	405
前調(群彥英英祖國門)	407
迷神引(萬古騷心沉湘恨)	408
尉遲杯(東華路)	409
青玉案(小瓊壓浪湘紋碧)	411
蕙蘭芳引(空外翰音)	411
浪淘沙慢(畫闌外)	412
鷓鴣天(屬國歸來重列卿)	413
太常引(綠槐蟬咽午陰趂)	415
念奴嬌(涉江舊徑)	415
月華清(螺島浮青)	416
塞翁吟(萬木酣風處)	417
醉花陰(臥聽清吟消篆縷)	419
還京樂(雨初霽)	420
八聲甘州(倚西風天宇乍澄清)	421
水龍吟(歲寒禁慣冰霜)	422

校夢龕集

東風第一枝(句占花先)	427
瑶華(盤虛暈月)	429
探春慢(琪樹生花)	430
長亭怨(更休憶)	431
東風第一枝(一白分梅)	432
鳳池吟(薄碾綃雲)	433
鳳池吟(粉凝鮫珠)	435
宴清都(愁沁眉根懶)	436
清平樂(花間清坐)	437
東風第一枝(膏潤銅街)	437

驀山溪（塵緣相誤）…………………… 438
玉漏遲（清歌花外裊）…………………… 439
御街行（小窗夜靜寒生處）…………… 440
解連環（謝娘池閣）…………………… 441
風入松（嫩寒籬落憶山村）…………… 442
念奴嬌（東風吹面）…………………… 443
花心動（無賴東風）…………………… 444
楊柳枝（賦裏長楊舊有名）…………… 445
前調（飛絮空蒙鎖畫樓）……………… 446
齊天樂（豔陽初破瓊姬睡）…………… 446
鳳凰臺上憶吹簫（明月依然）………… 448
玉蝴蝶（莫問南園風景）……………… 449
水龍吟（是誰刻意裁冰）……………… 450
石州慢（滿目關河）…………………… 451
醜奴兒慢（東風柳眼）………………… 452
氐州第一（何事干卿）………………… 454
三姝媚（東園花下路）………………… 455
滿庭芳（清陰分蕉）…………………… 456
渡江雲（流紅春共遠）………………… 457
徵招（幾年落拓揚州夢）……………… 458
祝英臺近（掩荊扉）…………………… 459
角招（傍城路）………………………… 460
三姝媚（蘼蕪春思遠）………………… 461
鷓鴣天（注籍常通神虎門）…………… 462
掃地花（柳陰翠合）…………………… 464
掃地花（綺霞散馥）…………………… 465
極相思（悄風低颭煙痕）……………… 466
金縷歌（此夕真無價）………………… 467
南樓令（掠鬢練花長）………………… 468
醜奴兒（鬥春花底呢喃語）…………… 469
前調（黃昏簾幕微微雨）……………… 469
滿江紅（淚灑椒漿）…………………… 470

百字令（深龕禮佛）……………………………………… 471

醉太平（驚雲勢偏）……………………………………… 472

浣溪沙（冷落騷詞楚調吟）……………………………… 473

緑意（涼生藻國）………………………………………… 473

月華清（夜冷蛩疏）……………………………………… 474

臨江仙（暮北朝南忙底許）……………………………… 475

朝中措（亂蛩聲咽雨蕭蕭）……………………………… 476

減字木蘭花（人生行樂）………………………………… 477

點絳唇（莫更憑高）……………………………………… 478

卜算子（把酒酹黄花）…………………………………… 478

一斛珠（鎖香簾箔）……………………………………… 479

戀繡衾（澹蛾山色入畫真）……………………………… 480

浣溪沙（漸覺新寒上被池）……………………………… 480

醉花陰（自斷閒愁抛棄久）……………………………… 481

阮郎歸（小窗西日透紋紗）……………………………… 482

八聲甘州（記年時載酒説題糕）………………………… 482

水龍吟（夢中觸撥閒雲）………………………………… 483

惜秋華（萬里長風）……………………………………… 485

暗香（水天一色）………………………………………… 486

三姝媚（春酣冰雪裏）…………………………………… 487

瑣窗寒（濕粉樓臺）……………………………………… 488

庚子秋詞

卜算子（夢裏半塘秋）…………………………………… 493

朝中措（西山顔色到今朝）……………………………… 493

點絳唇（倦對秋光）……………………………………… 494

相見歡（夜涼哀角聲聲）………………………………… 494

前調（枕函殘夢初驚）…………………………………… 495

醜奴兒（沙鷗笑客頭如雪）……………………………… 495

人月圓（煙塵滿目蘭成賦）……………………………… 495

清平樂（釣竿别後）……………………………………… 496

菩薩蠻（紅塵不上荷衣冷）……………………………… 496

鷓鴣天（無計消愁獨醉眠）…………………… 497
踏莎行（彩扇初閒）…………………………… 497
眼兒媚（青衫淚雨不曾晴）…………………… 498
小重山（一角晴嵐翠拂衣）…………………… 498
一落索（屏曲秋山橫紫）……………………… 499
秋蕊香（寂寞香紅泣露）……………………… 500
太常引（蕭疏短髮不禁搔）…………………… 500
前調（愁懷得酒湧如潮）……………………… 500
燕歸梁（一院秋陰覆古槐）…………………… 501
夜游宮（蛩外秋聲送雨）……………………… 502
虞美人影（紅綃浥淚情誰見）………………… 502
月中行（溪山猶是暗愁侵）…………………… 503
前調（初寒簾幕舊游心）……………………… 503
霜天曉角（吟窠碎竹）………………………… 504
前調（清霜送馥）……………………………… 504
極相思（碧天愁訊秋娥）……………………… 505
極相思（芙蓉殘夢驚回）……………………… 505
戀繡衾（博山平爇瑞腦芳）…………………… 506
好事近（高柳曲池陰）………………………… 507
前調（何處暮笳聲）…………………………… 508
夜行船（倦枕驚秋雙淚費）…………………… 508
訴衷情（水雲如夢阻盟鷗）…………………… 509
訴衷情（無邊光景只供愁）…………………… 509
謁金門（霜信驟）……………………………… 510
醉落魄（關山難越）…………………………… 510
鬲溪梅令（五年閒卻繡工夫）………………… 511
浣溪沙（日落西亭酒醒時）…………………… 512
浣溪沙（蝴蝶成團高下舞）…………………… 512
海棠春令（翠陰濃合閒庭院）………………… 513
醉桃源（驚塵飛雨度年華）…………………… 514
柳梢青（曉色參橫）…………………………… 514
鳳來朝（熱淚向風墮）………………………… 515

杏花天（青桐翠竹驚涼吹）……………………………………516
前調（遥天白雁參差起）……………………………………516
少年游（年時簪菊翠微巔）…………………………………517
前調（拿雲心事記當年）……………………………………517
少年游（孤光憐月）…………………………………………518
畫堂春（清歌都作斷腸聲）…………………………………519
河瀆神（雲壓雁風低）………………………………………520
更漏子（繡簾低）……………………………………………520
武陵春（風月無端驚草草）…………………………………521
愁倚闌令（風侵幕）…………………………………………521
蝶戀花（海色雲光摇不定）…………………………………522
賀聖朝（紅綃私語傳新燕）…………………………………523
前調（花前苦語情如見）……………………………………523
滿宫花（樹參差）……………………………………………524
前調（賦聞情）………………………………………………525
滿宫花（柳車焚）……………………………………………525
鶯聲繞紅樓（消息青禽問有無）……………………………526
南鄉子（山色落層城）………………………………………527
前調（殘雨滴疏更）…………………………………………528
迎春樂（行歌醉哭狂蹤跡）…………………………………528
喜團圓（牢愁欲畔）…………………………………………529
上行杯（侵階落葉秋陰重）…………………………………530
前調（游塵亂拂嵐雲動）……………………………………530
醉花陰（愁似秋山常滿檻）…………………………………531
憶秦娥（邊雲裂）……………………………………………532
紅羅襖（豔冷霜花淡）………………………………………532
燭影摇紅（别夢西園）………………………………………533
巫山一段雲（秋色吴生畫）…………………………………534
品令（晚風低颭）……………………………………………534
歸去來（過了黄花雨）………………………………………535
滴滴金（風花回首驚飄泊）…………………………………536
惜春郎（靈椿坊裏閒風日）…………………………………536

醉鄉春（星斗離離高掛）…………………………………… 537
前調（昨夜雨疏風亞）……………………………………… 538
惜分飛（挑盡燈花無好意）………………………………… 538
關河令（邊聲沉沉雁共語）………………………………… 539
減字木蘭花（笑尅北斗）…………………………………… 539
前調（董龍雞狗）…………………………………………… 540
天門謠（沉醉長安道）……………………………………… 541
憶悶令（倚竹愁生珠未賣）………………………………… 541
留春令（碧空鴻信）………………………………………… 542
鶴沖天（風肅肅）…………………………………………… 542
萬里春（春寒爾許）………………………………………… 543
河傳（春改）………………………………………………… 544
前調（螺黛）………………………………………………… 544
思帝鄉（更更）……………………………………………… 545
前調（卿卿）………………………………………………… 545
蕃女怨（冷雲橫抹秋冉冉）………………………………… 546
燕瑤池（酣歌擊缶）………………………………………… 546
前調（聽風聽雨）…………………………………………… 547
紅窗迥（絳蠟殘）…………………………………………… 547
西溪子（夢醒淚痕猶在）…………………………………… 548
前調（吟望鳳樓煙靄）……………………………………… 548
四字令（牀琴罷彈）………………………………………… 549
前調（妝螺態妍）…………………………………………… 549
芳草渡（醒殘酒）…………………………………………… 550
十二時（百年闌檻）………………………………………… 550
怨春風（大堤官柳依依）…………………………………… 551
西江月（夢逐歌雲暗繞）…………………………………… 552
前調（酒醒渾忘春在）……………………………………… 552
憶王孫（巫山夢雨幾時晴）………………………………… 553
前調（雲山重疊短長亭）…………………………………… 553
雨中花（蝦菜歸心秋夢裏）………………………………… 554
前調（側耳鵑聲愁似水）…………………………………… 554

漁歌子(禁花摧)·················555
醉吟商小品(又正是)···········556
前調(數不盡)·················556
醉花間(風急雁繩天外直)·······557
慶春時(東風有約)·············557
前調(安排簫局)···············558
胡搗練(夕簾風外颭春星)·······559
前調(年年芳事厭唐花)·········560
鳳孤飛(直北暮雲無際)·········560
前調(記得洗花深酌)···········561
甘草子(愁暮)·················561
前調(年暮)···················562
臨江仙(酒聖詩豪今已矣)·······563
前調(卅載夢雲吹不轉)·········564
思遠人(潦倒蓬蒿三徑晚)·······564
虞美人(檀欒金碧樓臺好)·······565
酒泉子(水帶山簪)·············566
前調(一笑軒髻)···············567
前調(珍重雲藍)···············567
前調(弦語夜酣)···············568
金鳳鉤(孤山昨夢游眺)·········568
思越人(夢冷游情惡)···········569
前調(聽慣鵑聲惡)·············570
前調(老去風懷惡)·············570
前調(懶賦秋聲惡)·············571
遐方怨(黃葉雨)···············571
前調(瓜步月)·················572
前調(新月白)·················572
前調(霜沁柝)·················573
前調(槐葉落)·················573
前調(調石黛)·················574
梁州令(夜久忘寒沁)···········574

前調（夜雨淒涼甚）…………………………………… 575
前調（兀兀長如飲）…………………………………… 575
玉團兒（西風掠鬢鉛華薄）…………………………… 576
前調（朔風吹雪茸裘薄）……………………………… 577
三字令（春去遠）……………………………………… 577
前調（風南北）………………………………………… 578
南歌子（骯髒吟情倦）………………………………… 578
前調（夜氣沉殘月）…………………………………… 579
前調（翠袖香羅窄）…………………………………… 580
應天長（綠螺臨鏡憐妝褪）…………………………… 580
前調（鷗弦移柱愁難準）……………………………… 581
鋸解令（記歌桃葉渡江初）…………………………… 582
前調（駐雲誰按酒邊詞）……………………………… 582
琴調相思引（夢裏留春不是春）……………………… 583
傾杯令（入戶鴻驚）…………………………………… 583
前調（鶴警霜嚴）……………………………………… 584
望江南（朝睡起）……………………………………… 584
玉樓春（南樓莫怨吹羌管）…………………………… 585
前調（春風簾底窺人慣）……………………………… 585
前調（好山不入時人眼）……………………………… 586
玉樓春（落花風緊紅成陣）…………………………… 586
前調（閒雲何止催春晚）……………………………… 587
前調（不辭沉醉東風裏）……………………………… 588
前調（郎情似絮留難住）……………………………… 588
前調（春愁漠漠慵窺鏡）……………………………… 589
前調（杖藜省識青帘近）……………………………… 590
前調（春風消息南枝綻）……………………………… 590
菊花新（不斷寒聲空外響）…………………………… 591
睿恩深（東風消息雨中聽）…………………………… 592
憶漢月（榆莢繞階風簌）……………………………… 592
紅窗聽（睡覺花飛春似水）…………………………… 593
思歸樂（簾幕寒輕芳訊透）…………………………… 593

前調(刻意消愁愁似舊)……………………………… 594
前調(行樂烏烏歌擊缶)……………………………… 594
鳳銜杯(青琴消歇餐霞願)…………………………… 595
前調(狂花舞徹金筐顫)……………………………… 596
鳳銜杯(津亭殘笛咽疏煙)…………………………… 597
相思兒令(輕放燕雛雙入)…………………………… 597
撼庭秋(窺人弦月如夢)……………………………… 598
秋夜雨(晴雷萬丈驚冬蟄)…………………………… 598
珍珠令(花間艇子來何暮)…………………………… 599
西地錦(寂寂玉屏寒冱)……………………………… 600
定風波(愁裏清尊莫放停)…………………………… 600
一剪梅(碎踏瓊瑤步有聲)…………………………… 601
夜厭厭(潑蟻綠雲堆盞)……………………………… 602
七娘子(眉間彩雁驚飛後)…………………………… 602
錦帳春(中酒光陰)…………………………………… 603
前調(冷月鳴笳)……………………………………… 604
調笑轉踏(妾家高樓官道旁)………………………… 604
山花子(天外冥鴻不可招)…………………………… 606
玉樹後庭花(歌雲著意香紅鬥)……………………… 606
前調(十年薄倖何曾覺)……………………………… 607
八寶裝(錦屏山曲親展處)…………………………… 607
鬥雞回(年年花底)…………………………………… 608
摘紅英(春消息)……………………………………… 609
慶金枝(花殘月缺時)………………………………… 609
前調(香紅和夢飛)…………………………………… 610
花上月令(屏山如夢凍雲流)………………………… 610
茶瓶兒(夢入江南天大)……………………………… 611
前調(凍碧連雲愁鎖)………………………………… 612
唐多令(難剗是愁根)………………………………… 612
江月晃重山(舞態筵前鴝鵒)………………………… 613
醉垂鞭(抱膝漫長吟)………………………………… 614
浪淘沙(華髮對山青)………………………………… 614

春蟄吟

燕山亭(清角無端)…………………………………… 619

八聲甘州(撫危闌彈淚寄飛鴻)……………………… 620

尉遲杯(和愁憑)……………………………………… 620

綺寮怨(瞥眼秋雲何在)……………………………… 621

醜奴兒慢(無情淡碧)………………………………… 623

天香(百和熏薇)……………………………………… 624

水龍吟(好春私到倡條)……………………………… 625

前調(馬臏休問東西)………………………………… 626

摸魚子(記雲帆)……………………………………… 628

前調(記湘南)………………………………………… 629

齊天樂(城南城北雲如墨)…………………………… 630

桂枝香(丁沽夢繞)…………………………………… 631

驀山溪(和愁帶恨)…………………………………… 632

西窗燭(城笳乍動)…………………………………… 633

絳都春(盧家海燕)…………………………………… 634

絳都春(吹梅院落)…………………………………… 635

瑞鶴仙(天涯驚歲暮)………………………………… 637

東風第一枝(舊月仍圓)……………………………… 638

金明池(環佩臨風)…………………………………… 639

大聖樂(國色朝酣)…………………………………… 641

帝臺春(村塢十八)…………………………………… 643

八犯玉交枝(門掩青槐)……………………………… 644

夢橫塘(短碕飛雪)…………………………………… 645

夜飛鵲(芳菲舊盟在)………………………………… 646

鷓鴣天(漏盡春城寂不嘩)…………………………… 647

六州歌頭(不知今日)………………………………… 648

慶春澤(花勝新情)…………………………………… 649

玲瓏四犯(有恨燕鶯)………………………………… 650

石州慢(審聽歸鴻)…………………………………… 651

淒涼犯(夕煙一抹)…………………………………… 652

花犯(渭城西)………………………………………… 653

望梅(凍梅春寂)……………………………………………655
玉京秋(吟袖闊)……………………………………………656
賀新郎(幽意憑誰領)………………………………………657
月下笛(入畫山殘)…………………………………………658
喜遷鶯(糟牀香滴)…………………………………………659
尾犯(坐憶碧山雲)…………………………………………660
陌上花(闌干暮色無聊)……………………………………661
祝英臺近(調籠鶯)…………………………………………662
念奴嬌(沉屯雲亂)…………………………………………663
滿江紅(雷雨空堂)…………………………………………664
感皇恩(斷送好春光)………………………………………666
燭影摇紅(雲碧天空)………………………………………666
御街行(青絲望斷横門路)…………………………………667
倦尋芳(晚花飈蕊)…………………………………………669
長亭怨慢(更休憶)…………………………………………670

南潛集

水調歌頭(微風轉城曲)……………………………………673
滿江紅(風帽塵衫)…………………………………………674
月華清(金粟浮香)…………………………………………675
念奴嬌(津梁疲矣)…………………………………………677
驀山溪(東來十驛)…………………………………………678
水調歌頭(唱我遠游曲)……………………………………679
聲聲慢(雜花鋪繡)…………………………………………680
霜葉飛(酒邊孤緒)…………………………………………681
鷓鴣天(雲意陰晴覆寺橋)…………………………………682
齊天樂(峭帆乍轉横塘路)…………………………………683
水龍吟(黛眉不點吴娃)……………………………………685
洞仙歌(疏黄敗緑)…………………………………………685
念奴嬌(雲埋浪打)…………………………………………686
木蘭花慢(緯蕭圖畫裏)……………………………………687
浣溪沙(老去耽游藉息機)…………………………………689

浣溪沙(一徑蒼煙蔓女蘿)……………………………………………… 689
緑蓋舞風輕(招得倦吟魂)……………………………………………… 690
角招(漫回首)…………………………………………………………… 691
倦尋芳(晚霞舊影)……………………………………………………… 692
帝臺春(簾户一色)……………………………………………………… 694
念奴嬌(暮雲無際)……………………………………………………… 695
念奴嬌(蕭蕭木葉)……………………………………………………… 696
驀山溪(去年今日)……………………………………………………… 697
一落索(記得日湖新句)………………………………………………… 698
中興樂(彎環帶水淺於溝)……………………………………………… 699
長亭怨慢(鎮惆悵)……………………………………………………… 700
滿江紅(第一江山)……………………………………………………… 701
漢宮春(愁入西樓)……………………………………………………… 702
法曲獻仙音(颶麯塵流)………………………………………………… 703
夜游宮(點滴空階夜悄)………………………………………………… 704
木蘭花慢(幾年幽夢裏)………………………………………………… 705
古香慢(蘚池粉冷)……………………………………………………… 706
掃花游(峭寒漲落)……………………………………………………… 707
長亭怨慢(幾絶倒)……………………………………………………… 708
御街行(輕盈不傍朱樓舞)……………………………………………… 709
驀山溪(浪花飛雪)……………………………………………………… 710

四印齋詞卷

袖墨詞

點　絳　唇

簾捲黃昏〔一〕,倚闌一霎寒侵袂〔二〕。平蕪綠矣。南浦銷魂地〔三〕。　雨雨風風,攪得春如醉。春如醉。柳眠花睡。那管人憔悴。

【注】

〔一〕 "簾捲"句:李清照《醉花陰》詞:"簾捲西風,人比黃花瘦。"
〔二〕 寒侵袂:無名氏《御街行》詞:"霜風漸緊寒侵被。聽孤雁、聲嘹唳。一聲聲送一聲悲,雲淡碧天如水。"袂,音"妹",衣袖。
〔三〕 南浦:南面的水邊。泛指送別之地。《楚辭·九歌》:"子交手兮東行,送美人兮南浦。"江淹《別賦》:"送君南浦,傷如之何!"

滿　江　紅

春　柳

十載旗亭〔一〕,別離恨、不堪重述。曾記得、那回人去,春波醮碧(1)〔二〕。寒食清明都已過(2),墜歡殘夢渾無跡〔三〕。想靈和殿裏舊風流〔四〕,人非昔(3)。　風似翦,煙如織。盈盈水,遲遲日。甚燕燕鶯鶯(4),慰人岑寂。陌上玉驄(5)初試馬〔五〕,樓頭紅袖誰吹笛(6)。最愁聽(7)、一片踏歌聲〔六〕,陽關拍〔七〕。

【校】

（1） "春波醮碧",《袖墨集》稿本作"輕漸搖碧"。
（2） "都已過",《袖墨集》稿本作"春漸老"。
（3） "墜歡"三句,《袖墨集》稿本作"倡條冶葉愁難擲。向江潭披拂續騷心,嗟誰識"。
（4）"燕燕鶯鶯",《袖墨集》稿本作"鶯鶯燕燕"。
（5）"玉驄",《袖墨集》稿本作"玉鞭"。
（6）"吹笛",《袖墨集》稿本作"橫笛"。
（7）"愁聽",《袖墨集》稿本作"消魂"。

【注】

〔一〕旗亭：酒樓。懸旗爲酒招,故稱。劉禹錫《武陵觀火》詩："花縣與琴焦,旗亭無酒濡。"

〔二〕蘸：此處用法同"蘸",音"站"。細物輕浸水面也。柳永《破陣樂》詞："露花倒影,煙蕪蘸碧。"

〔三〕墜歡：失去寵愛。亦指失去往日的歡樂。《後漢書·皇后紀上·光武郭皇后紀論》："愛升,則天下不足容其高；歡墜,故九服無所逃其命。"後因稱夫妻離而復合爲"墜歡重拾"。

〔四〕"想靈和殿"句：《南史·張緒傳》："緒吐納風流……。劉悛之爲益州,獻蜀柳數株,枝條甚長,狀若絲縷。時舊宮芳林苑始成,（齊）武帝以植於太昌靈和殿前,常賞玩,咨嗟曰：'此楊柳風流可愛,似張緒當年時。'其見賞愛如此。"

〔五〕玉驄：即玉花驄。泛指駿馬。韓翃《少年行》詩："千里斑斕噴玉驄,青絲結尾繡纏鬃。"

〔六〕踏歌：拉手而歌,以腳踏地爲節拍。唐儲光羲《薔薇》詩："連袂踏歌從此去,風吹香去逐人歸。"

〔七〕陽關拍：即《陽關三疊》。拍,節拍,指歌曲。

臨　江　仙⁽¹⁾

待　雨

麗景潛收日腳〔一〕,遥青忽没山腰〔二〕。秋聲瑟瑟出林梢。鶺鳩淒喚侶〔三〕,乳燕急歸巢。　　有客憑闌望遠,鄰翁折柬堪招〔四〕。玉壺暢滿貯昏醪〔五〕。催詩雲似潑〔六〕,鬥險句同敲〔七〕。

【校】

（1）此首僅見《王龍唱和詞》手稿。

【注】

〔一〕 日腳：太陽穿過雲隙射下來的光線。詩詞中常指代即將落山的太陽。杜甫《羌村三首》之一："崢嶸赤雲西，日腳下平地。"

〔二〕 遥青：遠方青灰色的山嵐。

〔三〕 鵓鳩：鳥名。亦名鵓鴣，俗稱布穀鳥。常在將雨或剛晴時鳴叫。陸游《平水》詩："雨霽鵓鳩喜，春歸鷓鴣知。"

〔四〕 折束：即折簡。將寫好的信紙折疊，猶言寄信。宋郭彖《睽車志》卷五："一日郎官折簡寄妓，與爲私約。"

〔五〕 昏醪：即濁醪。醪，音"勞"。汁渣混合的酒，又稱濁酒，也稱醪糟。江淹《恨賦》："濁醪夕引，素琴晨張。"

〔六〕 雲似潑：以雲喻墨，形容寫詩的痛快淋漓之狀。

〔七〕 鬥險：二人以上聚會作詩詞，押險韻以決勝負。　句同敲：一起推敲詩詞創作的句法、命意、用詞等。敲，推敲。

憶　少　年(1)

賞　雨(2)

一爐煙篆(3)，一尊清酒，一天愁緒(4)。懷人正無那〔一〕，又鄰雞報午。　記得年時江上路。繫扁舟〔二〕、荻花深處。潮回風乍緊，戰蘆聲如訴〔三〕。

【校】

（１） 此首僅見《王龍唱和詞》手稿。

（２） 詞卷本、《袖墨集》稿本序作"聽雨覓句堂分詠"。

（３） 詞卷本作"一爐煙靄"，《袖墨集》稿本作"一爐煙穗"。

（４） "緒"，詞卷本、《袖墨集》稿本作"絮"。

【注】

〔一〕 無那：無奈，無可奈何。

〔二〕 扁舟：小船。後詩詞文中成爲隱逸之士的常用乘具，以致成爲代指隱逸生涯的符號。典出《史記·貨殖列傳》："范蠡既雪會稽之恥，乃喟然而歎曰：'計然之策七，越用其五而得意。既已施於國，吾欲用之家。'乃乘扁舟浮於江湖。"

〔三〕 "戰蘆"句：蘆葦葉因風吹葉子不停抖動而發出的簌簌聲，聲音像人哭訴一般。白居易《西湖晚歸回望孤山寺贈諸客》詩："盧橘子低山雨重,栟櫚葉戰水風涼。"

踏 莎 行⁽¹⁾

苦 雨

十日愁霖〔一〕,半牀清夢。簾前一抹煙痕重。悶懷夙酒幾時醒〔二〕,不道難醒還易中〔三〕。　　癡有流雲,悄無晴哢〔四〕。屏山曲曲和愁擁〔五〕。差强人望碧琅玕〔六〕,數枝新向花間種。

【校】

（1） 此首僅見《王龍唱和詞》手稿。

【注】

〔一〕 愁霖:久雨也。《埤雅》釋"雨":"《傳曰》:久雨曰苦雨,又曰愁霖。"南朝梁江淹《雜體詩·效張協苦雨》詩:"有弇興春節,愁霖貫秋序。"
〔二〕 夙酒:前一天醉酒。夙,同"宿"。
〔三〕 易中:易醉也。中,讀去聲。
〔四〕 晴哢:雨後鳥雀呼晴的鳴聲。黃庭堅《次韻吳宣義三徑懷友》詩:"佳眠未知曉,屋角聞晴哢。"
〔五〕 屏山:屏風。溫庭筠《南歌子》詞:"撲蕊添黃子,呵花滿翠鬟,鴛枕映屏山。"
〔六〕 碧琅玕:喻翠竹。似珠玉的翠石古稱"琅玕"。曹植《美女篇》詩:"頭上金爵釵,腰佩翠琅玕。"杜甫《鄭駙馬宅宴洞中》詩:"主家陰洞細煙霧,留客夏簟青琅玕。"仇兆鰲注:"青琅玕,比竹簟之蒼翠。"

解 語 花

六月望日,同龍槐廬、王粹甫兩農部游南泡子及天寧寺〔一〕,歸集覓句堂〔二〕,同拈此解。並約韋伯謙太史同賦〔三〕。

天開霽色〔四〕,徑轉蒼煙,蟬噪林逾静〔五〕。鬧紅成頃〔六〕。兼葭外、惆悵斷雲閒靚〔七〕。游轡再整〔八〕。指危塔、林端孤影。消受他、沉李浮瓜〔九〕,長日如年永。　　回首舊游漫省〔一〇〕。負杉湖雲水〔一一〕,幾度芳訊〔一二〕。緇衣塵凝〔一三〕。竟匆匆、誤了芰衣雲冷〔一四〕。鐘魚吹醒〔一五〕。都不是、往時情興。歸去來〔一六〕,爲問輕鷗〔一七〕,訂舊盟誰准。

【注】

〔一〕龍槐廬：龍繼棟（1845—1900），原名維棟，字松岑，一字松琴，號槐廬，龍啓瑞子。廣西臨桂人。同治元年（1862）舉人，官户部候補主事。有《槐廬詞學》一卷。　　王粹甫：王汝純，字邃村，或稱邃父，號粹甫，别號蔣谷山農，山西太谷人。活動於咸、同、光間，官農部主事。有《醉芙詩餘》一卷。　　農部：清代朝廷職官部門，户部的别稱。　　南泡子：又稱南河泡、南湖，在原北京西南角、彰儀門外，有荷池數十畝，當年爲京城夏日游賞勝地。　　天寧寺：在今北京宣武區廣安門外二里許，隋仁壽二年建，以安舍利。明宣德中改名天寧寺。乾隆二十一年重修。昔年寺中設花肆，尤以桂花、秋菊爲有名。同、光間，爲士大夫招伶人宴飲之所。天寧寺磚塔爲北京地區保存較早的古塔，始建於隋文帝時，現存塔爲遼代重建。據傳，不管風定風作，塔鈴都響，塔鈴如果一停，塔上將出現神光。
〔二〕"覓句"堂：龍繼棟在京城寓所之中堂。光緒中龍繼棟與唐景崧、唐景崇、韋業祥、謝子石、王鵬運等詞人常社集於此。
〔三〕韋伯謙：韋業祥（1845—1886?），字伯謙，號北軒，廣西永寧人。同治四年（1865）進士，官直隸河間府知府。有《醉筠居士詞》一卷。
〔四〕霽色：雨雪後晴明的天色。唐祖詠《終南望餘雪》詩："終南陰嶺秀，積雪浮雲端。林表明霽色，城中增暮寒。"
〔五〕"蟬噪"句：唐王籍《入若耶溪》詩："蟬噪林逾静，鳥鳴山更幽。"
〔六〕鬧紅：此指開得正盛的花。宋祁《玉樓春》詞："緑楊煙外曉寒輕，紅杏枝頭春意鬧。"
〔七〕斷雲：片雲。梁簡文帝《薄晚逐涼北樓回望》詩："斷雲留去日，長山減半天。"　　閒靚：即嫻静。宋楊澤民《側犯》詞："九衢豔質，看來怎比他閒靚。"
〔八〕轡：音"堅"。馬鞍。此處借指馬。
〔九〕消受：享受。劉克莊《最高樓》詞："此生慚愧支離叟，何功消受水衡錢。錯教人，占卦氣，算流年。"　　沉李浮瓜：謂天熱把瓜果用冷水浸後食用。後以"沉李浮瓜"藉指消夏樂事。亦用以泛指消夏果品。

曹丕《與朝歌令吳質書》:"浮甘瓜於清泉,沉朱李於寒水。"

〔一〇〕漫省:全面思考。漫,遍也。

〔一一〕杉湖:位於今廣西桂林市區中心,秀峰區、象山區接合處,東通灘江,西接榕湖,因湖邊長有杉樹得名。半塘先祖於湖邊建有別墅。

〔一二〕芳訊:花開的信息。吕本中《漁家傲》詞:"記得舊時清夜短,洛陽芳訊時相伴,一朵姚黄松鬢滿。"

〔一三〕緇衣:泛指黑色衣服。《列子·説符》:"天雨,解素衣,衣緇衣而反。"緇,讀如"資",黑色。或説"緇衣"指官服,亦通。

〔一四〕芰衣:荷葉編製之服,多爲隱者的裝束。《楚辭·離騷》:"製芰荷以爲衣兮,集芙蓉以爲裳。"芰,音"記"。

〔一五〕鐘魚:寺院撞鐘之木。因製成鯨形,故稱。亦藉指鐘聲。黄庭堅《阻風入長蘆寺》詩:"金碧動江水,鐘魚到客船。"

〔一六〕歸去來:陶潛有《歸去來兮辭》抒發歸隱的情志。

〔一七〕"爲問"二句:此指欲與鷗鳥結盟,過不以世事爲懷的隱居生活。《列子·黄帝》:"海上之人有好漚鳥者,每旦之海上從漚鳥游,漚鳥之至者百往而不止。其父曰:'吾聞漚鳥皆從汝游,汝取來,吾玩之。'明日之海上,漚鳥舞而不下也。"

解 語 花

游南湖(1)之次日,以事過積水潭〔一〕。儷緑妃紅〔二〕,花事(2)甚盛,再用前解,呈覓句堂。

雲低鳳闕〔三〕,路入鷗鄉〔四〕,花氣熏人驟。笑呼石帚〔五〕。恁清狂、解倚玉容消酒〔六〕。涼生練袖(3)〔七〕。争奈我、詩同人瘦。端正看、憑仗東風,卷起絲絲柳。　　無那悶懷迤逗(4)〔八〕。便花花相對,誰種紅豆。清游休負,細端詳、六六對眠鴛耦〔九〕。能消幾斗〔一〇〕。遍一葉一花爲壽。驚起他、千頃風裳,把(5)水痕吹皺〔一一〕。

【校】

（１）"南湖",《詞卷》本作"南泡子",據上圖稿本改。

（２）"花事",《詞卷》本作"荷花",據上圖稿本改。

（３）"練袖",《唱和詞》原稿作"茜袖"。

（四）　"迤逗"，《唱和詞》原稿作"暗逗"。
（五）　"把"，《唱和詞》原稿作"將"。

【注】

〔一〕　積水潭：在今北京城西北隅、德勝門内。明代爲游賞勝地。康熙中重濬，建匯通祠以祀龍神，有御碑紀事。北京人多泛舟賞荷於此。又稱西涯、西海、海子、北湖、蓮花池、浄業湖。

〔二〕　儷綠妃紅：狀紅花綠葉相間，顯得繁茂嬌豔。儷，相配。妃，音義同"配"。《史記·外戚世家》："甚哉，妃匹之愛，君不能得之於臣，父不能得之於子，況卑下乎！"司馬貞《索隱》："妃音配，又如字。"

〔三〕　鳳闕：本指漢武帝所作建章宫左宫門，後藉指皇宫或京城。《三輔黄圖》卷二："（建章）宫之正門曰閶闔，高二十五丈，亦曰璧門；左鳳闕，高二十五丈；右神明臺。"

〔四〕　鷗鄉：借指隱遁之地。參見前《解語花》（天開霽色）注。晉支遁《詠大德》詩："寄旅海鷗鄉，委化同天壤。"

〔五〕　石帚：此指姜夔。姜夔號白石道人，實際上與姜石帚非一人，久誤混爲一，夏承燾《石帚非白石辨》已辨證，可參看。

〔六〕　恁：如此，這般。柳永《八聲甘州》詞："怎知我，倚闌干處，正恁凝愁。"　玉容消酒：美女勸酒。姜夔《念奴嬌》詞："翠葉吹涼，玉容銷酒，更灑菰蒲雨。"

〔七〕　練：白絹。謝朓《晚登三山還望京邑》詩："餘霞散成綺，澄江静如練。"

〔八〕　迤逗：留連，揮之不去。楊無咎《瑣窗寒》詞："風僝雨僽。直得恁時迤逗。"

〔九〕　六六：成雙成對地排列。宋王安中《浣溪沙》詞："妒粉盡饒花六六，回風從鬥玉纖纖。"鴛耦：成對的鴛鴦。

〔一〇〕　"能消"句：呼應"玉容消酒"句意。李白《將進酒》詩："陳王昔時宴平樂，斗酒十千恣歡謔。"

〔一一〕　驚起二句：姜夔《念奴嬌》詞："三十六陂人未到，水佩風裳無數。"馮延巳《謁金門》詞："風乍起、吹皺一池春水。"

齊天樂

秋蟬

離人心上愁初到，新愁又添多少[一]。陰藉高槐，熏迎密柳，不信風光常好。餘香漫裊。怕彈罷雲和[二]，更移宮調[三]。如此清秋，翩翾畢竟甚懷抱[四]。　　年光誰遣暗換，歎匆匆負卻，鶯燕昏曉。翼薄凌虛[五]，聲清激楚，須趁斜陽未老。新霜近了。待黃到庭柯，枌榆先槁[六]。知否花陰，露零人正悄。

【注】

〔一〕新愁：李清照《鳳凰臺上憶吹簫》詞：“凝眸處，從今又添，一段新愁。”

〔二〕雲和：山名。古取其所產之材以製琴瑟。此代指琴瑟等樂器。《周禮·春官·大司樂》：“孤竹之管，雲和之琴瑟。”

〔三〕移宮：古代樂律術語。改變樂曲宮調調高。“換羽”則是改變調式。張炎《詞源》卷下：“美成諸人，又復增演慢曲、引、近，或移宮換羽，爲三犯四犯之曲。”

〔四〕翩翾：輕飛貌。張華《鷦鷯賦》：“育翩翾之陋體兮，無玄黃以自貴。”

〔五〕凌虛：昇於空際。曹植《七啓》：“華閣緣雲，飛陛凌虛，俯眺流星，仰觀八隅。”

〔六〕枌榆：木名。《說文·木部》：“枌，榆也。”《水經注·渭水三》：“高祖王關中，太上皇思東歸，故象舊里，製茲新邑，立城邑，樹枌榆，令街庭若一。”後泛指故鄉。《南齊書·沈文季傳》：“惟桑與梓，必恭敬止，豈如明府亡國失土，不識枌榆。”

前調

秋蛩[一]

梧桐庭院苔痕淺，年年慣催秋信。暮雨才收，輕飆乍送，斷續如聞凄哽。銅鋪夜冷[二]。問聒碎愁心，甚時重整。往日盧郎[三]，賦情寂寞自身省。　　堯章詞句暗憶[四]，向離宮候館，如繪幽恨。砧杵無聲[五]，箏琶有韻，別淚頻番偷揾。閒情自警。恐欲與溫存,夢殘燈燼。便乏清愁〔六〕,料難清睡穩〔七〕。

【注】

〔一〕 秋蛩:蟋蟀。鮑照《擬古》詩之七:"秋蛩扶户吟,寒婦成夜織。"
〔二〕 銅鋪:門上銅製的銜環獸面。姜夔《齊天樂》詞:"露濕銅鋪,苔侵石井,都是曾聽伊處。"
〔三〕 盧郎:北齊盧思道,人稱"八米盧郎",曾賦《聽蟬鳴篇》,詞意清切,寄托遥深,爲時人所重。
〔四〕 堯章:宋詞人姜夔,字堯章,其《齊天樂·蟋蟀》詞云:"候館迎秋,離宫吊月,别有傷心無數。"
〔五〕 砧杵:擣衣石和棒槌。亦指擣衣。南朝宋鮑令暉《題書後寄行人》詩:"砧杵夜不發,高門晝常關。"
〔六〕 清愁:凄涼愁悶的情緒。陸游《枕上作》詩:"猶有少年風味在,吳箋著句寫清愁。"
〔七〕 清睡:無夢安睡。吳文英《采桑子》詞:"彩鸞依舊乘雲到,不負心期。清睡濃時。香趁銀屏蝴蝶飛。"

前　　調

秋　燕

呢喃花下聞長欸,無端動人離緒。故國秋高,華堂晝寂,悵望雲羅前路〔一〕。天涯倦羽。又緑暗黄飛,夜來風雨。徑覓香泥〔二〕,悄然魂斷舊游處。滄溟秋信正緊〔三〕,望神山縹緲〔四〕,休便歸去。天外冥鴻〔五〕,雲間青鳥〔六〕,快把殷勤訴與。綢繆舊侶〔七〕。好珍重雕梁,主人情愫。巷陌烏衣〔八〕,再來須認取。

【注】

〔一〕 雲羅:指陰雲如羅網一樣遍佈上空。鮑照《舞鶴賦》:"厭江海而游澤,掩雲羅而見羈。"
〔二〕 "徑覓"句:史達祖《雙雙燕》詞:"芳徑,芹泥雨潤。愛貼地争飛,競誇輕俊。"
〔三〕 滄溟:大海。《漢武帝内傳》:"諸仙玉女,聚居滄溟。"

〔四〕神山:《史記·封禪書》:"自威、宣、燕昭使人入海求蓬萊、方丈、瀛洲,此三神山者,其傅在渤海。"

〔五〕冥鴻:高飛的大雁。傳說能傳遞書信。辛棄疾《水調歌頭》詞:"竹樹前溪風月,雞酒東家父老,一笑偶相逢。此樂竟誰覺,天外有冥鴻。"

〔六〕青鳥:李商隱《無題》詩:"蓬山此去無多路,青鳥殷勤爲探看。"《藝文類聚》卷九一引舊題漢班固《漢武故事》:"七月七日,上(漢武帝)於承華殿齋,正中,忽有一青鳥從西方來,集殿前。上問東方朔,朔曰:'此西王母欲來也。'有頃,王母至,有二青鳥如烏,挾侍王母旁。"後遂以"青鳥"爲信使的代稱。

〔七〕綢繆:情緒纏綿。元稹《鶯鶯傳》:"綢繆繾綣,暫若尋常,幽會未終,驚魂已斷。"

〔八〕"巷陌"二句:劉禹錫《烏衣巷》詩:"朱雀橋邊野草花,烏衣巷口夕陽斜。舊時王謝堂前燕,飛入尋常百姓家。"

前　　調

秋　蝶

游仙一夢匆匆醒〔一〕,芳華暗中偷換。露泣嬌紅,風勻膩粉,回首濃春(1)池館。愁深恨淺。又開到秋花,替(2)人腸斷。爛漫珍叢〔二〕,冷香狼藉付誰管。　　深宮當日舊事,記金錢玉屑,蟬鬢親挽〔三〕。夢裏家山,愁邊芳草,遮莫西風吹轉〔四〕。羅浮望遠〔五〕。試點檢(3)眉痕,近來長短。譜入滕王〔六〕,一雙雙翠暖。

【校】

(1)"春",《詞卷》本作"香",據《半塘定稿》本改。

(2)"替",《詞卷》本、《袖墨集》稿本、《袖墨詞》上圖稿本作"照",據《半塘定稿》本改。

(3)"點檢",《詞卷》本、《袖墨集》稿本、《袖墨詞》上圖稿本作"檢點",據《半塘定稿》本改。

【注】

〔一〕游仙一夢:莊子《齊物論》:"昔者莊周夢爲蝴蝶,栩栩然蝴蝶也,自喻適志歟！不知周也。俄然覺，則蘧蘧然周也。不知周之夢爲蝴蝶歟，蝴蝶之夢爲周歟？周與蝴蝶，則必有分矣。此之謂物化。"

〔二〕珍叢：秋後的菊叢，彌足珍貴，故謂。晏殊《菩薩蠻》詞："高梧葉下秋光晚，珍叢化出黃金盞。"

〔三〕"深宮"三句：唐蘇鶚《杜陽雜編》卷中："穆宗皇帝殿前種千葉牡丹，花始開，香氣襲人，一朵千葉，大而且紅。上每睹芳盛，歎曰'人間未有'。自是宮中每夜即有黃白蛺蝶萬數飛集於花間，輝光照耀，達曉方去。宮人競以羅巾撲之，無有獲者。上令張網於空中，遂得數百於殿內，縱嬪御追捉以爲娛樂。遲明視之，則皆金玉也……而內人爭用絳縷絆其腳以爲首飾，夜則光起妝奩中。其後開寶廚，睹金錢玉屑之內將有化爲蝶者，宮中方覺焉。"蟬鬢，古代婦女的一種髮式，兩鬢薄如蟬翼。此以喻宮女。

〔四〕遮莫：儘管，任憑。晉干寶《搜神記》卷一八："狐曰：'我天生才智，反以爲妖，以犬試我，遮莫千試萬慮，其能爲患乎？'"蘇軾《次韻答寶覺》詩："芒鞵竹杖布行纏，遮莫千山更萬山。"

〔五〕羅浮：山名。位於今廣東省。傳說隋開皇中，趙師雄於羅浮山遇梅花仙女。唐殷堯藩《友人山中梅花》詩："好風吹醒羅浮夢，莫聽空林翠羽聲。"詞人藉梅花與蝴蝶關係暗寫自己對夫人的想念之情。

〔六〕"譜入"二句：指滕王所繪蛺蝶圖。滕王元嬰，唐宗室。能繪事，所作蜂蝶尤著名。王建《宮詞》詩："內中數日無呼喚，搨得滕王蛺蝶圖。"按此二句句法同姜夔《齊天樂》詞："寫入琴絲，一聲聲更苦。"

前　　調

秋　光

新霜一夜秋魂醒〔一〕，涼痕沁人如醉。葉染輕黃，林凋暗綠，野色猶堪描繪。危樓倦倚〔二〕。對一抹殘陽，冷翻鴉背〔三〕。根觸愁心〔四〕，暮煙明滅斷霞尾。　　遙山青到甚處〔五〕，淡雲低蘸影，都化秋水。蟹籪燈疏〔六〕，雁汀月小，滴盡鮫人清淚〔七〕。孤(1)橾綻蘂〔八〕。算夜讀秋窗，尚饒滋味。夢落江湖，曙光搖萬葦。

【校】

（1）"孤"，《詞卷》本作"狐"，誤，據上圖稿本改。

【注】

〔一〕秋魂：吴文英《夜飛鵲》詞："怕雲槎來晚，流紅信杳，縈斷秋魂。"

〔二〕危樓：高樓。歐陽修《踏莎行》詞："樓高莫近危闌倚。平蕪盡處是春山，行人更在春山外。"

〔三〕"對一"二句：王昌齡《長信秋詞》詩："玉顔不及寒鴉色，猶帶昭陽日影來。"

〔四〕棖觸：觸動，感動。棖，音"成"。金李純甫《虞舜卿送橙酒》詩："何物督郵風味惡，棖觸閒愁無處著。"

〔五〕"遥山"句：蘇軾《澄邁驛通潮閣》詩之二："杳杳天低鶻没處，青山一髮是中原。"

〔六〕蟹籪：一作"蟹斷"。捕蟹之具，狀如竹簾，橫置溪流河道之中以斷蟹的道路。

〔七〕鮫人：古代傳説中居於海底的怪人。張華《博物志》卷九："南海外有鮫人，水居如魚，不廢織績，其眼能泣珠。"又："鮫人從水中出，寓人家積日，賣絹將去，從主人索一器，泣而成珠滿盤，以與主人。"

〔八〕檠：音"情"，燈架。代指燈。

前　　調

秋　氣

碧華冉冉蘅皋暮〔一〕，驚心夜堂秋早。蕭瑟關河〔二〕，崢嶸歲月，愁比蘭成多少〔三〕。霜天夜曉。想弄月空山〔四〕，有人孤嘯。乍滌塵襟，吟懷搖落暮雲表〔五〕。　　重陽回首又近，冷楓寒橘裏，芳事都老。吊古愁濃，懷人句苦，併入凄涼懷抱。閒庭淨掃。正風約簾櫳，篆煙徐裊〔六〕。自拂輕寒，玉樽花外倒〔七〕。

【注】

〔一〕"碧華"句：賀鑄《青玉案》詞："碧雲冉冉蘅皋暮，彩筆新題斷腸句。"

〔二〕"蕭瑟"句：柳永《八聲甘州》詞："漸霜風凄緊，關河冷落，殘照當樓。"

〔三〕蘭成：庾信（513—581），字子山，小字蘭成，南陽新野人。由南朝仕北朝，雖官居高位，但常懷憂愁，其作品如《哀江南賦》《枯樹賦》等頗多鄉關之思。

〔四〕 "想弄月"二句：王維《竹里館》詩："獨坐幽篁裏，彈琴復長嘯。深林人不知，明月來相照。"

〔五〕 吟懷：作詩的情緒。秦觀《念奴嬌·赤壁舟中詠雪》詞："遠水長空連一色，使我吟懷逸發。"

〔六〕 篆煙：即篆香。因焚香時所升起的煙縷曲折似篆文，故稱。歐陽修《一斛珠》詞："愁腸恰似沉香篆，千回萬轉縈還斷。"

〔七〕 玉樽：酒杯。王沂孫《聲聲慢》詞："莫辭玉樽起舞，怕重來、燕子空樓。"

前　　調

秋　籟〔一〕

紛紛群動迨然息〔二〕，愁懷爲誰深省。律叶金商〔三〕，聲遲玉漏〔四〕，寂歷良宵初永〔五〕。休嗟斷梗〔六〕。聽空外驚寒，雁程煙冷。戰罷西風，梧桐飛葉下金井〔七〕。　　秋燈書味正倦，有聲方在樹〔八〕，似訴淒哽。斷續莎雞〔九〕，丁冬簷馬〔一〇〕，不定東西馳騁。宿醒乍醒〔一一〕。愛月北窗虛，數聲清磬〔一二〕。憶否邊城，角沉風正緊〔一三〕。

【注】

〔一〕 秋籟：猶秋聲。宋孔平仲《曹亭獨登》詩："微風撼晚色，爽氣回秋籟。"

〔二〕 群動：大自然各種活動。　　迨然：迅捷貌。迨，同"攸"。

〔三〕 律叶金商：指秋聲的旋律爲"金商"。秋於五行爲金，於五音爲商，商爲金音，其音淒厲。三國魏鍾會《菊花賦》："挺葳蕤於蒼春兮，表壯觀乎金商。"

〔四〕 玉漏：古代滴水計時之漏壺的美稱。唐蘇味道《正月十五夜》詩："金吾不禁夜，玉漏莫相催。"

〔五〕 初永：初度也。永，猶度過、消磨。《詩·小雅·白駒》："縶之維之，以永今朝。"陸游《信步近村》詩："端開何以永今朝，拄得筇枝度野橋。"

〔六〕 斷梗：折斷的葦梗，喻漂泊不定。周邦彥《宴清都》詞："寒吹斷梗，風翻暗雪，灑窗填户。"

〔七〕 金井：井欄上有雕飾的井。南朝梁費昶《行路難》詩："唯聞啞啞城上烏,玉欄金井牽轆轤。"
〔八〕 聲方在樹:歐陽修《秋聲賦》:"四無人聲,聲在樹間。"
〔九〕 莎雞:俗稱紡織娘。《詩・豳風・七月》:"六月莎雞振羽。"
〔一〇〕 檐馬:掛在屋檐下的風鈴,風吹作響。
〔一一〕 宿醒:經過一夜尚未全醒的餘醉。三國魏徐幹《情詩》:"憂思連相屬,中心如宿醒。"
〔一二〕 清磬:磬聲。磬,古代打擊樂器。狀如曲尺。用玉、石或金屬製成。懸掛於架上,擊之而鳴。
〔一三〕 角沉:角聲停息。角,古樂器或軍號。西北游牧民族,鳴角以示晨昏;古時打仗以吹角爲號令。《通典・樂一》:"蚩尤氏帥魑魅與黃帝戰於涿鹿,帝乃命吹角爲龍吟以禦之。"

前　調

秋　陰

樓高不放珠簾卷〔一〕,雲容半空堆絮。小苑悄悄〔二〕,遥天漠漠,詩在斷煙平楚〔三〕。黃花豔否〔四〕。怕瘦不禁秋,藉將輕護。拄杖東籬〔五〕,南山頓失舊眉嫵〔六〕。　　殘荷猶喜尚在,夜涼還點檢,閒聽今雨。黯淡秋容,低迷望眼,不信登高能賦〔七〕。前游細數。記獨客吴江〔八〕,冷楓紅舞〔九〕。好是黃昏,夕嵐千萬縷。

【注】

〔一〕 珠簾卷:杜牧《贈別》詩:"春風十里揚州路,卷上珠簾總不如。"
〔二〕 悄悄:幽深悄寂貌。蔡琰《胡笳十八拍》詩:"雁飛高兮邈難尋,空腸斷兮思悄悄。"
〔三〕 平楚:猶平野。文天祥《汶陽道中》詩:"平楚渺四極,雪風迷遠天。"
〔四〕 "黃花"二句:李清照《醉花陰》詞:"簾卷西風,人比黃花瘦。"
〔五〕 東籬:陶潛《飲酒》詩之五:"采菊東籬下,悠然見南山。"
〔六〕 眉嫵:秀眉。《漢書・張敞傳》載京兆尹張敞常爲妻子畫眉,長安人説他"眉嫵"。此喻嫵媚的山色。
〔七〕 登高能賦:《詩・鄘風・定之方中》:"升彼虛矣,以望楚矣……卜云其吉,終然允臧。"《毛傳》:"升高能賦……可以爲大夫。"
〔八〕 吴江:即吴淞江。發源於太湖瓜涇口,在今上海市區外白渡橋附近匯入黃浦江,是上海通往江蘇南部主要水上交通線和上海市區重要航道。

〔九〕 "冷楓"句:姜夔《法曲獻仙音》詞:"誰念我、重見冷楓紅舞。"

掃 花 游[(1)]

豐臺菊花零落〔一〕,同槐廬、粹父泥飲叢祠〔二〕,倚此索和。

彎環十八,是丹鳳城西〔三〕,賣花村路。舊游憶否。又蒼煙偷換,穠春歌舞。好約來遲,一片秋聲在樹。自凝竚。歎著意訪[(2)]秋,秋轉無據。　釃酒重吊古〔四〕。記往日詞人,醉香深塢。遠山翠縷。尚依稀認得,那人眉嫵〔五〕。倦倚西風,誤卻紅牙舊譜〔六〕。喚歸去。聽叢祠、暮天鐘鼓。毛西河姬人曼殊,豐臺張氏女也。

【校】

（1） 此首《薇省同聲集》本《袖墨詞》未收,但見於《半塘定稿》諸本,此據光緒三十二年小放下庵刻本錄入。

（2） "訪",《詞卷》本作"尋",據《半塘定稿》本改。

【注】

〔一〕 豐臺:在今北京右安門外,當時豐臺十八村鮮花譽滿京師。清潘榮陛《帝京歲時紀勝》"豐臺芍藥"條:"京都花木之盛,惟豐臺芍藥甲於天下。"

〔二〕 槐廬:龍繼棟。參見前《解語花》(天開霽色)注。　粹父:即粹甫,王汝純號。參見前《解語花》(天開霽色)注。　泥飲:痛快飲酒。泥,讀去聲,迷戀、流連的意思。陸游《懷青城舊游》詩:"泥飲不容繁杏落,浩歌常送寒蟬沒。"　叢祠:建在叢林中的神廟。《史記·陳涉世家》:"又間令吳廣之次所旁叢祠中,夜篝火,狐鳴呼曰'大楚興,陳勝王'。"司馬貞索隱引《戰國策》高誘注:"叢祠,神祠也。叢,樹也。"

〔三〕 丹鳳城:一稱鳳城。京城的美稱。杜甫《夜》詩:"步檐倚杖看牛鬥,銀漢遙應接鳳城。"仇兆鰲注引趙次公曰:"秦穆公女吹簫,鳳降其城,因號丹鳳城。其後言京城曰鳳城。"

〔四〕 釃酒:斟酒。釃,音"師"。蘇軾《前赤壁賦》:"此非孟德之困於周郎者乎?方其破荆州,下江陵,順流而東也,舳艫千里,旌旗蔽空,釃酒臨江,橫槊賦詩,固一世之雄也,而今安在哉?"

〔五〕那人眉嫵:用《漢書·張敞傳》京兆尹張敞常爲妻子畫眉事。

〔六〕紅牙:伴奏樂器。即紅牙拍板,檀木製作,用以表現樂曲的節奏。司馬光《和王少卿十日與留臺國子監崇福宮諸官赴王尹賞菊之會》:"紅牙板急弦聲咽,白玉舟橫酒量寬。"

翠 樓 吟 (1)

同槐廬、粹父,過聖安寺〔一〕。寺在東湖柳林,舊有金世宗、章宗畫象〔二〕。古松二株,亦數百年物。今並不可得見。惟明指揮商喜畫壁猶存〔三〕,光怪奪目。王阮亭、高念東諸先生聖安僧舍聯句〔四〕,即此地也(2)。

磬落風圓〔五〕,花飛晝寂,東湖試尋(3)初地。興亡如夢過(4),算都付、銅仙鉛淚〔六〕。詩心禪味(5)。任歷劫枯桑〔七〕,流光飛轡。閒僧(6)睡。有誰知得,古懷今意。　劇憶(7)〔八〕。仙客當年〔九〕,擁翠箋斑管〔一〇〕,雅游同記。奇觀搜(8)殿壁〔一一〕,看龍象、森嚴餘幾(9)〔一二〕。塵緣清未。更覺徑花分,捫碑苔碎。傷憔悴。暮濤吹卷,碧雲天際。

【校】

（1）此據《剩稿》光緒三十二年小放下庵刻本。
（2）《袖墨集》稿本序末有"歸途訪憫忠寺唐碑"句。
（3）試尋,《袖墨集》稿本作"乍訪"。
（4）如夢過,《袖墨集》稿本作"休吊古"。
（5）詩心禪味,《袖墨集》稿本作"禪心詩味"。
（6）閒僧,《袖墨集》稿本作"僧雛"。
（7）劇憶,《詞卷》本作"此地"。
（8）搜,《袖墨集》稿本原作"餘",後改作"搜"。
（9）餘幾,《袖墨集》稿本原作"環麗",後改作"餘幾"。

【注】

〔一〕槐廬:龍繼棟。參見前《解語花》（天開霽色）注。　粹父:即粹甫,王汝純號。參見前《解語花》(天開霽色)注。　　聖安寺:遺址位於北京宣武門外南橫街西口。當年寺外有湖,詞序所謂"東湖"是也。湖邊有柳林,東湖亦稱柳湖。金天會年間(1123—1135)始建。大殿內壁畫相傳出自明代大畫家商喜之手,代表了中國十五世紀初期宗教壁畫的典型風格,毀於二十世紀六十年代末。

〔二〕金世宗:完顏雍(1123—1189),金朝第五位皇帝(1161—1189 在位)。女真名烏祿,金太祖完顏阿骨打孫,海陵王完顏亮征宋時爲遼東留守,後被擁立爲帝,在位二十九年,終年六十七歲。即位後,停止侵宋戰爭,勵精圖治,革除了海陵王統治時期的弊政,實現了"大定盛世"的鼎盛局面,世稱其爲"小堯舜"。謚號光天興運文德武功聖明仁孝皇帝,廟號世宗,葬於興陵。　　章宗:完顏璟(1168—1208),小字麻達葛,世宗完顏雍孫,完顏允恭子,世宗病死後繼位。章宗統治前期,金朝國力強盛,後期由盛轉衰。在位十九年,病死,終年四十一歲,葬於道陵。

〔三〕商喜:字惟吉,濮陽(今河南濮陽)人,一作會稽(今浙江紹興)人,生卒年不詳。明宣德(1426—1435)中徵入畫院,授錦衣衛指揮。善山水、人物、花木、翎毛,全摹宋人筆意,筆致超逸,無不臻妙,士林多重之。尤善畫獅、虎,善於取神。亦善壁畫。

〔四〕"王阮亭"句:王士禛《池北偶談》卷十四"商喜畫":"京師外城西南隅聖安寺寺殿有商喜畫壁。康熙庚申冬,高念東刑侍將歸淄川,予與施愚山、宋牧仲諸詞人飲餞於寺,共爲聯句五十韻。"王阮亭,王士禛(1634—1711),字貽上,號阮亭,別號漁洋山人,山東新城人。順治十五年(1658)舉會試。官至刑部尚書。謚文簡。論詩創神韻説,其詩詞也以神韻爲主。有《帶經堂全集》。詩集名《精華錄》,詞集名《衍波詞》。高念東,高珩(1612—1697),字蔥佩,號念東,別號紫霞道人,山東淄川人。明崇禎十六年(1643)進士,入清官終刑部左侍郎。

〔五〕風圓:風旋轉而吹。

〔六〕銅仙鉛淚:李賀《金銅仙人辭漢歌》:"空將漢月出宮門,憶君清淚如鉛水。"其序云:"魏明帝青龍元年八月,詔宮官牽車西取漢孝武捧露盤仙人,欲立置前殿。宮官既拆盤,仙人臨載,乃潸然淚下。"後多以寓興亡之感。

〔七〕歷劫:佛教語。謂宇宙在時間上一成一毀叫"劫"。經歷宇宙的成毀爲"歷劫"。後統謂經歷各種災難。沈約《爲文惠太子禮佛願疏》:

"歷劫多幸,夙世善緣。"　　枯桑:老桑樹。蔡邕《飲馬長城窟行》:"枯桑知天風,海水知天寒。"

〔八〕　劇憶:最堪憶。

〔九〕　仙客:指王士禛、高念東等四人。

〔一〇〕　翠箋斑管:紙筆的美稱。王沂孫《摸魚兒》詞:"更爲我將春,連花帶柳,寫入翠箋句。"白樸《中吕·陽春曲·題情》:"輕拈斑管書心中,細折銀箋寫恨詞。"

〔一一〕　奇觀:指商喜壁畫。

〔一二〕　龍象:指金世宗、章宗畫像。

高　陽　臺⁽¹⁾

奉和槐廬詞伯城東紀游之作^{(2)〔一〕}。

撲帽風輕⁽³⁾,侵⁽⁴⁾衣塵細,憑闌小認滄桑。暮鼓晨鐘〔二〕,換將酒社詞場〔三〕。遥山猶是當時色,被西風、吹變寒光。怎禁他⁽⁵⁾,幾片晴雲,幾縷垂楊。　蚪盤⁽⁶⁾不斷婆娑影〔四〕,試詩吟栢下,瓦訪蘭當〔五〕。矗矗秋原〔六〕,渠儂關甚悲涼。村醪隨分將愁沃〔七〕,漫匆匆、瘦損詩腸。最撩人,回首重城〔八〕,一抹殘陽。

【校】

（1）　此首《薇省同聲集》本《袖墨詞》及《半塘定稿》、《剩稿》諸本均未收,據《唱和詞》手稿。

（2）　原序作"九月二十五日同槐廬、粹父及嚴六溪民部薄游城東萬柳堂夕照寺,出廣渠門觀武肅親王祠墓架松。槐廬有詞記游。倚此奉和"。

（3）　"輕",《詞卷》本作"斜"。

（4）　"侵",《詞卷》本作"點"。

（5）　"他"字原缺,據《詞卷》本補。

（6）　"蚪盤",《詞卷》本作"盤蚪"。

【注】

〔一〕　槐廬:龍繼棟。參見前《解語花》(天開霽色)注。　詞伯:稱譽擅長文詞的大家,猶詞宗。這是半塘對龍繼棟的尊稱。宋之問《傷王七秘書監》詩:"書乃墨場絶,文稱詞伯雄。"
〔二〕 暮鼓晨鐘:蘇軾《宿餘杭山寺》詩:"暮鼓晨鐘自擊撞,閉門欹枕對殘缸。"
〔三〕 酒社詞場:吳文英《高陽臺》詞:"芳洲酒社詞場,賦高臺陳跡、曾醉吳王。"
〔四〕 虯盤:像虯龍一樣盤繞。　婆娑:猶扶疏,紛披貌。南朝宋劉義慶《世説新語·黜免》:"殷因月朔,與衆在聽,視槐良久,歎曰:'槐樹婆娑,無復生意。'"
〔五〕 "瓦訪"句:尋訪漂亮的瓦當。瓦當,筒瓦的頭部。其上多有文字或圖案作裝飾,古舊者爲珍貴文物。蘭,稱美之辭。
〔六〕 贔屭:音"必細"。又名龜趺、石龜,古代漢族傳説中龍生九子之第六子,貌似龜而好負重,有齒,力大可馱負三山五嶽。古代多爲古墓道石碑、建築石柱之底臺及牆頭裝飾,屬靈禽祥獸。又作形容詞,形容有很大力量、非常沉重的意思。司馬光《送齊學士知荆南》詩:"旗旆逶迤蟠夢澤,樓船贔屭壓江濤。"此處謂郊原的大石龜馱着石碑,顯出蒼涼和古老的秋色。
〔七〕 村醪:村酒。醪,本指酒釀,引申爲濁酒。司空圖《柏東》詩:"免教世路人相忌,逢著村醪亦不憎。"
〔八〕 重城:指宮城、都城。李白《鼓吹入朝曲》:"搥鐘速嚴妝,伐鼓啓重城。"

浣　溪　沙

十一月二十一日

天外晴雲一晌留。朔風寒到鷫鷞裘〔一〕。幾回銷凝不關愁〔二〕。　悶語有時呼負負〔三〕,壯懷無那且休休〔四〕。漫從大壑覓藏舟〔五〕。

【注】

〔一〕 鷫鷞裘:指用鷫鷞鳥的皮毛所製之裘。舊題漢劉歆《西京雜記》二:"司馬相如初與卓文君還成都,居貧愁懣,以所著鷫鷞裘就市人陽昌貰酒,與文君爲歡。"鵝,同"鷞"。西晉張華《禽經注》:"鷫鷞,鳥名,

〔二〕 銷凝：銷魂凝神。柳永《夜半樂》詞："對此嘉景，頓覺銷凝，惹成愁緒。"
〔三〕 負負：負罪自責之辭，表示非常慚愧和道歉之意。《後漢書·張步傳》："（張）步退保平壽，蘇茂將萬餘人來救之。茂讓步曰：'以南陽兵精，延岑善戰，而耿弇走之。大王奈何就攻其營？既呼茂，不能待邪？'步曰：'負負，無可言者。'"
〔四〕 休休：算啦！算啦！表示退隱之意。唐司空圖爲其所建濯纓亭取別名"休休亭"。事見《舊唐書·文苑傳》。又辛棄疾《鷓鴣天》詞："書咄咄，且休休。一丘一壑也風流。"
〔五〕 "漫從"句：《莊子·大宗師》："夫藏舟於壑，藏山於澤，謂之固矣。"

摸　魚　子

瑟軒前輩閱近作拜新月詞〔一〕，贈(1)句云："釣竿百尺綴珊瑚，不羨麒麟閣上圖〔二〕。欲取鼇魚斫作膾，問君何處覓屠沽。"蓋檃括詞中語也。倚此奉答(2)。

鎮無聊、一樽相屬，罪言君試聽取。管城食肉都無相〔三〕，妄意鳳脩麟脯(3)〔四〕。君且住。問鯖(4)合侯家、勝得齏鹽否〔五〕。書空自語〔六〕。歎臣朔長(5)飢〔七〕，將軍負腹〔八〕，奇氣向誰吐。　　麟閣上〔九〕，往事不堪(6)細數。算來(7)圖畫難據。高平博陸皆人傑〔一〇〕，屬國爾來何許。休起舞。便燕頷權奇、無覓侯封處〔一一〕。歌予和汝。縱摰得金鼇〔一二〕，髡髦未掃〔一三〕，莫慰此情苦。

【校】

（１） "贈"，《定稿》光緒三十二年本作"有"。
（２） 《唱和詞》手稿序多異文，語意近似，不録。
（３） "妄意"句，《唱和詞》手稿作"妄説鳳脩麏脯"。
（４） "鯖"，《袖墨集》稿本原作"鯨"，後改作"鯖"。
（５） "長"，《定稿》光緒三十二年本、《唱和詞》手稿、《袖墨集》稿本作"常"。
（６） "不堪"，《唱和詞》手稿作"何堪"。

（7）　"來"，《唱和詞》手稿、《詞卷》本作"爲"。

【注】

〔一〕　瑟軒：彭鑾（1832—1891後），字瑟軒，江西寧都人。拔貢生，同治五年（1866）入任内閣中書，後官會典館提調、廣西南寧知府。有《朱弦詞》，並刻《薇省同聲集》。

〔二〕　麒麟閣上圖：漢代爲表彰功臣，圖畫其像於麒麟閣上。《漢書·蘇武傳》："（漢宣帝）甘露三年，單于始入朝。上思股肱之美，乃圖畫其人於麒麟閣。"

〔三〕　"管城"句：黄庭堅《戲呈孔毅父》詩："管城子無食肉相，孔方兄有絶交書。"管城子，指毛筆。韓愈《毛穎傳》："秦皇帝使恬賜之湯沐，而封諸管城，號曰管城子。"

〔四〕　鳳脩麟脯：鳳凰和麒麟的乾肉脯，比喻極爲珍貴的佳餚。

〔五〕　鯖合侯家：《西京雜記》卷二："五侯不相能，賓客不得往來。婁護豐辯，傳食五侯間，各得其歡心，競致奇膳。護乃合以爲鯖，世稱五侯鯖，以爲奇味焉。"西漢婁護巧言善辯，曾爲五侯家的座上客，他將王氏五侯家的珍膳合在一處，烹飪出以鯖魚爲主料的雜燴。從此"五侯鯖"出了名，成爲烹飪名菜中的雜燴之祖。　　齏鹽：指粗茶淡飯，謂貧民家的飲食。齏，用醋、醬拌和，切成碎末的菜或肉。宋陳著《真珠簾》詞："百二十年期，笑道今才半。一味齏鹽清得瘦，婉娩似、梅花香晚。"

〔六〕　書空：《世説新語·黜免》："殷中軍（浩）被廢，在信安，終日恒書空作字。揚州吏民尋義逐之，竊視，唯作'咄咄怪事'四字而已。"

〔七〕　臣朔長飢：《漢書·東方朔傳》："臣朔生亦言，死亦言。朱儒長三尺餘，奉一囊粟，錢二百四十；臣朔長九尺餘，亦奉一囊粟，錢二百四十。朱儒飽欲死，臣朔飢欲死。"

〔八〕　"將軍"句：蘇軾《聞子由瘦》詩自注："俗諺云：'大將軍食飽，捫腹而歎曰："我不負汝。"左右曰："將軍固不負此腹，此腹負將軍。"未嘗出少智慮也。'"

〔九〕　麟閣：即麒麟閣。陳列功臣圖像的閣樓。陸游《醉落魄》詞："空花昨夢休尋覓。雲臺麟閣俱陳跡。元來只有閒難得。青史功名，天卻無心惜。"

〔一〇〕　"高平"二句：歎當時無棟梁之材。高平侯魏相、博陸侯霍光、典屬國蘇武，均爲繪圖麒麟閣的功臣。屬國，指典屬國蘇武。

〔一一〕燕頷：《後漢書·班超傳》：“生燕頷虎頸，飛而食肉，此萬里侯相也。” 權奇：《漢書·郊祀歌》：“志俶儻，精權奇。”王先謙補注：“權奇者，奇譎非常之意。”
〔一二〕金鼇：金海龜。古人想像中的神物。柳永《巫山一段雲》詞：“昨夜麻姑陪宴。又話蓬萊清淺。幾回山腳弄雲濤。仿佛見金鼇。”
〔一三〕鳧毛：野鴨毛。毛，頸上的長毛。

前　　調

瑟軒以長歌見酬，再用前解答之(1)。

對燕臺〔一〕、蒼茫落照，歲華還又催暮。縱橫九陌馳車騎，仰屋著書何補〔二〕。空自苦。怪吾子高歌、青眼還相許〔三〕。餐風飲露。任十丈塵飛，瓊樓自迥，目斷最高處。　年時事，贏得滿襟(2)塵土。儒冠空把身誤〔四〕。文章近價君知未〔五〕，第一鮑家詩句。忘爾汝。算只有醉鄉、日月無今古。休嗟小戶〔六〕。問破帽衝風，吳(3)霜欺鬢〔七〕，還是(4)舊時否。

【校】

（1）《詞卷》本序作“瑟軒前輩復以長歌見酬，再用前解即來意奉答。聞人言愁，我亦欲愁，況天寒歲暮時耶”。《袖墨集》稿本作“瑟軒前輩復以長歌見酬，再用前解奉答”。

（2）“襟”，《唱和詞》手稿作“衿”。

（3）“吳”，《袖墨集》稿本原作“吳”，後改作“巖”。

（4）“還是”，《唱和詞》手稿作“猶似”。

【注】

〔一〕燕臺：古臺名，又名金臺、黃金臺。即唐代詩人陳子昂所登之“幽州臺”。故址在今河北省易縣東南。梁任昉《述異記》卷下：“燕昭王爲郭隗築。臺今在幽州燕王故城中。土人呼爲賢士臺，亦謂之招賢臺。”此臺明代以前尚存，高三丈有餘，清代時被毀。

〔二〕仰屋著書：《梁書·南平王偉傳》：“（蕭）恭每從容謂人曰：‘下官歷觀世人，多有不好歡樂，乃仰眠牀上，看屋梁而著書，千秋萬歲，誰傳此者？’”

〔三〕青眼：《晉書·阮籍傳》："籍又能爲青白眼。見禮俗之士，以白眼對之。及嵇喜來弔，籍作白眼，喜不懌而退；喜弟康聞之，乃齎酒挾琴造焉，籍大悦，乃見青眼。"黄庭堅《登快閣》詩："朱弦已爲佳人絕。青眼聊因美酒橫。"後詩詞中亦常將"青眼"指代朋友。

〔四〕"儒冠"句：杜甫《奉贈韋左丞丈二十二韻》詩："紈袴不餓死，儒冠多誤身。"

〔五〕"文章"二句：意爲即如第一流的鮑照詩句也不值錢。李賀《秋來》詩："秋墳鬼唱鮑家詩，恨血千年土中碧。"

〔六〕小户：飲酒量大稱大户，量小稱小户。白居易《醉後》詩："猶嫌小户長先醒，不得多時住醉鄉。"

〔七〕"吳霜"句：辛棄疾《江神子》詞："吳霜應點鬢雲斑。綺窗閒，夢連環。"唐薛曜《子夜冬歌》詩："朔風扣群木，嚴霜凋百草。借問月中人，安得長不老。"

金　縷　曲(1)

讀勒少仲中丞香塚詞〔一〕，即用原解書後(2)。

芳草城南地。訪殘碑(3)、怨紅淒碧〔二〕，斑斑凝淚。斜日蒼黃(4)鳴鵙冷〔三〕，何處蕊珠仙佩〔四〕。抵多少、哀吟山鬼〔五〕。河滿聲中(5)腸欲斷〔六〕，況當年、親製名花誄〔七〕。風葉亂，颭葭葦。　　蓬萊休問司香尉〔八〕。問蓬萊誰是司香尉，詞中句也。(6)算三生、傷春怨别〔九〕，杜郎憔悴。錦字雙行箋恨賦〔一〇〕，唤得香魂醒未。剩嬰母(7)、無言相對〔一一〕。其旁有嬰母塚。何事(8)干卿翻自笑〔一二〕，倚新聲、驚拍紅牙碎〔一三〕。爲呼(9)酒，且沉醉。

【校】

（１）此首《薇省同聲集》本《袖墨詞》及《半塘定稿》《剩稿》諸本均未收，據《唱和詞》手稿。

（２）《詞卷》本序作"讀勒少仲年丈香塚詞，倚聲以和。塚在城南江亭迤北嬰武塚之西，封而不樹。短碣題云：'浩浩劫，茫茫月。鬱鬱佳城，中幽碧血。碧亦有時盡，血亦有時滅。一縷幽魂無斷絕。是耶非耶？化爲蝴蝶。'"

（３）"訪殘碑"，《詞卷》本作"短碑殘"。

（4）"蒼黃"，《詞卷》本作"低迷"。

（5）"河滿聲中"，《詞卷》本作"譜列昭華"。

（6）《詞卷》本無"蓬萊"句及小注。

（7）"嬰母"，《詞卷》本作"嬰武"。

（8）"何事"二句，《詞卷》本作"碎拍紅牙翻自笑，笑干卿、甚事風吹水"。

（9）"爲呼"二句，《詞卷》本作"且呼酒，爲沉醉"。

【注】

〔一〕勒少仲：勒方錡（1816—1880），字悟九，號少仲，江西新建人。道光二十四年（1844）舉人，官刑部員外郎、廣西南寧知府、江蘇按察使，福建巡撫，終河東河道總督。有《太素齋詞鈔》（一名《椁洲詞》）二卷。　　中丞：漢代御史大夫下設兩丞，一稱御史丞，一稱中丞。中丞居殿中，故以爲名。東漢以後，以中丞爲御史臺長官。明清時用作對巡撫的稱呼。《漢書·百官公卿表上》："御史大夫……有兩丞，秩千石。一曰中丞，在殿中蘭臺，掌圖籍秘書，外督部刺史，内領侍御史員十五人，受公卿奏事，舉劾按章。"清梁章鉅《稱謂録·巡撫》："明正統十四年，命都察院右僉都御史鄒來學巡撫順天、永平二府……今巡撫之稱中丞，蓋沿於此。"　　香塚：位於今北京陶然亭東北。又名"蝴蝶塚"。

〔二〕殘碑：即香塚碑。參見本詞校（2）。

〔三〕鳴鴂：即鵜鴂。一名杜鵑。三月即鳴，至夏不止。常用以比喻春逝。《藝文類聚》卷五七引謝惠連《連珠》："蓋聞春蘭早芳，實忌鳴鴂，秋菊晚秀，無憚繁霜。"

〔四〕蕊珠：即蕊珠宮。道教經典中所説的仙宮。錢起《暇日覽舊詩因以題詠》詩："筐篋静開難似此，蕊珠春色海中山。"

〔五〕山鬼：山神。見《楚辭·九歌·山鬼》。

〔六〕河滿：即《何滿子》。唐曲名，其聲淒厲。葛立方《韻語陽秋》卷一五："白樂天云：'《河滿子》，開元中，滄州歌者臨刑進此曲以贖死，竟不得免。'"

〔七〕名花誄：悼念優秀女子的文章。誄，悼念死者的文章。《周禮·春官·大祝》："作六辭以通上下親疏遠近，一曰祠，二曰命，三曰誥，四曰會，五曰禱，六曰誄。"

〔八〕司香尉：管理百花的官員，俗稱護花使者。

〔九〕"算三生"二句：李商隱《杜司勳》詩："刻意傷春復傷別，人間惟有杜司勳。"杜牧有《惜春》《贈別二首》等詩作,傷春怨別,感人肺腑。三生,佛教語。指前生、今生、來生。

〔一〇〕 恨賦:曾作《別賦》的南朝梁文學家江淹又作《恨賦》。全賦四百餘字,哀感頑艷,幽咽淒絕,表現了從得志皇帝到失意士人的諸多哀傷怨恨,是對人世間各種"恨"情的集中概括。此以謂勒少仲的香塚詞。

〔一一〕 嬰母:當指嬰武塚。在今北京陶然亭東北。參本詞校(2)所引《詞卷》本本詞序。

〔一二〕 何事干卿:即"干卿何事",關你甚麼事。南唐馮延巳詞《謁金門》起句"風乍起,吹皺一池春水",中主李璟讀罷,問馮:吹皺一池春水,"干卿何事"?

〔一三〕 紅牙:參見前《掃花游》(彎環十八)注。

大 江 東 去⁽¹⁾

坡公⁽²⁾生日,招同疇丈、粹甫、槐廬、伯謙、薇卿〔一〕,設祀四印齋〔二〕,敬賦⁽³⁾。

熙豐而後〔三〕,問何人、不愧先生風節。奴輩紛紛惇與卞^{(4)〔四〕},都付命宮磨蠍〔五〕。殿上金蓮〔六〕,海壖笠屐〔七〕,身外皆毫末。浮雲富貴,夢婆多事饒舌〔八〕。　即論餘技文章,岷峨千古秀,還爭奇崛〔九〕。七百餘年生氣在,下拜猶通謦欬〔一〇〕。孟博清操〔一一〕,淵明雅尚〔一二〕,比擬差親切〔一三〕。蕭條異代〔一四〕,我懷長⁽⁵⁾此如結。

【校】
(1) 《袖墨集》稿本調名作《百字令》,同調異名。此詞所用格律與《詞譜》所錄《念奴嬌》諸體略異,似如夏承燾先生所云"一詞參用兩體"者(參夏承燾著《月輪山詞論集》之十四《犯調三說》,中華書局1979年版,第168頁)。

(2) "坡公",《袖墨集》稿本作"東坡"。

(3) 《唱和詞》原稿序作"庚辰嘉平十九,約同人拜坡公生日,敬賦"。《詞卷》本序作"嘉平十九日招同端木子疇年丈暨粹甫、槐廬、伯謙、薇卿諸君子拜東坡生日,敬賦"。

（四）"卞"，《唱和詞》手稿、《詞卷》本作"忭"。《袖墨集》稿本原作"忭"，後改作"卞"。

（五）"長"，《唱和詞》手稿、《詞卷》本、《袖墨集》稿本作"常"。

【注】

〔一〕疇丈：端木埰(1816—1892)，字子疇，號碧瀣，江蘇江寧(今南京市)人。道光二十九年(1849)優貢，以薦除內閣中書，充會典館總纂，升內閣侍讀，著有《碧瀣詞》二卷、《宋詞賞心錄》一卷。　薇卿：唐景崧(1841—1903)，字仲申，號薇卿，一號維卿，廣西灌陽縣人，同治四年(1865)進士。曾請纓參加中法戰爭，官至臺灣巡撫。著有《請纓日記》《寄閒雲館詩存》等。

〔二〕四印齋：半塘在京城寓所名。位於今北京宣武門外校場頭條北口路西。況周頤《蕙風詞話·下》"四印齋所刻詞"條釋"四印"云："山谷送張叔和詩，'我捉養生之四印'，謂忍、默、平、直也。百戰百勝，不如一忍。萬言萬業，不如一默。無可揀擇眼界平，不臧秋豪心地直。"

〔三〕熙豐：指熙寧(1068—1077)、元豐(1078—1085)，宋神宗年號。

〔四〕惇與卞：章惇和蔡卞。宋哲宗紹聖間，二人主政，大肆打擊元祐黨人。蘇軾和蘇門四學士均在受打擊排斥之列。

〔五〕命宮磨蠍：王士禛《花草蒙拾》謂："坡公命宮磨蠍，生前爲王珪、舒亶輩所苦，身後又硬受此差排。"命宮，星命術士以本人出生時辰加太陽宮，順數遇卯爲命宮。磨蠍，星宿名。"磨蠍宮"的省稱。舊時迷信星象者，謂生平行事常遭挫折者爲遭逢磨蠍。蘇軾《東坡志林》卷一："退之詩云：'我生之辰，月宿南斗。'乃知退之磨蠍爲身宮，而僕乃以磨蠍爲命，平生多得謗譽，殆是同病也。"

〔六〕金蓮：《宋史·蘇軾傳》："軾嘗鎖宿禁中，召入對便殿。……已而命坐賜茶，撤御前金蓮燭送歸院。"

〔七〕海壖笠屐：宋張端義《貴耳集》卷上："東坡在儋耳，無書可讀。黎子家有柳文數冊，盡日玩誦。一日遇雨，藉笠屐而歸。人畫作圖，東坡自贊：'人所笑也，犬所吠也，笑亦怪也。'用子厚語。"壖，音"阮"。城牆下宮廟外及水邊等處的空地或田地。

〔八〕"夢婆"句：宋趙令畤《侯鯖錄》："東坡老人在昌化，嘗負大瓢行歌於田間。有老婦年七十，謂坡云：'內翰昔富貴，一場春夢。'坡然之。里人呼此媼爲'春夢婆'。"

〔九〕 "即論"三句：謂蘇軾雖以文章爲餘技，但其文章可與岷山和峨眉山爭奇崛。岷峨，岷山和峨眉山的並稱。蘇軾《滿庭芳》詞："歸去來兮，吾歸何處，萬里家在岷峨。"

〔一○〕 謦欬：咳嗽。亦藉指談笑，談吐。《莊子·徐無鬼》："夫逃空虛者，藜藋柱乎鼪鼬之逕，踉位其空，聞人足音跫然而喜矣，又況乎昆弟親戚之謦欬其側者乎？"成玄英疏："況乎兄弟親眷謦欬言笑者乎？"蘇軾《黃州還回太守畢仲遠啓》："路轉湖陰，益聽風謠之美；神馳鈴下，如聞謦咳之音。"

〔一一〕 "孟博"句：《後漢書·范滂傳》："范滂，字孟博，汝南征羌人也。少厲清節，爲州里所服。"蘇轍《東坡先生墓誌銘》："太夫人嘗讀東漢史至《范滂傳》，慨然太息。公侍側曰：'軾若爲滂，夫人亦許之否乎？'太夫人曰：'汝能爲滂，吾顧不能爲滂母耶？'"

〔一二〕 "淵明"句：東坡晚年喜陶詩，自稱作《和陶詩》一百零九首，據研究者統計稱有一百二十多首，其開創和陶詩的先例，之後代不乏人。

〔一三〕 差：較。

〔一四〕 "蕭條"句：杜甫《詠懷古跡五首》詩之二："悵望千秋一灑淚，蕭條異代不同時。"

一萼紅

和子疇年丈人日苦寒韻〔一〕。

短牆隈。看凍凝弱柳，臘意未全回。魯酒銘椒〔二〕，唐花綻蕊〔三〕，天時(1)人事頻催。早凝望(2)、祈年三白〔四〕，甚同雲、天外尚徘徊〔五〕。吉事黏雞〔六〕，歸程遲雁〔七〕，改歲情懷。　幾度緘題寄遠，悵難逢驛使，誰折江梅〔八〕。鳳闕雲深，龍門天迥，望中(3)突兀金臺〔九〕。漫消盡、詩魂潦倒，看東皇、取次送春來〔一○〕。爲喚隔鄰聲嗖，共盡餘杯〔一一〕。

【校】

（1） "天時"句，《袖墨詞》上圖稿本作"惆悵節物頻催"。

（2） "凝望"，《袖墨詞》上圖稿本作"盼斷"。

（3） "望中"，《袖墨詞》上圖稿本作"望裏"。

【注】

〔一〕 人日：舊俗以農曆正月初七爲人日。宗懔《荆楚歲時記》："正月七日爲人日。以七種菜爲羹，剪綵爲人或鏤金箔爲人，以貼屏風，亦戴之頭鬢。又造華勝以相遺，登高賦詩。"

〔二〕 魯酒：魯國出産的酒。味淡薄。後用作薄酒、淡酒的代稱。庾信《哀江南賦》："楚歌非取樂之方，魯酒無忘憂之用。" 銘椒：陳維崧《徵淮安張鞠存先生雙壽詩文啓》："蓋銘椒賦菊，固伯興榮戟之門。"程師恭注："《晉書》武帝左貴嬪作《菊花賦》。"又陳維崧《瑞木賦》："館朝築夫穉李兮，頌夕獻乎椒華。"程師恭注："《晉書》劉臻妻陳氏元日獻《椒華頌》。"

〔三〕 唐花：在室内用加温法培養的花卉。王士禎《居易録》卷三三："今京師臘月即賣牡丹、梅花、緋桃、探春諸花。皆貯暖室，以火烘之。所謂堂花，又名唐花是也。"

〔四〕 祈年三白：祈望一年下三場大雪。《全唐詩》卷八八〇載諺語《占年》："正月三白，田公笑赫赫。"瑞雪兆豐年之謂也。

〔五〕 同雲：即彤雲，釀雪之雲。《詩·小雅·信南山》："上天同雲，雨雪雰雰。"

〔六〕 黏雞：舊俗，正月初一爲雞日，畫雞貼門上，以示謹始。姜夔《一萼紅》詞："朱户黏雞，金盤簇燕，空歎時序侵尋。"

〔七〕 "歸程"句：隋薛道衡《人日思歸》詩："人歸落雁後，思發在花前。"

〔八〕 "悵難"二句：陸凱《贈范曄》詩："折梅逢驛使，寄與隴頭人。江南無所有，聊贈一枝春。"

〔九〕 金臺：即黄金臺、燕臺。參見前《摸魚子》(對燕臺)注。

〔一〇〕 東皇：司春之神。見《楚辭·九歌·東皇太一》。戴叔倫《暮春感懷》詩："東皇去後韶華盡，老圃寒香别有秋。"

〔一一〕 "爲唤"二句：杜甫《客至》詩："肯與鄰翁相對飲，隔籬呼取盡餘杯。"

一萼紅

襄閱覓句堂所懸吴越忠懿王金塗銅塔拓本〔一〕，槐廬屬賦小詞，因循未果。辛巳歲首〔二〕，偶得錢梅溪所輯《金塗塔考》一册於海王村肆中〔三〕，圖識詳明，詩歌美富。是不可無言也。依此索覓句堂諸子和⁽¹⁾。

禮浮圖。乍遺編入手〔四〕，名跡未模糊。誤辨婆留〔五〕，光圓帝釋〔六〕，和南千遍臨撫〔七〕。溯南宋、詞仙清供〔八〕，喜吉羽、沾溉到饞奴〔九〕。鐵券勳名〔一〇〕，石幢功德〔一一〕，比似無殊。　　天目龍飛而後〔一二〕，更金書玉冊，坐鎭⁽²⁾雄都。衣錦名鄉，禮賢賜宅，閉門天子誰如。試東望、湖山深處，定祥雲、如蓋護金趺〔一三〕。怪得王孫好奇，珍並璠璵〔一四〕。

【校】
（１）　《袖墨詞》上圖稿本序作"書錢梅溪金塗塔考後"。
（２）　"坐鎖"，《袖墨詞》上圖稿本作"坐鎭"。

【注】
〔一〕　覓句堂：參見前《解語花》注。　　吳越忠懿王：吳越王錢俶，字文德，後歸宋。卒謚忠懿。　　金塗銅塔：吳越王錢俶於後周顯德二年（995）所鑄銅塔，當時鑄造塔形多種，繫以編號。據《會稽志》："紹興初，秦魯國賢穆大長公主寓第院中掊地得金塗銅塔。"是知爲南宋出土。南宋詩人周文璞有《金銅塔歌》詠其事。此鑲金銅鑄塔高六寸，重三十五兩。塔內有銘文"吳越國王錢俶敬造八萬四千寶塔"，四腳下有"保"字編號，塔身四周刻佛歷劫捨身事蹟。此塔清乾隆中期收入內府，今不知所在，世間拓片罕見。
〔二〕　辛巳：指光緒七年（1881）。
〔三〕　錢梅溪：錢泳（1759—1844），原名鶴，字立群，號梅溪居士，金匱（今江蘇無錫）人。不事科舉，嘗游畢沅幕。工詩詞、善書畫，著有《履園叢話》《履園譚詩》等。　　海王村肆：位於今北京琉璃廠路口、琉璃廠東街，清代已爲著名的書肆和古玩市場。
〔四〕　遺篇：指《金塗塔考》一文。
〔五〕　婆留：《十國春秋·吳越武肅王世家》："（錢鏐）始誕之夕，鏐父寬方他適。鄰人急奔告曰：'適過君家後舍，聞甲馬聲甚衆。'寬疾馳歸，而鏐已生。復有紅光滿室，寬怪之，將棄於水丘氏之井。鏐大母知非常人，固不許。因小字曰'婆留'，而井亦以名。"
〔六〕　帝釋：一稱"帝釋天"。佛教護法神之一。佛家稱其爲三十三天之主，居須彌山頂之善見城。梵文音譯名爲釋迦提桓因陀羅。
〔七〕　和南：佛教語。佛門稱稽首、敬禮爲和南。

〔八〕 詞仙：指南宋詞人曹勛，其詞集開篇《法曲·散序》云："幸有志、曰傳得神仙希夷。希夷。堪爲千古人師。"其《松隱集》曾言及金塗銅塔。

〔九〕 吉羽：即吉光片羽，比喻殘存的藝術珍品。吉光，古代傳説中的神獸名或神馬名。舊題東方朔撰《海內十洲記·鳳麟洲》："吉光毛裘，黃色，蓋神馬之類也。裘入水數日不沉，入火不燋。" 饞奴：半塘自我調侃之辭。南宋吳自牧《夢粱錄》引太學生岳可玉《吃饅頭》詩："老去齒牙辜大嚼，流涎才合慰饞奴。"

〔一〇〕 "鐵券"句：《舊五代史·世襲列傳第二》："唐昭宗命（錢）鏐討昌。乾寧四年，鏐率浙西將士破越州，擒昌以獻。朝廷嘉其功，賜鏐鐵券。"

〔一一〕 "石幢"句：《舊五代史·世襲列傳第二》："梁開平中，浙民上言，請爲（錢）鏐立生祠。梁太祖許之，令翰林學士李琪撰生祠堂碑以賜之。"石幢，古代祠廟中刻有經文、圖像或題名的大石柱。有座有蓋，狀如塔。

〔一二〕 天目龍飛：指吳越建國。天目，山名，在浙江臨安縣境內。分東西兩支，多奇峰竹林。爲浙西名勝地。最高峰爲龍王山。龍飛，喻帝王興起或即位。《易·乾》："飛龍在天，利見大人。"孔穎達疏："若聖人有龍德，飛騰而居天位。"

〔一三〕 金趺：黃金底座。比喻牢固的根基。

〔一四〕 璠璵：美玉名。泛指珍寶。

唐多令

正月二十日⁽¹⁾入直口號〔一〕。

宮樹曉⁽²⁾煙籠。宮牆春水融。破朝衫、依舊颭東風。點檢⁽³⁾緇塵襟袖滿〔二〕，尚凝望、御香濃。　　簪筆漫匆匆〔三〕。風和聞禁鐘〔四〕。畫葫蘆、依樣難工〔五〕。休道金門容大隱〔六〕，且消受、十年中。

【校】

（1） "二十日"，《袖墨集》稿本作"二十二日"。

（2） "曉"，《袖墨集》稿本作"繞"。

（3）"點檢"，《袖墨詞》上圖稿本作"檢點"。

【注】

〔一〕入直：謂官員入宮廷值班。杜甫《送顧八分適洪吉州》詩："三人併入直，恩澤各不二。"　　口號：隨口吟成的詩詞，即"口占"。南朝梁簡文帝《仰和衛尉新渝侯巡城口號》詩，爲口號詩的首創。後爲詩人襲用。如唐張説有《十五日夜御前口號踏歌詞》二首，李白有《口號吴王美人半醉》詩。

〔二〕緇塵：黑色灰塵。常喻世俗污垢。謝朓《酬王晉安》詩："誰能久京洛，緇塵染素衣。"

〔三〕簪筆：謂插筆於冠或笏，以備書寫。古代帝王近臣、書吏及士大夫均有此裝束。《漢書・趙充國傳》："（張安世）本持橐簪筆事孝武帝數十年，見謂忠謹，宜全度之。"顏師古注引張晏曰："近臣負橐簪筆，從備顧問，或有所紀也。"《漢書・昌邑王劉賀傳》："（劉賀）衣短衣大袴，冠惠文冠，佩玉環，簪筆持牘趨謁。"顏師古注："簪筆，插筆於首也。"

〔四〕禁鐘：皇宮禁苑的鐘聲。

〔五〕"畫葫蘆"句：宋魏泰《東軒筆録》卷一："（宋）太祖笑曰：'頗聞翰林草制，皆檢前人舊本改换詞語，此乃俗所謂"依樣畫葫蘆"耳。何宣力之有？'穀聞之，乃作詩書於玉堂之壁曰：'官職須由生處有，才能不管用時無。堪笑翰林陶學士，年年依樣畫葫蘆。'"

〔六〕金門：《史記・滑稽列傳》："（東方）朔曰：'如朔等，所謂避世於朝廷間者也。古之人乃避世於深山中。'時坐席中，酒酣，據地歌曰：'陸沉於俗，避世金馬門。宮殿中可以避世全身，何必深山之中，蒿廬之下。'金馬門者，宦署門也。門傍有銅馬，故謂之曰金馬門。"又李白《玉壺吟》："世人不識東方朔，大隱金門是謫仙。"

齊　天　樂

疇丈出城南步月詞屬和，倚聲奉答。"何地無月？何地無水竹？但少閒暇無事如吾兩人耳。"⁽¹⁾味坡公言，彌覺增人悵惘。⁽²⁾

人間水月尋常有，百年幾時⁽³⁾閒暇。蟾窟輝明〔一〕，鳳城春殢，最是忺人良夜〔二〕。公真静者。更琢句盟煙〔三〕,倚筇尋畫。濯魄冰壺〔四〕,素娥應笑近來寡〔五〕。　婆娑興復(4)不淺〔六〕,問行吟坐嘯,誰伴瀟灑。萼緑猶苞,柳黄未結(5),物外盡多陶寫〔七〕,孤懷漫詫。試著眼歡場,舞臺歌榭。美矣清游,鯫生慚避舍〔八〕。

【校】

（1）《東坡志林》載原文作:"何夜無月？何處無竹？但少閒人如吾兩人耳。"
（2）《袖墨詞》上圖稿本序作"和疇丈城南步月韻"。
（3）"幾時",《袖墨詞》上圖稿本作"幾人"。
（4）"興復",《袖墨詞》上圖稿本作"清興"。
（5）"結",《袖墨詞》上圖稿本作"綻"。

【注】

〔一〕蟾窟:猶蟾宫。月宫。張先《少年游慢》詞:"畫刻三題徹。梯漢同登蟾窟。玉殿初宣,銀袍齊脱,生仙骨。"
〔二〕忺人:令人愉快。忺,音"先"。
〔三〕盟煙:與煙水結盟,謂投身大自然懷抱,且以此爲樂。後"尋畫"意亦此境也。
〔四〕冰壺:指代月亮照映的整個宇宙。元稹《獻滎陽公詩五十韻》:"冰壺通皓雪,綺樹眇晴煙。"
〔五〕素娥:嫦娥的别稱。代稱月亮。《文選》卷一三謝莊《月賦》:"引玄兔於帝臺,集素娥於後庭。"李周翰注:"娥,羿妻常娥也,竊藥奔月,因以爲名。月色白,故云素娥。"
〔六〕婆娑:逍遥,閒散自得。班彪《北征賦》:"登鄣隧而遥望兮,聊須臾以婆娑。"
〔七〕陶寫:謂怡悦情性,消愁解悶。劉義慶《世説新語·言語》:"謝太傅語王右軍曰:'中年傷於哀樂,與親友别,輒作數日惡。'王曰:'年在桑榆,自然至此,正賴絲竹陶寫。恒恐兒輩覺,損欣樂之趣。'"
〔八〕鯫生:猶小生。多作謙稱。劉禹錫《謝中書張相公啓》:"豈唯鯫生,獨受其賜。"　避舍:猶退避。《吕氏春秋·處方》:"昭釐侯至,詰車令各避舍。"

浪　淘　沙⁽¹⁾

春寒緑野,花事尚稀。同許鶴巢前輩賦〔一〕。

春殢小梅梢。漫咽瓊簫〔二〕。詩瓢酒盞總難豪。試問番風吹底物〔三〕,凍合平橋。　　沙净暮雲高。野色刁騷〔四〕。殘寒猶是向人驕。都來花前成一醉,過了花朝〔五〕。

【校】

（1）　此首僅見《袖墨詞》上圖稿本。

【注】

〔一〕　許鶴巢：許玉瑑（1827—1894），原名賡揚，字虞臣，一字起上，號鶴巢，一號續之，江蘇吳縣（今蘇州市）人。同治三年（1864）舉人，官内閣中書、刑部郎中，著有《詩契齋詞鈔》六卷、《獨弦詞》一卷。

〔二〕　瓊簫：玉簫。許鶴巢善吹簫。王翰《飛燕篇》："朝弄瓊簫下彩雲，夜踏金梯上明月。"

〔三〕　番風：指二十四番花信風。據南朝梁宗懔《荆楚歲時記》、宋程大昌《演繁露·花信風》、宋王逵《蠡海集·氣候類》載，自小寒至穀雨，凡四月，共八個節氣，一百二十日，每五日一候，計二十四候，每候應以一種花。每節氣三番。小寒：梅花、山茶、水仙；大寒：瑞香、蘭花、山礬；立春：迎春、櫻桃、望春；雨水：菜花、杏花、李花；驚蟄：桃花、棣棠、薔薇；春分：海棠、梨花、木蘭；清明：桐花、麥花、柳花；穀雨：牡丹、酴醾、楝花。

〔四〕　刁騷：頭髮稀落貌。此喻初春田野荒蕪狀。歐陽修《齋宫尚有殘雪思作學士時攝事於此嘗有〈聞鶯詩〉寄原父因而有感》詩之三："休把青銅照雙鬢，君謨今已白刁騷。"

〔五〕　花朝：指花朝節。舊俗以農曆二月十五日爲"百花生日"，故稱此日爲"花朝節"。吴自牧《夢粱録·二月望》："仲春十五日爲花朝節，浙間風俗，以爲春序正中，百花争放之時，最堪游賞。"又有以農曆二月初二日或十二日爲花朝節者。《廣群芳譜·天時譜二·二月》引《翰墨記》："洛陽風俗，以二月二日爲花朝節。士庶游玩。又爲挑菜節。"

南　　浦

辛巳清明用樂笑翁體[一]。吾鄉壺山桃花甚盛[二]，山半勒"雷酒人之墓"五字，好事者爲之也。年時上塚必出花下[三]，故詞中及之(1)。

廿四數花風[四]，甚餘寒，負卻春陽間度。梁燕未歸來，爭知(2)我、愁對重城煙樹。壺山望斷，酒人誰(3)酹桃花墓。懊惱餳簫頻斷續[五]，似把旅懷輕訴。　朝來閣雨忺晴[六]，憑東闌、乍喜梨雲欲吐[七]。梯柳漫垂青[八]，風塵裏、憔悴往時張緒[九]。新泉舊火[一〇]。夢中無復驚人句。根觸兒時多少事[一一]，燈火夜窗風雨(4)。

【校】

（1）《袖墨集》稿本序作"辛巳清明"。《袖墨詞》上圖稿本序作"辛巳清明用樂笑體"。
（2）"爭知"，《袖墨集》稿本作"誰知"。
（3）"誰"，《袖墨集》稿本作"記"。
（4）《袖墨集》稿本正文後有小注："雷酒人墓在壺山桃花深處，年時上塚所必經也。"

【注】

〔一〕辛巳：光緒七年（1881）。　樂笑翁：南宋詞人張炎（1248—？），字叔夏，號玉田，又號樂笑翁。家臨安。以《南浦·春水》詞得名，人稱張春水。有《山中白雲詞》。
〔二〕壺山：位於今桂林七星公園内普陀山南麓，山南刻有"壺山"二字。因其形似老式酒壺而得名。據傳明末雷姓讀書人隱居於此，唯以飲酒和栽花種桃爲樂，死後葬於壺山南麓，世人稱爲"雷酒人"。舊時，朝陽映於壺山桃林，桃花紅遍，故有"壺山赤霞"之譽。壺山酷似伏地駱駝，今導游圖標示爲"駱駝山"。
〔三〕上塚：亦稱"上墓"，俗稱"上墳"，皇家則稱"上陵"。起於上古，即祭掃先人陵墓，表示紀念。初無定日，後乃定於清明、社日、中元、臘月等四時節日。

〔四〕 花風：即番風。參見前《浪淘沙》(春殢小梅梢)注。
〔五〕 餳簫：賣糖人吹的簫。《詩·周頌·有瞽》："簫管備舉。"鄭玄箋："簫，編小竹管。如今賣餳者所吹也。"孔穎達疏："其時賣餳之人吹簫以自表也。"宋祁《寒食假中作》詩："草色引開盤馬地，簫聲催暖賣餳天。"餳，音"行"，用麥芽或穀芽熬成的飴糖。
〔六〕 閣雨：停雨。閣，擱置，停輟。王維《書事》詩："輕陰閣小雨，深院晝慵開。坐看蒼苔色，欲上人衣來。" 伣晴：將要天晴。伣，音"先"，欲，想要。
〔七〕 "憑東闌"句：蘇軾《東闌梨花》詩："梨花淡白柳深青，柳絮飛時花滿城。惆悵東闌一株雪，人生看得幾清明。"梨雲，指梨花。元陳樵《玉雪亭》詩之一："梨雲柳絮共微茫，春入園林一色芳。"
〔八〕 稊柳：長滿新葉的柳樹。稊，讀如"提"，楊柳新生枝葉。
〔九〕 張緒：字思曼，南朝齊人。參見前《滿江紅》(十載旗亭)注。
〔一〇〕 "新泉"句：指墓穴的燈火。江淹《宋尚書左丞孫緬墓銘》："殯帷兮既晦，泉火兮已閉。"泉，泉下。人死後埋葬之地。"火"音如"澕"。韓愈《元和聖德》詩："施令酬功，急疾如火。天地中間，莫不順序。"
〔一一〕 棖觸：觸動。參見前《齊天樂》(新霜一夜)注。

聲聲慢

春日同伯謙、槐廬〔一〕，憩古龍樹院〔二〕，俗呼龍爪槐，以樹名也(1)。

尋芳策短，款竹門深〔三〕，憑闌共訝春遲。玉笛誰家，梅花已落還吹〔四〕。淪漪半奩水活，問微波、可許通辭〔五〕。吟眺處，歎野鳧盟冷，歸雁聲稀。
休惜黃塵烏帽〔六〕，暫煙潭小憩，且自忘機〔七〕。燕舞鶯歌，夢中一曲清瀰〔八〕。當歸倩誰寄遠，倦游心、爭遣人知。閱世久，算槐龍、長(2)似舊時〔九〕。

【校】
(1) 《詞卷》本、《袖墨集》稿本序作"同伯謙、槐廬坐兼葭簃。簃在野鳧潭上，俗呼龍爪槐，以樹名也"。《袖墨詞》上圖稿本序作"同伯謙、槐廬游龍樹寺"。
(2) "長"，《詞卷》本、《袖墨集》稿本作"常"。

【注】

〔一〕 伯謙、槐廬：參見前《解語花》（天開霽色）注。
〔二〕 古龍樹院：又稱龍樹寺。故址在北京陶然亭西北、龍爪槐胡同内。《道咸以來朝野雜記》："龍樹寺，俗名龍爪槐，在江亭西北。門前野趣瀟灑，爲諸寺之首。内有兼葭簃，當年爲文士吟嘯之所。"
〔三〕 "款竹"句：張炎《一萼紅》詞："款竹門深，移花檻小，動人芳意菲菲。"
〔四〕 "玉笛"二句：李白《與史郎中欽聽黄鶴樓上吹笛》詩："黄鶴樓中吹玉笛，江城五月落梅花。"
〔五〕 "問微波"句：曹植《洛神賦》："無良媒以接歡兮，托微波而通辭。"
〔六〕 黄塵烏帽：黄庭堅《呈外舅孫莘老二首》詩之一："九陌黄塵烏帽底，五湖春水白鷗前。"烏帽，黑帽。古代貴者常服。隋唐後多爲庶民、隱者之帽。
〔七〕 忘機：超然淡泊，消除機心。參見前《解語花》（雲低鳳闕）注。
〔八〕 "夢中"句：夢想回到故鄉。清灕，即灕江，代指半塘故鄉桂林。
〔九〕 槐龍：如龍盤虬的槐樹。此指龍爪槐。

淡　黄　柳⁽¹⁾

小庭垂柳，依依可憐。用石帚⁽²⁾仙自度腔賦之〔一〕，將倩暘谷山人作《淡煙疏雨圖》也〔二〕。

東風巷陌，相伴人岑寂。幾縷輕陰煙外閣。看遍桃紅杏白，如此風流更誰識。　小屏角。情懷未蕭索。漫錯作平比、子雲宅〔三〕。算鶯鄰燕户差堪托。載酒攜柑〔四〕，醉吟閒了，商略生綃畫筆〔五〕。

【校】

（１） 此首僅見《袖墨詞》上圖稿本。
（２） "石帚"，原作"帚石"，誤。依文意徑改。

【注】

〔一〕 石帚仙：謂南宋詞人姜夔。
〔二〕 暘谷山人：戴杲，字暘谷，清代吴縣（今江蘇蘇州）人。善畫山水。見

《讀畫輯略》。

〔三〕子雲宅：漢揚雄故居。宋樂史《太平寰宇記·劍南西道一·益州》："子雲宅在少城西南角，一名草玄堂。"

〔四〕載酒攜柑：唐馮贄《雲仙雜記》卷二引《高隱外書》："戴顒春攜雙柑斗酒。人問何之。曰：'往聽黃鸝聲。此俗耳針砭，詩腸鼓吹，汝知之乎？'"

〔五〕商略：品評，評論。劉義慶《世說新語·品藻》："劉丹陽、王長史在瓦官寺集，桓護軍亦在坐，共商略西朝及江左人物。" 生綃：未漂煮過的絲織品。古時多用以作畫，因亦以指畫卷。韓愈《桃源圖》詩："流水盤回山百轉，生綃數幅垂中堂。"

探 春 慢

朋簪清暇〔一〕，連袂尋春，杯酒論文，疊爲賓主，亦索居之勝概也〔二〕。索⁽¹⁾同游諸君子和。

柳擘綿輕，鶯拋梭密，九十韶華荏苒〔三〕。飛蓋清游，題襟雅集，幾度西園文宴〔四〕。多少平生意，只贏得、衣塵⁽²⁾頻浣。也知不⁽³⁾爲閒愁，酒杯莫問深淺。　　又是蜂癡蝶倦。漫料理吟箋，四愁三怨〔五〕。花好春深，春濃人老，閒裏枉將春戀。待向東君訴，奈遮卻、流雲一片〔六〕。縱有并刀，無聊情緒難剪〔七〕。

【校】

（1）《詞卷》本、《袖墨詞》上圖稿本、《袖墨集》稿本"索"字前有"倚此"二字。

（2）"衣塵"，《袖墨詞》上圖稿本作"塵襟"。

（3）"知不"，《袖墨詞》上圖稿本作"不知"。

【注】

〔一〕朋簪：指朋友。語本《易·豫》："由豫，大有得，勿疑，朋盍簪。"孔穎達疏："盍，合也。簪，疾也。若能不疑於物，以信待之，則衆陰群朋合聚而疾來也。"戴叔倫《卧病》詩："滄洲詩社散，無夢盍朋簪。"

〔二〕索居：孤獨地散處一方。《禮記·檀弓上》："吾離群而索居，亦已久

〔三〕"九十"句：指春光易逝。春季三個月九十天，故云。

〔四〕"飛蓋"三句：曹植《公宴》詩："清夜游西園，飛蓋相追隨。"飛蓋，馳車，驅車。題襟雅集，指以詩文唱和抒懷。題襟，抒寫胸懷。

〔五〕四愁：張衡抑鬱不得志，有感於政治衰敗，作《四愁》詩表達其對國事的關懷和憂慮。　　三怨：諸多怨恨。《左傳·僖公二十八年》："楚有三施，我有三怨。怨讎已多，將何以戰？"

〔六〕"待向"二句：語本李白《登金陵鳳凰臺》詩："總爲浮雲能蔽日，長安不見使人愁。"東君，日神。此處以東君喻帝王、流雲喻讒臣。

〔七〕"縱有"二句：姜夔《長亭怨慢》詞："算空有并刀，難剪離愁千縷。"并刀，并州生産的鋒利剪刀。

喜　遷　鶯

叔兄柏銘服官江右〔一〕，頃來書謂"于役匡番〔二〕，閒日與水光山色爲緣"。此往日舟車舊游地也〔三〕。撫今思昔，棖觸無端，倚此以寄。

楚天凝望。試爲問鷗盟〔四〕，風波無恙。五老雲開〔五〕，小姑煙媚〔六〕，彭蠡夜平如掌〔七〕。畫中荻花楓葉，幾度狂吟孤賞。念此景，歎年時載酒，都成惆悵。　　惆悵。誰念我、衣染塵緇，客久游真浪。官舫延春，虛窗寫月，情味料輸疇曩。謝池夢生春草，也減阿連微尚〔八〕。待何日，更風雨聯牀〔九〕，重尋息作平壤〔一〇〕。

【注】

〔一〕柏銘：半塘之胞兄王鵬海，報捐知縣，分發江西。　　服官：爲官，做官。《禮記·内則》："五十命爲大夫，服官政。"　　江右：江西。指長江下游以西的地區。《晉書·文苑傳序》："至於吉甫、太沖，江右之才傑；曹毗、庾闡，中興之時秀。"

〔二〕匡番：廬山與鄱陽湖。番，通"鄱"。

〔三〕舟車舊游地：半塘父親王必達咸豐五年（1855）得授江西建昌令，咸豐十年（1860）攝建昌知府，咸豐十一年（1861），調攝南昌府事。同治元年（1862），改授饒州知府。同治五年（1866），得賞花翎，擢臬司，仍留任江西。一直到同治十三年(1874),王必達主要在江西爲官。半塘十二歲(1861)至江西與父親團聚,從此隨父宦江西十餘年。

〔四〕 鷗盟:與鷗鳥簽訂友好的盟約,指歸隱江湖。參見前《解語花》(天開霽色)注。黃庭堅《登快閣》詩:"萬里歸船弄長笛,此心吾與白鷗盟。"

〔五〕 五老:指五老峰,江西廬山東南部名峰。五峰形如五老人並肩聳立,故稱。

〔六〕 小姑:小孤山的別稱。在今江西彭澤縣北。歐陽修《歸田錄》卷二:"江南有大、小孤山,在江水中嶷然獨立。俚俗轉孤爲姑。江側有一石磯,謂之澎浪磯,遂轉爲彭郎磯云。彭郎者,小姑婿也。"

〔七〕 彭蠡:古澤藪名。即今江西鄱陽湖。孟浩然《彭蠡湖中望廬山》詩:"中流見匡阜,勢壓九江雄。"

〔八〕 "謝池"二句:鍾嶸《詩品》卷二:"《謝氏家錄》云:康樂每對惠連,輒得佳語。後在永嘉西堂思詩,竟日不就;寤寐間忽見惠連,即成'池塘生春草'。故常云:'此語有神助,非吾語也。'"阿連,即謝惠連。微尚,微小的志趣、意願。常用作謙辭。謝靈運《還舊園作見顔范二中書》:"聖靈昔回眷,微尚不及宣。"

〔九〕 聯牀:謂兄弟或朋友並牀睡在一處談心。唐武元衡《秋夜雨中懷友》詩:"庭空雨鳴驕,天寒雁啼苦。青燈淡吐光,白髮悄無語。幾年不與聯牀吟,君方客吳我猶楚。"

〔一〇〕 重尋息壤:重溫幼年生息之地。《山海經·海內經》:"洪水滔天。鯀竊帝之息壤以堙洪水,不待帝命,帝令祝融殺鯀於羽郊。鯀腹生禹,帝乃命禹率布土以定九州。"晉郭璞《山海經注》:"息壤者,言土自長息無限,故可以塞洪水也。"

宴　清　都

四月望日,謝子石前輩(1)招飲(2)花之寺〔一〕。

歡(3)意隨春減。闌干外、惱人新綠都換(4)。番風次第,酴醾(5)過了〔二〕,華年難絆。依依就地(6)持觴,漫惆悵、尋春(7)較晚。試憑高、認取春痕,亂紅零落誰管。　　年年對酒傷春,蘭成憔悴,愁賦應(8)懶〔三〕。鶯簾按拍〔四〕,鸞箋覓句〔五〕,舊游煙散。休嫌絮影飄零,賴(9)迷卻、天涯望眼。醉歸來、鼓角嚴城(10)〔六〕,輕陰(11)乍轉。

【校】

（1）"謝子石前輩",《半塘剩稿》光緒三十二年本、《袖墨集》稿本作"子石"。

（2）"飲",《袖墨詞》上圖稿本作"游"。

（3）"歡",《詞卷》本作"欸",原校：刻本作"歡"。

（4）"都換",《袖墨詞》上圖稿本作"初換"。

（5）"醾",《詞卷》本作"醿"。

（6）"就地",《半塘剩稿》光緒三十二年本作"占地"。

（7）"尋春",《袖墨詞》上圖稿本作"尋芳"。

（8）"應",《袖墨詞》上圖稿本作"都"。

（9）"賴",《篋中詞》作"仗"。

（10）"嚴城",《袖墨詞》上圖稿本作"重城"。

（11）"陰",《篋中詞》作"寒"。

【注】

〔一〕謝子石：謝元麒（1836—1887?），字子石，廣西臨桂（今桂林市）人。光緒十二年（1886）進士。善畫山水及花竹禽蟲。　花之寺：故址在今北京宣武門外宣武醫院。徐珂《清稗類鈔》"花之寺"條："京師花之寺,曾經曾賓谷（燠）重修,俗呼三官廟,壁懸賓谷詩幀,花木盈庭。寺以南皆花田也,春時芍藥尤盛。"

〔二〕酴醾：花名,又名荼蘼、懸鉤子薔薇。落葉或半常綠蔓生灌木。花白色,有芳香。荼蘼是春季最後開放的花,它的開放意味著春天的結束,夏天的開始。蘇軾《酴醾花菩薩泉》詩："酴醾不爭春,寂寞開最晚。"宋王淇《春暮游小園》詩："開到荼蘼花事了,絲絲天棘出莓牆。"

〔三〕"蘭成"二句：南北朝時著名文學家庾信（513—581）小字蘭成。他初仕梁。出使西魏時,恰值梁滅,被留長安,後仕周,長期羈留北方,不得南歸,憔悴悲戚,作《哀江南賦》以敘志。又曾作《愁賦》《枯樹賦》等表達思念故國鄉土的愁思和怨憤。

〔四〕鶯簾：歌者所居之簾幕,指代居所。鶯,喻歌者。張炎《蝶戀花·贈楊柔卿》詞："幾過鶯簾,聽得間關語。"

〔五〕鶯箋：信箋、紙張的美稱。宋蘇易簡《文房四譜·紙譜》："蜀人造十色箋,凡十幅為一榻,每幅之尾必以竹夾夾之,和十色水逐榻以染。

當染之際,棄置搥理,埋盈左右,不勝其萎頓。逮乾,則光彩相宜,不可名也。然逐幅於方版之上砑之,則隱起花木麟鸞,千狀萬態。"後人因稱彩箋爲"鸞箋"。

〔六〕 嚴城:戒備森嚴的城池。何遜《臨行公車》詩:"禁門儼猶閉,嚴城方警夜。"

疏　　影

七月十八日,子疇年丈招游古龍樹院(1)〔一〕。

幾番游屐〔二〕。又望中景物,催換秋色。相對無言〔三〕,一笑忘機〔四〕,闌干靜倚深碧。愁心自逐行雲渺,漫怨抑、山陽鄰笛〔五〕。問翳形、葉底殘蟬〔六〕,知否西風消息。　猶記那回載酒,散懷恣眺賞〔七〕,春事如織。轉首年光,離合驚心,此意有誰知得。清尊且莫論深淺,儘共岸、風前塵幘〔八〕。看淡黃、依約遙峰,卷起半簾斜日。(2)斜日西山黃到樓,壁上張溫和聯語也。

【校】

（１） 《詞卷》本序作"七月十七日,子疇年丈招飲。游古龍樹院,小飲兼葭筱上。倚此寄興"。《袖墨集》稿本作"七月十七日,疇丈招游古龍樹院"。

（２） 《袖墨集》稿本詞末尚有"好春萬葦綠成海"句。

【注】

〔一〕 子疇:端木埰字子疇。參見前《大江東去》(熙豐而後)注。

〔二〕 游屐:出游時穿的木屐。亦代指游蹤。王安石《韓持國從富并州辟》詩:"何時歸相過,游屐尚可蠟。"

〔三〕 相對句:蘇軾《江城子》詞:"相顧無言,惟有淚千行。"

〔四〕 忘機:忘卻取巧、機詐、競進之心,與世無爭。蘇軾《八聲甘州·寄參寥子》詞:"誰似東坡老,白首忘機。"

〔五〕 山陽鄰笛:晉向秀過山陽,作《思舊賦》。序云:"余與嵇康、呂安居止接近;其人並有不羈之才,然嵇志遠而疏,呂心曠而放。其後各以事見法。……余逝將西邁,經其舊廬,於時日薄虞淵,寒冰淒然,鄰人有吹笛者,發聲寥亮,追思曩昔游宴之好,感音而歎,故作賦云。"後

〔六〕翳形：遮蔽身形，躲藏起來。
〔七〕"散懷"句：敞開胸懷，恣意縱目憑眺欣賞。張炎《慶清朝》（淺草猶霜）詞序："余從之游，盤花旋竹，散懷吟眺，一任所適。太白去後三百年，無此樂也。"
〔八〕共岸風前塵幘：狀酣飲之後的灑脱狂放貌。岸幘，推起頭巾，露出前額。形容態度灑脱，或衣著簡率不拘。宋盧祖皋《賀新郎》詞："倚遍危闌吟不盡，把酒風前岸幘。記當日、西湖爲客。誰剪吳淞江上水，笑乾坤、奇事成兒劇。還照我，夜窗白。"

賀 新 涼

題洪雲軒前輩垂釣圖照〔一〕

一葉空濛裏。認回溪、灣環七二，煙波無際。寂寞承明鷗夢遠，誰識澄懷清泚。聊辦取、江湖生計。指顧珊瑚歸鐵網〔二〕，恐先生、終要投竿起〔三〕。濠上樂，寓言耳〔四〕。　若耶舊日吾鄉里〔五〕。乍披圖、爭流萬壑〔六〕，深情如寄。青笠綠蓑家具在〔七〕，何事勞生久系。算我亦、行將束矣。漁唱日湖尋舊譜〔八〕，和君歌、響徹吳山紫〔九〕。塵外約〔一〇〕，自兹始。

【注】

〔一〕洪雲軒：不詳待考。
〔二〕"指顧"句：喻有才學的人被朝廷録用。《新唐書·拂菻國傳》："海中有珊瑚洲，海人乘大舶墮鐵網水底。珊瑚初生磐石上，白如菌，一歲而黄，三歲赤，枝格交錯，高三四尺，鐵發其根，繫網舶上，絞而出之。"李商隱《碧城》詩："玉輪顧兔初生魄，鐵網珊瑚未有枝。"
〔三〕投竿：丟掉釣竿，入仕爲官。李白《酬坊州王司馬與閻正字對雪見贈》詩："風水如見資，投竿佐皇極。"
〔四〕"濠上"二句：以"濠上"寓言喻别有會心、自得其樂之地。《莊子·秋水》記莊子與惠子游於濠梁之上，見鯈魚出游從容，因辯論魚知樂否。
〔五〕"若耶"句：李白《採蓮曲》："若耶溪邊採蓮女，笑隔荷花共人語。"若耶溪，今名平水江，是紹興境内一條著名的河流。岸畔青山疊翠，風光如畫，河水澄碧。相傳若耶溪有七十二支流。半塘舊籍山陰（今浙江紹興），遂有是説。
〔六〕　争流萬壑：《世説新語·言語》："顧長康從會稽還，人問山川之美。顧云：'千巖競秀，萬壑争流，草木蒙籠其上，若雲興霞蔚。'"
〔七〕　青笠緑簑：張志和《漁歌子》："青箬笠，緑簑衣。斜風細雨不須歸。"
〔八〕　漁唱日湖：宋陳允平有詞集名《日湖漁唱》。陳允平，字君衡，一字衡仲，號西麓，四明（今浙江寧波）人。德佑時，授沿海制置司參議官。宋亡後，曾徵至大都。著有《西麓詩稿》一卷、《西麓繼周集》一卷、《日湖漁唱》一卷。
〔九〕　吴山：在浙江杭州西南隅。左帶錢塘江，右瞰西湖。春秋時爲吴南界，故名。
〔一〇〕　塵外約：歸隱漁樵的約定。張炎《一萼紅》詞："怕冷落、蘋洲夜月，想時將、漁笛靜中吹。塵外柴桑，燈前兒女，笑語忘歸。"

水調歌頭(1)

中秋即事和疇丈〔一〕

把酒看天語〔二〕，倚瑟和君歌〔三〕。良宵能幾三五，不樂待如何。昨歲柔絲織雨，今夕輕雲堆絮，甚處得秋多。快事足千古，奫碩鏡新磨〔四〕。　　奇絶處，狂欲舞，對明河。小山叢桂空賦，招隱意蹉跎〔五〕。漫惜東華塵土〔六〕，休悵南樓鐘鼓〔七〕，由命非由他〔八〕。未遂臨風志〔九〕，吴歌且婆娑〔一〇〕。

【校】

（1）　此首僅見《袖墨詞》上圖稿本。

【注】

〔一〕　疇丈：端木埰，字子疇。參見前《大江東去》（熙豐而後）注。
〔二〕　把酒句：蘇軾《水調歌頭》詞："明月幾時有，把酒問青天。"
〔三〕　瑟：中國古代的弦撥樂器。形狀似琴，有二十五根弦，弦的粗細不同，爲五音階。最早的瑟有五十弦，故又稱"五十弦"。李商隱《錦瑟》詩："錦瑟無端五十弦，一弦一柱思華年。"
〔四〕　碩鏡：大而美的鏡，喻明月。

〔五〕"小山"二句：王逸《楚辭章句》卷一二淮南小山《招隱士》："桂樹叢生兮山之幽，偃蹇連蜷兮枝相繚。"張元幹《寶鼎現》詞："念小山叢桂，今宵狂客，不勝杯勺。"

〔六〕東華：宫城東門名。宋沈括《夢溪筆談·故事一》："今學士初拜，自東華門入，至左承天門下馬。"明清時中樞官署設在宫城東華門内，因以藉稱中央官署。此泛指京城。龔自珍《送南歸者》詩："布衣三十上書回，揮手東華事可哀。"

〔七〕南樓鐘鼓：宋曹組《青門引》詞："孤館昏還曉，厭時聞、南樓鐘鼓。淚眼臨風，腸斷望中歸路。"

〔八〕"由命"句：韓愈《八月十五夜贈張功曹》詩："一年明月今宵多，人生由命非由他，有酒不飲奈明何。"

〔九〕臨風志：蘇軾《踏莎行》詞："山秀芙蓉，溪明罨畫，真游洞穴滄波下。臨風慨想斬蛟靈，長橋千載猶横跨。"（或謂賀鑄作）曾鞏《孫少述示近詩兼仰高致》詩："世外麒麟誰可系，雲中鴻雁本高翔。白頭多病襄陽守，展卷臨風欲自强。"

〔一○〕吴歌：又稱爲江南小調、俚曲、掛枝兒，是明清時代的流行歌曲。可它的歷史卻可追溯到《詩經》。李白樂府古題《子夜吴歌》云："長安一片月，萬户擣衣聲。秋風吹不盡，總是玉關情。何日平胡虜，良人罷遠征。"　　婆娑：婀娜多姿，舞貌。《詩·陳風·東門之枌》："子仲之子，婆娑其下。"毛傳："婆娑，舞也。"

摸　魚　子

秋容正好，養疴閉門[一]，作此示同社諸君子。

莽天涯、寂寥如此，客懷幾度僝僽[二]。秋來難得無風雨，況近重陽時候[三]。凝竚久。悵大好溪山、閒卻支筇手[四]。霜前雁後。問塵鬢蕭蕭，詩心黯黯，勝日可虚負。　　年時事，記得登高載酒。墨痕狼藉襟袖[五]。望中雲物都如昨，只是好懷非舊。君念否。正稻蟹初肥、休遣黄花瘦[六]。新篘盡有[七]。快整頓吟壇，往時旌鼓，盡展眉皺。

【注】

〔一〕養疴：養病。疴，音"科"，疾病。

〔二〕 㒩㒭：煩惱，愁苦。音"蟬宙"。宋周紫芝《宴桃源》詞："寬盡沈郎衣，方寸不禁㒩㒭。"

〔三〕 "秋來"二句：宋釋惠洪《冷齋夜話》卷三"滿城風雨近重陽"條："黃州潘大臨工詩，多佳句，然甚貧。東坡、山谷尤喜之。臨川謝無逸以書問有新作否。潘答書曰：'秋來景物件件是佳句，恨爲俗氛所蔽翳。昨日閒臥，聞攪林風雨聲，欣然起題其壁曰："滿城風雨近重陽。"忽催租人至，遂敗意，止此一句奉寄。'聞者笑其迂闊。"

〔四〕 支筇：支撐著拐杖。張炎《月下笛》詞："千里行秋，支筇背錦，頓懷清友。"

〔五〕 墨痕：蘇軾《寄吕穆仲寺丞》詩："孤山寺下水侵門，每到先看醉墨痕。"

〔六〕 黃花瘦：李清照《醉花陰》詞："莫道不消魂，簾卷西風，人比黃花瘦。"

〔七〕 新篘：新釀製的酒。篘，音"抽"。本意爲濾酒之竹具，此指酒。蘇軾《和子由聞子瞻將如終南太平宮溪堂讀書》詩："近日秋雨足，公餘試新篘。"

滿庭芳

籠燈夜坐〔一〕，忽聞清歌，墜歡根觸，渺兮予懷也〔二〕。

風露高寒，蛩螿怨抑〔三〕，夜闌人倚燈籠。暗塵驚落，何處發清謳〔四〕。已是潘郎老去，青衫在、鬢減花羞〔五〕。十年恨，無端根觸，腸斷舊風流。　風流。彈指處，畫中人遠〔六〕，夢裏春柔。料記曲當時，紅豆還留〔七〕。倩取窺簾淡月，悲歡事、一例全勾。霜華重，丁丁漏水，銀箭咽潛虯〔八〕。

【注】

〔一〕 籠燈：用棉紙糊竹籠罩著固定的蠟炬，在戶外，防風滅燭。即燈籠，俗稱燈籠。

〔二〕 渺兮予懷：《楚辭·九歌·湘夫人》："帝子降兮北渚，目眇眇兮愁予。"蘇軾《前赤壁賦》："渺渺兮予懷，望美人兮天一方。"

〔三〕 蛩螿：音"窮薑"，蟋蟀和寒蟬。姜夔《白石道人詩說》："悲如蛩螿曰吟，通乎俚俗曰謠，委曲盡情曰曲。"

〔四〕清謳：清美的歌唱。《後漢書·張衡傳》："弈秋以棋局取譽，王豹以清謳流聲。"

〔五〕"已是"二句：化用周密《聲聲慢》詞："慵顧曲，歎周郎老去，鬢改花羞。"潘郎，指晉潘岳。岳少時美容止。此作者自指。鬢減，鬢髮減少，老態也。

〔六〕畫中人：明湯顯祖《牡丹亭》：杜麗娘自畫肖像，柳夢梅得之入夢，兩人互生戀情。中國古代亦有畫中人出而爲某宅男愛妻的民間故事。此當指詞人妻子曹氏。作此詞時曹氏已去世十年。

〔七〕"料記曲"二句：唐段安節《樂府雜錄》載，唐大曆中，歌者張紅紅與其父丐食于路，將軍韋青聞其歌喉，納爲姬。嘗有樂工撰新聲未進，先演奏於青。青潛令紅紅聽於屏後，以小豆數記其譜。樂工歌罷，青入問，云：已得矣。青出云：有女弟子曾歌此，非新曲也。即令隔屏風歌之，一聲不失。樂工大驚異。尋達上聽，召入宮，宮中號曰記曲娘子。青卒，紅紅奏曰：妾本風塵丐者，致身入內，不忍忘其恩。因一慟而絕。

〔八〕"丁丁"二句：姜夔《秋宵吟》詞："蛩吟苦，漸漏水丁丁，箭壺催曉。"丁丁，象聲詞，原指伐木聲。《詩·小雅·伐木》："伐木丁丁，鳥鳴嚶嚶。"潛虯，漏壺上刻鑄的虯龍裝飾。代指漏壺。

沁　園　春(1)

秋色佳哉，極目空明〔一〕，遼天雁過。長安古道，蕭蕭落木。薊門廢壘〔二〕，滾滾流波。世事如棋，浮生若夢，且擊銅壺浩蕩歌〔三〕。平生意，算眼中餘子，我亦無多。　　壁間匣劍休磨〔四〕。便鏽澀、塵封也任他。歎聲名馬骨，誰商舊價〔五〕，文章鸞掖〔六〕，競曳新珂〔七〕。老子癡頑〔八〕，此兒寧馨〔九〕，畫壁荒唐未用呵〔一〇〕。關心事，是重陽近了，酒債如何〔一一〕。

【校】

（1）此首僅見《四印齋詞卷》。據《詞譜》，上片第四句當爲五字句，句首或脫一字。

【注】

〔一〕空明：指空曠澄净的天空。蘇軾《海市》詩："東方雲海空復空，群仙出没空明中。"又《前赤壁賦》："桂棹兮蘭槳,擊空明兮溯流光。"
〔二〕薊門:古地名。在今北京城西德勝門外西北隅。明沈榜《宛署雜記·古跡》:"薊丘,在縣西德勝門外五里西北隅,即古薊門也。舊有樓臺並廢,止存二土阜,旁多林木,翳鬱蒼翠,爲京師八景之一,名曰'薊門煙樹'。"
〔三〕擊銅壺句:用王敦酒後擊唾壺而歌事。《世説新語·豪爽》:"王處仲每酒後輒咏,'老驥伏櫪,志在千里;烈士暮年,壯心不已'。以如意打唾壺,壺口盡缺。"銅壺,指唾壺。
〔四〕匣劍:匣中寶劍。杜甫《又上後園山腳》詩:"憂來杖匣劍,更上林北岡。"
〔五〕"歎聲名"二句:《戰國策·燕策一》:"郭隗先生曰:臣聞古之君人有以千金求千里馬者,三年不能得。涓人言於君曰:'請求之。'君遣之。三月得千里馬。馬已死。買其首五百金,反以報君。……"
〔六〕鸞掖:猶鸞臺。門下省的别名。唐楊汝士《宴楊僕射新昌里第》詩:"文章舊價留鸞掖,桃李新陰在鯉庭。"
〔七〕新珂:新的白玉。珂,一説爲螺屬,貝類,因色白如玉,相擊有聲,常作馬勒的飾物。故有時藉指馬。梁簡文帝《采桑》詩:"連珂往淇上,接幰至叢臺。"
〔八〕老子:老年人自稱。猶老夫。《晉書·庾亮傳》:"老子於此處興復不淺。"
〔九〕"此兒"句:猶言此兒優異如天使。寧馨兒,晉宋時俗語,猶今人謂天使般的孩子。《晉書·王衍傳》:"衍,字夷甫,神情明秀,風姿詳雅。總角嘗造山濤,濤嗟歎良久,既去,目而送之曰:'何物老嫗,生寧馨兒!'"後用爲對孩子的美稱。吳曾《能改齋漫録·辨誤》引唐張謂詩:"家無阿堵物,門有寧馨兒。"
〔一〇〕"畫壁"句:東漢王逸《楚辭章句·〈天問〉序》:"屈原放逐,憂心愁悴。彷徨山澤,經歷陵陸。嗟號昊旻,仰天歎息。見楚有先王之廟及公卿祠堂,圖畫天地山川神靈,琦瑋僑佹,及古賢聖怪物行事。周流罷倦,休息其下,仰見圖畫,因書其壁,呵而問之,以洩憤懣。"後因以"呵壁"爲失意者發洩胸中憤懣之典實。
〔一一〕酒債:東漢孔融《失題》詩:"歸家酒債多,門客粲幾行。高談滿四座,一日傾千觴。"王建《寄上韓愈侍郎》詩:"清俸探將還酒債,黄金旋得起書樓。"

長亭怨慢

亭皋木葉下紛紛,七見秋光老薊⁽¹⁾門。多少天涯淪落意,未應秋士獨消魂。此己卯口占句也〔一〕。容易秋風,又逢搖落,古所謂樹猶如此者,豈欺我耶⁽²⁾〔二〕?用石帚仙⁽³⁾自製腔以寫懷抱⁽⁴⁾。

乍吹起、愁⁽⁵⁾心千疊〔三〕。寂寞亭皋,試寒時節。搖落何堪,庾郎離緒黯⁽⁶⁾淒切。客懷添否,還認取、星星髮〔四〕。人老薊門秋,枉盼斷、飛鴻天末。愁絕。對宮溝幾曲,多恐怨紅飄沒〔五〕。尋詩舊徑,省前事、暮鴉能說。是春風、萬綠成圍,早陌上、玉驄嘶熱〔六〕。但極目長空,冷翠淡煙明滅⁽⁷⁾。

【校】

（1）"薊",《詞卷》本作"蘇",原校:"蘇"疑當作"薊"。
（2）"古所謂"二句,《剩稿》光緒三十二年本作"所謂樹猶如此,良可悲已"。"耶",《詞卷》本作"也"。
（3）《剩稿》光緒三十二年本無"仙"字。
（4）《袖墨詞》上圖稿本序作"秋風搖落,觸緒興懷,用白石自度腔以寫素抱"。
（5）"愁",《剩稿》光緒三十二年本、《詞卷》本、《袖墨集》稿本作"秋"。
（6）《袖墨詞》上圖稿本脫一"黯"字。
（7）"是春風"四句,《袖墨詞》上圖稿本作"如今又、雨僽風僝,那更、心情都別。願寄語寒柯,珍重春風披拂"。按:據《詞譜》,"那更"後當脫一字。

【注】

〔一〕己卯:指光緒五年(1879)。半塘自同治九年(1870)在桂林鄉試中舉,次年進京應進士試落第。其《木蘭花慢·龍樹寺》小注云:"同治辛未,潘文勤宴下第公車四十二人於龍樹寺,皆一時名勝也,說者以擬臨朐相國萬柳堂己未禊飲。"半塘或與宴。半塘自同治十年(1871)進京應試至光緒五年(1879),已過七年,故詩云如此。
〔二〕"搖落"二句:庾信《枯樹賦》:"昔年種柳,依依漢南;今看搖落,悽愴江潭。樹猶如此,人何以堪。"

〔三〕　"乍吹起"句：南唐馮延巳《謁金門》詞："風乍起,吹皺一池春水。"
〔四〕　星星：頭髮花白貌。左思《白髮賦》："星星白髮,生於鬢垂。"
〔五〕　"對宮溝"二句：暗用唐"紅葉題詩"的典實,強調科考落榜後的怨抑。宮溝,即御溝,皇宮護城河。周邦彦《六醜·薔薇謝後作》："漂流處,莫趁潮汐。恐斷紅尚有相思字,何由見得。"
〔六〕　玉驄嘶：宋吕勝己《江城子》詞："街槐陰下玉驄嘶。苦相催。醉中歸。"

齊 天 樂

張芝孫同年轉餉入都〔一〕,喜晤有作。

西風吹醒槐花夢〔二〕,重逢又驚人老。玉勒尋春〔三〕,畫簾聽雨,同是五陵年少〔四〕。星霜換了。怕(1)酒凝塵襟,舊痕都渺(2)。情話西窗,翦燈莫惜到霜曉〔五〕。　　雲龍猶喜上下〔六〕,但看雙鬢改,休問懷抱。燕市悲歌〔七〕,黄壚舊事〔八〕,贏得相看一笑。王程自好〔九〕。快收拾奚囊、北征新稿〔一〇〕。漫計歸期,惹人心暗惱。

【校】
（1）《詞卷》原稿本上片第七句"怕"字後加於"酒"字右上,小字。
（2）第八句後本有二"情"字,一在行末,一在行首。據《詞譜》,刪一"情"字。

【注】
〔一〕　張芝孫：待考。據陳巨來《安持人物瑣憶》,清末光宣之際福建學司姚文焯之表侄名張芝孫者,辛亥後曾任北洋政府湖北宜昌稅務局長。或爲其人。　　轉餉：亦作"轉饟"。運送軍糧。《漢書·高帝紀上》："丁壯苦軍旅,老弱罷轉餉。"顏師古注："轉,運;餉,饋也。"
〔二〕　槐花夢：指舉子應試中舉之事。唐代長安舉子,自六月以後,落第者不出京回家,多借静坊廟院及閒宅居住,習業作文,直到當年七月再獻上新作的文章,謂之過夏。時逢槐花正黄,因有"槐花黄,舉子忙"之語。蘇軾《景純復以二篇仍次其韻》詩之二："燭燼已殘終夜刻,槐花還似昔年忙。"明單本《蕉帕記·備聘》："笑他一似半夜裏夢見槐花也,早起就要尋思黃襖穿!"

〔三〕 玉勒:玉飾的馬銜。藉指馬。杜牧《夏州崔常侍自少常亞列出領麾幢十韻》:"別風嘶玉勒,殘日望金莖。"

〔四〕 五陵年少:指京都富豪子弟。白居易《琵琶行》:"五陵年少爭纏頭,一曲紅綃不知數。"

〔五〕 "情話"二句:李商隱《夜雨寄北》詩:"何當共剪西窗燭,卻話巴山夜雨時。"

〔六〕 雲龍:喻朋友相得。趙翼《余簡稚存詩稚存答詩再簡奉酬》:"昔唐有韓孟,雲龍兩連翩。"

〔七〕 "燕市"句:《史記·刺客列傳》:"荆軻嗜酒,日與狗屠及高漸離飲於燕市。酒酣以往,高漸離擊筑,荆軻和而歌於市中,相樂也。已而相泣,旁若無人者。"

〔八〕 "黃壚"句:劉義慶《世説新語·傷逝》:西晉尚書令王戎(濬沖)"乘軺車經黃公酒壚下過,顧謂後車客曰:'吾昔與嵇叔夜(康)、阮嗣宗(籍)共酣飲於此壚……自嵇生夭,阮公亡以來,便爲時所羈絆。今日視此雖近,邈若山河。'"唐李頎《別梁鍠》詩:"朝朝飲酒黃公壚,脱帽露頂爭叫呼。"黃壚,即黃公壚、黃公酒壚。亦泛指酒壚。

〔九〕 王程:奉公命差遣的行程。岑參《送江陵黎少府》詩:"王程不敢住,豈是愛荆州?"

〔一〇〕 奚囊:小奚奴所背負的詩囊。李商隱《李長吉小傳》:"每旦日,與諸公游……恒從小奚奴,騎跛驢,背一古破錦囊,遇有所得,即書投囊中。"　北征:班彪有《北征賦》,杜甫有《北征》詩,俱述奔波流離之苦。詞人北上京都赴舉、張芝孫轉餉入都,均是"北征"。

浪　淘　沙(1)

除夕戲用周晉仙明日新年韻〔一〕

未辦買山錢〔二〕。那得高眠。幾多辛苦豔貂蟬〔三〕。昨夜清灘歸夢穩〔四〕,花繞靈船〔五〕。　吹笛玉梅邊〔六〕。須信奇緣。幕天席地自陶然〔七〕。忽聽旁人頻説與,明日新年。

【校】

(1)　此首僅見《袖墨詞》上圖稿本。

【注】

〔一〕 周晉仙：周文璞字晉仙，號方泉，又號野齋、山楹，南宋陽谷人。曾官溧陽縣丞。有《方泉先生詩集》。其《浪淘沙·明日新年》詞云："還了酒家錢。便好安眠。大槐宮裏著貂蟬。行到江南知是夢，雪壓漁船。　盤礴古梅邊。也信前緣。鵝黃雪白又醒然。一事最奇君聽取，明日新年。"

〔二〕 "未辦"句：指没有歸隱的錢財。蘇軾《浣溪沙·感舊》詞；"徐邈能中酒聖賢。劉伶席地幕青天。潘郎白璧爲誰連。　無可奈何新白髮，不如歸去舊青山。恨無人藉買山錢。"

〔三〕 貂蟬：《三國演義》中人物，傳說中國的四大美女之一。此處似指詞人之妻。

〔四〕 清灘：半塘故鄉桂林灕江，江水四季清澈，故稱。

〔五〕 靈船：夢中船爲花環繞，故以"靈船"美稱之。

〔六〕 "吹笛"句：李白《與史郎中欽聽黃鶴樓上吹笛》詩："黃鶴樓中吹玉笛，江城五月落梅花。"姜夔《暗香》詞："舊時月色。算幾番照我，梅邊吹笛。喚起玉人，不管清寒與攀摘。"

〔七〕 幕天席地：晏殊《訴衷情》詞："幕天席地鬥豪奢。歌妓捧紅牙。從他醉醒醒醉，斜插滿頭花。"

梁苑集

滿　江　紅[一]

朱仙鎮岳廟題廟[二]。有序。

光緒壬午秋日[三],旅宿朱仙,有神游祠廟之異。明年再經祠下,敬一瞻拜。棟雲庭樹,不啻重來,爲生平夢境之最真者。道光辛丑[四],河決開封,時合鎮皆淪巨浸,唯岳祠及東鄰漢關壯繆侯祠輪奐巍然[五],至今無恙,亦神矣哉。

夢裏曾游,瞻拜處,慘然如昨。尚仿佛、雲車風馬[六],精誠潛格[七]。遺廟不隨陵谷變[八],精忠猶壯河山色[九]。撫庭柯、遺恨未全銷,南枝柏[一〇]。昂藏志[一一],風塵客。抬望眼[一二],傷寥邈。倚長空、孤劍鏽斑塵駁。滾滾興亡嗟往事,紛紛和戰無長策[一三]。試悲歌、一曲滿江紅,弦應拆[一四]。

【注】

〔一〕此作韻律説明：據龍榆生《詞韻簡編》第十六部入聲三覺十藥通用。詞中韻腳昨、格在十藥部,邈、駁在三覺部,第十七部入聲十一陌十三職通用,柏、客、策、拆在十一陌,色在十三職。詞中使用兩相鄰韻部。

〔二〕朱仙鎮：地名。在今河南省開封市西南。爲水陸交通要地。岳飛大破金兵,進軍至此。清時與景德、佛山、漢口合稱四大鎮。《宋史·岳飛傳》："飛進軍朱仙鎮,距汴京四十五里,與兀朮對壘而陣,遣驍將以背嵬騎五百奮擊,大破之,兀朮遁還汴京。"

〔三〕光緒壬午：光緒八年(1882)。

〔四〕道光辛丑：道光二十一年(1841)。

〔五〕關壯繆侯：關羽。《三國志·蜀書·關羽傳》："追諡羽曰壯繆侯。"　輪奐：形容屋宇高大衆多。語出《禮記·檀弓下》："晉獻

〔六〕 雲車風馬:《樂府詩集·郊廟歌辭一·練時日》:"靈之車,結玄雲……靈之下,若風馬。"後用"雲車風馬"指神仙的車乘。范成大《臘月村田樂府·祭竈詞》:"古傳臘月二十四,竈君朝天欲言事。雲車風馬小留連,家有杯盤豐典祀。"

〔七〕 "精誠"句:精神暗暗相通。精誠,猶精神。格,感通。

〔八〕 陵谷:高山變爲深谷,深谷變爲山陵。《詩·小雅·十月之交》:"高岸爲谷,深谷爲陵。"毛傳:"言易位也。"鄭玄箋:"易位者,君子居下,小人處上之謂也。"比喻自然界或世事巨變。庾信《周大將軍司馬裔神道碑》:"是以勒此豐碑,懼從陵谷,植之松柏,不忍凋枯。"

〔九〕 精忠:純潔忠貞。葛洪《抱朴子·博喻》:"是以比干匪躬,而剖心於精忠;田豐見微,而夷戮於言直。"《宋史·岳飛傳》:"帝手書'精忠岳飛'字,製旗以賜之。"

〔一〇〕 "撫庭柯"二句:撫摸岳飛墳前松柏,見到枝葉仍舊向著南方,標識着岳飛力圖恢復大宋的精神長存。後人傳岳墳樹枝皆南向。《古詩十九首》:"胡馬依北風,越鳥巢南枝。" 遺恨,岳飛《滿江紅》詞:"靖康恥,猶未雪;臣子恨,何時滅。駕長車、踏破賀蘭山缺。"

〔一一〕 昂藏:超群出衆貌。酈道元《水經注·淇水》:"又東北,沾水注之。水出壺關東沾臺下,石壁崇高,昂藏隱天。"

〔一二〕 抬望眼:岳飛《滿江紅》詞:"抬望眼,仰天長嘯,壯懷激烈。"

〔一三〕 "紛紛"句:暗刺當時朝廷對於來犯之敵是"主戰"還是"言和"拿不定主意,跟宋朝中後期相似。

〔一四〕 拆:同"坼"。裂開,綻開。李紳《杜鵑樓》詩:"杜鵑如火千房拆,丹檻低看晚景中。"

三姝媚

獨游城東廢寺

浮屠空外現〔一〕。聽金鈴搖風,似傳淒怨。礎廢臺(1)荒,想當時曾是,奐璀輪璨〔二〕。月笛霜鐘,經(2)幾度、市朝輕換〔三〕。事往愁新,對此茫茫,賦情都倦。　　休問曇雲真幻〔四〕。試爲訪夷門,信陵游宴〔五〕。古道碑殘,省繁華惟剩,斜陽一片。莫更憑高,空悵望、黄河天遠。賴有忘情葭葦,依依弄晚。

【校】
（１）"臺",《梁苑集》上圖稿本同。依文意似當作"臺"。
（２）"經",《梁苑集》上圖稿本無,疑脱。

【注】
〔一〕浮屠:佛教語。指佛塔。酈道元《水經注·河水一》:"阿育王起浮屠於佛泥洹處,雙樹及塔今無復有也。"
〔二〕奐璀輪璨:盛大絢麗。參見前《滿江紅》(夢裏曾游)注。
〔三〕市朝:市場和朝廷。《周禮·考工記·匠人》:"面朝後市,市朝一夫。"戴震《考工記圖》引徐昭慶曰:"朝者官吏所會,市者商旅所聚,必須有一夫百畝之地,然後足以容之。"
〔四〕曇雲:密佈的雲氣。《説文新附·日部》:"曇,雲布也。"
〔五〕"試爲"二句:用戰國信陵君禮遇夷門監者侯嬴事。《史記·信陵君列傳》:"魏有隱士侯嬴,年七十,家貧,爲大梁夷門監者。公子聞之,往請。"夷門,戰國魏都城的東門。

浣 溪 沙(1)

汴水微茫繞郭流〔一〕。客蹤聊寄古城幽。閒庭蕭寂不成秋。　　已是關河悲落拓,可堪風雨更颼飀〔二〕。悔將身世付輕鷗。

【校】
（１）"沙",《梁苑集》上圖稿本作"紗"。

【注】
〔一〕汴水:古水名。流經開封,注入洪澤湖。蘇軾《虞美人》詞:"無情汴水自東流。只載一船離恨、向西州。"
〔二〕颼飀:象聲詞。風雨聲。明湯式《小桃紅·姚江夜泊》詞:"江風吹雨響颼飀,寒滲青衫透。"

前　　調

擁鼻孤吟不自支〔一〕。吳霜潛向鏡華滋〔二〕。冷愁閒病已多時。　憔悴危弦空倚柱〔三〕，棲皇獨繭自繰絲〔四〕。此情除是夜燈知。

【注】

〔一〕 擁鼻孤吟：《晉書·謝安傳》："安本能爲洛下書生詠，有鼻疾，故其音濁，名流愛其詠而弗能及，或手掩鼻以效之。"後以"擁鼻吟"指用雅音曼聲吟詠。

〔二〕 吳霜：周邦彥《玲瓏四犯》詞："憔悴鬢點吳霜，念想夢魂飛亂。"

〔三〕 危弦：急弦。《文選》卷三五張協《七命》："撫促柱則酸鼻，揮危弦則涕流。"李善注："鄭玄《論語》注曰：'危，高也。'侯瑾《箏賦》曰：'急弦促柱，變調改曲。'陸機《前緩歌行》曰：'大客揮高弦。'意與此同也。"

〔四〕 "獨繭"句：張榘《賀新涼》詞："甚獨繭、抽成長緒。"喻思緒混亂綿長，無法理清。

前　　調

畫裏家山苦未真。年時誓墓負初心〔一〕。臨風惟有淚沾巾。　鶴夢不離塘尾路〔二〕，魚書誰寄隴頭雲〔三〕。一回銷凝一傷神。城東半塘尾村，吾家先隴在焉。

【注】

〔一〕 誓墓：在祖塋前立下誓言。《晉書·王羲之傳》："時驃騎將軍王述少有名譽，與羲之齊名，而羲之甚輕之，由是情好不協。……述後檢察會稽郡，辯其刑政，主者疲於簡對。羲之深恥之，遂稱病去郡，於父母墓前自誓……"

〔二〕 鶴夢：超越凡俗的鄉夢。司空圖《與李生論詩書》："地涼清鶴夢，林靜肅僧儀。"　塘尾：即半塘尾，位于桂林市七星區育才路廣西師範大學南門。參作者詞尾自注。

〔三〕壠頭：即墳頭。壠同"壟"，墳壟。《淮南子·説林訓》云："或謂塚，或謂壠。名異實同也。"此指桂林半塘尾育才小學內的詞人父母墳塋。半塘去世後亦歸葬於此。

前　　調

未賦登樓已不堪^{〔一〕}。遼空孤雁更驚寒。思量無計脱征衫。　鎖恨難尋雙屈戍^{〔二〕}，盟香還憶舊闌干^{〔三〕}。經時留滯尚周南^{〔四〕}。

【注】

〔一〕賦登樓：東漢王粲漂泊日久，懷才不遇，遂作《登樓賦》以抒幽懷。
〔二〕屈戍：亦作"屈戌"，門窗、屏風、櫥櫃等的環紐、搭扣。李商隱《驕兒》詩："凝走弄香奩，拔脱金屈戍。"
〔三〕盟香：古人燃香對神盟誓。
〔四〕"經時"句：典出《史記·太史公自序》："是歲天子始建漢家之封，而太史公留滯周南不得與從事，故發憤且卒。"經時，歷久。蔡邕《述行賦》："余有行於京洛兮，遘淫雨之經時。"周南，意指滯留其地而毫無建樹。又杜甫《晴》詩之二："回首周南客，驅馳魏闕心。"

前　　調

珠履三千説信陵^{〔一〕}。秋光慘澹古夷門^{〔二〕}。可憐撲面總風塵。　地上麒麟原有揎^{(1)〔三〕}，鼎邊雞犬亦同升^{(2)〔四〕}。那教屠狗不畸人^{〔五〕}。

【校】

（1）"揎"，《梁苑集》上圖稿本同。依文意似當作"楦"。
（2）"同升"，《梁苑集》上圖稿本作"飛升"。

【注】

〔一〕"珠履"句：《史記·信陵君列傳》："公子爲人，仁而下士，士無賢不肖皆謙而禮交之。不敢以其富貴驕士。士以此方數千里爭往歸之。致食客三千人。"《史記·春申君列傳》："春申君客三千餘人，其上客

〔二〕 夷門：戰國魏都城的東門。戰國信陵君曾禮遇夷門監侯嬴。參見前《三姝媚》（浮屠空外現）詞注。

〔三〕 麒麟楦：《唐才子傳》卷一："（楊）炯恃才憑傲，每恥朝士矯飾，呼爲'麒麟楦'。或問之。曰：'今弄假麒麟戲者，必刻畫其形覆驢上，宛然異物。及去其皮，還是驢耳。'聞者甚不平。"

〔四〕 "鼎邊"句：喻依附於權貴，其家人、親友均因此而榮耀、得勢。王充《論衡·道虛》："淮南王劉安坐反而死，天下並聞，當時並見，儒書尚有言其得道仙去，雞犬升天者。"

〔五〕 屠狗：殺狗爲業的屠夫。史書未載其名，武功極高，與高漸離、荆軻爲友。《史記·刺客列傳》載："荆軻既至燕，愛燕之狗屠及善擊筑者高漸離。荆軻嗜酒，日與狗屠及高漸離飲於燕市。" 畸人：有獨特志行、不同流俗之人。《莊子·大宗師》："子貢曰：'敢問畸人？'曰：'畸人者，畸於人而侔於天。'"成玄英疏："畸者，不耦之名也。修行無有，而疏外形體，乖異人倫，不耦於俗。"陸游《幽事》詩之二："野館多幽事，畸人無俗情。"

前　　調

舊日梁王尚有臺〔一〕。寂寥高館抗城隈〔二〕。風流千古想憐才〔三〕。　　空自登臨懷李杜〔四〕，更無詞賦訪鄒枚〔五〕。拚將名勝委蒿萊〔六〕。

【注】

〔一〕 "舊日"句：《史記·梁孝王世家》："於是孝王築東苑，方三百餘里，廣睢陽城七十里，大治宮室，爲複道，自宮連屬於平臺三十餘里。"裴駰集解："徐廣曰：'睢陽有平臺里。'駰案：如淳曰：'在梁東北，離宮所在也。'晉灼曰：'或説在城中東北角。'"

〔二〕 抗：對著，與……相對。

〔三〕 憐才：愛惜人才。史載西漢梁孝王劉武禮賢下士，愛惜人才。

〔四〕 懷李杜：懷念李白與杜甫。李白與杜甫曾同作梁園之游，故云。

〔五〕 "鄒枚"句：漢代辭賦家鄒陽與枚乘曾爲梁孝王門客。

〔六〕 蒿萊：野草，雜草。《韓詩外傳》卷一："原憲居魯，環堵之室，茨以蒿萊。"

前　　調

圖畫清明記上河〔一〕。輝煌⁽¹⁾金碧費描模。百年文物宋宣和〔二〕。　古寺零星堆骨董〔三〕,浮屠溜雨卧頭陀〔四〕。靈光欲賦問如何〔五〕。

【校】

（１）"輝煌",《梁苑集》上圖稿本作"暉煌"。

【注】

〔一〕"圖畫"句：指宋張擇端繪《清明上河圖》。
〔二〕宣和：宋徽宗年號(1119—1125)。
〔三〕骨董：指瑣雜的事物,亦即"古董",指歷史文物。朱敦儒《西江月》詞："寺鐘官角任西東,別弄些兒骨董。"
〔四〕頭陀：梵文譯音。意爲"抖擻",即去掉塵垢煩惱。因用以稱僧人。亦專指行腳乞食的僧人。南朝齊王巾《頭陀寺碑文》："以法師景行大迦葉,故以頭陀爲稱首。"
〔五〕"靈光"句：漢王延壽有《魯靈光殿賦》。

前　　調

一卷新詞托瓣香〔一〕。舊時月色夢金梁〔二〕。冷煙衰草付平章〔三〕。　漫向蘋雲尋舊譜〔四〕,好從檀板按新腔〔五〕。由來顧誤屬周郎〔六〕。謂祥符周中丞《金梁夢月詞》。〔七〕

【注】

〔一〕瓣香：佛教語。猶言一瓣香、一炷香。指師承或仰慕某人。陳師道《觀兗文忠公家六一堂圖書》詩："向來一瓣香,敬爲曾南豐。"
〔二〕舊時月色：姜夔《暗香》詞："舊時月色。算幾番照我,梅邊吹笛。"
〔三〕平章：品評。劉禹錫《同樂天和微之深春》之十五："追逐同游伴,平章貴價車。"
〔四〕蘋雲：指歌女。《小山詞》序："時沈十二廉叔、陳十君寵家有蓮鴻蘋雲,品清謳娛客。每得一解,即以草授諸兒,吾三人持酒聽之,爲一笑樂。"

〔五〕 檀板:樂器名。檀木製的拍板。杜牧《自宣州赴官入京路逢裴坦判官歸宣州因題贈》詩:"畫堂檀板秋拍碎,一引有時聯十觥。"
〔六〕 顧誤:《三國志・吳志・周瑜傳》:"瑜少精意於音樂。雖三爵之後,其有闕誤,瑜必知之;知之必顧。故時人謠曰:'曲有誤,周郎顧。'"此以周郎指稱中丞周之琦。
〔七〕 周中丞《金梁夢月詞》:周之琦(1782—1862),字稚圭,號耕樵,一號退庵,河南祥符(今開封市)人。嘉靖十三年進士,歷官翰林院編修、廣西巡撫等。有《金梁夢月詞》。

前　　調

往事宣房憶塞河。勞勞瓠子倦聞歌〔一〕。至今陳跡未消磨。　　澤畔雁鴻縈念少,簾前鶯燕泥人多〔二〕。金錢爭忍付洪波。

【注】

〔一〕 "往事"二句:《史記・河渠書》:"天子乃使汲仁、郭昌發卒數萬人塞瓠子決。於是天子已用事萬里沙,則還,自臨決河,沉白馬玉璧於河,令群臣從官自將軍已下皆負薪填決河……天子既臨河決,悼功之不成,乃作歌曰……於是卒塞瓠子,築宮其上,名曰宣房宮。"
〔二〕 泥人:纏綿,使人留連。宋向子諲《鷓鴣天》詞:"說著分飛百種猜。泥人細數幾時回。"

前　　調

浪蕊浮花競弄姿〔一〕。洛陽芳訊漸衰遲〔二〕。晚秋爭似早春時。　　蓬島不來青鳥使〔三〕,斷橋誰識子規啼〔四〕。等閒蜂蝶耐相思。

【注】

〔一〕 浪蕊浮花:指尋常花草。蘇軾《次韻王廷老退居見寄二首》詩之一:"浪蕊浮花不辨春,歸來方識歲寒人。"

〔二〕 "洛陽"句：歐陽修《戲答元珍》詩："曾是洛陽花下客，野芳雖晚不須嗟。"

〔三〕 "蓬島"句：《藝文類聚》卷九一引《漢武故事》："七月七日，上（漢武帝）於承華殿齋，正中，忽有一青鳥從西方來集殿前。上問東方朔，朔曰：'此西王母欲來也。'有頃，王母至，有兩青鳥如鳥，俠侍王母旁。"後遂以"青鳥"爲信使的代稱。

〔四〕 子規：鳥名，又稱杜鵑、布穀鳥。傳說它的前身是蜀國國王，名杜宇，號望帝，後來失國身死，魂魄化爲杜鵑，從開春時起便晝夜不停地哀啼，加上鳥嘴呈現紅色，舊時又有杜鵑泣血的傳聞。辛棄疾《滿江紅》詞："蝴蝶不傳千里夢，子規叫斷三更月。聽聲聲、枕上勸人歸，歸難得。"

前　　調

吏隱宣南夢未差〔一〕。攀條常愛柳枝斜。定巢新燕又誰家。　　載酒料無今雨至〔二〕，懷人空悵暮雲遮。隔河千里是京華〔三〕。

【注】

〔一〕 吏隱：謂不以利禄縈心，雖居官而猶如隱者。宋之問《藍田山莊》詩："宦游非吏隱，心事好幽偏。"宣南：清代，皇城外宣武門以南地區被稱作"宣南"。明代以來，各地的士人進京趕考，大多聚集於此，是舊北京士大夫文人的薈萃之地，也是清代文化名流居住地。清初的"滿漢分居"、"旗民分治"，更使宣南的大栅欄和天橋成爲老北京最繁華的娛樂、商業場所。當時來京的文人，則以到琉璃廠買書爲樂事。半塘"四印齋"寓所在焉。

〔二〕 今雨：指新交的朋友。語出杜甫《秋述》："秋，杜子臥病長安旅次，多雨生魚，青苔及榻，常時車馬之客，舊雨來，今雨不來。"

〔三〕 "隔河"句：宣南地處北京皇城外，故有"隔河千里"之歎。

前　　調

愁裏天涯夢(1)裏身。悶來索語覓燈唇〔一〕。半生心跡認潛痕。　　抱璞漫誇和氏璧[二],成風難遇郢人斤[三]。不成消盡楚騷魂。

【校】

(1)"夢",《梁苑集》上圖稿本作"病"。

【注】

〔一〕 燈唇:喻蠟燭燃燒時的火焰。
〔二〕 "抱璞"句:《韓非子·和氏》:"楚人和氏(卞和)得玉璞楚山中。奉而獻之厲王。厲王使玉人相之,玉人曰:'石也。'王以和爲誑,而刖其左足。及厲王薨,武王即位,和又奉其璞而獻之武王。武王使玉人相之,又曰:'石也。'王又以和爲誑,而刖其右足。武王薨,文王即位,和乃抱其璞而哭於楚山之下……王乃使玉人理其璞,而得寶焉,遂命曰'和氏之璧'。"
〔三〕 "成風"句:《莊子·徐無鬼》:"郢人堊慢其鼻端若蠅翼,使匠石斲之。匠石運斤成風,聽而斲之,盡堊而鼻不傷。郢人立不失容。"

水 龍 吟

自題大梁秋感詞後[一]

銀箋偷譜秋聲[二],怨娥留照淒涼字[三]。清愁待被[四],連環婀娜[五],了無端委。四顧躊躇,問天呵壁[六],抽刀斷水[七]。把天涯夢影,帕羅重認[八],空悵望、如何是。　欲采叢蘭紉佩[九]。帶圍寬、西風知未[一〇]。關河冷落,風塵湏洞[一一],吟商變徵[一二]。萬里揚舲[一三],十年磨劍[一四],壯心漸已。只長堤煙柳,興亡閱遍,黯斜陽裏。

【注】

〔一〕 大梁:今河南開封市。光緒七年(1881)冬,半塘父王必達從甘肅安肅道移任廣東惠潮嘉道,行抵平涼卒。翌年春,半塘扶柩南歸。第三年冬至大梁省兄王維翰。期間與當地詩友多有詩詞酬唱。
〔二〕 銀箋:白紙的美稱。王沂孫《高陽臺》詞:"怎得銀箋,殷勤與說年華。"偷:悄悄地。
〔三〕 怨娥:嫦娥,指月亮。

〔四〕 祓：古代用齋戒沐浴等方法除災求福，亦泛指掃除。
〔五〕 "連環"句：喻愁緒連續不斷、縹緲環繞，無法去除。
〔六〕 "問天"句：王逸《楚辭章句》："天問者，屈原之所作也。何不言問天？天尊不可問，故曰天問也。屈原放逐，憂心愁悴，彷徨山澤，經歷陵陸，嗟號昊旻，仰天歎息。見楚有先王之廟及公卿祠堂，圖畫天地山川神靈，琦瑋僪佹，及古賢聖怪物行事。周流罷倦，休息其下，仰見圖畫，因書其壁，呵而問之，以泄憤懣舒瀉愁思。"
〔七〕 "抽刀"句：李白《宣州謝朓樓餞別校書叔雲》詩："抽刀斷水水更流，舉杯消愁愁更愁。"
〔八〕 "帕羅"句：史達祖《玉蝴蝶·賦橙》詞："入手溫存，帕羅香自滿。"
〔九〕 "欲采"句：《楚辭·離騷》："扈江離與辟芷兮，紉秋蘭以爲佩。"
〔一〇〕 "帶圍"句：柳永《鳳棲梧》詞："衣帶漸寬終不悔，爲伊消得人憔悴。"
〔一一〕 澒洞：綿延，彌漫。賈誼《旱雲賦》："運清濁之澒洞兮，正重遝而並起。"
〔一二〕 "吟商"句：《國語·周語下》"七律者何"韋昭注："周有七音，王問七音之律，意謂七律爲音器，用黃鍾爲宫，大蔟爲商，姑洗爲角，林鍾爲徵，南吕爲羽，應鍾爲變宫，蕤賓爲變徵也。"吟，彈奏。商，古人把五音與四季相配，商音配秋。商音淒厲，與秋天肅殺之氣相應。變徵，慷慨悲壯之音。《史記·刺客列傳》："太子及賓客知其事者，皆白衣冠以送之。至易水之上，既祖，取道，高漸離擊筑，荊軻和而歌，爲變徵之聲。士皆垂淚涕泣。"
〔一三〕 "萬里"句：乘船遠游。揚舲，揚帆。張炎《壺中天》詞："揚舲萬里，笑當年底事，中分南北。"
〔一四〕 "十年"句：賈島《劍客》詩："十年磨一劍，霜刃未曾試。"

一萼紅

題孟則南溪夜泛圖〔一〕

泛箐筏[二]。愛南溪清淺，煙外狎(1)鷗盟。斗轉城隈，風回萍末，霜天夜色初澄。漫憑弔、樊樓燈火[三]，且滄浪、盡意濯塵纓[四]。門角(2)茶香，船唇波靜，人在空明。　　我欲乘風歸去，怕高寒玉宇，深秘仙扃[五]。泛梗年華〔六〕,虛舟身世〔七〕,無端根觸離情。空惆悵、溪山好在,便登臨、倦眼只瞢騰〔八〕。安得從君畫裏,喚取愁醒(3)。

【校】

（１）"狎",《梁苑集》上圖稿本作"愜"。
（２）"門角",《梁苑集》上圖稿本作"闌角"。
（３）"取"字原無。按《詞譜》,此詞結句當爲四字句,脱一字。據《梁苑集》上圖稿本補。

【注】

〔一〕孟則：待考。
〔二〕箸筌：疑作筌箸。即筌箸。漁具的總稱。亦指貯魚的竹籠。陸龜蒙《漁具》詩序："所載之舟曰舴艋,所貯之器曰筌箸。"疑半塘偶誤以"箸筌"指船。
〔三〕樊樓：宋代東京(開封)大酒樓,又稱白礬樓。樓高三層,五樓相向,各有飛橋相通,華麗壯偉,日常顧客常在千人以上。宋劉子翬《汴京紀事》詩之十七云："憶得少年多樂事,夜深燈火上樊樓。"後用爲酒樓的泛稱。
〔四〕"滄浪"句：《孺子歌》："滄浪之水清兮,可以濯我纓。"
〔五〕"我欲"三句：蘇軾《水調歌頭》詞："我欲乘風歸去,又恐瓊樓玉宇,高處不勝寒。"
〔六〕泛梗：喻漂泊。典出《戰國策·齊策三》："有土偶人與桃梗相與語。桃梗謂土偶人曰：'子,西岸之土也,挺子以爲人,至歲八月,降雨下,淄水至,則汝殘矣。'土偶曰：'不然,吾西岸之土也,土則復西岸耳。今子,東國之桃梗也,刻削子以爲人,降雨下,淄水至,流子而去,則子漂漂者將何如耳。'"張説《石門別楊六欽望》詩："暮年傷泛梗,累日慰寒灰。"
〔七〕虛舟：無人駕馭的船隻。喻人事飄忽,播遷無定。語本《莊子·山木》："方舟而濟於河,有虛船來觸舟,雖有惼心之人不怒。"司馬光《酬王安之聞罷真率會》詩："虛舟非有意,飄瓦不須嗔。"
〔八〕瞢騰：一作"懵騰"。神志不清狀。韓偓《馬上見》詩："和裙穿玉鐙,隔袖把金鞭。去帶瞢騰醉,歸成困頓眠。"

聲聲慢

紅螺山人囑題明湖秋泛圖〔一〕。時客大梁

新荷卓壁〔二〕，斷葦分津，明湖野色澄鮮。扇影衣香，此行何啻登仙。依依泥人垂柳，裊西風、無那嬋娟〔三〕。勞想像，望數中名士，張緒當年〔四〕。　惆悵風塵牢落〔五〕，星漢飛夢，猶落鷗邊。吊古蓬池〔六〕，料應望遠悽然。鵲華尚如舊否〔七〕，理前游，幾親疊箋。快著我，坐船唇、爲子扣舷〔八〕。

【注】

〔一〕 紅螺山人：李葆恂(1859—1915)，字寶卿，一字文石，號猛庵，別署紅螺山人，晚更名理，字寒石，號鳧翁，別署孤笑老人，奉天義州人。曾任湘鄂兩岸淮鹽督銷員、候補道。嗜書畫，精鑒賞。有《紅螺山館詩鈔》《舊學盦筆記》。

〔二〕 卓：正，當。世傳李白《戲贈杜甫》詩："飯顆山頭逢杜甫，頭戴笠子日卓午。"

〔三〕 無那：無奈，無可奈何。那，音"裊娜"的"娜"。此句意即：無可奈何它的美，美得無法形容。

〔四〕 張緒：參見前《滿江紅》(十載旗亭)注。

〔五〕 牢落：孤寂，無聊。陸機《文賦》："心牢落而無偶，意徘徊而不能揥。"

〔六〕 蓬池：古澤藪名。即逢澤。在今河南省開封市東南，戰國魏地，本逢忌之藪。三國魏阮籍《詠懷》詩之十二："徘徊蓬池上，還顧望大梁。"唐韋應物《大梁亭會李四棲梧作》詩："至今蓬池上，遠集八方賓。"

〔七〕 鵲華：橋名。在今山東省濟南市大明湖南岸。

〔八〕 扣舷：蘇軾《前赤壁賦》："於是飲酒樂甚，扣舷而歌之。"

百字令

索陸紫令(1)寫移居圖〔一〕。

剡溪雲懶〔二〕，倩冰毫貌取〔三〕，巢痕新處〔四〕。一片金梁橋畔月，信美歎非吾土〔五〕。芸閣弦詩〔六〕,燈窗寫影,暫學沾泥絮〔七〕。羊求徑小〔八〕,開來爲待今雨。　　休恨浪逐萍移,關河黍夢〔九〕,俯仰皆羈旅。留待(2)雪鴻飛後跡〔一〇〕,還賴探微妙譜〔一一〕。勾漏仙緣〔一二〕,田家逸趣,佳話從頭數。披圖惆悵,故園冷落桑苧(3)〔一三〕。

【校】

（１）　"陸紫令",《梁苑集》上圖稿本作"陸紫英大令",可從。
（２）　"留待",《梁苑集》上圖稿本作"留得"。
（３）　"桑苧",不辭。《梁苑集》上圖稿本作"桑苧",可從。

【注】

〔一〕　陸紫令：即陸紫英大令。陸紫英,人名待考。大令,古時對縣令的尊稱。
〔二〕　剡溪：水名。曹娥江上游。在浙江嵊縣南。李白《夢游天姥吟留別》詩："湖月照我影,送我至剡溪。"
〔三〕　冰毫：喻皎潔的羊毫筆或喻冬天寫字時冰凍的毛筆。宋陳淵《次韻楊丈夜寒直舍》詩："應對短檠呵凍手,只將長卷掃冰毫。"明張泰《寒宵曲》詩："牀前欲寫相思意,呵凍冰毫不成字。"
〔四〕　"巢痕"句：謂新居留有舊居的痕跡。蘇軾《六年正月十二日復出東門仍用前韻》詩："五畝漸成終老計,九重新掃舊巢痕。"
〔五〕　"信美"句：確實美好。王粲《登樓賦》："雖信美而非吾土兮,曾何足以少留。"
〔六〕　芸閣：一作"芸香閣"。秘書省的別稱。因秘書省司典圖籍,故亦以指省中藏書、校書處。劉知幾《史通·忤時》："芸閣之中,英奇接武。"
〔七〕　沾泥絮：喻萬念寂滅,不動凡念塵心。宋趙令時《侯鯖錄》卷三："東坡在徐州,參寥自錢塘訪之,坡席上令一妓戲求詩,參寥口占一絶云：'多謝樽前窈窕娘,好將幽夢惱襄王。禪心已作沾泥絮,不逐東風上下狂。'"
〔八〕　羊求徑：指隱逸的人生道路。《文選》卷三〇謝靈運《田南樹園激流植援》詩："唯開蔣生徑,永懷求羊蹤。"李善注："《三輔決錄》曰：'蔣詡,字元卿,隱於杜陵,舍中三徑。惟羊仲、求仲從之游。二仲皆挫廉逃名。'"
〔九〕　黍夢：黃粱夢。唐沈既濟《枕中記》載,盧生於邯鄲客店中遇道者呂翁。生自歎窮困,翁乃授之枕,使入夢。生夢中歷盡榮華富貴。及醒,主人炊黃粱米飯尚未熟。後因以喻不切實際的富貴幻想及富貴

〔一〇〕 "雪鴻"句：蘇軾《和子由澠池懷舊》詩："人生到處知何似，應似飛鴻踏雪泥。泥上偶然留指爪，鴻飛那復計東西。"

〔一一〕 探微：陸探微，南朝宋人，著名畫家。南齊謝赫《古畫品録》列其爲第一品第一人。

〔一二〕 勾漏：山名。在今廣西北流縣東北。有山峰聳立如林，溶洞勾曲穿漏，故名。爲道家所傳三十六小洞天之第二十二洞天。《晉書·葛洪傳》："以年老，（葛洪）欲煉丹以祈遐壽，聞交址出丹，求爲勾漏令。"

〔一三〕 桑苧：當作"桑苧"。桑樹與苧麻。泛指農桑之事。杜牧《唐故江西觀察使武陽公韋公遺愛碑》："鑿六百陂塘，灌田一萬頃，益勸桑苧機織。"

鷓　鴣　天

甲申寒食〔一〕

寒食郊原淑氣新〔二〕。東風如絮麴塵輕〔三〕。可堪憔悴天涯路，更聽人家野哭聲〔四〕。　　愁渺渺，恨盈盈。故園芳事想凋零。平沙落日蒼茫裏，目斷連天草色青。

【注】

〔一〕 甲申：指光緒十年（1884）。

〔二〕 淑氣：温和之氣。陸機《悲哉行》："蕙草饒淑氣，時鳥多好音。"

〔三〕 麴塵：酒麴上所生菌。因色淡黃如塵，亦用以指淡黃色或嫩柳的顔色，故詩詞中常以喻初發芽的柳條。張先《蝶戀花》詞："柳舞麴塵千萬線，青樓百尺臨天半。"

〔四〕 野哭：杜甫《閣夜》詩："野哭幾家聞戰伐，夷歌數處起漁樵。"

法 曲 獻 仙 音

蒹葭媚晚，秋雲易陰。城隅散步，有莊惠濠濮閒意〔一〕。相視而笑者希矣〔二〕。吊古懷人，浩然成詠。

黃葉聲乾〔三〕，蒼苔步滑，迤邐修蛇深境(1)〔四〕。臨水鷗閒，低空雁斷，蒹葭澹搖秋影。正獨立、蒼茫處，西風暗吹鬢。　　自(2)銷凝〔五〕。向天(3)涯、幾回飄泊，驚骨並花屛〔六〕，夢隨煙暝〔七〕。莫問去來今〔八〕，但認取、澄潭明鏡。擬托微波〔九〕，怕雲期煙約無定〔一〇〕。又人家砧杵〔一一〕，催送暮天霜訊。

【校】

（1）"深境"，《袖墨集》稿本作"深徑"。
（2）"自"，《袖墨集》稿本作"幾"。
（3）"向天"三句，《袖墨集》稿本作"黯風塵、袖羅香換，飄泊久，斷夢總隨煙暝"。

【注】

〔一〕莊惠濠濮：指自得其樂。參見前《賀新涼》（一葉空蒙裏）注。
〔二〕相視而笑：謂二人以上情合意洽的情狀。《莊子·大宗師》："子祀、子輿、子犁、子來四人相與語曰：'孰能以無爲首，以生爲脊，以死爲尻，孰知生死存亡之一體者，吾與之友矣。'四人相視而笑，莫逆於心，遂相與爲友。"
〔三〕黃葉句：黃庭堅《鷓鴣天》詞："寒雁初來秋影寒。霜林風過葉聲乾。"
〔四〕修蛇：傳說在洞庭湖濱的巨蛇。《淮南子·本經訓》："逮至堯之時，十日並出，焦禾稼，殺草木，而民無所食。猰貐、鑿齒、九嬰、大風、封豨、修蛇皆爲民害。堯乃使羿誅鑿齒於疇華之野，殺九嬰于兇水之上，繳大風於青丘之澤，上射十日而下殺猰貐，斷修蛇於洞庭，禽封豨于桑林，萬民皆喜，置堯以爲天子。"高誘注："修蛇，大蛇，吞象三年而出其骨之類。"李白《荆州賊平臨洞庭言懷作》詩："修蛇橫洞庭，吞象臨江島。"
〔五〕銷凝：銷魂凝魄，形容極度悲傷。柳永《夜半樂》詞："對此嘉景，頓覺銷凝，惹成愁緒。"
〔六〕骨並花屛：人同花一起變得衰落。
〔七〕暝：本意爲天黑，黃昏，一天完結。引申爲消失。
〔八〕去來今：佛教語。指過去、未來、現在。唐窺基《大乘法苑義林章記》一："去來今三，是時一切。"蘇軾《過永樂文長老已卒》詩："三過門間老病死，一彈指頃去來今。"
〔九〕　托微波：曹植《洛神賦》："無良媒以接歡兮，托微波而通辭。"
〔一〇〕　雲期煙約：與朋友相邀退隱江湖的約定。
〔一一〕　砧杵：指擣衣石和棒槌。代指擣衣。姜夔《齊天樂》詞："西窗又吹暗雨。爲誰頻斷續，相和砧杵。候館迎秋，離宮吊月，別有傷心無數。"

金　縷　曲

贈李文石公子〔一〕

塵世浮鷗耳。算生平、輪囷⁽¹⁾肝膽，槎枒難死〔二〕。愁病江湖三十載，甚矣吾至憊矣〔三〕。怪青眼、竟逢仙李〔四〕。慷慨悲歌偷淚熱〔五〕，枉向人、自謂非狂士〔六〕。君問我，只如此。　　翩翩濁世佳公子。擅風華、盱衡今古〔七〕，不知許事。吾輩功名非鹵莽，何物銀青金紫〔八〕。快扇障、西南風起。人不我知期我貴〔九〕，映澄懷、夜月清如水。君不見，人間世。

【校】

（1）"輪囤"，不辭。當作"輪囷"。輪囷，盤曲貌。陸游《夜意》詩："輪囷肝膽在，白首倚乾坤。"

【注】

〔一〕　李文石：李葆恂（1859—1915），即紅螺山人。參見前《聲聲慢》（新荷卓壁）注。
〔二〕　槎枒：即槎牙。形容錯落不齊之狀。此謂胸懷不平。蘇軾《郭祥正家醉畫竹石壁上，郭作詩爲謝且遺古銅劍二》詩："枯腸得酒芒角出，肝肺槎牙生竹石。"
〔三〕　"甚矣"句：《論語・述而》："甚矣吾衰也，久矣吾不復夢見周公。"
〔四〕　青眼：參見前《摸魚子》（對燕臺）注。　　仙李：李白稱詩仙，此以謂李文石，認爲他也有李白的詩才。
〔五〕　偷：悄悄地，暗地裏。
〔六〕　狂士：指志向高遠、勇於進取之士。《孟子・盡心下》："孔子在陳，何思魯之狂士？"孫奭疏："琴張、曾皙、牧皮三者皆學於孔子，進取於道而躐等者也,是謂古之狂者也。"亦泛指狂放之士。蘇軾《李太白碑陰記》:"李太白,狂士也。"

〔七〕 盱衡:舉眉揚目,多用于對時局的觀察、縱覽及對于人物面部表情的刻畫。《漢書·王莽傳上》:"當此之時,公運獨見之明,奮亡前之威,盱衡厲色,振揚武怒。"顏師古注引孟康曰:"眉上曰衡。盱衡,舉眉揚目也。"錢謙益《〈張公路詩集〉序》:"昔年營陳戰壘,盱衡時事,蹙蹙然有微風動搖之慮,目瞪口噤,填胸薄喉。"盱,音"須"。

〔八〕 銀青金紫:指代官爵。歐陽修《集古錄》卷九"唐崔能神道碑"條:"自漢以來,有銀青金紫之號。當時所謂青紫者,綬也;金銀者,乃其所佩印章爾。綬,所以繫印者也。後世官不佩印,此名虛設矣。隋唐以來,有隨身魚而青紫爲服色,所謂金紫者,乃服紫衣而佩金魚爾。"

〔九〕 人不我知:即人不知我。《論語·學而》:"人不知而不愠,不亦君子乎。"

金　縷　曲

和文石韻〔一〕

那得年長少。向西風、一番彈淚,一番潦倒。彳亍平臺淒吊古〔二〕,寂寞鳳鸞吟嘯。只梁月(1)、孤光常照〔三〕。不怕繁華消歇易,怕美人、難得花輕老。羈驥足,敢騰踔〔四〕。　喜逢公子夷門道〔五〕。乍披襟、回頭翻恨〔六〕,論心不早。造物生材須有意,位置諒非草草〔七〕。且漫說、江湖落拓〔八〕叶。多謝門前題鳳客〔九〕,任紛紛、顛倒猜懷抱。情莫逆,視而笑。

【校】

(1) "梁月",《梁苑集》上圖稿本作"冷月"。

【注】

〔一〕 文石:即紅螺山人李文石。參見前《聲聲慢》(新荷卓壁)注。

〔二〕 彳亍:小步走,走走停停貌。潘岳《射雉賦》:"彳亍中輟,馥焉中鏑。"

〔三〕 孤光:多指日光或月光。杜甫《王兵馬使二角鷹》詩:"中有萬里之長江,回風滔日孤光動。"

〔四〕 騰趎：跳起，淩空。趎，同"踔"，跳躍。左思《吳都賦》："狖鼯猓然，騰趎飛超。"

〔五〕 夷門：古代城池東門。《史記·信陵君列傳》："公子從車騎，虛左，自迎夷門侯生。"此指與李葆恂在開封相遇。

〔六〕 披襟：亦作"披衿"。猶披心，推誠相見。《晉書·周顗傳》："伯仁總角於東宮相遇，一面披襟，便許之三事，何圖不幸自貽王法。"

〔七〕 位置：佈置，安排。

〔八〕 "江湖"句：杜牧《遣懷》詩："落魄江湖載酒行，楚腰纖細掌中輕。十年一覺揚州夢，贏得青樓薄倖名。"

〔九〕 題鳳客：指來訪之友。典出劉義慶《世說新語·簡傲》："嵇康與呂安善，每一相思，千里命駕。安後來，值康不在。喜（康兄）出戶延之，不入。題門上作'鳳'字而去。喜不覺，猶以爲欣。故作'鳳'字，凡鳥也。"錢起《過張成侍御宅》詩："丞相幕中題鳳人，文章心事每相親。"

金　縷　曲

疊韻答敬伯〔一〕。

爽氣橫嵩(1)少。數心期、今番還爲，幼安傾倒〔二〕。綠酒黃花名園集，雜遝劍歌琴嘯〔三〕。喜朗朗、玉山清照〔四〕。跋扈詞壇君健者〔五〕，困鹽車我拚泥塗老〔六〕。甚矣憊，自趻踔〔七〕。　　承明往事休重道。憶年時、簪毫待漏，鳳池春早〔八〕。鬢改衣緇愁仍在，腸斷天涯芳草。算生計、久輸漁釣。塵黯紅牙尋舊譜〔九〕，且樽前隨分開懷抱。長安遠〔一〇〕，漫西笑(2)。

【校】

（1） "嵩"，原作"蒿"。《詞卷》本原校："蒿"疑當作"嵩"。《梁苑集》上圖稿本正作"嵩"，據改。

（2） 《梁苑集》上圖稿本有小注云："上段煞拍趻字爲韻所束，不能叶律。下段第四韻原用拓字藉叶，敬伯改押釣字。然藉叶亦宋賢所時有，不爲嫌也。"

【注】

〔一〕 疊韻：重用前詞牌韻再詠新詞。　　敬伯：管晏，字敬伯，江蘇武進人。官河南知縣，署運河廳同知，歷參左宗棠、閻敬銘戎幕。所著詩文多散佚，存者有《山東軍興紀略》。

〔二〕幼安：宋代詞人辛棄疾，字幼安。

〔三〕劍歌：彈劍而歌，以示對處境不滿。典出《戰國策·齊策四》：齊人馮諼寄食孟嘗君門下，不得意，"倚柱彈其劍，歌曰：長鋏歸來乎，食無魚……長鋏歸來乎，出無車"。

〔四〕玉山句：喻皎潔俊雅的儀容。《晉書·裴楷傳》："楷風神高邁，容儀俊爽，博涉群書，特精理義，時人謂之'玉人'，又稱'見裴叔則（裴楷字）如近玉山，映照人也。'"

〔五〕跋扈：勇壯貌。張衡《西京賦》："迅卒清候，武士赫怒，緹衣韎韐，睢盱跋扈。"

〔六〕困鹽車：《戰國策·楚策四》："夫驥之齒至矣，服鹽車而上太行……伯樂遭之，下車攀而哭之，解紵衣以冪之。"後多以千里馬"服鹽車"爲典，喻賢才屈沉下僚。　拚泥塗：《莊子·秋水》載莊子在濮水垂釣。楚王派二大夫請他出山做官。莊子頭也未回，說："吾聞楚有神龜，死已三千歲矣。王巾笥而藏之廟堂之上。此龜者，寧其死爲留骨而貴乎？寧其生而曳尾於塗中乎？"二大夫曰："寧生而曳尾塗中。"莊子曰："往矣！吾將曳尾於塗中。"

〔七〕跉踔：一作"躘踔"，音"忱卓"。跳躍貌，跛行貌。《莊子·秋水》："夔謂蚿曰：'吾以一足跉踔而行，予無如矣！'"成玄英疏："跉踔，跳躑也。"引申爲特立獨行，與衆不同。《孟子·盡心下》："如琴張、曾皙、牧皮者，孔子之所謂狂矣。"漢趙岐注："琴張，子張也。子張之爲人踸踔譎詭。"

〔八〕"憶年"二句：狀昔日早起待朝情景。簪毫，謂插筆於冠或笏，以備書寫。古代帝王近臣、書吏及士大夫均有此裝束。百官清晨入朝，等待朝拜天子，謂之"待漏"。漏，古代計時器。鳳池，一作鳳凰池，禁苑中池沼。魏晉南北朝時設中書省於禁苑，掌管機要，接近皇帝，故稱中書省爲"鳳凰池"。《晉書·荀勗傳》："勗久在中書，專管機事。及失之，甚罔罔悵悵。或有賀之者，勗曰：'奪我鳳凰池，諸君賀我邪！'"

〔九〕尋舊譜：周邦彥《月下笛》詞："映宮牆、風葉亂飛，品高調側人未識。想開元舊譜，柯亭遺韻，盡傳胸臆。"

〔一〇〕"長安"二句：李白《經亂後將避地剡中，留贈崔宣城》詩："四海望長安，顰眉寡西笑。"

綺 羅 香

紅螺山人屬題姬英墓誌〔一〕

埋玉香深，誄花銘古〔二〕，恨墨半箋愁滿。篆鏤⁽¹⁾情絲，休問鏡緣長短〔三〕。驚斷夢、蛺蝶羅裙，省前事、小桃人面。黯青衫、酒漬依然，淚痕狼藉定誰浣。　傷春傷別未已，還是幺弦再鼓〔四〕，墜歡仍戀。紫玉煙銷〔五〕，知否杜郎幽怨〔六〕。望天涯、碧海情遙，想堤草、紅心自卷。倩啼鵑、爲護貞瑉〔七〕，數聲風外款。

【校】

（１）"篆鏤"，《袖墨集》稿本作"篆縷"，似可從。

【注】

〔一〕紅螺山人：即李葆恂。參見前《金縷曲》（那得年長少）注。　姬英：當爲紅螺山人愛妾。

〔二〕誄花銘古：祭奠落花的文章古已有之。吳文英《風入松》詞："聽風聽雨過清明。愁草瘞花銘。"

〔三〕鏡緣：藉"破鏡重圓"典實喻夫妻緣分。唐孟棨《本事詩·情感》載：南朝陳太子舍人徐德言與妻樂昌公主恐國破後兩人不能相保，因破一銅鏡，各執其半，約於他年正月望日賣破鏡於都市，冀得相見。後陳亡，公主没入越國公楊素家。德言依期至京，見有蒼頭賣半鏡，出其半相合。德言題詩云："鏡與人俱去，鏡歸人不歸。無復嫦娥影，空留明月輝。"公主得詩，悲泣不食。素知之，即召德言，以公主還之，偕歸江南終老。後因以"破鏡重圓"喻夫妻離散或決裂後重又團聚或和好。

〔四〕幺弦：琵琶的第四弦，藉指琵琶。劉禹錫《奉和淮南李相公早秋即事寄成都武相公》："聆音還竊抃，不覺撫幺弦。"

〔五〕"紫玉"句：指姬英早逝。據干寶《搜神記》卷一六載：吳王夫差小女紫玉，年十八，悦童子韓重，欲嫁而爲父所阻，氣結而死。重游學歸，弔紫玉墓。玉形現，並贈重明珠。玉托夢於王，夫人聞之，出而抱之，玉如煙然。

〔六〕 杜郎：指杜牧。牧有五言長詩《杜秋娘詩》傷憐金陵名妓杜秋娘，其辭幽怨。
〔七〕 貞瑉：石刻碑銘之美稱，指姬英墓碑。柳宗元《國子司業陽城遺愛碣》："願立貞瑉，俾高狀明。"

露　　華

夾竹桃

綺雲婀娜，似江梅斜處，別樣嬌憨。瓊肌倚玉，美人消息平安〔一〕。認得去年門巷，最泥人、翠袖天寒〔二〕。尋舊曲、離根怨葉，欲辨應難。　　劉郎賦情何似〔三〕，想凌雲奏罷，無語相看〔四〕。穠芳左右，迷離綠儼紅儳。莫歎避秦人遠，有晉賢、仙骨珊珊〔五〕。歌扇悄，黃陵怨瑟未闌〔六〕。

【注】
〔一〕 消息平安：《酉陽雜俎續集·支植下》："北都惟童子寺有竹一窠，才長數尺，相傳其寺綱維，每日報竹平安。"
〔二〕 "翠袖"句：杜甫《佳人》詩："天寒翠袖薄，日暮倚修竹。"
〔三〕 "劉郎"句：劉禹錫有《元和十一年自朗州承召至京戲贈看花諸君子》《再游玄都觀絕句》詩，語及桃花。
〔四〕 "想凌雲"二句：贊夾竹桃為富貴之花。《樂書》卷一三八載："王亮母伏妃有疾，祓於洛水，亮弟兄侍從並持節鼓吹，震耀洛濱。武帝登凌雲臺，望之曰：'伏妃可謂富貴矣。'"
〔五〕 "莫歎"二句：指晉陶潛撰《桃花源記》曾盛贊"桃花林"，具有遺世獨立的仙風道骨。珊珊，高潔飄逸貌。元同恕《夾竹桃花》詩："武陵溪畔三生夢，清景蕭蕭亦可憐。"
〔六〕 "黃陵"句：指湘靈鼓瑟事。黃陵，即黃陵廟。韓愈《黃陵廟碑》："湘旁有廟曰黃陵，自前古以祠堯之二女舜二妃者。"此代指二妃。傳說二妃聞舜去世而淚灑斑竹，死後成為湘水之神。

按：歷來詠夾竹桃者，皆以桃與竹分詠之。如宋李之儀《次韻夾竹桃花》詩："料理愁懷落那邊，桃花烘日竹含煙。"半塘此作亦然。

高　陽　臺

"夜長誰是幽人伴,唯有蛩聲與月明。"⁽¹⁾陸放翁句也。秋宵寂寞,以慢聲寫之〔一〕。

静裹秋清,吟邊漏短〔二〕,霜華冷瀉瑶階〔三〕。孤嘯臨風〔四〕,幾番顧影徘徊。梧桐庭院涼如水,沁詩魂、清絶纖埃。未愛⁽²⁾它,雞促更籌,麝冷煙煤〔五〕。　與誰商略眠遲好,正銅鋪露洗〔六〕,冰鑒雲揩〔七〕。憐我憐伊,休嫌步損蒼苔⁽³⁾。朱弦莫譜清商怨〔八〕,怕素娥、省識愁懷。問何如,歌管簾櫳〔九〕,燈火樓臺。

【校】

（1）"夜長"二句：見陸游《枕上》詩。原作："夜長誰作幽人伴,惟是蛩聲與月明。"

（2）"愛",《梁苑集》上圖稿本作"憂"。

（3）"蒼苔",《梁苑集》上圖稿本作"荒苔"。

【注】

〔一〕慢聲：詞學術語,即長調慢詞。詞的體式分令、引、近、慢,令最短,其次爲引、近,稱中調,慢爲長調,一般在九十一字以上。

〔二〕"吟邊"句：謂寫詩作詞,時間過得很快。

〔三〕霜華：月光。唐太宗《秋暮言志》詩："朝光浮燒夜,霜華浄碧空。"　瑶階：玉砌的臺階。常以喻月照石階如玉然。晉王嘉《拾遺記·炎帝神農》："築圓丘以祀朝日,飾瑶階以揖夜光。"

〔四〕孤嘯：王維《竹里館》詩："獨坐幽篁裏,彈琴復長嘯。深林人不知,明月來相照。"

〔五〕"麝冷"句：指爐内麝香已燃盡多時。煙煤,指灰燼。

〔六〕銅鋪：銅質鋪首。即門扇上的銅質銜環獸面。常作虎、螭、龜、蛇等形。姜夔《齊天樂》詞："露濕銅鋪,苔侵石井,都是曾聽伊處。"

〔七〕冰鑒：指月亮。元稹《月三十韻》詩："絳河冰鑒朗,黄道玉輪巍。"

〔八〕朱弦：琴弦的美稱。黄庭堅《登快閣》詩："朱弦已爲佳人絶,青眼聊因美酒橫。"

〔九〕 "歌館"二句：白居易《宴散》詩："笙歌歸院落，燈火下樓臺。"

踏 莎 行

題喟園《聽秋山館圖》〔一〕

秋葉吟商，秋鉦送晚⁽¹⁾〔二〕。閒庭蕭寂成秋苑。不知秋思落誰家，秋蛩何事頻淒惋。　　秋意迷離，秋光婉娩〔三〕。秋心憔悴無人管。客懷容易是悲秋，怪君聽得秋聲慣。⁽²⁾

【校】
（１） "秋鉦"句，《詞卷》本、《梁苑集》上圖稿本作"秋花媚晚"。
（２） 《梁苑集》上圖稿本有小注云："光緒甲申三日噴園道人屬題《聽秋山館圖》。聞愁欲愁，奈何頻喚？其有合於噴園聽秋之懷與？否則，非所能知也。"

【注】
〔一〕 喟園：黎承忠，福建長汀人。據《詞學季刊》創刊號第 208 頁：張爾田《與榆生言彊村遺事書》："古丈少長大梁，與半塘本舊識，方從黎噴園諸老致力於詩，不知詞也。"《彊村語業‧減字木蘭花》之二小注云：長汀。　　聽秋山館：清末詞人朱祖謀（彊村）書齋名，在蘇州鶴園內。朱祖謀為晚清著名詞人，與王鵬運、況周頤、鄭文焯合稱為"清末四大家"。又工於書法。半塘與之交情甚厚。
〔二〕 鉦：一種古代樂器。形似鐘而狹長，有柄，擊之發聲，用銅製成。行軍時用以節止步伐。《詩‧小雅‧采芑》"鉦人伐鼓"毛傳："鉦以靜之，鼓以動之。"孔穎達疏："《說文》云：'鉦，鐃也。似鈴，柄中上下通。'然則鉦即鐃也。"陳奐傳疏："《詩》言誓師，則鉦即《大司馬》之鐸、鐲、鐃矣……鄭司農注《周禮》亦以鐸、鐲、鐃謂鉦之屬，然則鉦其大名也。"
〔三〕 婉娩：天氣溫和。南朝梁庾肩吾《奉使北徐州參丞御》詩："年光正婉娩，春樹轉豐茸。"

祝 英 臺 近

光緒甲申秋〔一〕,題奉箭九年丈先生〔二〕,即請正拍〔三〕。倚裝促辦聲譜〔四〕,荒唐。詞中所述,則皆先生撰著也。

佇清樽,延皓月,款咽按金縷〔五〕。吹笛梅邊〔六〕,風味正如許。者般換羽移宮〔七〕,偷聲減字〔八〕,幾人識、良工心苦〔九〕。　　勝處晤。好將一曲霓裳〔一〇〕,傳神貫今古。海客談瀛〔一一〕,看入洞簫語〔一二〕。自慚柳岸移催,蘋雲調習,未得倩、先生顧誤〔一三〕(1)。

【校】

（1）詞末作者自注:"彭箭九《月底修簫譜》。"

【注】

〔一〕光緒甲申:指光緒十年(1884)。
〔二〕箭九年丈:彭箭九,行跡待考。
〔三〕正拍:請彭箭九修正節拍,即修正詞中格律錯誤。這是謙恭之辭。
〔四〕"倚裝"句:謂臨出發時倉促地將這首《祝英臺近》送請彭箭九修訂格律。亦屬謙恭之辭。彭箭九曾將自己的《月底修簫譜》(即彭氏自編按宮調樂律編寫的、有曲調的《詞譜》)拿給半塘看。半塘寫這首詞回謝,詞中對彭氏《月底修簫譜》給予高度評價。
〔五〕"款咽"句:舒展喉嚨按譜唱曲。金縷,曲調名。梅堯臣《一日曲》詩:"東風若見郎,重爲歌金縷。"此泛稱歌曲。
〔六〕"吹笛"句:姜夔《暗香》詞:"舊時月色,算幾番照我,梅邊吹笛。"
〔七〕換羽移宮:古代樂律術語。謂樂曲換調或改變調高。參見前《齊天樂》(離人心上)注。"宮""商""羽"均爲古代樂曲五音中之音調名。周邦彥《意難忘》詞:"解移宮換羽,未怕周郎。"《宋史·樂志序》:"審乎此道,以之製作,器定聲應,自不奪倫,移宮換羽,特餘事耳。"
〔八〕"偷聲"句:唐宋曲子詞術語。唐代絕句多配樂歌唱。歌唱常用和聲、散聲、偷聲等方法以調節聲調的抑揚緩急。偷聲,即在一句中偷去一字。如張志和《漁歌子》詞第三句"青箬笠,綠蓑衣",把七字句省去一字,分爲三字二句。因而偷聲、減字常連用。

〔九〕 良工：此指彭篃九。
〔一〇〕 霓裳：指《霓裳羽衣曲》。唐代著名法曲。爲開元中河西節度使楊敬忠所獻。初名《婆羅門曲》。經唐玄宗潤色並製歌詞，後改用今名。傳説中亦有爲唐玄宗登三鄉驛望女兒山及游月宫密記仙女之歌歸而所作等説，雖荒誕不可信，但每被詩人搜奇入句。
〔一一〕 "海客"句：李白《夢游天姥吟留别》詩："海客談瀛洲，煙濤微茫信難求。"
〔一二〕 洞簫語：指彭篃九的《月底修簫譜》。
〔一三〕 "自慚"三句：意即我即將離去，即使有很聰明的歌姬可以調習您的洞簫譜，卻没法請您來親自指正錯誤了。蘋雲，見前《浣溪沙》（一卷新詞托瓣香）詞注。此泛指歌姬。

磨驢集

齊天樂

甲申十月,服闋入都〔一〕。疇丈、瑟公、鶴老諸前輩〔二〕,皆有喜晤之作。感舊述懷,倚此奉答。

片帆催入春明⁽¹⁾夢〔三〕,重來歲華驚⁽²⁾晚。白髮愁心,青衫別淚〔四〕,幾度星移物換。談深恨淺。賴青眼高歌〔五〕,故人情眷。只惜長條,綠陰唯向畫圖看。指舊居庭柳。　年時漂泊漫省,歎輪蹄南北〔六〕,塵漬都滿。遼鶴情懷〔七〕,磨驢蹤跡,消得天涯游倦〔八〕。琴尊共款〔九〕。試認取當前,舊時人面。快擘蠻箋〔一〇〕,喚將春訊轉。

【校】
（１）"春明",《詞卷》本作"東華"。
（２）"歲華驚",《詞卷》本作"又驚歲"。

【注】
〔一〕服闋:守喪期滿除服。光緒七年(1881)冬,半塘父王必達從甘肅安肅道移任廣東惠潮嘉道,行抵平涼卒。翌年春,半塘扶柩南歸。光緒十年(1884)十月,半塘服闋回京。

〔二〕瑟公:彭鑾字瑟軒。參見前《摸魚子》(鎮無聊)注。　鶴老:許玉瑑號鶴巢。參見前《浪淘沙》(春殢小梅梢)注。

〔三〕春明:即唐都長安春明門。因以指代京都。清吳祖修《書梅村詩後》詩:"夢回龍尾醒猶殘,重入春明興轉闌。"

〔四〕青衫:古學子、書生所穿的衣服,代指書生。又,唐代文職八品、九品以下服以青,後因藉指失意的官員和官職卑微者。唐張籍《傷歌行》

詩:"身著青衫騎惡馬,東門之東無送者。"
〔五〕　青眼:指朋友。參見前《摸魚子》(對燕臺)注。
〔六〕　輪蹄:車輪與馬蹄。代指車馬。韓愈《南內朝賀歸呈同官》詩:"綠槐十二街,渙散馳輪蹄。"
〔七〕　遼鶴:舊題陶潛《搜神後記》卷一:"丁令威,本遼東人,學道於靈虛山。後化鶴歸遼,集城門華表柱。時有少年舉弓欲射之,鶴乃飛,徘徊空中而言曰:'有鳥有鳥丁令威,去家千年今始歸。城郭如故人民非,何不學仙塚累累。'遂高上沖天。"
〔八〕　消得:禁受了,經受住。王沂孫《齊天樂·蟬》詞:"病翼驚秋,枯形閱世,消得斜陽幾度?"
〔九〕　款:殷勤招待。戴復古《汪見可約游青原》詩:"一茶可款從僧話,數局爭先對客棋。"
〔一〇〕蠻箋:唐時高麗紙的別稱。亦指蜀地所產名貴的彩色箋紙。陸龜蒙《酬襲美夏首病癒見招次韻》:"雨多青合是垣衣,一幅蠻箋夜款扉。"

金　縷　曲

題槐廬飲馬長城圖〔一〕

塞草青青裏。問先生、短衣匹馬〔二〕,胡爲至此。萬里投荒休歎詫〔三〕,自昔妒才成例。休再遣、浮名相累。絕漠寒多禁得否,守心魂、努力千秋計。未用灑,窮途淚〔四〕。　　頻年我亦傷憔悴。自別來、飄零南北,輪蹄都敝〔五〕。骯髒京塵重踏處〔六〕,無復墜歡能理。君莫問、歲寒滋味。側耳秋笳關塞迥,只新詞、我愧輸彈指〔七〕。用吳漢槎、顧梁汾事。生馬角,有期耳〔八〕。

　　詞成意未盡愜,復題三絕,附書於此。
　　長城飲馬幾經春,未遣金雞放逐臣。一語似君應莞爾,譬如元是此州人。
　　雲山牢落休耽酒,風雨沉冥好著書。猶有文章足千古,須知吾道未全孤。
　　富貴回頭春夢婆,貞瓢有客日行歌。講堂岑寂邊笳裏,瘴海風煙較若何。

【注】

〔一〕　槐廬:龍繼棟。參見前《解語花》(天開霽色)注。　飲馬長城:龍繼棟因岳父劉武慎任雲南總督,故屬爲料理吏瓛軍機章京,旋因岳父劉氏雲南報銷獄降級三等而受牽連,遣戍軍臺三年。軍臺爲清代設

〔二〕短衣匹馬：元王渾《水龍吟·從商帥國器獵同裕之賦》詞："短衣匹馬清秋，慣曾射虎南山下。"

〔三〕萬里投荒：指遠徙西北偏遠之地。唐劉三復《送黃明府曄赴嶽州湘陰任》詩："三年護塞從戎遠，萬里投荒失意多。"

〔四〕窮途泪：《晉書·阮籍傳》："時率意獨駕，不由徑路，車跡所窮，輒痛哭而返。"王勃《滕王閣序》："阮籍猖狂，豈效窮途之哭！"

〔五〕"頻年"三句：半塘自光緒七年丁父憂，南北奔波，鞍馬勞頓，身心疲憊。故有此說。

〔六〕骯臟京塵：晉陸機《爲顧彦先贈婦》詩："京洛多風塵，素衣化爲緇。"

〔七〕愧輸彈指：意謂我這首詞比不上顧貞觀贈送給吳漢槎的《金縷曲》。顧貞觀（1637—1714），字華峰，號梁汾，江蘇無錫人。康熙五年順天舉人，擢秘書院典籍，館於納蘭相國家，與性德友善。有《彈指詞》二卷。其中《金縷曲》寄其友吳漢槎寧古塔以詞代書二首最有名。

〔八〕"生馬角"二句：喻歷盡困境，苦熬出頭。生馬角，典出《史記·刺客列傳》："世言荆軻，其稱太子丹之命，'天雨粟，馬生角'也，太過。"司馬貞索隱："《燕丹子》曰：'丹求歸，秦王曰："烏頭白，馬生角，乃許耳。"丹及仰天歎，烏頭即白，馬亦生角。'"顧貞觀《金縷曲》詞："廿載包胥承一諾，盼烏頭馬角終相救。"

鷓　鴣　天

乙酉元日用白石老仙韻〔一〕

日麗雲輝淑景新。陽回風物總宜人。寒香一夜齊抽萼〔二〕，特與蕭齋作去好春〔三〕。　　閒頌酒〔四〕，自題門〔五〕。又從人海學藏身。湘南河朔雙江右〔六〕，異地相思笑語真。

【注】

〔一〕乙酉元日：指光緒十一年（1885）正月初一。　　白石老仙：宋代詞人姜夔，自號白石道人。

〔二〕寒香：指梅花清冽的香氣。亦藉指梅花。

〔三〕蕭齋：此指書齋。典出唐張懷瓘《書斷》："武帝造寺，令蕭子雲飛白大書'蕭'字,至今一字存焉。李約竭產自江南買歸東洛,建一小亭以翫,號曰'蕭齋'。"後人遂稱寺廟、書齋爲"蕭齋"。

〔四〕 頌酒:古俗陰曆正月初一進椒酒於家長,以表示祝壽、拜賀之意。又晉劉臻妻陳氏曾於正月初一獻《椒花頌》。

〔五〕 題門:謂自己題寫春聯貼在門上。

〔六〕 湘南:湘江以南。此指半塘家鄉桂林。　河朔:古代泛指黃河以北的地區。此指京城。

徵　　招(1)

鶴老以正月向盡,水仙未花,倚聲速之,疇丈、瑟公亦各以水仙新詞屬和。用白石自製黃鍾清角調奉答。几上寒香,正嫣然破萼也。

槐街芳事唐花過〔一〕,虛齋嫩寒猶峭。瘦影自娉婷,耿冰心獨抱。額黃君認否〔二〕,記前度、弄妝初了。種玉人慵〔三〕,可憐憔悴,舊時花貌。　　未要。恨開遲,清吟久、寂寥反將花惱。醞釀祝春工,趁東皇未老〔四〕。後期應自好〔五〕。正有客、攜琴來到。畫簾晚、擫笛梅邊〔六〕,漫怨歌淒悄。姜夔《徵招》詞序:"此曲依晉史名曰'黃鍾下徵調';《角招》曰'黃鍾清角調'。"可知半塘偶誤。(鄭文焯原批語)

【校】

(1) 此調上、下片第五句均入韻,如姜夔《徵招》(潮回卻過西陵浦)詞。半塘此詞,上片第五句不押韻,下片第五句押韻,未知何據。

【注】

〔一〕 槐街:即天街。因其兩旁綠槐成行,故稱。此指京城街道。蘇軾《次韻曾子開從駕》詩之一:"槐街綠暗雨初勻,瑞霧香風滿後塵。"

　　　 唐花:溫室培植的花卉。參見前《一萼紅》(短牆隈)注。

〔二〕 額黃:一種古代中國婦女的美容妝飾,也稱"鵝黃"、"鴉黃"、"約黃"、"貼黃"、"花黃"。因以黃色顏料化妝或染畫粘貼於額間而得名。始於漢,六朝爲盛,唐時仍有。李商隱《蝶三首》詩之三:"壽陽公主嫁時妝,八字宮眉捧額黃。"此指水仙花蕊。

〔三〕 種玉人:晉干寶《搜神記》卷一一載,楊公汲水作義漿於大路,三年,得仙人贈石一斗。仙人令其種於高平好地,得白璧五雙,聘得賢妻徐氏。此處似指種花人。

〔四〕 東皇：即東皇太一,司春之天神。

〔五〕 後期：今後重聚。唐方幹《送沛縣司馬丞之任》詩："羈游故交少,遠別後期難。"

〔六〕 擫笛：按笛奏曲。元稹《連昌宮詞》："李謩擫笛傍宮牆,偷得新翻數般曲。""擪",同"擫",音"夜"。

探　芳　信

春光漸老,獨游怩村〔一〕,撫今思昔,用草窗西泠春感韻〔二〕,示萬薇生〔三〕。村蓋文敏別墅也(1)〔四〕。

正芳晝。乍離思停雲〔五〕,春心蕩酒。歎輕衫初試,腰圍漸非舊。無聊漫索黃鸝語,怕惹花枝瘦。且消他、柔綠鋪茵〔六〕,小紅堆甃〔七〕。　　池閣暖風驟。看浪蹙游絲,影搖晴岫。待浣愁腸,滌得塵襟否。西州別有蒼茫感〔八〕,寂寞空回首。試新陰,聽取春聲在柳。(2)

【校】

（1）《袖墨集》稿本序作："春光漸老,獨游怩村,用草窗西泠春感韻。村蓋萬文敏師別墅。近與薇生昆仲結鄰,平泉樹石,恰依依在望也。"

（2）《袖墨集》稿本本詞異文甚多。録全詞如下："正芳晝。乍新恨彌襟,暗愁蕩酒。看畫梁歸燕,巢痕尚如舊。長吟漫灑東風淚,空惹紅芳瘦。且消他、樹密分陰,泉甘通甃。　　池閣暖風驟。幾覓句珍叢,望雲晴岫。落絮飛花,傷春似儂否。虛亭喬木風煙裏,寂寞空回首。試春聲,聽取新鶯在柳。"

【注】

〔一〕 怩村：北京萬青藜別墅。半塘光緒戊戌（1898）在此成立怩村詞社,當時北京詞人多往此社集唱和,詞社成員包括萬薇生、朱祖謀（彊村）、鄭文焯等。半塘詞集中多處提及。

〔二〕 草窗：周密（1232—1298）,南宋詞人。字公謹,號草窗,又號四水潛夫、弁陽老人等。祖籍濟南,流寓吳興（今浙江湖州）。宋德祐間爲義烏縣令。入元不仕。著有《齊東野語》、《武林舊事》、《癸辛雜識》、《志雅堂雜鈔》等。編選《絶妙好詞》,與吳文英並稱"二窗",詞集名《蘋洲漁笛譜》、《草窗詞》。　　西泠:在杭州西湖北岸。今有西泠印社存焉。

〔三〕萬薇生:萬本敦,字薇生,江西九江(今九江市)人。萬青藜之子。光緒間由御史外放爲泉州守。

〔四〕文敏:萬青藜,字文甫,又字藕齡,自號毉村老人。道光二十年(1840)進士,咸豐十年(1860)任吏部左侍郎,後歷任兵部尚書、禮部尚書、吏部尚書。光緒九年(1883)卒,謚文敏。

〔五〕停雲:陶潛《停雲》詩:"靄靄停雲,濛濛時雨。"其自序云:"停雲,思親友也。"故後世多用作思親友之意。

〔六〕消:享受,受用。孔尚任《桃花扇·卻奩》:"世兄有福,消此尤物。"

〔七〕甃:音"咒",磚。此指磚砌的臺階。

〔八〕西州句:指感舊興悲、傷悼故人之情。《晉書·謝安傳》:"羊曇者,太山人,知名士也,爲安所愛重。安薨後,輟樂彌年,行不由西州路。嘗因石頭大醉,扶路唱樂,不覺至州門。左右白曰:'此西州門。'曇悲感不已,以馬策扣扉,誦曹子建詩曰:'生存華屋處,零落歸山丘。'慟哭而去。"温庭筠《經故翰林袁學士居》詩:"西州城外花千樹,盡是羊曇醉後春。"半塘用此故實在於表達對萬青藜先輩的緬懷之情。

齊　天　樂

和疇丈四韻

小長干里長干寺[一],緑波翠煙低繞。天罨揮愁[二],碧幢卻暑[三],不許俗塵輕到。探奇句好。愛秀奪江蘺[四],涼生煙筱。勁節亭亭,座中有客共懷抱。　　紅羊驚又小劫[五],歎深門塵掩,空付殘照。戛玉敲愁[六],殺青寫怨[七],幾度魂牽江表。凌雲賦曉[八]。正丹實成餘[九],和聲鳳老[一〇]。日報平安[一一],帝城春信早。　右思竹

【注】

〔一〕小長干:古建康里巷名。故址在今江蘇省南京市南。《文選》卷五左思《吳都賦》:"長干延屬,飛甍舛互。"劉逵注:"江東謂山岡間爲'干'。建鄴之南有山,其間平地,吏民居之,故號爲'干'。中有大長

干、小長干,皆相屬。"　　長干寺:位於小長干,始建於梁天監元年,宋初改名天禧寺。

〔二〕天帬:山野倒拂的樹木稱爲天帬。酈道元《水經注》卷三七:"門角上各生一竹,倒垂下拂,謂之天帬。"此指竹枝。

〔三〕碧幢:隋唐以來,高級官員舟車上張掛的以青油塗飾的帷幔。白居易《奉和汴州令狐令公二十二韻》詩:"碧幢油葉葉,紅旆火襜襜。"此藉指竹叢。

〔四〕江蘺:又名蘪蕪。劉向《九歎·惜賢》:"懷芬香而挾蕙兮,佩江蘺之斐斐。"

〔五〕"紅羊"句:指國難。古人以爲丙午、丁未是國家發生災禍的年份。丙丁爲火,色紅;未屬羊,故稱。　　宋柴望作《丙丁高抬貴手》,歷舉戰國到五代之間的變亂,發生在丙午、丁未年的有二十一次之多。　　唐殷堯藩《李節度平虜詩》詩:"太平從此銷兵甲,記取紅羊換劫年。"

〔六〕戛玉:敲擊玉片發出清脆悦耳的聲音。此指敲擊竹竿。

〔七〕殺青:古代製竹簡程式之一。《太平御覽》卷六〇六引漢劉向《別錄》:"殺青者,直治竹作簡書之耳。新竹有汁,善朽蠹。凡作簡者,皆於火上炙乾之。"後引申謂完成書稿爲"殺青"。

〔八〕凌雲賦:漢代司馬相如有《凌雲賦》。宋曾紆(袞公)《洞仙歌》詞:"相如當日,曾奏凌雲賦。落筆縱横妙風雨。"

〔九〕丹實:紅色的果實,亦喻誠心一顆。

〔一〇〕"和聲"句:李商隱《韓冬郎既席爲詩相送一座盡驚他日余方追吟連宵侍坐徘徊久之句有老成之風因成二絶寄酬兼呈畏之員外》之一:"桐花萬里丹山路,雛鳳清於老鳳聲。"

〔一一〕"日報"句:段成式《酉陽雜俎續集·支植下》:"衛公(李德裕)言北都惟童子寺有竹一窠,才長數尺,相傳其寺綱維,每日報竹平安。"

前　　調

丁年記作東園客〔一〕,當階四松如畫。翠蓋秋濃,綠窗夏健,暢好朋簪清暇〔二〕。雲濤静瀉。儘共慰鄉心,春江月夜。椽筆親題,尚書風韻杜陵亞〔三〕。　　重來門巷頓改,歎年光轉首,真類飄瓦〔四〕。雲古龍拏〔五〕,天高

鶴響〔六〕,快把夢痕重寫。休嗟和寡〔七〕。問誰識當年,宗之瀟灑〔八〕。俯仰興懷,後凋真健者〔九〕。右憶松

【注】

〔一〕 丁年:男子成丁之年。歷代之制不一。漢以男子二十歲爲丁,明清以十六歲爲丁。亦泛指壯年。《文選》卷四一李陵《答蘇武書》:"(足下)丁年奉使,皓首而歸。"李善注:"丁年,謂丁壯之年也。" 東園:園在悶村。半塘《三姝媚·四月十日病起偶過悶村》首句云:"東園花下路。記盟香年時,倦慮零句。"可知矣。此作上片回憶初到北京時,到悶村拜訪萬文敏(青藜)先生的情境。

〔二〕 朋簪:指朋輩。語本《易·豫》:"大有得,勿疑,朋盍簪。"孔穎達疏:"盍,合也。簪,疾也。若有不疑於物以信待之,則衆陰羣朋合聚而疾來也。"

〔三〕 "尚書"句:指東園主人萬文敏詩文騷雅,直可追攀杜甫藩籬。文敏歷任兵部尚書、禮部尚書、吏部尚書。故有此説。杜陵,杜甫。

〔四〕 飄瓦:比喻飄忽無定的事物。明高瑞南《新水令·悼内》套曲:"人生大夢如飄瓦,早不覺兩鬢青霜夢裏華。"

〔五〕 "雲古"句:指雲繚繞於古松,古松枝幹婆娑糾盤如龍拏雲。梅堯臣《詠歐陽永叔文石硯屏二首》詩之二:"鑿山侵古雲,破石見寒樹。"龍拏,龍騰起捉物貌。

〔六〕 "天高"句:《詩·小雅·鶴鳴》:"鶴鳴于九皋,聲聞于天。"

〔七〕 "休嗟"句:《文選·宋玉〈對楚王問〉》載:"客有歌於郢中者,其始曰《下里》《巴人》,國中屬而和者數千人。其爲《陽阿》《薤露》,國中屬而和者數百人。其爲《陽春》《白雪》,國中屬而和者不過數十人。引商刻羽,雜以流徵,國中屬而和者不過數人而已。是其曲彌高,其和彌寡。"李周翰注曰:"《下里》《巴人》,下曲名也。《陽春》《白雪》,高曲名也。"

〔八〕 "宗之"句:唐詩人崔成輔,字宗之。崔日用之子,襲封齊國公。歷左司郎中、侍御史,謫官金陵。與李白詩酒唱和,常月夜乘舟,自采石達金陵。杜甫《飲中八仙歌》詩:"宗之瀟灑美少年,舉觴白眼望青天,皎如玉樹臨風前。"此以玉樹臨風的松喻宗之,復以宗之與松比萬青藜。

〔九〕 後凋:《論語·子罕》:"子曰:歲寒,然後知松柏之後凋也。"

前　　調

卜居窮巷東西住，垂楊兩家同綰〔一〕。一桁煙疏，十圍木大，隔斷六街塵軟〔二〕。春風送暖。愛秉燭談深〔三〕，月移陰轉。好是流鶯，比鄰游從見來慣。　　婆娑生意盡矣〔四〕，悵詩尋舊徑，如夢如幻。橫笛風初〔五〕，攜柑雨外〔六〕，幾費天涯望眼。吟情頓懶。比庾信江潭，賦愁深淺〔七〕。賴有髯翁〔八〕，倡酬幽恨遣。右悼柳

【注】

〔一〕"卜居"二句：謂自己屋舍與東園呎村相鄰。卜居，擇地居住。後常引申爲隱居之意。語出《楚辭》、《卜居》篇。杜甫有《卜居》詩。李白《陳情贈友人》詩："卜居乃此地，共井爲比鄰。"

〔二〕六街：唐京都長安的六條中心大街。北宋汴京也有六街。《資治通鑑・唐睿宗景雲元年》："中書舍人韋元徼巡六街。"胡三省注："長安城中左、右六街，金吾街使主之；左、右金吾將軍掌晝夜巡警之法，以執禦非違。"此泛指京都的大街和鬧市。

〔三〕秉燭：《古詩十九首》："晝短苦夜長，何不秉燭游。"

〔四〕生意盡矣：庾信《枯樹賦》："殷仲文風流儒雅，海内知名。世異時移，出爲東陽太守。常忽忽不樂，顧庭槐而歎曰：'此樹婆娑，生意盡矣。'"

〔五〕橫笛：南朝陳張正見《賦得垂柳映斜溪》詩："不分梅花落，還同橫笛吹。"南朝陳陳昭《詠柳》詩："高葉臨胡塞，長枝拂漢宮。欲驗傷攀折，三春橫笛中。"

〔六〕攜柑：唐馮贄《雲仙雜記》卷二："戴顒春攜雙柑、斗酒，人問何之，曰：'往聽黃鸝聲，此俗耳鍼砭，詩腸鼓吹，汝知之乎？'"後遂用爲春日雅游的典故。明劉泰《春日湖上》詩："明日重來應爛漫，雙柑斗酒聽黃鸝。"

〔七〕"比庾信"二句：庾信《枯樹賦》："昔年種柳，依依漢南；今看搖落，悽愴江潭。樹猶如此，人何以堪。"

〔八〕髯翁：原指蘇軾，此兼喻垂柳似人的美髯拂披。蘇軾《滿庭芳》（歸去來兮）詞："好在堂前細柳，應念我、莫剪柔柯。"

前　　調

鬱蔥喬木韋平第[一]，幽人異時曾住。晚實垂金，疏花綴玉，猶記籬根親護。簾櫳認取。恰圖畫平分，借園寒趣。直幹翛然，龍門聲價在嘉樹[二]。

羊曇清淚漫灑，算西州再過，應慰遲暮[三]。契合歐蘇[四]，交深群紀[五]，風誼儘堪千古。崩嶔漫數[六]。看尺五風煙，城南韋杜[七]。纂纂歌闌[八]，翠箋重按譜。右見棗[九]。

【注】

〔一〕　韋平第：西漢韋賢、韋玄成與平當、平晏父子的府邸。《漢書·平當傳》："漢興，唯韋、平父子至宰相。"
〔二〕　龍門聲價：李白《與韓荆州文》："一登龍門，則身價十倍。"
〔三〕　"羊曇"三句：參見前《探芳信》（正芳晝）注。
〔四〕　歐蘇：歐陽修和蘇軾。
〔五〕　群紀：指各種史書。顏延之《重釋何衡陽》書："昔在幼壯，微涉群紀。"
〔六〕　崩嶔：音"崩康"。山嶽崩塌，喻世道陵夷變故。
〔七〕　"看尺五"二句：杜甫《贈韋七贊善》詩："爾家最近魁三象，時論同歸尺五天。"自注："俚語曰：'城南韋杜，去天尺五。'"唐代望族韋氏、杜氏世居於長安城南的韋曲、杜曲。程大昌《雍錄》卷七："杜縣與五代都城謹相並附，故古事著跡此地者多也。語謂'城南韋杜，去天尺五'，以其迫近帝都也。"
〔八〕　"纂纂"句：潘岳《笙賦》："詠園桃之夭夭，歌棗下之纂纂。"纂纂，集聚貌。
〔九〕　《詞卷》本詞後尚有小注云："疇丈自注云：'槐街舊居，子禾總憲餘屋也。自壬戌回京，文端師留居此屋十年。壬申奉諱南歸，始別去。庭有小棗……'又文端常繪所居小景為《借園寒趣圖》。"

齊　天　樂

寒月

虛堂夜氣寒生粟[一]，清光照人無寐。冷逼棲鴉，塵凝野馬[二]，一抹遙天空翠。閒階注水。記前度憑闌,露華侵袂。惜少梅花,橫斜弄影上窗紙。迢遥良夜正永,問琉璃世界,何處纖翳〔三〕。圓到天心,方隨屋角,人定銅龍聲裏〔四〕。長空浄洗。怕魄濯冰壺,怨娥憔悴。只有髯翁,解將流汞擬〔五〕。

【注】

〔一〕 寒生粟：即體寒生粟,俗所謂天寒皮膚被凍出雞皮疙瘩。宋胡宏《和江子玉二首》詩之一：" 知君文武濟時才,舊時軍律寒生粟。"
〔二〕 野馬：指野外蒸騰的水氣。《莊子·逍遥游》："野馬也,塵埃也。生物之以息相吹也。" 郭象注："野馬者,游氣也。" 成玄英疏："此言青春之時,陽氣發動,遥望藪澤之中,猶如奔馬,故謂之野馬也。" 一說,野馬即塵埃。
〔三〕 纖翳：細微浮雲。劉義慶《世説新語·言語》："司馬太傅齋中夜坐,於時天月明浄,都無纖翳。"
〔四〕 人定：夜深人静時。《後漢書·來歙傳》："臣夜人定後,爲何人所賊傷,中臣要害。" 王先謙集解："《通鑑》胡注：'日入而群動息,故中夜謂之人定。'惠棟曰：'杜預云,人定者,亥也。'" 銅龍：銅質龍頭裝飾的計時漏器。李商隱《深宫》詩："金殿銷香閉綺櫳,玉壺傳點咽銅龍。"
〔五〕 "只有"二句：蘇軾《送陳睦知潭州》詩："白鹿泉頭山月出,寒光潑眼如流汞。" 髯翁,此指蘇軾。

百　字　令

天寧寺塔鈴〔一〕,明萬曆三年静嬪王氏造〔二〕。

銅鈴六角,看土花駁處〔三〕,半銷金采。長信秋深宫漏永〔四〕,料得頻宣梵唄〔五〕。七寶燃燈〔六〕,九蓮贊佛〔七〕,同下都人拜。摩挲細認,依稀香澤猶在。　何止銀葉承恩〔八〕,金牌問夜,夢逐滄桑改。故國繁華誰復省,塔影凄迷煙外。螭紐盤拏〔九〕,蟲書宛轉〔一〇〕,姓字仍芳茝。佩環何許,散花目斷香界〔一一〕。

【注】

〔一〕 天寧寺：參見前《解語花》(天開霽色)注。

〔二〕　静嬪：皇帝的姬妾稱謂。
〔三〕　土花：薹蘚。李賀《金銅仙人辭漢歌》："畫欄桂樹懸秋香，三十六宫土花碧。"周邦彦《風流子》(新緑小池塘)詞："羨金屋去來，舊時巢燕，土花繚繞，前度莓牆。"
〔四〕　"長信"句：王昌齡《長信秋詞五首》詩之五："長信宫中秋月明，昭陽殿下擣衣聲。白露堂中細草跡，紅羅帳裹不勝情。"長信，長信宫，漢代皇后的寢宫名。後泛指皇后宫殿。
〔五〕　梵唄：佛教謂作法事時的歌詠讚頌之聲。南朝梁慧皎《高僧傳·經師論》："原夫梵唄之起，亦肇自陳思。"
〔六〕　七寶：多種寶物裝飾的器物。《西京雜記》卷二："武帝爲七寶牀。"
〔七〕　"九蓮"句：《明史·莊烈帝諸子列傳》："悼靈王慈焕，莊烈帝第五子。生五歲而病，帝視之，忽云：'九蓮菩薩言，帝待外戚薄，將盡殤諸子。'遂薨。九蓮菩薩者，神宗母孝定李太后也。太后好佛，宫中像作九蓮座，故云。"
〔八〕　"何止"二句：明高兆《啓禎宫詞》："至日宫中添線無，承恩齊向御前趨。金錢銀葉隨宣賜，更賞消寒九九圖。"
〔九〕　螭紐：螭形印紐。《遼史·儀衛志三》："傳國寶秦始皇作，用藍玉，螭紐，六面，其正面文'受命於天，既壽永昌'，魚鳥篆，子嬰以上漢高祖。"　盤挐：形容紆曲强勁。杜甫《李潮八分小篆歌》詩："八分一字直百金，蛟龍盤挐肉屈强。"挐，通"拏"。
〔一〇〕蟲書：秦八體書之一。王莽變八體爲六體。又名鳥蟲書。《漢書·藝文志》："六體者：古文、奇字、篆書、隸書、繆篆、蟲書。"顔師古注："蟲書，謂爲蟲鳥之形，所以書幡信也。"清葉襄《禹陵》詩："窆石蟲書古，穹碑鳥篆工。"
〔一一〕散花：指佛經故事裹的散花天女。此指王氏。　香界：指寺院、佛世界。高適《同諸公登慈恩寺浮圖》詩："香界泯群有，浮圖豈諸相。"

百　字　令

索鄭椒農孝廉寫壽花坐雨圖〔一〕

軟紅如海〔二〕，問花忙酒劇，幾時閒卻。九陌縱橫牛馬走〔三〕，一例彌離撲朔。

烏帽閒抛,黃壚穩卧〔四〕,聊解胸中惡。煩君圖取,葫蘆舊樣休索〔五〕。不是乞米長安,東方好事〔六〕,愛描頭畫角〔七〕。葭葦千叢山半面,消得名花一噱。只恐明朝,元規塵起〔八〕,又爾妨人樂。圖成應笑,算⁽¹⁾贏得紙上邱壑〔九〕。

【校】

（１）據《詞譜》,此詞結句當爲六字句,"算"字疑衍。或初稿爲替代"笑"字之待選字。供參。

【注】

〔一〕鄭椒農：據《北平法源寺沿革考‧第四項‧藝文匯集》(甲)花木類載,"清鄭椒農光緒丁亥四月與黃再同編修游法原寺看牡丹作"詩一首。又,"清黃瑾丁亥四月同鄭椒農孝廉游法源寺。看牡丹作"詩一首。

〔二〕軟紅：猶紅塵,喻俗世的繁華,多指浮躁繁華的都市。蘇軾《次韻蔣穎叔錢穆父從駕景靈宮二首》詩之一："半白不羞垂領髮,軟紅猶戀屬車塵。"

〔三〕牛馬走：舊時朝廷官員的自謙之辭,此泛指朝廷官員。《文選‧司馬遷〈報任少卿書〉》："太史公牛馬走,司馬遷再拜言。"李善注："走,猶僕也……自謙之辭也。"宋梅堯臣《八日就湖上會飲呈晏相公》詩："紅頰誰使歌,公憐牛馬走。"

〔四〕黃壚：指酒壚。沽酒處。參見前《齊天樂》(西風吹醒)注。

〔五〕"葫蘆"句：宋魏泰《東軒筆錄》："太祖笑曰：'頗聞翰林草制,皆撿前人舊本,改換詞語,此乃俗所謂依樣畫葫蘆耳,何宣力之有？'"

〔六〕"不是"二句：漢東方朔有"索米長安"的故事,見《漢書‧東方朔傳》。史達祖《滿江紅‧書懷》詞："未暇買田清潁尾,尚須索米長安陌。"宋區仕衡《胡生行》詩："長安乞米齒編貝,且得待詔聊免飢。"

〔七〕描頭畫角：裝腔作勢。清袁枚《隨園詩話》卷三："阮亭之意,必欲其描頭畫角若明七子,而後謂之窺盛唐乎？"

〔八〕元規：東晉外戚、大臣庾亮,字元規。《世說新語‧輕詆》："庾公(亮)權重,足傾王公(導)。庾在石頭,王在冶城,坐大風揚塵,王以扇拂塵曰：'元規塵污人。'"

〔九〕紙上邱壑：《世說新語‧巧藝》："顧長康畫謝幼輿在巖石裏。人問其所以,顧曰：'謝云：一邱一壑,自謂過之。此子宜置邱壑中。'"

齊　天　樂

疇丈、瑟老、粹甫寓齋聯句〔一〕。

素心相對渾忘倦〔二〕，虛齋晝長人悄。半簾影搖風，茶香浥緑，剥啄惟聞啼鳥〔三〕。瑟清陰漸好。算紅剩餘花，翠添新筱。子宿雨初晴，滿階生意伴幽草。萃　　歡悰還更卜夜〔四〕，任夕陽西下，依約林杪。瑟情話披襟〔五〕，聯吟擊鉢〔六〕，此樂於今應少。半芳樽共倒。只野鶴雲邊，那能招到。子更約清游，緑波舟共櫂。萃

【注】

〔一〕瑟老：即彭鑾，字瑟軒。參見前《摸魚子》（鎮無聊）注。　　粹甫：王汝純，號粹甫。參見前《解語花》（天開霽色）注。　　寓齋：此指半塘寓所四印齋。　　聯句：又作"連句"。古代作詩的一種方式，是指一首詩由兩人或多人共同創作，每人一句或數句，聯結成一篇。史載漢武帝《柏梁臺詩》曾被認爲是最早的聯句詩，但迄今真僞尚存異議。該詩七言，分別由二十六人各出一句，聯接而成，其每句用韻，後人又稱其爲"柏梁體"。

〔二〕素心：虛静恬淡的心境。宋朱敦儒《木蘭花慢》詞："念瑞草成畦，瓊蔬未采，塵染衰容。誰知素心未已，望清都絳闕有無中。"

〔三〕剥啄：象聲詞。多指敲門聲。蘇軾《次韻趙令鑠惠酒》："門前聽剥啄，烹魚得尺素。"

〔四〕歡悰：歡樂、快樂的心情。悰，讀如"從"。南朝梁何遜《與崔録事別兼敍攜手》詩："道術既爲務，歡悰苦未並。"明文徵明《新年至湖上飲茶磨山絶頂》詩："等閒陳跡還成古，老大懽悰不似前。"

〔五〕披襟：敞開胸襟，表示心情暢快、舒坦。宋玉《風賦》："有風颯然而至，王乃披襟而當之曰：'快哉此風！'"杜甫《奉贈盧五丈參謀琚》詩："入幕知孫楚，披襟得鄭僑。"

〔六〕擊鉢：擊鉢催詩。據《南史·王僧孺傳》載，齊竟陵王蕭子良，常於夜間邀集才人學士飲酒賦詩，刻燭限時，規定燭燃一寸，詩成四韻。蕭文琰認爲這並非難事，乃與丘令楷、江洪二人改爲擊銅鉢催詩，要求鉢聲一止，詩即吟成。後以"擊鉢催詩"指限時成詩，亦以喻詩才敏

捷。陳師道《次韻蘇公蠟梅》詩："坐想明年吳與越,行酒賦詩聽擊鉢。"

綺 羅 香

和李芋亭舍人雨後見月〔一〕。

雨斷雲流,天空翳凈,寂寂⁽¹⁾虛堂延佇。望裏嬋娟,依約舊時⁽²⁾眉嫵。任高寒、玉宇瓊樓,休輕負⁽³⁾、翠樽金縷〔二〕。算怨娥、省識琴心〔三〕,冰弦塵掩向誰譜〔四〕。　流光彈指暗換,猶記東塗西抹〔五〕,年時三五。斷夢迷煙,贏得淒皇⁽⁴⁾箏語。待放將、一片空明,爲照徹、萬家砧杵〔六〕。且⁽⁵⁾婆娑、弄影花陰〔七〕,漫教⁽⁶⁾幽興阻〔八〕。

【校】
（1）"寂寂",《剩稿》光緒三十二年本、《袖墨集》稿本作"寂寞"。
（2）"舊時",《篋中詞》作"鏡中"。
（3）"輕負",《剩稿》光緒三十二年本作"孤負"。《袖墨集》稿本原作"輕負",後改作"孤負"。
（4）"皇",《剩稿》光緒三十二年本作"惶",《篋中詞》作"涼"。
（5）"且",《袖墨集》稿本原作"且",後改作"向"。
（6）"漫教"句,《剩稿》光緒三十二年本作"夜闌吟倦否";《袖墨集》稿本原作"漫教幽興阻",後改作"夜闌吟倦否"。

【注】
〔一〕李芋亭:李錫彤,字芋亭,河南夏邑人。光緒元年(1875)由優貢生任內閣中書。有《芋亭詞》。
〔二〕金縷:曲調《金縷曲》、《金縷衣》的省稱。唐羅隱《金陵思古》詩:"綺筵《金縷》無消息,一陣征帆過海門。"
〔三〕怨娥:嫦娥,指月亮。
〔四〕冰弦:琴弦的美稱。傳說中有用冰蠶絲作的琴弦。宋林希逸《羅雲谷詩集跋》:"吟將麈柄擊玉壺,聽是冰弦調錦瑟。"
〔五〕東塗西抹:辛棄疾《水龍吟‧寄題京口范南伯家文官花》詞:"笑舊家桃李,東塗西抹,有多少、淒涼恨。"

〔六〕 "待放將"二句：李白《子夜吴歌》之二："長安一片月，萬户擣衣聲。"空明，指月光。
〔七〕 弄影花陰：宋張先《天仙子》詞："沙上並禽池上暝，雲破月來花弄影。"
〔八〕 幽興：幽雅的興致。唐裴迪《木蘭砦》詩："緣谿路轉深，幽興何時已。"

百 字 令

七月九日立秋。

因循萬里，向天涯、底事而今猶客〔一〕。去燕來鴻醒醉外，容易年華拋擲。耿耿銀河，盈盈珠露，暫遣煩襟滌。齊紈扇小，徘徊何限珍惜〔二〕。　堪歎隔宿裁箋，文成乞巧〔三〕，用拙還如昔。卻顧庭梧成獨笑，一例秋心先得。畫裏煙霞，吟邊華月，春夢尋無跡。江關愁賦，庾郎同此蕭瑟〔四〕。

【注】

〔一〕 "底事"句：爲什麼現在還是像無家客般飄流在外。全句化用柳永《八聲甘州》"嘆年來蹤跡，何事苦淹留"句意。
〔二〕 "齊紈"二句：唐鮑溶《贈遠》詩："欲和古詩成寶錦，倍悲秋扇損齊紈。"齊紈，齊地所產的白細絹。常以指代齊紈所製團扇。古《怨歌行》："新裂齊紈素，皎潔如霜雪。裁爲合歡扇，團團似明月。"
〔三〕 "文成"句：柳宗元有《乞巧文》。舊俗農曆七月七日夜（或七月六日夜）婦女在庭院向織女星乞求智巧，稱爲"乞巧"。宗懍《荆楚歲時記》："七月七日爲牽牛織女聚會之夜。是夕，人家婦女結彩縷，穿七孔針，或以金銀鍮石爲針，陳瓜果於庭中以乞巧，有喜子網於瓜上則以爲符應。"
〔四〕 "江關"二句：杜甫《詠懷古跡五首》詩之一："庾信平生最蕭瑟，暮年詩賦動江關。"

水 調 歌 頭

八月十四夜束薇生兄弟〔一〕。

三五正良夜，池館絶纖埃。賞心樂事難並〔二〕，幽意莫輕違。頗怪金昆玉友[三],底事弦詩樽酒[四],不向夜深來。惆悵風塵裏,寂寞水雲隈。　　我有策,爲君語,漫徘徊。不同湖上畏寒,閒卻范村梅[五]。趁此秋宵澄霽[六],休遣煙蘿深閟,相與步蒼苔。坐到更籌靜,定見廣寒開。

【注】

〔一〕　薇生兄弟:據半塘《袖墨集》稿本序:"春光漸老,獨游怳村,用草窗西泠春感韻。村蓋萬文敏師別墅。近與薇生昆仲結鄰,平泉樹石,恰依依在望也。"是知即萬薇生昆仲,怳村老人萬青藜之子。

〔二〕　賞心樂事:湯顯祖《牡丹亭·皂羅袍》曲:"原來姹紫嫣紅開遍,似這般都付與斷井頹垣。良辰美景奈何天,便賞心樂事誰家院?朝飛暮卷,雲霞翠軒,雨絲風片,煙波畫船。錦屏人忒看的這韶光賤。"

〔三〕　金昆玉友:珍貴如金玉的親兄弟和好朋友。宋廖行之《水調歌頭》詞:"漢元侯,流德厚,在雲孫。金昆玉季,曾共接武上青雲。"

〔四〕　弦詩樽酒:寫詩、聽音樂、品美酒,謂瀟灑閒適的生活。辛棄疾《念奴嬌》詞:"細數從前,不應詩酒皆非。知音弦斷,笑淵明、空撫餘徽。停杯對影,待邀明月相依。"

〔五〕　"不同"二句:姜夔《玉梅令》詞序云:"石湖宅南隔河有浦曰范村。梅開雪落,竹院深靜,而石湖畏寒不出。故戲及之。"又范成大有《范村梅譜》記其所居范村之梅凡十二種。

〔六〕　澄霽:謂天色清朗。謝靈運《游南亭》詩:"時竟夕澄霽,雲歸日西馳。"

摸　魚　子

凍雨初晴,西山如畫,殊歎清游之難必也。

愛新晴、遥天淨洗,摩空鷹翮初健。長吟忽動飛騰想,一抹雲嵐蒼茜。塵拂面。悵底事贏車、苦向東華戀[一]。憑高意遠。趁木末霜紅,封中雲白[二],濟勝具先辦[三]。　　家山好,幾費天涯望眼。於今猿鶴應怨[四]。故人昨寄煙中語,問訊甚時游倦。歸也懶。任夢裏驂鸞、堆枕千峰亂[五]。餘情自繾。算唯有山靈[六],許尋息壤[七],說我定能踐。

【注】

〔一〕　"悵底事"二句:吴文英《瑞鶴仙·癸卯歲壽方蕙巖寺簿》詞:"想車

塵才踏,東華紅軟。"宋姚勉《賀新郎·憶別》詞:"故人只在江南渚。想應嫌、久戀東華,軟紅塵土。"羸車,疲弱的車馬,倦客之車。東華,京城東華門。

〔二〕"封中"句:《史記·孝武本紀》:"封禪祠,其夜若有光,晝有白雲起封中。"封,封禪時所建的祭壇或刻石。

〔三〕濟勝具:指能攀越勝境、登山臨水的好身體。劉義慶《世說新語·棲逸》:"許掾好游山水,而體便登陟。時人云:'許非徒有勝情,實有濟勝之具。'"

〔四〕猿鶴應怨:孔稚圭《北山移文》:"蕙帳空兮夜鶴怨,山人去兮曉猿驚。"辛棄疾《沁園春·帶湖新居將成》詞:"三徑初成,鶴怨猿驚,稼軒未來。"

〔五〕驂鸞:登仙駕馭鸞鳥雲游。南朝江淹《別賦》:"駕鶴上漢,驂鸞騰天。"呂向注:"御鸞鶴而升天漢。"唐薛逢《漢武宮辭》詩:"絳節幾時還入夢,碧桃何處更驂鸞。"

〔六〕山靈:參屈原《山鬼》。唐薛能《贈僧》詩:"坐石落松子,禪牀搖竹陰。山靈怕驚定,不遣夜猿吟。"

〔七〕息壤:傳說中一種能自己生長、永不耗減的土壤。《山海經·內經》:"洪水滔天,鯀竊帝之息壤以堙洪水。"

大江東去

坡公生日,祁子和年丈招集寓齋〔一〕,設祀敬賦。

玉梅花下,記年年、僂指坡仙生日〔二〕。一自觀齋壇圮起〔三〕。高會依然今夕。我拜先生,暗驚時序,目斷南飛翼〔四〕。桄榔彌望〔五〕,半塘多少風雪。　　猶羨夢岳精誠,千秋沆瀣,一氣公能接〔六〕。石隱堂深春酒暖,吊古同傾真一〔七〕。文並江河,靈鍾川嶽,光焰騰奎壁〔八〕。神襟相對〔九〕,瑤階琪樹森列〔一〇〕。丈屢夢鄂王,嘗以夢岳山房題齋榜,席間述夢中所詠忠武王詩,故及之。

【注】

〔一〕祁子和:祁世長(1825—1892),字子禾、念慈,一字子和,號敏齋,祁寯藻子。山西壽陽人。咸豐十年(1860)進士,官至工部尚書兼順天府尹。卒諡"文恪"。著有《思復堂集》。　　寓齋：此指祁世長北京寓所。

〔二〕　僂指：屈指而數。僂，音"呂"，彎曲、屈曲。《荀子·儒效》："雖有聖人之知，未能僂指也。"蘇軾生日，現存兩說，一爲1037年1月14日（農曆1036年12月19日）；一爲1037年1月8日（農曆1036年12月13日）。

〔三〕　壇坫：指文壇上的領袖地位或聲望。明謝肇淛《五雜俎·人部三》："迨近日吴文中始從顧、陸探討得來，百年壇坫，當屬此生矣。"

〔四〕　南飛翼：南飛大雁。此數句似暗指蘇軾元祐八年貶謫惠州，繼而再貶昌化軍（今海南儋州）事。因詞人故居亦在南方桂林，故與下"桄榔"句語義雙關及之。

〔五〕　桄榔：常綠喬木，産於兩廣、雲南等地。蘇軾謫嶺南，詩中常詠及之。如《桄榔杖寄張文潛一首時初聞黄魯直遷黔南范淳父九疑也》詩："江邊曳杖桄榔瘦，林下尋苗蓽撥香。"《小圃五詠·薏苡》詩："絳囊懸荔支，雪粉剖桄榔。"

〔六〕　"猶羨"三句：謂子禾是與岳飛、蘇軾意氣相通的知己。鄂王，岳飛蒙冤赴難後封號。沆瀣，本指露氣，此謂彼此契合，意氣相投。宋錢易《南部新書》卷五："又乾符二年，崔沆放崔瀣，談者稱座主門生，沆瀣一氣。"此用作褒義。

〔七〕　真一：酒名。蘇軾居嶺南時自釀酒。其《真一酒》詩引："米、麥、水三一而已。此東坡先生真一酒也。"又自注其詩："真一色味，頗類予在黄州日所醖蜜酒也。"

〔八〕　奎壁：二十八宿中奎宿與壁宿之並稱。舊謂二宿主文運，故常用以喻文苑。宋劉敞《擬御試求遺書於天下》詩："定知奎壁彩，從此麗雲居。"

〔九〕　神襟：胸懷。《文選》卷五八謝朓《齊敬皇后哀策文》："睿問川流，神襟蘭郁。"吕延濟注："襟，胸懷也。"

〔一〇〕　琪樹：原指仙境中的玉樹。此謂懷冰握玉的高潔之士。

慶　清　朝

丁亥展重三日〔一〕，同⁽¹⁾疇丈、鶴老龍樹寺補禊〔二〕，歸飲酒樓⁽²⁾，同拈此解。

杏酪初分〔三〕,餳簫乍咽〔四〕,良辰過到清明。幽尋(3)倚薄〔五〕,忘機小憩池亭〔六〕。漫說湔裙人倦〔七〕,番風(4)迢遞數春城。殘寒悄,倩誰祓取〔八〕,芳意忪惺〔九〕。　　屈指十年往事,只西山共我,記得鷗盟〔一〇〕。依依稚柳,嬌眼還向人青。莫把暗塵輕拂,闌干怕有舊香凝〔一一〕。歸來晚,一尊花底,聊遣愁醒。

【校】

（１）《剩稿》光緒三十二年本無"同"字。

（２）《剩稿》光緒三十二年本、《袖墨集》稿本無"歸飲酒樓"一句。

（３）"幽尋"二句,《剩稿》光緒三十二年本、《袖墨集》稿本作"提壺勸客,幽尋小憩池亭"。

（４）"番風"二句,《剩稿》光緒三十二年本、《袖墨集》稿本作"殘寒猶自勒春醒。番風悄"。

【注】

〔一〕丁亥:指光緒十三年(1887)。　展重三日:重三日指陰曆三月初三上巳節。展,即展期,延期在節日後過節。　疇丈:端木埰,字子疇。參見前《大江東去》(熙豐而後)注。　鶴老:許玉瑑,號鶴巢。　龍樹寺:參見前《聲聲慢》(尋芳策短)注。

〔二〕補禊:即修禊事。禊事,指三月上巳臨水洗濯、祓除不祥的民間活動。王羲之《蘭亭集序》:"永和九年,歲在癸丑,暮春之初,會於會稽山陰之蘭亭,修禊事也。"

〔三〕杏酪:杏仁粥,古代多爲寒食節食品。晉陸翽《鄴中記》:"寒食三日作醴酪,又煮粳米及麥爲酪,搗杏仁煮作粥。"

〔四〕餳簫:賣糖人吹的簫。參見前《南浦》(廿四數花風)注。

〔五〕倚薄:交迫,迫近。謝靈運《過始寧墅》詩:"拙疾相倚薄,還得靜者便。"

〔六〕忘機:忘卻取巧、機詐、競進之心,與世無爭。典出《列子·黃帝》。見前《解語花》(天開霽色)詞注。唐李商隱《贈田叟》詩:"鷗鳥忘機翻浹洽,交親得路昧平生。"

〔七〕湔裙:古代風俗。宗懍《荊楚歲時記》注云:"《玉燭寶典》曰:'元日至月晦,人並酺食、渡水,士悉湔裳、酹酒於水湄,以爲度厄。'今世人唯晦日臨河解除,婦人或湔裙。"

〔八〕祓:音"福",古代用齋戒沐浴等方法除災求福,亦泛指掃除。

〔九〕 忪惺：蘇醒，清醒。
〔一〇〕 鷗盟：與鷗鳥約定盟約，成爲朋友，決心隱居。參見前"忘機"條注。
〔一一〕 舊香句：吴文英《風入松》（聽風聽雨）詞："黄蜂頻撲秋千索。有當時、纖手香凝。"

買 陂 塘

疇丈新居〔一〕，庭柳如繪，擬倩同人題詠爲第二柳圖，蓋續曩日結鄰時事也。新柯舊植，撫景增懷，謬列王前〔二〕，願繼高唱。

認新居、瑣窗西畔，長條依舊揺曳。宣南坊陌風塵净〔三〕，鎮日簾櫳如水。清陰美。愛籠月梳煙、長伴先生醉。闌干試倚。有瘦竹平安，高槐磊砢〔四〕，三徑共蒼翠〔五〕。　　前塵在。還憶南鄰巢寄。畫圖今歎憔悴。靈和再見西川種〔六〕，自是風流無二。商位置。未用把、香山柳宿添星比〔七〕。新圖更綺。要柔緑叢中，問奇載酒〔八〕，著我畫簾底。

【注】
〔一〕 疇丈：端木埰，字子疇。參見前《大江東去》（熙豐而後）注。
〔二〕 謬列王前：《舊唐書·文苑傳上·楊炯》："炯與王勃、盧照鄰、駱賓王以文詞齊名，海内稱爲王、楊、盧、駱，亦號爲'四傑'。炯聞之，謂人曰：'吾愧在盧前，恥居王後。'"
〔三〕 宣南：參見前《浣溪沙》之十一（吏隱宣南）注。
〔四〕 磊砢：亦作"礧砢"。形容植物多節。晉戴凱之《竹譜》："竹之堪杖，莫尚於筇，礧砢不凡，狀若人功。"
〔五〕 三徑：漢趙岐《三輔决録·逃名》："蔣詡歸鄉里，荆棘塞門，舍中有三徑，不出，唯求仲、羊仲從之游。"後因以"三徑"指歸隱者的家園。陶潛《歸去來辭》："三徑就荒，松竹猶存。"
〔六〕 靈和：參見前《滿江紅》（十載旗亭）注。
〔七〕 柳宿：星宿名。二十八宿之一，南方朱雀七宿的第三宿，有星八顆。後人常引以詠柳。白居易《詔取永豐柳植禁苑感賦》詩："定知玄象今春後，柳宿光中添兩星。"
〔八〕 "問奇"句：謂作詩填詞。吴文英《江南好》（行錦歸來）詞序云："越翼日,吾儕載酒問奇字,時齋示江南好詞。"

買 陂 塘

圖成命題[一],再同前解。

認新圖、扶疏意遠,蒼然晚節如繪。街南老屋休重省[二],夢影已隨流水。惆悵最。是天末人琴、驚共涼雲萎[三]。婆娑自喜。看映月絲柔[四],臨風幹老,獨立更誰倚。　　章臺畔[五],冶葉倡條凡幾[六]。冰霜容易憔悴。托根近藉高人陰,一例松筠寒翠。煙雨閟[七]。渾未許等閒、鶯燕瓊枝庇。樓臺畫裏。祇何白蕭青[八],舊家門巷,愧我那能擬。

【注】

〔一〕 圖成:即同調上関序所謂"疇丈新居,庭柳如繪,擬倩同人題詠爲第二柳圖"。
〔二〕 街南老屋:指端木埰北京南樓舊居。
〔三〕 天末人琴:半塘將自己與端木埰的關係喻爲杜甫和李白的關係,且是一種"人琴"般的、知音好友間的交往。杜甫《天末懷李白》詩:"涼風起天末,君子意如何。鴻雁幾時到,江湖秋水多。文章憎命達,魑魅喜人過。應共冤魂語,投詩贈汨羅。"高適《宓公琴臺詩三首》詩之一:"宓子昔爲政,鳴琴登此臺。琴和人亦閒,千載稱其才。臨眺忽悽愴,人琴安在哉。悠悠此天壤,唯有頌聲來。"
〔四〕 映月絲柔:狀月光下的柳條細軟柔美。
〔五〕 章臺畔:唐孟棨《本事詩·情感》載韓翃與妓柳氏事,韓翃《寄柳氏》詩云:"章臺柳,章臺柳,顔色青青今在否。縱使長條似舊垂,也應攀折他人手。"
〔六〕 冶葉倡條:形容楊柳枝葉茂盛、婀娜多姿。亦藉指妓女。李商隱《燕臺春》詩:"蜜房羽客類芳心,冶葉倡條遍相識。"周邦彥《尉遲杯》詞:"冶葉倡條俱相識,仍慣見珠歌翠舞。"
〔七〕 閟:隱蔽,引申爲消散。
〔八〕 何白蕭青:謂端木埰是才華出衆的人。《北史·何妥傳》:"時蘭陵蕭眘亦有儁才,住青楊巷;妥住白楊頭。時人爲之語曰:'世有兩儁,白楊何妥,青楊蕭眘。'其見美如此。"

憶舊游

曩與薇卿、伯謙諸君〔一〕，聯吟於槐廬之覓句堂〔二〕，曾倩子石作圖紀事〔三〕，致樂也。今則槐廬謫居，薇卿遠宦，伯謙、子石先後歸道山，所謂覓句堂者，已併入貴人邸第矣。門巷重經，琴尊已杳，賦寄薇卿、槐廬，想同此懷抱也。

記開簾命酒，刻燭含毫〔四〕，撅笛梅邊。多少清游興，只袖中詩卷，省識華年。問訊夕陽門巷，花木已平泉〔五〕。料海燕重來，定同遼鶴〔六〕，惆悵風前。　　流連。系懷處，是幾輩鱗潛，幾輩雲騫〔七〕。漫說升沉事，念山邱華屋〔八〕，顧影淒然。零落醉吟商曲〔九〕，風葉亂秋煙。待付與紅牙〔一〇〕，聲聲怨抑哀暮蟬。

【注】

〔一〕 薇卿：唐景崧。參見前《大江東去》（熙豐而後）注。　　伯謙：韋業祥，字伯謙。參見前《解語花》（天開霽色）注。

〔二〕 槐廬：龍繼棟。參見前《解語花》（天開霽色）注。　　覓句堂：參見前《解語花》（天開霽色）注。

〔三〕 子石：謝元麒，字子石。參見前《宴清都》（歡意隨春）注。

〔四〕 刻燭：《南史·王僧孺傳》："竟陵王子良嘗夜集學士，刻燭爲詩，四韻者則刻一寸，以此爲率。文琰曰：'頓燒一寸燭，而成四韻詩，何難之有。'"　　含毫：含筆於口中。喻構思爲文。陸機《文賦》："或操觚以率爾，或含毫而邈然。"

〔五〕 平泉：唐宰相李德裕別墅名。《太平廣記》卷四〇五載，李歸田後居洛陽平泉莊，去洛城三十里，卉木臺榭，若造仙府。當時與後世文人雅士多詠之。張元幹《寶鼎現》（山莊圖畫）詞："想別墅平泉，當時草木，風流如昨。"

〔六〕 遼鶴：參見前《齊天樂》（片帆催入）注。

〔七〕 是幾輩二句：謂以往互相唱和的好友，有的謫居隱退，有的駕鶴歸去（謝世）。晉孫楚《龍見上疏》："夫龍或俯鱗潛於重泉，或仰攀雲漢游乎蒼昊。"

〔八〕 山丘華屋：指壯麗的建築化爲土丘。喻興亡盛衰的迅速。曹植《箜

〔九〕 醉吟商：姜夔自度曲。自序云："石湖老人爲予言，琵琶有四曲，今不傳矣：《日濩索涼州》、《轉關綠腰》、《醉吟商胡渭州》、《歷弦薄媚》也。予每念之。辛亥夏，謁楊廷秀于金陵邸中，遇琵琶工，解作《醉吟商胡渭州》，因求得品弦法，譯成《醉吟商》小令，實雙調也。"詞云："又正是春歸，細柳暗黃千縷。暮鴉啼處。夢逐金鞍去。一點芳心休訴。琵琶解語。"

〔一〇〕 紅牙：古代歌妓演唱時用以控制節拍的紅色牙板，此代指歌姬。

揚　州　慢(1)

桂山秋曉〔一〕，謝子石比部筆也〔二〕。圖畫依然，故人長往，愴懷今昔，情見乎詞。

天末程遙，眼中人去，黯然滿紙驚秋。問煙蘿幾曲，可昔日(2)曾游。算唯有、題名醉墨，故山猿鶴，知我情留。縱山鋩似劍〔三〕，應難割斷閒愁。　　素縑試展〔四〕，最難忘、謝客風流〔五〕。念(3)碧玉峰高，黃柑實老〔六〕，煙雨訾洲〔七〕。便遣布帆歸去〔八〕，憑誰共、息壤盟鷗〔九〕。但驚心南望，淒迷回雁峰頭〔一〇〕。

【校】

（１） 《詞卷》本調名下有小注"以下十三首擬白石自製曲"一句。

（２） "昔日"，《詞卷》本作"是昔"。

（３） "念"，《詞卷》本作"對"。

【注】

〔一〕 桂山：在廣西桂林城東北，相傳以山多桂樹而得名。今名疊彩山。亦可泛稱桂林衆山。

〔二〕 謝子石：指謝元麒，善畫山水及花竹禽蟲。比部：古代官署名。魏晉時設，爲尚書列曹之一，職掌稽核簿籍。後世沿之。至唐代，爲刑部所屬四司之一，設有郎中、員外郎各一人，主事四人。

〔三〕 山鋩似劍：柳宗元《與浩初上人同看山寄京華親故》詩："海畔尖山似劍鋩，秋來處處割愁腸。若爲化得身千億，散上峰頭望故鄉。"

〔四〕 素縑：白色的絹帛。唐蔣防《霍小玉傳》："請以素縑，著之盟約。"

縑,音"兼"。

〔五〕謝客:指南朝宋謝靈運。靈運幼名客兒,故稱。鍾嶸《詩品》總論:"謝客爲元嘉之雄。"此處指謝子石。

〔六〕"念碧玉"二句:韓愈《送桂州嚴大夫》詩:"江作青羅帶,山如碧玉簪。户多輸翠羽,家自種黄柑。"

〔七〕訾洲:桂林象鼻山對面、灕江中有訾家洲,簡稱訾洲。訾洲煙雨爲桂林八景之一。元吕思誠《訾洲煙雨》詩:"分合灘頭見訾洲,訾洲煙雨水雲秋。"

〔八〕"便遣"句:劉義慶《世說新語·排調》:"顧長康作殷荆州佐,請假還東。爾時例不給布帆,顧苦求之,乃得發;至破塚,遭風,大敗。作箋與殷云:'地名破塚,真破塚而出,行人安穩,布帆無恙。'"

〔九〕息壤盟鷗:歸隱故鄉的盟誓。息壤,此謂原生之地,即故鄉。鷗盟,謂與鷗鳥訂盟同住水鄉。喻退隱。宋陸游《雨夜懷唐安》詩:"小閣簾櫳頻夢蝶,平湖煙水已盟鷗。"典出《列子·黄帝二》:"海上之人有好鷗鳥者,每旦之海上,從鷗鳥游,鷗鳥之至者百數而不止。其父曰:'吾聞鷗鳥皆從汝游,汝取來,吾玩之。'明日之海上,鷗鳥舞而不下也。"

〔一〇〕回雁峰:在湖南衡陽市湘江之濱,居八百里南嶽七十二峰之首,故稱南嶽第一峰。宋李綱《江城子》詞:"去年九日在衡陽。滿林霜。俯瀟湘。回雁峰頭,依約雁南翔。遥想茱萸方遍插,唯少我,一枝香。"

長亭怨慢

白石道人自製曲一卷〔一〕,高亢清空,聲出金石。丁亥秋日,約同疇丈、鶴公、瑟老〔二〕,依調和之。他日詞成,都爲一集,命曰《城南拜石詞》。城南云者,月韓孟聯吟語也〔三〕。

自湖上、吹簫人去〔四〕。寂寞垂虹,舊時煙雨〔五〕。疏影吟梅,淡黄怨柳甚情緒〔六〕。小紅何在,誰(1)與訂、花間譜。傳得曲中心,喜象筆、鸞箋如故〔七〕。 索句(2)。歎百年心事,問訊(3)玉闌知否。城南俊約,想一笑、詞仙應許〔八〕。按别調、觱栗頻吹〔九〕,訪遺著、琴書誰補(4)。儘高詠凌秋,珍重十三弦語〔一〇〕。(5)

【校】

（1）"誰",《詞卷》本作"難"。
（2）"索句",《袖墨集》稿本作"懷古"。
（3）"問訊"句,《詞卷》本作"幾度臨風懷古"。
（4）"誰補",《袖墨集》稿本作"難補"。
（5）《詞卷》本正文後有注云："原詞'此'字落韻。白石名家,不應出此。再三尋繹,疑與'閱人多矣'句隔句換韻叶。然宋人無承用者。姑附鄙見,以質高明。"

【注】

〔一〕 白石道人：南宋詞人姜夔之號。
〔二〕 疇丈：端木埰,字子疇。參見前《大江東去》（熙豐而後）注。　鶴公：許玉瑑號鶴巢。參見前《浪淘沙》（春殢小梅梢）注。　瑟老：即彭鑾,字瑟軒。參見前《摸魚子》（鎮無聊）注。
〔三〕 韓孟聯吟：韓愈、孟郊有詩曰《城南聯句》。
〔四〕 吹簫人：指姜夔。
〔五〕 "寂寞"二句：姜夔《過垂虹》詩："自作新詞韻最嬌,小紅低唱我吹簫。曲終過盡松陵路,回首煙波十四橋。"
〔六〕 "疏影"二句：姜夔有《疏影》詞詠梅、《淡黃柳》詞詠柳。
〔七〕 "喜象筆"句：姜夔《法曲獻仙音》詞："喚起淡妝人,問逋仙、今在何許。象筆鸞箋,甚而今、不道秀句。"
〔八〕 詞仙：指姜夔。
〔九〕 "觱栗"句：姜夔《淒涼犯》詞序："予歸行都,以此曲示國工田正德,使以啞觱栗吹之,其韻極美。"
〔一〇〕 十三弦：唐宋時教坊用的箏均爲十三根弦,因代指箏。張先《菩薩蠻·詠箏》詞："哀箏一弄《湘江曲》,聲聲寫盡江波綠。纖指十三弦,細將幽恨傳。"

淡　黃　柳

竹平安室稚柳〔一〕,即(1)所謂第二柳也。晴日上窗,瘦影如繪,疇丈以仙呂宮寫之〔二〕,余賦正平調近一闋。

疏櫺畫箔[三]。分入牆陰綠。偃映晴光風欹欹。幾誤檐前凍雀[四]。飛上簾櫳暗塵撲。　羨清福。宵長睡初足。正月在、小闌曲。有參差荇藻摇空淥[五]。比似梅花，紙窗弄影，唯少苔枝綴玉[六]。

【校】

（1）《袖墨集》稿本圈去"即"字。

【注】

〔一〕竹平安室：端木埰書齋名。
〔二〕仙吕宫：古代樂曲宫調名。以宫聲爲主的調式。《新唐書·禮樂志十二》："凡所謂俗樂者，二十有八調。正宫、高宫、中吕宫、道調宫、南吕宫、仙吕宫，黄鐘宫爲七宫，越調、大食調、高大食調、雙調、小食調、歇指調、林鐘商爲七商，大食角、高大食角、雙角、小食角、歇指角、林鐘角、越角爲七角，中吕調、正平調、高平調、仙吕調、黄鐘羽、般涉調、高般涉爲七羽。皆從濁至清，迭更其聲；下則益濁，上則益清；慢者過節，急者流蕩。"
〔三〕疏櫺：疏窗。櫺，窗户或欄杆上雕有花紋的格子。　畫箔：有畫飾的簾子。宋舒亶《木蘭花》詞："十二闌干褰畫箔，取次穿花成小酌。"
〔四〕凍雀：寒天受凍的鳥雀。元陳孚《居庸關》詩："欲叩往事雲漠漠，平沙風起鳴凍雀。"
〔五〕參差荇藻：《詩·周南·關雎》："參差荇菜，左右流之。"蘇軾《東坡志林》："庭下如積水空明，水中藻荇交横，蓋竹柏影也。"
〔六〕苔枝綴玉：姜夔《疏影》詞："苔枝綴玉。有翠禽小小，枝上同宿。"

石　湖　仙

姚景石年丈[一]，結社大梁[二]，嘗以九月八日爲白石老仙壽。近見潘蘷生《香禪集》[三]，有戊午清明壽白石詞，其日蓋二月二十有二(1)也。記(2)俟好事者訂正焉。

玉隆煙雨。記江上楓香[四]，曾醉雕俎[五]。何似野雲飛，咽瓊簫、塵寰小住。春花秋月[六]，算總是、醉魂歆處[七]。知否。問孟陬、正則初度[八]。　馬縢舊時月色〔九〕,響空山、唯聞杜宇。老去詞仙,不道飄零如許。古汧前游〔一〇〕,松陵歸路〔一一〕。歲華誰譜。空吊古。臨風幾酹芳醑〔一二〕。

【校】

（1） "有二",《詞卷》本作"二日"。
（2） "記",《詞卷》本作"倚此"。

【注】

〔一〕 姚景石：姚詩雅（1822—1875 後）,字仲魚,番禺人。官河南孟縣知縣。有《景石齋詞略》、《醒花軒詞稿》各一卷。
〔二〕 大梁：今河南省開封市。
〔三〕 潘麐生：潘鍾瑞（1823—1890）,字麟生,亦作麐生,號瘦羊,別號香禪居士,江蘇吳縣人。增貢生,官太常博士。有《香禪詞》四卷。
〔四〕 玉隆二句：姜夔《鷓鴣天》詞序云："予與張平甫自南昌同游西山玉隆宮,止宿而返。蓋乙卯三月十四日也。是日即平甫初度,因買酒茅舍,並坐古楓下。古楓,旌陽在時物也。旌陽嘗以草履懸其上,土人以履爲屩,因名曰掛屩楓。"
〔五〕 彫俎：一種雕繪的木製禮器。祭享時以盛犧牲。南朝宋鮑照《數詩》詩："八珍盈彫俎,綺肴紛錯重。"
〔六〕 春花秋月：李煜《虞美人》詞："春花秋月何時了,往事知多少？"
〔七〕 歆：悦服,欣喜。《國語·周語下》："以言德於民,民歆而德之,則歸心焉。"韋昭注："歆,猶嘉服也。"
〔八〕 孟陬：孟春正月。正月爲陬,又爲孟春月。《楚辭·離騷》："攝提貞于孟陬兮,惟庚寅吾以降。"王逸注："孟,始也。貞,正也。于,於也。正月爲陬。"
〔九〕 馬塍句：周密《齊東野語·馬塍藝花》："馬塍藝花如藝粟,橐駝之技名天下。"馬塍,地名。在浙江省餘杭縣西。宋代以產花著名。白石嘗流寓於此。有詠梅《暗香》詞云："舊時月色,算幾番照我,梅邊吹笛。喚起玉人,不管清寒與攀摘。"
〔一〇〕 古汧：指武漢。汧水古代爲漢水的別稱。又汧水入江以後,今湖北省武漢市以下的長江古代亦通稱汧水。姜夔《探春慢》詞序："予自孩幼,從先人宦於古汧。女須因嫁焉。"
〔一一〕 松陵：吳江縣的別稱。姜夔《過垂虹》詩："曲終過盡松陵路,回首煙波十四橋。"顧祖禹《讀史方輿紀要·江南六·吳江縣》："吳江

〔一二〕 芳醑：美酒。謝靈運《擬魏太子鄴中集詩·阮瑀》詩："傾酤係芳醑，酌言豈終始。"

暗　香

囊以沙壺贈鶴公〔一〕，不之異⁽¹⁾也。偶閱近人《瀛壖雜誌》〔二〕，始知爲上海瞿子冶所製月壺〔三〕，倚此索鶴公和。

玉壺圓月。記茂陵曾伴，相如消渴〔四〕。潑乳凝花，古色摩挲詫⁽²⁾奇絶。誰信摶沙人遠〔五〕，省前事、瀛壖猶説。試問訊、丁卯橋頭〔六〕，詩興定清發。　　香屑〔七〕。雅制別。愛曲几疏簾，鎮隨吟篋〔八〕。漫煨榾柮〔九〕，暖作張爐手堪熨⁽³⁾〔一〇〕。何用斟勞翠袖，聽鼎竅、笙簧徐咽。料把臂、相賞處，酒腸恨劣。

【校】
（１）"異"，《詞卷》本作"奇"。
（２）"詫"，《詞卷》本作"記"。
（３）據《詞譜》卷二五，此作用姜夔《暗香》（舊時月色）一體，下片第五句當用韻。

【注】
〔一〕沙壺：應寫作"砂壺"，用黏土爲原料燒製成的陶質茶壺。清李漁《閒情偶寄·器玩·制度》："茗注莫妙於砂壺，砂壺之精者，又莫過於陽羨，是人而知之矣。"今陽羨紫砂壺是也。月壺爲紫砂壺中之極品。　鶴公：許玉瑑號鶴巢。參見前《浪淘沙》（春殢小梅梢）注。
〔二〕瀛壖雜誌：近人王韜著，始刊於1875年。"壖"，同"堧"，邊緣空地。
〔三〕瞿子冶：名應紹，字子冶，初號月壺，後改瞿甫，又號老冶、陛春，清嘉慶至道光間人，原籍上海。工詩詞、尺牘、書畫、篆刻、鑒古，善蘭竹，有"詩書畫三絶"之稱。常製紫砂壺，或請精者製後自作銘文，或繪竹梅鎪於壺上，時人稱爲"三絶壺"。
〔四〕記茂陵二句：極言壺之歷史久遠。茂陵，漢武帝陵墓，此代指武帝之世。　消渴：即糖尿病。《史記·司馬相如列傳》："相如口吃而

〔五〕 搏沙人：此指瞿子冶。搏，握，抓。
〔六〕 丁卯橋：《明一統志·鎮江府》："丁卯橋在府城南三里，晉元帝子裒鎮廣陵，運糧出京口，爲水涸，奏請立埭。以丁卯日制'可'，後人構橋因名。唐許渾嘗築別墅於其側。宋陸游詩：'裴相功名冠四朝，許渾身世老漁樵。若論風月江山主，丁卯橋應勝午橋。'"
〔七〕 香屑：指茶葉。
〔八〕 吟篋：裝詩箋的小箱。清孫延《燭影搖紅·爲何夢化題媚蘭小影》詞："吟篋相隨，真真喚盡鑪煙裊。柔魂猶自繞西泠，細雨重門悄。"
〔九〕 榾柮：音"古墮"。木柴塊，樹根疙瘩。可代炭用。陸游《霜夜》詩之二："榾柮燒殘地爐冷，喔咿聲斷天窗明。"
〔一○〕 張爐：古代用以取暖的紅銅精緻手爐。詞中以喻砂壺。明代末年浙江嘉興人張鳴岐做的手爐有張爐之稱。此爐有兩個特點是別人所不及的。第一，置於紅炭不燙，可以長時間保溫。第二，用腳踹之不癟，強度好。故官家以爲貢品。《四庫全書》本《萬壽盛典初集》卷五九："浙江省耆民沈玉揚等恭進……嘉興張爐一百箇……"

疏　　影

萬葵生比部得晉太康磚〔一〕，兩側有文曰：晉故夜令高平檀(1)君窆〔二〕，太康八年二月七日壬辰。《說文》：窆，坎中穴也。磚殆墓道中物(2)。葵生屬爲考訂，紀之以詞。葵生又藏漢延光銅壺〔三〕，故以漢鑄晉陶名其居。

磚頑似鐵〔四〕。有銘辭宛轉，花樣凹凸。望著高平，日溯壬辰，歷歷太康年月。依稀賢令風流在，勝稚子、巴山殘闕〔五〕。試登登、模上溪藤〔六〕，十九鳳驚排列。　　好古如君有幾，墨緣契典午〔七〕，珍重披拂〔八〕。幾度滄桑，何處松楸，認取土花明滅〔九〕。摩挲我欲冰襟對〔一○〕，怕碧血、千年還熱〔一一〕。好銅壺、相伴延光，漢鑄晉陶雙絕〔一二〕。

【校】
（1）"檀"，《詞卷》本作"壇"。

（2）"物"字後《詞卷》本多"康太史云：夜音掖，屬安定郡"一句。

【注】

〔一〕萬葵生：萬薇生之兄弟。萬青藜之子。　太康：晉武帝司馬炎年號（280—289）。

〔二〕夜令：夜縣縣令。考"夜"或作"掖"，夜縣即"掖縣"。今屬山東萊州。　高平：古縣名，位於今山西省東南部，澤州盆地北端，太行山西南邊緣。傳說爲炎帝故里。　窨：音"旦"。

〔三〕延光：東漢安帝劉祜的第五個年號（122—125）。

〔四〕"磚頑"句：謂古磚比鐵還堅固。

〔五〕"勝稚子"句：趙明誠《金石錄》卷一四"漢王稚子闕銘"條云："右漢王稚子闕銘二。之一云：'漢故先靈侍御史河内縣令王君稚子闕。'之一云：'漢故兗州刺史洛陽令王君稚子之闕。'"按《後漢書·循吏傳》："王渙，字稚子。"闕，墓道前的牌坊。又明曹學佺《蜀中廣記》卷一〇五："漢王稚子闕兩角有斗，又作重屋，四壁刻神像、人物、牛馬之類，今已漫滅。出《新都縣志》。"

〔六〕登登：象聲詞。指敲擊聲。《詩·大雅·緜》："度之薨薨，築之登登。"　模：模型，指磚之外觀。左思《魏都賦》："授全模於梓匠。"

〔七〕"墨緣"句：此句謂萬葵生與晉朝風流結翰墨緣。典午，"司馬"的隱語。《三國志·蜀志·譙周傳》："周語次，因書版示立曰：'典午忽兮，月酉没兮。'典午者，謂司馬也；月酉者，謂八月也。至八月而文王（司馬昭）果崩。"晉帝姓司馬氏，後因以"典午"指晉朝。

〔八〕披拂：用手披分撫摸。指認真摩挲品鑒。李白《酬殷明佐見贈五雲裘歌》詩："群仙長歎驚此物，千崖萬嶺相縈鬱。身騎白鹿行飄飄，手翳紫芝笑披拂。"

〔九〕"幾度滄桑"三句：謂萬氏所藏古物，來歷不凡，價值珍貴。松楸，松樹與楸樹。墓地多植，因以代稱墳墓。謝朓《齊敬皇后哀策文》："陳象設於園寢兮，映輿鍐於松楸。"土花，指古物因歷久而留痕印或斑駁銹跡。

〔一〇〕冰襟：如冰般純潔無瑕的胸襟。宋姚勉《雪中雪坡十憶》詩之七："冰襟玉袖幾交游，儘自風流勝子猷。有興可乘應不盡，定無門外便回舟。"

〔一一〕"碧血"句：謂夜令高平檀君死後熱血化成碧，留在磚上，至今還是熱的。

〔一二〕 漢鑄：即指漢銅壺。　　晉陶：即指晉墓磚。

惜 紅 衣

　　城陰積水清淺，兼葭彌望，人家三兩，偃映叢薄間〔一〕。霜天弄晴，光景奇絕。軟紅香土中，不易得也。

雁路催寒，魚天送爽〔二〕，懶雲無力〔三〕。點綴秋容，黃花媚牆隙。炊煙颭晚，看隔水、人家蕭寂。風息。霜葉亂飛，戰寒林如織。　　高樓西北。流水參差，濠梁意誰識〔四〕。江湖載酒，夢影半狼藉〔五〕。賴有柳汀沙嶼，不負醉筇吟屐。問詞仙應否〔六〕，我欲與鷗爲客。

【注】

〔一〕 叢薄：叢生的草木。《淮南子·俶真訓》："夫鳥飛千仞之上，獸走叢薄之中，禍猶及之。"

〔二〕 魚天：謂天空稀疏纖細的微雲，似群魚游於水，指淡雲天。周邦彥《浣溪沙》詞："水漲魚天拍柳橋，雲鳩拖雨過江皋。"

〔三〕 懶雲：謂無風推涌且還未成雨的浮雲。明王鏊《偶成》詩："懶雲無意復爲霖，早向中天結冥陰。"

〔四〕 濠梁意：參見前《賀新涼》（一葉空蒙裏）注。白居易《池上寓興二絕》之一："濠梁莊惠謾相争，未必人情知物情。獺捕魚來魚躍出，此非魚樂是魚驚。"

〔五〕 "江湖"二句：杜牧《遣懷》詩："落拓江湖載酒行，楚腰纖細掌中輕。十年一覺揚州夢，贏得青樓薄倖名。"

〔六〕 詞仙：指南宋詞人姜夔。《惜紅衣》乃其自度曲。姜夔終身未仕，故有是説。

角 招

　　九月廿四日，寒甚。疇丈、鶴公下直見過〔一〕。醵飲酒家〔二〕，即事成詠。

認襟袖。何堪染盡，緇塵鬢影非舊。冷吟⑴思中酒〔三〕。薄暝弄寒，霜信初透。閒身盡有。喜退直、巾車相就[四]。投轄休辭拚倒(2)[五]。盡(3)三萬六千觴[六]，任淋漓濡首。　　僝僽。天涯客久。懷人道遠，贏得持螯手[七]。翠箋題句秀。説似風懷[八]，黄花都瘦。香留座右。朗玉照、清尊同侑[九]。聽取西風似吼。好珍重、歲寒心[一〇]，爲君壽。

【校】

（１）"冷吟"，原作"冷唫"，據《袖墨集》稿本改。

（２）"拚倒"，《袖墨集》稿本作"盡醉"。

（３）"盡"，《袖墨集》稿本作"倒"。

【注】

〔一〕下直：即今所謂"下班"。

〔二〕醵飲：湊錢飲酒。梅堯臣《次韻和景仁對雪》詩："善歌知寡和，醵飲遂成酺。"

〔三〕冷吟：猶閒吟。白居易《舟中晚起》詩："且向錢塘湖上去，冷吟閒醉二三年。"　　中酒：醉酒而病。唐王建《贈溪翁》詩："伴僧齋過夏，中酒臥經旬。"

〔四〕退直：即下直。　　巾車：有帷幕的車。此指官員的馬車。陶潛《歸去來兮辭》："或命巾車，或棹孤舟。"蘇軾《和寄天選長官》詩："何時命巾車，共陟雲外嶠？"

〔五〕投轄：指殷勤留客。典出《漢書·陳遵傳》："遵耆酒，每大飲，賓客滿堂，輒關門，取客車轄投井中，雖有急，終不得去。"轄，車軸兩端的鍵。杜甫《晚秋長沙蔡五侍御飲筵》詩："甘從投轄飲，肯作致書郵。"

〔六〕三萬六千觴：蘇軾《贈張刁二老》詩："共成一百七十歲，各飲三萬六千觴。"

〔七〕持螯手：《世說新語·任誕》："畢茂世（卓）云：一手持蟹螯，一手持酒杯，拍浮酒池中，便足了一生。"

〔八〕風懷：抱負，志向。《晉書·祖逖傳贊》："祖生烈烈，風懷奇節，扣楫中流，誓清凶孽。"

〔九〕朗玉：光潔之玉。或喻指明月，或另有所指。

〔一〇〕歲寒心：喻堅貞不屈的節操。《論語·子罕》："子曰：歲寒，然後知松柏之後凋也。"張九齡《感遇》詩之七："豈伊地氣暖，自有歲寒心。"

徵　　招

《水雲笛譜》，三松老人所製詞也〔一〕。附列(1)工尺，可爲歌曲。鶴公出示〔二〕，爲題此解。

周情柳思憑誰契〔三〕，飄零大成(2)遺譜。散憶廣陵聲〔四〕，但蒼茫懷古。吴娘弦解語〔五〕。早腸斷、瀟瀟暮雨。冷落旗亭，絲哀竹濫，雙鬢何許〔六〕。　識曲叶。紫霞翁〔七〕，紅牙拍、新聲幾回親度。聽水更聽風，想龜兹樂府〔八〕。良工心獨苦。有同調、翠薇吟侶。戈順卿《翠薇花館詞》亦能歌(3)〔九〕。楚江晚、一笛蘋洲〔一〇〕，望水雲深處。

【校】

（1）　"附列"四句，《袖墨集》稿本作"附列四上，可付工歌。鶴公屬題詞，爲賦是解"。

（2）　"大成"，似當作"大晟"，指宋徽宗朝建立的音樂機構大晟府。又乾隆年間律吕正義館名樂工周祥鈺、鄒金生諸人搜集宋詞、宋元諸宫調、元明散曲套曲、明清崑腔，編成八十九卷九宫大成譜，共有曲牌二千零九十四支，四千四百六十六體。

（3）　"亦能歌"，《袖墨集》稿本作"亦云能歌"。

【注】

〔一〕　三松老人：潘奕雋（1740—1830），字守愚，號榕皋，一號水雲漫士，晚號三松老人，江蘇吴縣人。乾隆三十四年（1769）進士，官户部主事，典試黔中，旋即歸田。工書畫。有《三松堂集》、《水雲詞》。

〔二〕　鶴公：許玉瑑號鶴巢。參見前《浪淘沙》（春嬉小梅梢）注。

〔三〕　周情柳思：指填詞的雅興。周指周邦彦，柳即柳永，二人爲北宋詞壇領袖。張炎《甘州·賦衆芳所在》詞："多少周情柳思，向一丘一壑，留戀年光。"

〔四〕　廣陵聲：即廣陵散。"廣陵"是揚州的古稱，"散"是"操"、"引"等樂曲體式的名稱。它是中國古代流行於廣陵地區的一首大型琴曲。萌芽於秦、漢時期，名稱記載最早見於魏應璩《與劉孔才書》："聽廣陵之清散。"琴曲的内容據説是講述戰國時期聶政爲父報讎，刺殺韓王的故事。到魏、晉時期趨於定形。《晉書》載:"嵇康嘗游會稽,宿華陽亭,引琴而彈。忽客至,自稱古人,與談音律,辭致清辨,索琴而彈曰:'此《廣陵散》也。'聲調絶倫,遂授於康,誓不傳人,不言姓而去。及康將刑東市,顧日影曰:'昔袁孝尼嘗從吾學《廣陵散》,吾每靳,而今絶矣。'海内至今,莫不痛惜。"正因爲嵇康臨刑索彈《廣陵散》,才使這首古典琴曲名聲大振。隨後曾一度流失,後人在明代宫廷的《神奇秘譜》中發現它,再重新整理,才有了我們現在聽到的《廣陵散》。

〔五〕"吴娘"二句:吴娘,唐代著名歌舞伎。白居易《寄殷協律》詩:"吴娘暮雨蕭蕭曲,自别江南更不聞。"又《對酒自勉》詩:"夜舞吴娘袖,春歌蠻子詞。猶堪三五歲,相伴醉花時。"近人易順鼎《燭影摇紅·江上阻風作》詞:"剪雨移燈,隔雲呼笛船初泊。春寒迷路入蘆窠,賺得秋聲作。彷彿吴娘弦索。酒醒時、殘筝小閣。離煙怨水,寫付琴心,教人瘦卻。"

〔六〕"冷落"三句:暗用唐代詩人王昌齡、高適、王之涣旗亭唱詩鬥酒故事。唐薛用弱《集異記》"王涣之(之涣)"條:"開元中詩人王昌齡、高適、王涣之(之涣)齊名,時風塵未偶,而游處略同。一日天寒微雪,三詩人共詣旗亭貰酒小飲。忽有梨園伶官十數人登樓會燕……涣之自以得名已久,因謂諸人曰:'此輩皆潦倒樂官,所唱皆巴人下里之詞耳,豈陽春白雪之曲,俗物敢近哉?'……須臾,次至雙鬟發聲,則曰:'黄河遠上白雲間……'"

〔七〕紫霞翁:南宋詞人楊纘(約1241年前後在世),字繼翁,號守齋,又號紫霞翁。嚴陵人,居錢塘。宋寧宗楊後兄次山之孫。度宗時,女爲淑妃,官大理少卿。好古博雅,善琴,能自度曲,有《紫霞洞譜》和《作詞五要》傳於世。

〔八〕龜兹樂府:中國古代傳於異域之樂曲。前秦建元十八年(382)苻堅之大將吕光滅龜兹,將龜兹樂帶到涼州。吕光亡後,龜兹樂分散。後魏平定中原,重新獲得龜兹樂。到了隋代有《西國龜兹》《齊朝龜兹》《土龜兹》等三部。宋王灼《碧雞漫志》卷三"霓裳羽衣曲"條云:"王建詩云:'弟子歌中留一色,聽風聽水作霓裳。'歐陽永叔詩話以不曉聽風聽水爲恨。蔡絛詩話云出唐人《西域記》:龜兹國王與臣庶知樂者,於大山間聽風聽水,均節成音,後翻入中國,如伊州、甘州、涼州,皆自龜兹至。"

〔九〕戈順卿:即戈載(1786—1856後),字弢甫,號順卿,一號寶士,吴縣(今江蘇蘇州)人。諸生,官國子監典簿。善書畫,尤善填詞。著有

《翠薇花館詞》、《詞林正韻》，編有《宋七家詞選》。
〔一〇〕　一笛蘋洲：宋周密有詞集名《蘋洲漁笛譜》。

秋　宵　吟

霧雨釀寒，秋光向盡。鶴公⁽¹⁾有詞寄懷，倚調以和。

冷雲低，敗葉委。又到秋光婪尾〔一〕。東園畔、記醉綠酬紅，餞春曾幾。思纏綿，意旖旎。撩亂愁絲難理。西風悄、又霧雨冥迷，釀寒如此。　　賴有黃花，共晚節、傲霜未已。故人書斷，海客談空〔二〕，何物令公喜〔三〕。安得滄江裏。一葉淩波，深入萬葦。溯空明、弄笛船脣〔四〕，歌闋明月正在水。

【校】
（1）"鶴公"二句，《定稿》光緒三十二年本作"和鶴公"。"倚調"，《袖墨集》稿本作"倚此"。

【注】
〔一〕　婪尾：最後，末尾。宋楊萬里《八月朔曉起趣辦行李》詩："雨後晨先起，花間濕也行。破除婪尾暑，領略打頭清。"
〔二〕　"海客"句：李白《夢游天姥吟留別》詩："海客談瀛洲，煙濤微茫信難求。"
〔三〕　何物令公喜：劉義慶《世說新語‧寵禮第二十二》："王珣、郗超並有奇才，為大司馬所眷，拔珣為主簿，超為記室參軍。超為人多鬚，珣狀短小，於時荊州為之語曰：'髯參軍，短主簿，能令公喜，能令公怒。'"辛棄疾《賀新郎》詞："問何物、能令公喜。"
〔四〕　空明：特指月光下的清波。蘇軾《前赤壁賦》："桂棹兮蘭槳，擊空明兮溯流光。"

淒　涼　犯⁽¹⁾

懷人夜永，秋聲忽來。欹枕漫歌，惜少國工吹啞觱栗耳〔一〕。此調起句七字不入韻，宋賢皆然。萬紅友於第四字注韻〔二〕，戈寶士遂增陌字入覺藥韻中〔三〕,恐誤。

懷人永夕。秋聲起、刁騷飛度木末〔四〕。中年懷抱,憑誰陶寫,悶拈絲竹。離情頓觸。更攙入霜鐘暗咽。算平生、江關賦筆〔五〕,庾信最蕭瑟。　　回首前游在,坐對虛窗,短檠如粟〔六〕。墜歡記否,記風前、數聲鵜鴂〔七〕。漫譜新聲,怕鄰笛無端吹裂〔八〕。夢空江、月冷萬葦,舞夜雪。

【校】

（1）　作者自注:"此詞用韻頗雜,過而存之,以爲率爾操觚之戒。"

【注】

〔一〕　國工:一國中技藝特別高超的人。唐李肇《國史補》卷中:"韋應物爲蘇州刺史,有屬官因建中亂,得國工康崑崙琵琶。"宋姜夔《淒涼犯》詞序:"予歸行都,以此曲示國工田正德,使以啞觱栗吹之,其韻極美。"此指樂工國手。

〔二〕　萬紅友:萬樹（1630—1688）,字花農,一字紅友,號山翁,江蘇宜興人。工詞善曲。著有《詞律》二十卷,又著有《堆絮園集》、《香膽詞》,並有傳奇和雜劇多種。

〔三〕　戈寶士:即戈載（1786—1856後）,字弢甫,號順卿,一號寶士。參見前《徵招》（周情柳思憑誰契）注。

〔四〕　刁騷:形容聲音斷斷續續。元釋善住《竹石》詩:"風葉刁騷弄晚涼,影傳縑素豈聞香。"

〔五〕　"江關"二句:杜甫《詠懷古跡五首》詩之一:"庾信平生最蕭瑟,暮年詩賦動江關。"

〔六〕　短檠:矮燈架。藉指小燈。韓愈《短燈檠歌》:"一朝富貴還自恣,長檠焰高照珠翠。吁嗟世事無不然,牆角君看短檠棄。"

〔七〕　鵜鴂:即杜鵑鳥。《文選》卷一五張衡《思玄賦》:"恃己知而華予兮,鵜鴂鳴而不芳。"李善注:"《臨海異物志》曰:'鵜鴂,一名杜鵑,至三月鳴,晝夜不止,夏末乃止。'"

〔八〕　"怕鄰笛"句:晉向秀與嵇康、呂安友善。二人被司馬昭殺害。向秀經山陽舊居,聞鄰人吹笛,不禁追念亡友,因作《思舊賦》。見《晉書·向秀傳》。後因以"山陽笛"爲懷念故友之典。北周庾信《傷王司徒褒》詩:"唯有山陽笛,悽余《思舊》篇。"

翠 樓 吟

送鄭椒農游閩粵[一]。

月朗澎湖[二],鏡澄越嶠[三],樓船橫海重試。鯨波驚昨夢[四],費多少、鮫人清淚[五]。書生豪氣,但白眼看天[六],狂歌斫地[七]。曾知未。海鷗翔集,暗窺人意。　　快駛。萬里長風[八],喜猋輪電卷[九],壯游堪寄[一〇]。神山凝望渺,想壺嶠、今通塵世[一一]。雲帆高倚[一二]。好向若探奇[一三],鑿空求是[一四]。愁分袂。思君歲晚,海天無際。

【注】

〔一〕　鄭椒農:半塘詩友,善畫山水。參見前《百字令》(軟紅如海)詞注。
〔二〕　澎湖:我國群島名。在臺灣海峽東南部。大小六十四個島嶼,總稱澎湖列島或澎湖群島。屬臺灣省。
〔三〕　越嶠:越地的山。《爾雅・釋山》:"(山)銳而高,嶠。"邢昺疏:"言山形巉峻而高者名嶠。"
〔四〕　鯨波:猶言驚濤駭浪。杜甫《舟出江陵南浦奉寄鄭少尹詩》詩:"溟漲鯨波動,衡陽雁影徂。"
〔五〕　鮫人:參見前《齊天樂》(新霜一夜)注。
〔六〕　白眼看天:杜甫《飲中八仙歌》詩:"宗之瀟灑美少年,舉觴白眼望青天,皎如玉樹臨風前。"
〔七〕　"狂歌"句:杜甫《短歌行》詩:"王郎酒酣拔劍斫地歌莫哀,我能拔爾抑塞磊落之奇才。"
〔八〕　萬里長風:《宋書・宗慤傳》:"慤年少時,炳(慤叔父)問其志,慤曰:'願乘長風,破萬里浪。'"
〔九〕　猋:本爲群犬奔貌。引申爲疾進。《楚辭・九歌・雲中君》:"靈皇皇兮既降,猋遠舉兮雲中。"王逸注:"猋,去疾貌也。"
〔一〇〕壯游:謂懷抱壯志而遠游。杜甫有《壯游》詩。
〔一一〕壺嶠:傳說中仙山方壺、員嶠的並稱。趙翼《題吳並山中翰青崖放鹿圖》詩:"從此相隨戲壺嶠,君騎白鹿我青牛。"
〔一二〕雲帆:李白《行路難三首》詩之一:"長風破浪會有時,直掛雲帆濟滄海。"

〔一三〕 向若：《莊子·秋水》："於是焉河伯始旋其面目，望洋向若而歎曰。"若，海神。

〔一四〕 鑿空：憑空無據，穿鑿。韓愈《答劉秀才論史書》："巧造語言，鑿空構立善惡事蹟。"

湘　　月⁽¹⁾

丁亥秋分之夕，疇丈招飲竹平安室〔一〕，鶴公、瑟老皆即席有作。余賦《念奴嬌》鬲指聲以侑。

冷官趣別〔二〕，趁新涼近局，同醉芳醴。興到題襟，恰慰我、蝦菜扁舟歸思〔三〕。藉葉裁箋，偎燈尋韻，此外渾閒事。糟牀香泛〔四〕，漉巾靖節醒未〔五〕。　　剛是夜色半分，冰輪將滿〔六〕，喜壺天秋霽〔七〕。大舸浮湘，問可是、今夕蕭閒風致〔八〕。用《湘月》本事。稚柳依依，飛螢點點，漏轉琴尊裏。從教門外，軟紅十丈如沸〔九〕。

【校】

（１） 作者自注："右擬白石道人自製曲，依本集次第爲序。外此如令曲之玉梅令等、漫曲之霓裳中序第一等各闋，皆有腔無詞，白石道人倚聲爲之者，不編入自製曲卷中，故未擬作。"

【注】

〔一〕 竹平安室：疇丈端木埰書齋名。

〔二〕 冷官：地位不重要、事務不繁忙的官職。張籍《早春閒游》詩："年長身多病，獨宜作冷官。"

〔三〕 蝦菜：即今日所謂河鮮、海鮮。魚類菜肴的泛稱。杜甫《贈韋七贊善》詩："洞庭春色悲公子，蝦菜忘歸范蠡船。"仇兆鰲注："馬永卿《嬾真子》曰：嘗見浙人呼海錯爲蝦菜，每食不可缺。"

〔四〕 糟牀：釀酒時用以承接新酒的木槽。杜甫《羌村三首》詩之二："賴知禾黍收，已覺糟牀注。"

〔五〕 "漉巾"句：《南史·隱逸傳上·陶潛》："郡將候潛，逢其酒熟，取頭上葛巾漉酒，畢，還復著之。"漉巾，濾酒的布巾。靖節，即陶淵明，又名潛，字元亮，世稱靖節先生。

〔六〕 冰輪：指明月。唐王初《銀河》詩："歷歷素榆飄玉葉，涓涓清月濕冰輪。"

〔七〕 壺天：《後漢書·方術傳下·費長房》載，東漢費長房爲市掾時，市中有老翁賣藥，懸一壺於肆頭，市罷，跳入壺中。長房於樓上見之，知爲非常人。次日復詣翁，翁與俱入壺中，唯見玉堂嚴麗，旨酒甘肴盈衍其中，共飲畢而出。後即以"壺天"謂仙境、勝境。

〔八〕 "大舸"二句：姜夔《湘月》詞序："大舟浮湘，放乎中流；山水空寒，煙月交映，淒然其爲秋也。"

〔九〕 軟紅：謂京都的塵霧。宋向子諲《水龍吟》詞："華燈明月光中，綺羅弦管春風路。龍如駿馬，車如流水，軟紅成霧。"

百　字　令

子石一病不起〔一〕，軟紅塵裏知音頓稀。秋燈夜雨，歎逝傷離，正昔人所謂"長歌之哀過於痛哭"者〔二〕。

天乎難問，歎知音已矣，素弦彈折。不信故山雞黍約〔三〕，空對畫圖淒絶。髒骯儒冠〔四〕，飄零詩卷，身後名誰屬〔五〕。醉魂安在，遼天鶴唳幽咽〔六〕。不論成佛生天〔七〕，填胸熱血，定化莨宏碧〔八〕。記得剪燈深夜語〔九〕，此別焉知非福。夜壑吟孤，黃壚夢醒〔一〇〕，誰念泉臺寂。打窗風雨，秋聲似助蕭瑟。子石嘗爲余作《桂山秋曉圖》。

【注】

〔一〕 子石：謝元麒。參見前《宴清都》(歡意隨春)注。

〔二〕 "長歌"句：柳宗元《對賀者》："長歌之哀，過乎慟哭。"張炎《瑣窗寒》(斷碧分山)詞序："王碧山又號中仙，越人也。……余悼之玉笥山，所謂長歌之哀，過於痛哭。"

〔三〕 雞黍約：友誼深長、聚會守信之約。典出《後漢書·范式傳》："(范式)少游太學爲諸生，與汝南張劭爲友。劭字元伯。二人並告歸鄉里。式謂元伯曰：'後二年當還，將過拜尊親，見孺子焉。'乃共克期日，後期方至。元伯具以白母，請設饌以候之。母曰：'二年之別，千里結言，爾何相信之審邪？'對曰：'巨卿信士，必不乖違。'母曰：'若然，當爲爾醖酒。'至其日，巨卿果到，升堂拜飲，盡歡而別。"

〔四〕骯髒：即"骯髒"。高亢剛直貌。骯，音"慷"。趙壹《秦客詩》詩："伊憂北堂上，骯髒倚門邊。"

〔五〕身後名：辛棄疾《破陣子·爲陳同甫賦壯詞以寄之》詞："了卻君王天下事，贏得生前身後名。可憐白髮生。"

〔六〕"遼天鶴"句：舊題晉陶潛《搜神後記》："丁令威本遼東人，學道于靈虛山，後化鶴歸遼，集城門華表柱。時有少年舉弓欲射之。鶴乃飛，徘徊空中而言曰：'有鳥有鳥丁令威，去家千年今始歸，城郭如故人民非，何不學仙冢壘壘。'遂高上冲天。"後常用以指重游舊地之人。宋周邦彦《點絳唇·傷感》詞："遼鶴歸來，故鄉多少傷心地。"

〔七〕成佛生天：《宋書·謝靈運傳》："太守孟顗事佛精懇，而爲靈運所輕，嘗謂顗曰：'得道應須慧業文人，生天當在靈運前，成佛必在靈運後。'顗深恨此言。"成佛，佛教語。謂永離生死煩惱，成就無上正等正覺。《添品法華經·授記品》："當復供養二百萬億諸佛，亦復如是，當得成佛。"生天，佛教謂行十善者死後轉生天道。《正法念處經·觀天品》："一切愚癡凡夫，貪著欲樂，爲愛所縛，爲求生天，而修梵行，欲受天樂。"

〔八〕萇宏：即萇弘。人名。字叔，又稱萇叔。周景王、敬王的大臣劉文公所屬大夫。劉氏與晉范氏世爲婚姻，在晉卿內訌中，由於萇弘幫助了范氏，晉卿趙鞅爲此聲討，萇弘被周人殺死。傳說死後三年，其血化爲碧玉。事見《左傳·哀公三年》。

〔九〕翦燈：即剪燭。周邦彦《鎖窗寒》(暗柳啼鴉)詞："灑空階、夜闌未休，故人剪燭西窗語。"

〔一〇〕黃壚：參見前《齊天樂》(西風吹醒)注：劉義慶《世說新語·傷逝》："(王濬沖)乘軺車，經黃公酒壚下過，顧謂後車客：'吾昔與嵇叔夜、阮嗣宗共酣飲於此壚……自嵇生夭、阮公亡以來，便爲時所羈縶。今日視此雖近，邈若山河。'"後世因用"黃壚"作悼念亡友之辭。

賀新涼

霜露既至，雲物皆秋。獨弦哀歌，用舒予懷。詞成以示巢隱〔一〕，曰：此秋聲也。爲之擊節。

寂寞閒門閉。又天涯、歲華如此,旅懷孤寄。姹燕嬌鶯前日事[二],依舊空階絡緯。更著甚、管弦清脆。薜荔叢深猿狖嘯,料靈均、應恨歌山鬼[三]。還禁得,幾憔悴。　　海山煙樹蒼茫裏。自成連、刺船歸後[四],果移情未。白眼看天星與月,但見樓臺彈指[五]。問高處、闌干誰倚[六]。漫遣鈿箏移玉柱,鑄相思、枉費黃金淚[七]。聽嘹亮,雁聲起。黃金鑄出相思淚,張玉田句。

【注】

〔一〕巢隱:鄒福保(1852—1915),字詠春,號芸巢、巢隱老人,江蘇元和人。清光緒十二年(1886)一甲二名進士。官至翰林院侍講,充順天府鄉試同考官。三十三年引疾還鄉,任江蘇師範學堂監督,後執教蘇州紫陽書院、存古學堂。

〔二〕"姹燕"句:宋趙長卿《眼兒媚》詞:"繁紅釀白,嬌鶯姹燕,爭喚何郎。"

〔三〕"薜荔"二句:意即滿目荒涼,如屈原在此情況下,料想他也不願再唱《山鬼》。靈均,戰國時楚國三閭大夫屈原名正則,字靈均,有《楚辭》作品《九歌·山鬼》云:"雷填填兮雨冥冥,猿啾啾兮狖夜鳴。"

〔四〕成連:春秋時著名琴師,俞伯牙之師。唐吳兢《樂府古題要解·水仙操》:"舊説伯牙學琴於成連先生,三年而成。至於精神寂寞,情志專一,尚未能也。成連云:'吾師子春在海中,能移人情。'乃與伯牙延望,無人。至蓬萊山,留伯牙曰:'吾將迎吾師'。刺船而去,旬時不返。(伯牙)但聞海上汨汩湔湔之聲,山林窅冥,羣鳥悲號,愴然嘆曰:'先生將移我情'。乃援操而作歌云'……'伯牙遂爲天下妙手。"

〔五〕"但見"句:倒裝。意即"彈指間但見樓臺而已"。言外意即,星星和月亮都不見了。

〔六〕問高處:蘇軾《水調歌頭》詞:"我欲乘風歸去,又恐瓊樓玉宇,高處不勝寒。"

〔七〕黃金淚:張炎《瑣窗寒》詞:"那知人、彈折素弦,黃金鑄出相思淚。"又《聲聲慢》詞:"沅湘舊愁未減,有黃金、難鑄相思。"

齊 天 樂

蟋蟀和疇丈。

西風自入姜郎筆[一],詞人幾回頻賦。調譜桐絲[二],經傳葛嶺[三],未是吟商真趣〔四〕。涼生翠圃。更何必深深，餙金盆貯〔五〕。振羽鏖秋，爲誰賈勇竟如許。　　懷人良夜正永，冷吟方擁鼻〔六〕，如何悽楚。醉不成歡，愁無可解，一穗秋燈青處。豳詩細數〔七〕。正催獻功裘〔八〕，萬家機杼。月淡窗虛，有時驚暗雨。

【注】

〔一〕 "西風"句：姜夔詠蟋蟀《齊天樂》詞有"西窗又吹暗雨"句。
〔二〕 桐絲：指琴弦。唐謝邈《謝人惠琴材》詩："風撼桐絲帶月明，羽人乘醉截秋聲。"
〔三〕 經傳葛嶺：相傳南宋權相賈似道著有《蟋蟀經》三卷，詞頗雅馴。葛嶺，道教名山。位於杭州西湖北畔。因世傳東晉道士葛洪曾於此結廬煉丹而得名。賈似道別業在焉。
〔四〕 吟商：即詠秋。周密《玉京秋》（煙水闊）詞："歎輕別。一襟幽事，砌蛩能說。客思吟商還怯。怨歌長、瓊壺暗缺。"
〔五〕 "餙金"句：陶製蟋蟀罐裝飾以黃金。餙金，即鑲金、嵌金也。《明史·輿服志一》："檻座皆紅髹。前二柱餙金。"
〔六〕 "懷人"二句：謂天氣寒冷，蟋蟀也像人鼻塞吟詩一般，鳴聲淒苦。
〔七〕 豳詩：《詩·豳風·七月》："十月蟋蟀，入我牀下。"姜夔《齊天樂》詞："豳詩漫與，笑籬落呼燈，世間兒女。"
〔八〕 功裘：古代天子賜給卿大夫穿的一種皮襖，其做工略粗於國君所穿的"良裘"。《周禮·天官·司裘》："季秋獻功裘以待頒賜。"鄭玄注："功裘，人功微麤，謂狐青麛裘屬。鄭司農云：'功裘，卿大夫所服。'"

金　縷　曲

和薛小雲前輩南湖秋宴詞〔一〕。

問訊南湖柳。料依依、半灣秋老，風裳非舊〔二〕。前度壽華曾有約，禁得雨僝風僽〔三〕。儘輸與、畫船歌酒。歷歷闌干題句在，有沙鷗、督過寒盟否〔四〕。惆悵是，橹枝瘦〔五〕。　　新詞拍遍香盈袖〔六〕。想欹舷、翠疏紅淺，選聲時候〔七〕。休說城南韋杜曲〔八〕，我亦荷衣拋久〔九〕。算一例、緇塵難抖。不是江湖秋意遠，是勞生、閒了垂綸手〔一〇〕。尋舊約，甚時又。

【校】

（１）　"歷歷"，《詞卷》本作"往日"，《袖墨集》稿本作"寂寞"。

【注】

〔一〕　薛小雲：待考。曾與查恩綏（號陰階）增輯清光緒二十二年刻本《熙朝宰輔録》一卷。　　南湖：又稱南泡子、南河泡，在原北京西南角、彰儀門外，有荷池數十畝，當年爲京城夏日游賞勝地。

〔二〕　風裳：飄忽的衣裙，此以喻荷花荷葉。李賀《蘇小小墓》詩："草如茵，松如蓋，風爲裳，水爲佩。"姜夔《念奴嬌》詠荷："鬧紅一舸，記來時、嘗與鴛鴦爲侣。三十六陂人未到，水佩風裳無數。"

〔三〕　雨僝風僽：辛棄疾《粉蝶兒》詞："昨日春如，十三女兒學繡。一枝枝、不教花瘦。甚無情，便下得，雨僝風僽。"

〔四〕　寒盟：指背棄或忘卻盟約。典出《左傳·哀公十二年》："公會吳於橐皋，吳子使大宰嚭請尋盟。公不欲，使子貢對曰：'盟，所以周信也，故心以制之，玉帛以奉之，言以結之，明神以要之。寡君以爲苟有盟焉，弗可改也已。若猶可改，日盟何益？今吾子曰"必尋盟"，若可尋也，亦可寒也。'乃不尋盟。"

〔五〕　櫓枝：即櫓。比槳長的划船工具，安置船尾或船旁。

〔六〕　香盈袖：李清照《醉花陰》詞："東籬把酒黃昏後。有暗香盈袖。"

〔七〕　選聲：謂選擇優美的樂音。沈既濟《枕中記》："士之生世，當建功樹名，出將入相，列鼎而食，選聲而聽，使族益昌而家益肥，然後可以言適乎。"

〔八〕　韋杜曲：唐代望族韋氏、杜氏世居於長安城南的韋曲、杜曲。程大昌《雍録》卷七："杜縣與五代都城謹相並附，故古事著跡此地者多也。語謂'城南韋杜，去天尺五'，以其迫近帝都也。"

〔九〕　荷衣：用荷葉製成的衣裳。亦指高人、隱士之服。屈原《離騷》："製芰荷以爲衣兮，集芙蓉以爲裳。"《楚辭·九歌·少司命》："荷衣兮蕙帶，儵而來兮忽而逝。"

〔一〇〕垂綸手：釣魚人，指隱逸之士。宋盧祖皋《賀新郎》（挽住風前）詞："猛拍闌干呼鷗鷺，道他年、我亦垂綸手。"

扁舟尋舊約

丁亥十月十日，瑟老邀同疇丈〔一〕、鶴公下直小飲聯句〔二〕。逾月瑟老出守,歡事漸稀矣。

霽日烘窗,紅爐撥火,晝閒好集賢賓。瑟素心相約,黃花未老〔三〕,畫簾静護香温。疇九衢聯轡騁,喜歸去、同傾翠尊。鶴愛吟官冷〔四〕,忘言意得〔五〕,珍重歲寒身〔六〕。半　　端正好、將離歌芍藥〔七〕,且共抽銀管〔八〕,吟到黄昏。瑟一麾行去〔九〕,百城共慰,看爲有腳陽春〔一〇〕。疇急觴容緩遞,鬥朋箋、閒鷗話親〔一一〕。鶴莫辭盡醉,離懷勝逐江上雲。半

【注】

〔一〕瑟老:即彭鑾,字瑟軒。參見前《摸魚子》(鎮無聊)注。　　疇丈:端木埰,字子疇。參見前《大江東去》(熙豐而後)注。

〔二〕鶴公:許玉瑑。參見前《浪淘沙》(春㬉小梅梢)注。

〔三〕黃花句:宋陳允平《氏州第一》詞:"寂寞東籬,白衣人遠,漸黃花老。"

〔四〕愛吟官冷:謂喜好作詩的人做不了高官。張炎《臺城路》詞:"愛吟心共苦,此意難表。野水無鷗,閉門斷柳,不滿清風一笑。"辛棄疾《水龍吟》(倚欄看碧)詞:"白髮憐君,儒冠曾誤,平生官冷。"

〔五〕忘言意得:即得意忘言。《莊子·外物》:"蹄者所以在兔,得兔而忘蹄。言者所以在意,得意而忘言。"原意是説:言詞是表達意思的,既然已經知道了意思,就不再需要言詞。後比喻彼此心裏知道,不用明説。

〔六〕歲寒身:謂保持晚年的好身體,并保持到老不變、不凋的氣節。張九齡《感遇十二首》詩之七:"江南有丹橘,經冬猶綠林。豈伊地氣暖,自有歲寒心。"

〔七〕離歌芍藥:芍藥别名將離、離草、婪尾春等。故與"離歌"合而詠之。

〔八〕銀管:喻玉笛或笙簧一類樂器。唐陳去疾《元夕京城和歐陽衮》詩:"蘭焰芳芬徹曉開,珠光新靄映人來。歌迎甲夜催銀管,影動繁星綴玉台。"

〔九〕"一麾"句:指朝官出爲外任。顏延之《五君詠·阮始平》詩:"屢薦不入官,一麾乃出守。"麾,旌麾。

〔一〇〕有腳陽春:對官吏施行德政的頌詞。典出五代王仁裕《開元天寶遺事》卷四"有腳陽春"條:"宋璟愛民恤物,朝野歸美,時人咸謂璟爲有腳陽春,言所至之處,如陽春煦物也。"宋李昂英《摸魚兒·送王子文知太平州》詞:"怪朝來、片紅初瘦,半分春事風雨。丹山碧水含離恨,有腳陽春難駐。"

〔一一〕 鬥朋箋：謂聯句作詩詞。朋箋，兩張或更多箋紙。

步 月

十月望日〔一〕，同疇丈、鶴老四印齋看月聯句〔二〕。

寶鏡開盒，瓊階瀉水，半酒尊斝滿休辭。暮天霜肅，鶴風過葉還飛。看千頃、空光翠冷，疇喜寒畦、菜把霜肥。閒歌舞、鶴泥紅蟻綠〔三〕，瀟灑敞書帷。依稀。半赤壁夜、雪堂共步影〔四〕，疇月小雲低。醉吟相和，鶴今夕是耶非。望縞袂、翩翩鶴渺〔五〕，半讓翠簾、裊裊蟾輝。天街遠，疇燈花暗卜寄相思〔六〕。鶴

【注】

〔一〕 望日：農曆十五，月圓之日，又稱"圓日"。
〔二〕 四印齋：半塘在京城寓所名。參見前《大江東去》（熙豐而後）注。
〔三〕 "泥紅"句：白居易《問劉十九》詩："綠蟻新醅酒，紅泥小火爐。"
〔四〕 雪堂：《東坡志林》卷六："蘇子得廢園於東坡之脅，築而垣之，作堂焉。其正曰'雪堂'。堂以大雪中爲，因繪雪於四壁之間，無容隙也。起居偃仰，環顧睥睨，無非雪者。"
〔五〕 "望縞"句：宋李曾伯《聲聲慢》（修潔孤高）詞："一白無瑕，玉堂茅舍俱宜。飄飄羽衣縞袂，都不染、富貴膏脂。"
〔六〕 "燈花"句：宋許玠《菩薩蠻》詞："夜夜卜燈花。幾時郎到家。"

摸 魚 子

次韻瑟老述懷〔一〕。

黯銷凝、舊時月色〔二〕，江鄉多少風雨。天涯落拓華年換，贏得袖中詩句。招俊侶。且遙酹詞仙、共覓垂虹譜〔三〕。婆娑倦舞。算我愛羊公〔四〕，氍氀野鶴〔五〕，此意定誰語。　　頭銜好，自把醉鄉侯署〔六〕。黃公壚畔羈旅〔七〕。人生髒骯須行臆〔八〕，何事依人肺附〔九〕。君記取。便嬰武前頭、未用將愁訴〔一○〕。吟情漫與。好桐月修簫〔一一〕，蘋雲按拍〔一二〕，商略耆甘苦〔一三〕。

【注】

〔一〕瑟老：即彭鑾，字瑟軒。參見前《摸魚子》（鎮無聊）注。

〔二〕舊時句：姜夔《暗香》詞："舊時月色，算幾番照我，梅邊吹笛。"

〔三〕詞仙：指姜夔。姜夔夜過垂虹橋有《過垂虹》等詩，其《慶宮春》（雙槳蒓波）詞亦過垂虹橋作。

〔四〕羊公：指魏晉羊祜（221—278），字叔子，泰山南城人。博學能文，清廉正直，曾拒絕曹爽和司馬昭的多次徵辟，後爲朝廷公車徵拜。司馬昭建五等爵制時以功封爲鉅平子，與荀勖共掌機密。《世説新語·排調》："昔羊叔子有鶴善舞，嘗向客稱之。客試使驅來，氃氋而不肯舞。"

〔五〕氃氋：音"蒙童"，鳥獸羽毛散亂狀。

〔六〕醉鄉侯：本爲對嗜酒者的戲稱，味詞意此乃彭鑾自謂。蘇軾《喬將行烹鵝鹿出刀劍以飲客以詩戲之》詩："便可先呼報恩子，不妨仍帶醉鄉侯。"

〔七〕黃公壚："黃公酒壚"的略稱。李頎《别梁鍠》詩："朝朝飲酒黃公壚，脱帽露頂争叫呼。"

〔八〕骯髒：即"髒骯"。高亢剛直貌。趙壹《疾邪詩》之二："伊優北堂上，骯髒倚門邊。" 行臆：行胸臆也，按自己的意願志向而行動。唐徐夤《讀漢紀》詩："楚國八千秦百萬，豁開胸臆一時吞。"唐歸仁《悼羅隱》詩："一著《讒書》未快心，幾抽胸臆縱狂吟。"

〔九〕肺附：喻帝王親屬或親戚。《漢書·劉向傳》："臣幸得託肺附，誠見陰陽不調，不敢不通所聞。"顏師古注："舊解云，肺附謂肝肺相附著，猶言心膂也。一説，肺謂斫木之肺劉也，自言於帝室猶肺劉附於大材木也。"王念孫《讀書雜誌·漢書八》："余謂肺、附，皆謂木皮也……言己爲帝室微末之親，如木皮之託於木也。"

〔一〇〕"便嬰武"句：唐朱慶餘《宫中詞》："含情欲説宫中事，鸚鵡前頭不敢言。"嬰武，即鸚鵡。

〔一一〕桐月：清彭孫遹《西郊相遇蒼水問訊次直答云訪妓回因走筆調之》詩之二："素蘭能度石城聲，桐月調弦最擅名。油壁相逢何處路，定須狂殺下帷生。"自注："素蘭、桐月，雲間名妓。" 修簫：猶吹簫。修，實行，從事某種活動。

〔一二〕蘋雲：《小山詞》跋："時沈十二廉叔、陳十君寵家有蓮鴻蘋雲，品清謳娱客。每得一解，即以草授諸兒；吾三人持酒聽之，爲一笑樂。" 按拍：擊節，打拍子。花蕊夫人《宫詞》之九十五："旋炙銀笙先按拍,海棠花下合《梁州》。"
〔一三〕 者:即這,其中。全句意謂商量探討其中的甘苦。

百 字 令

同人集寓齋拜坡公生日〔一〕,即餞瑟老出守南寧。

心香焫處〔二〕,正寒催臘鼓〔三〕,玉梅三九〔四〕。餞歲情懷還惜別,韻事先爲公壽〔五〕。孤鶴南飛,大江東去,鐵笛臨風奏〔六〕。算餘明月,當年曾酹杯酒〔七〕。　君去嶺外春回,婆娑笠屐〔八〕,吊古應回首。曾是前賢行役地〔九〕,雅稱文章太守〔一〇〕。顧我清吟,城南社冷〔一一〕,松竹成三友。故山雲樹〔一二〕,更添幾許僝僽。

【注】
〔一〕 寓齋:此指王鵬運住所"四印齋"。
〔二〕 心香:佛教語。謂中心虔誠,如供佛之焚香。梁簡文帝《相宮寺碑銘》:"窗舒意蕊,室度心香。"　焫:古同"爇",音"若"。點燃,焚燒。
〔三〕 臘鼓:古人於臘日或臘前一日擊鼓驅疫,故稱臘鼓。《呂氏春秋·季冬》"命有司大儺旁磔"高誘注:"今人臘歲前一日擊鼓驅疫,謂之逐除。"宗懍《荆楚歲時記》:"十二月八日爲臘日,諺語:臘鼓鳴,春草生。村人並擊細腰鼓,戴胡頭,及作金剛力士以逐疫。"
〔四〕 玉梅:白梅花。蘇軾《六年正月二十日復出東門》詩:"長與東風約今日,暗香先返玉梅魂。"　三九:即三九天。徐光啓《農政全書》卷一一:"至後九九氣,諺云:一九二九,相喚弗出手;三九二十七,籬頭吹觱篥。"
〔五〕 韻事:謂作詩填詞。
〔六〕 鐵笛:劉克莊《漢宮春》詞:"祥雲難聚,且丁寧、鐵笛輕吹。"
〔七〕 "算餘"二句:蘇軾《水調歌頭》詞:"人生如夢,一樽還酹江月。"
〔八〕 笠屐:斗笠和木屐,海南的特色用具。蘇軾遷謫儋州時遇雨,當地百姓藉予他使用,因而載于詩文成爲熱典。參見前《大江東去》(熙豐而後)注。
〔九〕 前賢行役地:唐代柳宗元,宋代黃庭堅、秦觀皆曾遷謫廣西,蘇軾遷謫嶺南亦曾過往於廣西。
〔一〇〕　文章太守：歐陽修《朝中措》（平山堂）詞："文章太守，揮毫萬字，一飲千鍾。"
〔一一〕　城南社：半塘在京屢舉詞社，聚同仁唱和。其寓所四印齋在北京城南。
〔一二〕　故山：指半塘故里桂林。

中年聽雨詞

百　字　令⁽¹⁾

　　戊子正月十一日〔一〕，雪。同疇丈登觀音寺閣小飲，並示静天上人〔二〕。

華生銀海〔三〕，對長空浩浩，來憑高閣。萬籟無聲飛鳥絶〔四〕，雲外鐘魚徐落。潑墨煙寒〔五〕，堆鹽風直〔六〕，詩思橫寥邈。伊蒲饌好〔七〕，一尊還共深酌。　　此際春滿江鄉，梅花開四照，玉光新濯。我踏瓊瑶千萬頃，奇絶宣南游躅〔八〕。明日青山，依然白首，又插紅塵腳〔九〕。道人休笑，百年能幾行樂。

【校】

（１）　此詞格律與《詞譜》卷二八載蘇軾《念奴嬌》（憑高眺遠）一體略異，蘇詞下片第二、三句分别爲四字、五字句。

【注】

〔一〕　戊子：即光緒十四年（1888）。
〔二〕　静天上人：法號爲静天的觀音寺住持。上人，指持戒嚴格並精於佛學的僧侶。《釋氏要覽》稱："智德，外有德行，在人之上，名上人。"一般用於對長老和尚的尊稱。
〔三〕　華生句：蘇軾《雪後書北臺壁》詩之二："凍合玉樓寒起粟，光摇銀海眩生花。""華"，同"花"。
〔四〕　飛鳥絶：柳宗元《江雪》詩："千山鳥飛絶，萬徑人蹤滅。孤舟蓑笠翁，獨釣寒江雪。"
〔五〕　潑墨：謂濃雲密布如潑墨。

〔六〕堆鹽：指雪堆積。蘇軾《雪後書北臺壁》詩之二："但覺衾裯如潑水，不知庭院已堆鹽。"

〔七〕伊蒲饌：齋供，素食。宋沈遼《題文殊寺》詩："駐舟薄致伊蒲饌，欲結諸公寂靜緣。"

〔八〕宣南：參見前《浣溪沙》之十一（吏隱宣南）注。

〔九〕又插句：陸游《鷓鴣天》詞："插腳紅塵已是顛，更求平地上青天。"

清 平 樂

觀光亭有懷瑟老。

鳳城東畔。一掬春波暖。欲倩錦鱗書寄遠〔一〕。潮隔相思江岸〔二〕。　　蘆簾紙閣翛然〔三〕。黃墟醉倒年年〔四〕。怊悵卧游人去〔五〕，峭風猶颺輕煙。

【注】

〔一〕錦鱗書：宋袁去華《荔枝香近》詞："錦鱗書斷，寶篋香銷向誰表。盡情説似啼鳥。"

〔二〕相思江：位於今廣西桂林市南郊，爲灕江支流。

〔三〕"蘆簾"句：謂清貧簡樸的日子無拘無束，瀟灑自在。陸游《紙閣午睡》詩："紙閣磚爐火一枚，斷香欲出礙蒲簾。"蘆簾，用蘆葦編席爲簾。紙閣，用紙糊貼窗、壁的房屋。多爲清貧者所居。《莊子·大宗師》："翛然而往，翛然而來而已矣。"成玄英疏："翛然，無系貌也。"晚唐韋莊《贈峨嵋李處士》詩："如今世亂獨翛然，天外鴻飛招不得。"翛，音"蕭"。

〔四〕黃墟：參見前《齊天樂》（西風吹醒）注。

〔五〕卧游：謂欣賞山水畫以代游覽。《宋書·宗炳傳》："有疾還江陵，歎曰：'老疾俱至，名山恐難偏覩，唯當澄懷觀道，卧以游之。'凡所游履，皆圖之於室。"元倪瓚《顧仲贄來聞徐生病差》詩："一畦杞菊爲供具，滿壁江山入卧游。"張炎《木蘭花慢·書鄧牧心東游詩卷後》詞："閉門隱几，好林泉。都在卧游邊。記得當時舊事，誤人卻是桃源。"

高 陽 臺

劉星岑前輩寄示《南征詩集》〔一〕。率題代束(1)〔二〕。集其壬午之官鎮遠⁽²⁾時紀程作也〔三〕。

客去堂虛,春歸晝永,當階紅藥初妍。入夢瓊瑰〔四〕,雁翎飛度吟箋。蘼蕪指點湖南路〔五〕,黯鄉心、愁滿湘沅。最堪憐。風裹楊花,不到鷗邊。　　盈盈一曲牂牁水〔六〕,歎微波上下,幾許情牽。瑟軒前輩出守南寧⁽³⁾。峒雨溪雲〔七〕,故人目斷遙天。遲回閒數花磚影〔八〕,撫庭槐、新綠依然。漫開簾。葉底聲聲,莫是啼鵑。

【校】

（１）"率題代柬",《詞卷》本、《袖墨集》稿本作"倚此奉題,即以代柬"。
（２）"鎮遠",《詞卷》本、《袖墨集》稿本作"遵義"。
（３）《袖墨集》稿本此小注在"故人目斷遙天"句後。

【注】

〔一〕劉星岑:劉澍焞(1839—?),字東生,號星岑,一號徵梅,直隸鹽山縣(今屬河北)人。咸豐五年(1855)舉人,同治二年(1863)任內閣中書。有《康瓠詞》一卷。
〔二〕代柬:以寫詞代書信。
〔三〕鎮遠:鎮遠府屬今貴州省。劉星岑往來於京都,必經洞庭湖溯沅江入貴州至鎮遠。故下文涉及"湖南"和"湘沅"。
〔四〕瓊瑰:泛指珠玉。此喻美好的詩文。羅隱《縣齋秋晚酬友人朱瓚見寄》詩:"中秋節後捧瓊瑰,坐讀行吟數月來。"
〔五〕蘼蕪:又稱江蘺,是一種香草。古樂府有《上山采蘼蕪》詩。張孝祥《踏莎行》詞:"舞徹霓裳,歌殘金縷。蘼蕪白芷愁煙渚。"屈原《楚辭》諸篇大多作於湖南沅湘流域,又多詠香草,如《離騷》有句云:"扈江蘺與辟芷兮,紉秋蘭以爲佩。"故半塘在此有"指點湖南路"之説。
〔六〕牂牁水:古水名。或作牂柯江、牂柯水。《史記·西南夷傳》:"夜郎者,臨牂牁江,江廣百餘步,足以行船。"一説即今北盤江,一説即今都江。此外又有今蒙江(源出貴州惠水縣西北,南流合紅水河入廣西)、沅江、烏江等説。
〔七〕峒:宋代以後羈縻州轄屬的行政單位。大者稱州,小者稱縣,又小者稱峒。《宋史·蠻夷傳三·撫水州》:"平州初隸融州,亦羈縻州峒也。"
〔八〕花磚:表面有花紋的磚。唐時內閣北廳前階有花磚道,冬季日至五磚,爲學士入值之候。宋王禹偁《賀畢翰林新入》詩:"閒步花磚喜復悲,所悲君較十年遲。"

齊　天　樂

荷花生日^{〔一〕},疇丈、巢翁見過^{〔二〕},小憩叱村聯句^{〔三〕}。

雨餘浣出天容净,園林頓生秋意。疇瘦蓼摇紅,陰苔清碧,相飼都饒幽致^{〔四〕}。巢塵襟暫洗。只負卻南湖,畫船煙水。半懶約難憑^{〔五〕},逗人鷗夢緑陰裏。疇　瞳曨朝旭送爽^{〔六〕},但愁泥路滑,遥溯中沚。巢唤酒鄰牆^{〔七〕},攜琴野寺,猶記年時同醉。半回闌更倚。又晴翠無邊,薦來涼思。疇共遣佳辰,壽華還泛蟻^{〔八〕}。

【注】

〔一〕　荷花生日：夏曆六月廿四日爲荷花生日。亦稱荷誕、觀蓮節。

〔二〕　巢翁：疑即許玉瑑,號鶴巢。參見前《浪淘沙》(春殢小梅梢)注。

〔三〕　叱村：參見前《探芳信》(正芳晝)注。

〔四〕　相飼：敬獻食物以作爲供奉。飼,同饗,祭祀也。

〔五〕　懶約：一般指男女間不堅牢的信約。姜夔《秋宵吟》詞："懶約無憑,幽夢又杳。"

〔六〕　瞳曨：日初出漸明貌。《説文・日部》："曈,曈曨,日欲明也。"

〔七〕　唤酒句：姜夔《惜紅衣》(自度曲)："牆頭唤酒,誰問訊、城南詩客。"

〔八〕　壽華句：把酒爲荷花祝壽。泛蟻,酒面上浮起緑色泡沫,即斟酒、飲酒之謂。元稹《飲致用神曲酒三十韻》："但令長泛蟻,無復恨漂萍。"

齊　天　樂

同疇丈、鶴老登陶然亭^{〔一〕}。

年年亭上尋秋慣,驚心畫闌重倚。葦白飛綿,葵黄映日,替卻春城桃李。歡驚倦矣。是燕後霜前,此時情味。光景長新,好山檐外弄晴翠。　疏鐘何處遞響,對蒼茫落照,幽意誰會。鄭老襟期^{〔二〕},壺公歲月^{〔三〕},聊豁平生俊氣。新詞漫倚。只四怨三愁^{〔四〕},短歌堪擬。目斷飛鴻,寄情煙樹裏。

【注】

〔一〕　疇丈：端木埰,字子疇。參見前《大江東去》(熙豐而後)注。　鶴老：許玉瑑號鶴巢。參見前《浪淘沙》（春殢小梅梢）注。　　陶然亭：位於今北京市宣武區陶然亭公園内。清康熙三十四年（1695）工部郎中江藻在慈悲庵西部構築了一座小亭，並取白居易詩"更待菊黄家釀熟，與君一醉一陶然"句中"陶然"二字命名。自建成後頗受文人墨客青睞。

〔二〕鄭老：指東漢鄭玄。玄字康成，北海高密（今屬山東省）人。隱居不仕，聚徒講學，潛心著述。注釋群經，爲漢代經學的集大成者。晉束晳《玄居釋》："偶鄭老於海隅，匹嚴叟於僻蜀。"

〔三〕壺公：傳說中的仙人。所指各異。酈道元《水經注·汝水》："昔費長房爲市吏，見王壺公懸壺郡市，長房從之，因而自遠，同入此壺，隱淪仙路。"

〔四〕四怨三愁：唐曹鄴有《四怨三愁五情詩》十二首。辛文房《唐才子傳》卷六："曹鄴，字業之，桂林人，累舉不第。爲《四怨三愁五情詩》，雅道甚古，特爲舍人韋慤所知，力薦於禮部侍郎裴休。"

百　字　令

自題畫像

披圖一笑，問輕衫短笠[一]，幾曾真箇。四十無聞身懶慢[二]，贏得緇塵頻涴[三]。遠道懷人，虛堂聽雨，琴調憑誰和。幼輿巖穴[四]，甚時方許歸卧。　　太息顧影無儔，鬢絲禪榻[五]，風月都閒過。老去杜陵嗟瘦損[六]，不是詩吟飯顆。與古爲徒，似僧有髮[七]，憔悴成今我。百年鼎鼎[八]，算來心事終左。

【注】

〔一〕輕衫短笠：辛棄疾《洞仙歌》："歎輕衫短帽，幾許紅塵，還自喜，濯髮滄浪依舊。"

〔二〕四十無聞：《論語·子罕》："子曰：'後生可畏焉，知來者之不如今也。四十、五十而無聞焉，斯亦不足畏也已。'"

〔三〕緇塵：指混雜在空氣中的黑塵。秦觀《漁家傲》詞："剛過淮流風景變。飛沙四面連天捲。霜拆凍髭如利剪。情莫遣。素衣一任緇塵染。"涴：音"沃"，污染，弄髒。

〔四〕幼輿：謝鯤（281—323），字幼輿，陳郡陽夏（今河南太康）人，西晉時官豫章太守。《世說新語·巧藝》："顧長康畫謝幼輿在巖石裏，人問其所以。顧曰：'謝云"一丘一壑自謂過之"。此子宜置丘壑中。'"顧長康，東晉名畫家顧愷之。《晉書·謝鯤傳》："鯤少知名，通簡有高識，不修威儀，好《老》《易》，能歌，善鼓琴，王衍、嵇紹並奇之。……嘗使至都，明帝在東宮，見之，甚相親重。問曰：'論者以君方庾亮，自謂何如？'答曰：'端委廟堂，使百僚準則，鯤不如亮。一丘一壑，自謂過之。'"

〔五〕"鬢絲"二句：喻閒散生活。杜牧《題禪院》詩："今日鬢絲禪榻畔，茶煙輕颺落花風。"

〔六〕"老去"二句：相傳李白《戲贈杜甫》詩："飯顆山頭逢杜甫，頭戴笠子日卓午。藉問別來太瘦生，總爲從前作詩苦。"

〔七〕"似僧"句：宋吳曾《能改齋漫錄》卷八"夢中夢身外身"條："山谷嘗自贊其真曰：'似僧有髮，似俗無塵。'"

〔八〕"百年"句：陶潛《飲酒》詩之三："鼎鼎百年內，持此欲何成。"又陳與義《次韻邢九思》詩："百年鼎鼎雜悲歡，老去初依六祖壇。"鼎鼎，蹉跎。

百　字　令

用《江湖載酒集⁽¹⁾》自題畫像韻再題〔一〕。

客爲何者，歎不夷不惠〔二〕，諒非畸士〔三〕。鄧禹笑人知不免〔四〕，仰屋閉門而已。雞肋功名〔五〕，馬頭塵土，消受渾如此。杉湖煙雨〔六〕，拏⁽²⁾船端有人耳。　　一例風起雲飛。秋心根觸，何必橫汾水〔七〕。寂寞金臺殘照裏〔八〕，休覓酒人燕市〔九〕。短髮長鑱〔一〇〕，冬裘夏葛〔一一〕，不少平生事。問誰知我，此公應號亡是〔一二〕。

【校】

（1）《詞卷》本無"集"字。

（2）"拏"，《詞卷》本作"刺"。

【注】

〔一〕江湖載酒集：清初著名詞人朱彝尊詞集名。

〔二〕不夷不惠：殷末伯夷，堅持不仕周朝；春秋魯國柳下惠，三次被罷官而不去。不夷不惠謂折中而不偏激。揚雄《法言·淵騫篇》："或問：'子，蜀人也。請人曰："有李仲元者，人也。其爲人也奈何？"'曰：'不屈其意，不累其身。'曰：'是夷、惠之徒歟？'曰：'不夷不惠，可否之間也。'"

〔三〕畸士：猶畸人。獨行脫俗之人。周密《癸辛雜識》序："余卧病荒間，來者率野人畸士，放言善謔，醉談笑語，靡所不有。"

〔四〕鄧禹笑人：鄧禹（2—58），字仲華，南陽新野人，東漢初年軍事家，雲臺二十八將第一位。年輕時即協助劉秀建立東漢，"既定河北，復平關中"，功勞卓著。劉秀稱帝後，封鄧禹爲大司徒、酇侯。後改封高密侯，進位太傅。《後漢書·鄧禹傳》："是月，光武即位於鄗。使使者持節拜禹爲大司徒……禹時年二十四。"又《南齊書·王融傳》："融自恃人地（按：指品學門第），三十内望爲公輔。直中書省，夜歎曰：'鄧禹笑人。'……"鄧禹年二十四爲司徒，融年已三十。故有是嘆。

〔五〕雞肋：比喻去做没甚麽意義而又不忍捨棄的事情。語本《三國志·魏書·武帝紀》"備因險拒守"裴松之注引晉司馬彪《九州春秋》："時王欲還，出令曰：'雞肋。'官屬不知所謂。主簿楊修便自嚴裝，人驚問修：'何以知之？'修曰：'夫雞肋，棄之如可惜，食之無所得，以比漢中，知王欲還也。'"楊萬里《曉過皂口嶺》詩："半世功名一雞肋，生平道路九羊腸。"

〔六〕杉湖：在桂林市陽橋畔，半塘祖居在焉。

〔七〕"一例"三句：語本漢武帝《秋風辭》："秋風起兮白雲飛，草木黃落兮雁南歸。蘭有秀兮菊有芳，懷佳人兮不能忘。泛樓船兮濟汾河，横中流兮揚素波，簫鼓鳴兮發棹歌。歡樂極兮哀情多，少壯幾時兮奈老何？"

〔八〕金臺：即黃金臺，參見前《摸魚子》（對燕臺）注。

〔九〕酒人燕市：《史記·刺客列傳》："荆軻既至燕，愛燕之狗屠及善擊筑者高漸離。荆軻嗜酒，日與狗屠及高漸離飲於燕市。"

〔一〇〕長鑱：古踏犁類的長柄農具。杜甫《乾元中寓居同谷縣作歌》之二："長鑱長鑱白木柄，我生托子以爲命。"

〔一一〕冬裘夏葛：謂順應自然節候，尋常的穿戴。宋陳瓘《滿庭芳》詞："年華。留不住，飢餐困寢，觸處爲家。這一輪明月，本自無瑕。隨分冬裘夏葛，都不會、赤水黃芽。誰知我，春風一拐，談笑有丹砂。"

〔一二〕"此公"句：司馬相如作《子虛賦》，假託子虛、烏有先生、亡是公三人互相問答。後因以"亡是公"指實際上不存在的人。

高 陽 臺

書旭莊舍人悼亡舊作後〔一〕。

夢短宵長，春回人去，酒懷慵醉愁醒。粉暗香殘，奈他楚調淒清〔二〕。坤靈暗換鴛鴦牒〔三〕，甚人天、猶戀飛瓊〔四〕。更何堪，目斷鸞雲〔五〕，未卜他生〔六〕。　　中年哀樂君休訴〔七〕，算神傷何止，奉倩多情〔八〕。鏤葉裁華，墜歡根觸吾曾〔九〕。寒香愁顧凌波影，怕花枝、也怨伶俜。鎮無聊，坐對孤光〔一〇〕，枉說圓靈〔一一〕。

【注】

〔一〕旭莊舍人：王仁東（1854—1918），字剛侯、旭莊，別署完巢，福建閩縣（今福州市鼓樓區）人。光緒二年（1876）舉人，初任内閣中書，後歷官南通知州、江安督糧道、蘇州糧道兼蘇州關監督等職。工詩文，有《完巢剩稿》一卷。

〔二〕楚調：以喻旭莊的悼亡詞。張炎《國香》詞："淒涼歌楚調，嫋餘音不放，一朵雲飛。"

〔三〕坤靈：古人對大地的美稱。此指掌握生死的神靈。揚雄《司空箴》："普彼坤靈，俾天作則。分制五服，劃爲萬國。"　　鴛鴦牒：舊謂夙緣冥數註定作夫妻的册籍。明末程羽文（蓋臣）著有《鴛鴦牒》（四庫全書總目・子部・雜家類存目）。

〔四〕人天：人間與天上。《晉書・陸雲傳》："帝堯昭焕而道協人天，西伯質文而周隆二代。"　　飛瓊：指許飛瓊。傳説中的仙女名。西王母之侍女。《漢武帝内傳》："（王母）又命侍女許飛瓊鼓震靈之簧。"此以喻旭莊亡婦。

〔五〕鸞雲：仙雲。國人習俗稱人去世謂駕鶴仙去。此謂旭莊眼見著亡妻乘鸞雲而仙逝矣。

〔六〕"未卜"句：李商隱《馬嵬二首》之二："海外徒聞更九州，他生未卜此生休。"

〔七〕　中年哀樂：指旭莊中年喪妻之慟。
〔八〕　奉倩多情：將旭莊與妻子的感情比喻爲荀奉倩對其妻的憐愛。《世說新語·惑溺》："荀奉倩與婦至篤，冬月婦病熱，乃出中庭自取冷，還以身熨之。婦亡，奉倩後少時亦卒。以是獲譏於世。"奉倩，即荀粲，字奉倩，三國魏荀彧之子。
〔九〕　"墜歡"句：半塘以自己也遭受中年喪妻之痛安慰對方。光緒十四年（1888）四月，半塘夫人曹氏卒，後終身未續娶。
〔一〇〕　孤光：猶孤影。杜甫《桔柏渡》詩："孤光隱顧盼，游子悵寂寥。"仇兆鼇注："孤光，孤影也。"
〔一一〕　圓靈：指天。《文選》卷一三謝莊《月賦》："柔祇雪凝，圓靈水鏡。"李善注："圓靈，天也。"

臨　江　仙

記得朝回花底日〔一〕，水晶簾外寒輕。支離病骨怯將迎〔二〕。情多詞轉竭，辛苦爲分明。　　寂寞穗帷香篆冷，而今誰復卿卿〔三〕。房櫳猶是暗塵生〔四〕。好春容易過，夜雨等閒聽。

【注】

〔一〕　"記得"句：岑參《韋員外家花樹歌》："朝回花底恆會客，花撲玉缸春酒香。"
〔二〕　支離：憔悴，衰疲。《晉書·郭璞傳》："是以不塵不冥，不驪不駓，支離其神，蕭悴其形，形廢則神王，跡粗而名生。"
〔三〕　卿卿：古代夫妻間的愛稱。後來泛用爲對人親昵的稱呼。南朝宋劉義慶《世說新語·惑溺》："王安豐婦常卿安豐，安豐曰：'婦人卿婿，於禮爲不敬，後勿復爾。'婦曰：'親卿愛卿，是以卿卿；我不卿卿，誰當卿卿？'遂恒聽之。"辛棄疾《西江月》詞："何處嬌魂瘦影，向來軟語柔情。有時醉裏喚卿卿。卻被傍人笑問。"
〔四〕　房櫳：門窗的統稱。宋盧祖皋《鷓鴣天》詞："閒意態，小房櫳。叮嚀須滿玉西東。一春醉得鶯花老，不似年時怨玉容。"

蝶　戀　花

隔院棠梨風葉亂〔一〕。幾曲紅牆，誰信天涯遠〔二〕。牆外青山青不斷。問山長短愁長短。　　漠漠平林寒日晚〔三〕。風約疏鐘，不共輕煙散。怊悵歸來誰是伴。車輪自(1)逐回腸轉〔四〕。

【校】
（１）　"自"，《詞卷》本作"暫"。

【注】
〔一〕　棠梨：野梨，又名甘棠。明毛晉輯《陸氏詩疏廣要》："甘棠，今棠梨，一名杜梨，赤棠也，與白棠同耳，但子有赤白美惡。子白色爲白棠，甘棠也，少酢，滑美。赤棠子澀而酢，無味。俗語云，澀如杜是也。"晏幾道《鷓鴣天》詞："一醉醒來春又殘。野棠梨雨淚闌干。"
〔二〕　天涯遠：晏幾道《蝶戀花》詞："重見金英人未見。相思一夜天涯遠。"
〔三〕　漠漠平林：李白《菩薩蠻》詞："平林漠漠煙如織，寒山一帶傷心碧。"
〔四〕　"車輪"句：漢樂府《悲歌》："心思不能言，腸中車輪轉。"

齊　天　樂

枕函夾袋〔一〕，譙君遺制也〔二〕。睹物懷人，我情曷極。無端蓋篋輕開處〔三〕，驚心舊時羅綺。製錦花明〔四〕，裁雲樣巧〔五〕，記得色絲親理。茶煙静裏。正扶病閒窗，繡奩慵倚。指印依稀，暗塵待拂淚先墜。　　當年河上話別，殷勤親製與，珍重韋佩〔六〕。事逐煙消，腸隨弦斷〔七〕，贏得鬢絲憔悴。零縑櫛比〔八〕。猶有纖纖(1)，小緘芳字〔九〕。幾疊清愁，爲伊重喚起。

【校】
（１）　據《詞譜》，此句爲五字句，句首疑脱一字。

【注】

〔一〕 枕函：中間可以藏物的枕頭。司空圖《楊柳枝壽杯詞》之六："偶然樓上捲珠簾，往往長條拂枕函。"

〔二〕 譙君：指死去的妻子。半塘夫人曹氏，生於咸豐元年（1851）夏曆八月三日，歿於光緒十四年（1888）夏曆四月二十日。

〔三〕 蓋篋：用蓋草編織的箱子。元稹《遣悲懷》悼亡詩之一："顧我無衣搜蓋篋，泥他沽酒拔金釵。"

〔四〕 製錦：指在錦絹上繡花，準備製作枕函的材料。

〔五〕 裁雲：喻裁剪白色綢緞。

〔六〕 韋佩：韋皮性柔韌，性急者佩之以自警戒。《韓非子・觀行》："西門豹之性急，故佩韋以自緩；董安于之性緩，故佩弦以自急。"

〔七〕 弦斷：岳飛《小重山》詞："欲將心事付瑤琴。知音少，弦斷有誰聽！"

〔八〕 零縑櫛比：指妻子生前留下的一些文字，一頁頁像梳篦齒那樣密密地排列著。縑，音"兼"。雙絲織成的淺黃色細絹，作書寫用。《詩・周頌・良耜》："其崇如墉，其比如櫛。"漢王褒《四子講德論》："甘露滋液，嘉禾櫛比。"

〔九〕 小緘芳字：謂妻子留下的娟秀字跡。

洞 仙 歌

得汴梁書卻寄〔一〕。

紅塵碧落〔二〕，悵人天難問。明月前身向誰證。看飆輪電卷〔三〕，滄海塵飛，六合外，大可存而不論。　真靈誇位業〔四〕，詰屈人間〔五〕，我契昌黎見真性〔六〕。玉露湆金莖〔七〕。豈有神仙，晨鐘動、發人深省。算儘倩、青鸞訴殷勤〔八〕，怕鶴背風高，太虛難近〔九〕。

【注】

〔一〕 汴梁：今河南省開封市。

〔二〕 紅塵碧落：即人間天上。碧落，道家稱東方第一層天，碧霞滿空，故名。白居易《長恨歌》："上窮碧落下黃泉，兩處茫茫皆不見。"

〔三〕 飆輪：指御風而行的神車。陸龜蒙《和〈江南道中懷茅山廣文南陽博士〉》詩之一："莫言洞府能招隱，會輾飆輪見玉皇。"

〔四〕"真靈"句：南朝梁陶弘景《真靈位業圖序》："搜訪人綱，究朝班之品序；研綜天經，測真靈之階業。"真靈，指神仙或高僧。位業，猶業果。佛教指人死後在三界中所居地位及惡業或善業所造成的苦樂果報。

〔五〕詰屈：曲折，不順暢。韓愈《進學解》："周誥殷盤，佶屈聱牙。"

〔六〕昌黎：韓愈，字退之，自謂郡望昌黎，世稱韓昌黎。韓愈反對奉佛，半塘"契昌黎見真性"，不認同佛教的"位業"説。

〔七〕"玉露"句：班固《西都賦》："抗仙掌以承露，擢雙立之金莖。"金莖，用以擎承露盤的銅柱。

〔八〕青鸞：古代傳説中鳳凰一類的神鳥。赤色多者爲鳳，青色多者爲鸞。故又名青鳥。周邦彦《還京樂》詞："想而今、應恨墨盈箋，愁妝照水。怎得青鸞翼，飛歸教見憔悴。"

〔九〕太虚：指天，天空。《文選》孫綽《游天台山賦》："太虚遼廓而無閡，運自然之妙有。"李善注："太虚，謂天也。"

高　陽　臺

十刹海荷花〔一〕，爲都人消夏勝處。近則畫船歌酒，都入南湖。喬木蒼煙〔二〕，非復往時游事矣。

翠葉招涼〔三〕，紅衣入槳〔四〕，灣頭消夏(1)年年。柳外長堤，晴絲慣拂游韉。王孫歸去(2)無簫鼓〔五〕，漫擎霄、喬木依然。甚當(3)時，寵燕嬌鶯〔六〕，閒剩鷗眠。　曉風吹覺華胥夢〔七〕，記排空金碧，匝地珠鈿。葉葉花花，倩誰(4)深護文鴛〔八〕。煙蘿一角西涯路，想侵階、緑皺苔錢。只紅樓，飛翠流丹(5)，掩映華天。

【校】

（1）"灣頭消夏"，《詞卷》本作"畫船選勝"。"消"，《剩稿》光緒三十二年本、《袖墨集》稿本作"銷"。

（2）"歸去"，《剩稿》光緒三十二年本、《詞卷》本、《袖墨集》稿本作"去後"。

（3）"甚當"二句，《剩稿》光緒三十二年本、《袖墨集》稿本作"甚匆匆、鶯燕天涯"。

（4）"倩誰"，《剩稿》光緒三十二年本、《袖墨集》稿本作"是誰"。

（5）"流丹",《剩稿》光緒三十二年本作"參差"。

【注】

〔一〕 十刹海：也寫作什刹海，位於北京城西北隅。四周原有十座佛寺，故稱。爲一寬而長的水面，分西海、後海、前海，三海水道相通。清富察敦崇《燕京歲時記》："十刹海俗呼河沿，在地安門外迤西，荷花最盛。"
〔二〕 喬木蒼煙：喻興廢之感。金元好問《壬辰十二月車駕東狩後即事五首》之四："喬木他年懷故國，野煙何處望行人。"
〔三〕 "翠葉"句：姜夔《念奴嬌》詞："翠葉吹涼，玉容銷酒，更灑菰蒲雨。"
〔四〕 "紅衣"句：姜夔《水龍吟》詞："紅衣入槳，青燈搖浪，微涼意思。"紅衣，荷花瓣的別稱。
〔五〕 "王孫"句：《楚辭·招隱士》："王孫游兮不歸，春草生兮萋萋。"王維《山中送別》詩："山中相送罷，日暮掩柴扉。春草明年綠，王孫歸不歸。"晁端禮《喜遷鶯》詞："夜來紅淚燭，還解惜、王孫輕別。悵望處，乍金絲冷落，蘭薰銷歇。"
〔六〕 寵燕嬌鶯：李清照《念奴嬌》詞："蕭條庭院，又斜風細雨，重門須閉。寵柳嬌花寒食近，種種惱人天氣。"
〔七〕 華胥夢：《列子·黃帝》：（黃帝）"晝寢而夢，游於華胥氏之國……神游而已。其國無帥長，自然而已。其民無嗜欲，自然而已。不知樂生，不知惡死，故無夭殤。……黃帝既寤，怡然自得。"後常用華胥作爲理想的安樂和平之境或夢境的代稱。
〔八〕 文鴛：即鴛鴦。以其羽毛華美，故稱。張先《減字木蘭花》詞："文鴛繡履，去似楊花塵不起。"

南　浦

荷華生日，偶憶南湖舊游〔一〕，雨中書懷，兼寄槐廬〔二〕。

柳外咽新蟬〔三〕，誤佳期、數遍雨昏煙暝〔四〕。人醉壽華卮〔五〕，闌干曲、記得尋詩同憑。荷衣好在，江湖也莫鷗盟冷〔六〕。曾是溶溶堤上月〔七〕，腸斷舊時煙艇〔八〕。　　歡游豔說吟邊，酹清尊、分占半機雲錦〔九〕。涼意逼輕衫，蒹葭外、肯遣暗塵飛近。香殘醉醒。鬢絲偷換凌波影〔一〇〕。料得風裳淩亂處〔一一〕，依舊鬧紅千頃。

【注】

〔一〕 南湖舊游：參見前《解語花》(天開霽色)詞。

〔二〕 槐廬：龍繼棟。參見前《解語花》(天開霽色)注。

〔三〕 咽新蟬：蘇軾《阮郎歸》詞："綠槐高柳咽新蟬。薰風初入弦。碧紗窗下水沉煙。棋聲驚晝眠。"

〔四〕 雨昏煙暝：史達祖《南浦》詞："輕嫩一天春，平白地、都護雨昏煙暝。"

〔五〕 "人醉"句：人因爲荷花祝壽而喝醉。卮，古代一種酒器。

〔六〕 莫：表示勸誡，"不要讓"之謂。

〔七〕 溶溶堤上月：晏殊《無題》詩："梨花院落溶溶月，柳絮池塘淡淡風。"

〔八〕 煙艇：煙波中的小舟。杜甫《八哀詩·故右僕射相國曲江張公九齡》："向時禮數隔，製作難上請。再讀徐孺碑，猶思理煙艇。"

〔九〕 雲錦：如彩雲般絢麗的錦繡。喻滿池荷花。梁劉孝標《登鬱洲山望海》詩："輕塵久弭飛，驚浪終不息。雲錦曜石嶼，羅綾文水色。"

〔一○〕 凌波影：謂仿佛看見美人的幻影。曹植《洛神賦》："凌波微步，羅襪生塵。"賀鑄《青玉案》詞："凌波不過橫塘路，但目送、芳塵去。"

〔一一〕 風裳：以風作衣裳，形容美人衣飾，後詩詞常以喻荷葉荷花的狀貌。李賀《蘇小小墓》詩："風爲裳，水爲佩。"姜夔《念奴嬌》詠荷詞："鬧紅一舸，記來時、嘗與鴛鴦爲侶。三十六陂人未到，水佩風裳無數。翠葉吹涼，玉容銷酒，更灑菰蒲雨。嫣然搖動，冷香飛上詩句。"

南　浦

葦灣觀荷用夔笙韻〔一〕

踏倦六街塵〔二〕，趁新晴，暫逐汀州游興。煙水共澄鮮，蘭舟小、占取鷗鄉俄頃。玉容寂寞(1)，花間回首成銷凝。一自怨娥留照後，閒卻半潭雲影〔三〕。　　秋江憶采芙蓉〔四〕，惱詩心、浪遣紅兒比並〔五〕。高柳亂蟬嘶〔六〕，無人會、訴盡老懷淒哽。華年漫省。鴛棲(2)散後巢香冷。翠袖闌干天樣闊〔七〕，付與柳絲閒憑。

【校】

（１）　"寂寞"，《詞卷》本作"何在"。
（２）　"鴛棲"句，《詞卷》本作"巢香散後鴛棲冷"。

【注】

〔一〕　"葦灣"句：夔笙原詞序作"六月二十八日葦灣觀荷，同幼遐前輩"。　葦灣，故址在今北京宣武門外西南郊。原長滿蘆葦，後植荷花，爲當時觀荷勝地。　夔笙：況周頤（1859—1926），原名周儀，字夔笙，號玉梅詞人，一字葵孫，又號蕙風、蕙風詞隱等，廣西桂林人。光緒五年（1879）舉人，官內閣中書，曾入張之洞、端方幕。辛亥革命後，以"遺老"自居，寄寓滬上。工填詞，受王鵬運和朱孝臧影響尤深。與王鵬運、朱祖謀、鄭文焯並稱清末四大家。撰有《蕙風詞話》，有詞集九種，後刪定爲《蕙風詞》。並輯有《薇省詞鈔》十卷，《粵西詞見》二卷。

〔二〕　六街：唐京都長安有六條中心大街。北宋汴京也有六街。《資治通鑑·唐睿宗景雲元年》："中書舍人韋元徼巡六街。"唐司空圖《省試》詩："閒繫長安千匹馬，今朝似減六街塵。"宋梅堯臣《醉中留別永叔子履》詩："六街禁夜猶未去，童僕竊訝吾儕癡。"後來詩詞以"六街"泛指京都的大街和鬧市。

〔三〕　"閒卻"句：周密《曲游春》詞："看畫船、盡入西泠，閒卻半湖春色。"

〔四〕　"秋江"句：《古詩十九首》之《涉江采芙蓉》詩："涉江采芙蓉，蘭澤多芳草。采之欲遺誰，所思在遠道。還顧望舊鄉，長路漫浩浩。同心而離居，憂傷以終老。"

〔五〕　紅兒：杜紅兒。唐代名妓。唐羅虬《比紅兒詩》序："比紅者，爲雕陰官妓杜紅兒作也。美貌年少，機智慧悟，不與群輩妓女等。余知紅者，乃擇古之美色灼然於史傳三數十輩，優劣於章句間。遂題比紅詩。"後亦用以泛稱歌妓。張先《熙州慢·贈述古》詞："持酒更聽，紅兒肉聲長調。"

〔六〕　"高柳"句：柳永《少年游》詞："長安古道馬遲遲，高柳亂蟬嘶。"

〔七〕　翠袖：杜甫《佳人》詩："天寒翠袖薄，日暮倚修竹。"

南　浦

同鶴公、詩孫泛舟南湖〔一〕。約用張春水韻〔二〕。

花外暫題襟〔三〕，數清歡，消得幾番昏曉。車馬自城闉〔四〕，臨流處、誰信錙塵(1)難掃。五湖三島〔五〕，襟情自闊煙波小。只是湘灕歸興阻〔六〕，夢斷榕陰香草〔七〕。　　樽前休說鄉山，料而今、猿鶴相猜不了〔八〕。樓影萬紅深，橫塘路、載酒定無人到〔九〕。煙蘿縹渺。卧雲猶記閒庭悄〔一〇〕。問訊微波東下處，寄得愁心多少。

【校】

（1）"錙塵"，當作"緇塵"。

【注】

〔一〕詩孫：何維樸（1842—1922），字詩孫，晚號盤叟，湖南道州（今道縣）人。同治六年（1867）副貢，官內閣中書。有《何詩孫詞稿》一卷。

〔二〕張春水韻：張炎《南浦·春水》詞："波暖綠粼粼，燕飛來、好是蘇堤才曉。"

〔三〕題襟：謂詩友唱和題詩作詞。清錢謙益《和東坡西台詩韻》之二："肝腸迸裂題襟友，血淚模糊織錦妻。"

〔四〕城闉：城內重門。亦泛指城郭。《魏書·崔光傳》："誠宜遠開闤里，清彼孔堂，而使近在城闉，面接宮廟。"

〔五〕"五湖"句：指隱遁避世之所。五湖，即太湖。《國語·越語下》載，春秋末越國大夫范蠡，輔佐越王勾踐滅亡吳國後，功成身退，"遂乘輕舟以浮於五湖，莫知其所終極"。三島，指傳說中的海上三神山。晉王嘉《拾遺記·高辛》："三壺，則海中三山也。一曰方壺，則方丈也；二曰蓬壺，則蓬萊也；三曰瀛壺，則瀛洲也。"

〔六〕湘灕：代指半塘家鄉桂林。湘江源於今廣西桂林興安縣近峰嶺，灕江則源於興安縣貓兒山。桂林興安有秦始皇時代所建靈渠，以運河聯通湘江和灕江，號稱"湘灕分派"。

〔七〕榕陰：大榕樹的樹陰。指半塘故里桂林榕湖畔的千年古榕。

〔八〕"猿鶴"句：參見前《摸魚子》（愛新晴）注。

〔九〕 横塘路：在舊姑蘇盤門外十餘里。北宋詞人賀鑄居所在焉。其《青玉案》詞云："凌波不過橫塘路，但目送、芳塵去。"
〔一〇〕 臥雲：原指隱居生涯。此謂瀟灑恬靜地閒臥。朱敦儒《菩薩蠻》詞："畫圖高掛壁。嵩少參差碧。想見臥雲人。松黃落洞門。"

南　浦

和詩孫前輩(1)。

容易又秋風，聽檐聲〔一〕，不是前番疏雨。根觸惜花心，荷衣冷、愁絕翠香紅嫵。聽風聽水〔二〕，洞簫漫咽霓裳譜〔三〕。不見滿城春意鬧(2)〔四〕，換了等閒芳樹。　　何如點染家山，認湘源、歸去與君同住〔五〕。蝦菜弄扁舟〔六〕，秋江上、喚取舊盟鷗鷺。東華倦旅〔七〕。可憐詩酒襟塵污〔八〕。閒看雕梁雙燕子，花底年年來去。

【校】
（1）　《詞卷》本序作"詩孫前輩見示'立秋夜雨南湖再泛'新詞，倚調以和"。
（2）　"滿城春意鬧"，《詞卷》本作"春城桃李豔"。

【注】
〔一〕 聽檐聲：宋張栻《喜雨呈安國》詩："懸知雨意未渠已，一夜檐聲到枕間。"
〔二〕 聽風聽水：吳文英《風入松》詞："聽風聽雨過清明。愁草瘞花銘。樓前綠暗分攜路，一絲柳、一寸柔情。料峭春寒中酒，交加曉夢啼鶯。"
〔三〕 霓裳譜：毛滂《調笑轉踏》詞："不記牆東花拂樹。瑤琴理罷霓裳譜。依舊月窗風戶。"
〔四〕 春意鬧：宋祁《玉樓春》詞："綠楊煙外曉寒輕，紅杏枝頭春意鬧。"
〔五〕 "湘源"句：何詩孫家道縣，半塘家桂林，均與湘江源頭所在桂林市興安縣相鄰。
〔六〕 "蝦菜"三句：謂漁樵生涯。參見前《湘月》（冷官趣別）注。
〔七〕 東華：北京東華門，代指京城。

〔八〕 "可憐"句：杜甫《謁文公上方》詩："久遭詩酒污，何事忝簪裾。"

清　平　樂〔一〕

露華拂檻。會向瑤臺見〔二〕。雲雨巫山腸枉斷〔三〕。省識春風無限。　　一枝紅豔凝香。相歡雲想衣裳。藉問漢宮誰似，可憐飛燕新妝〔四〕。

【注】

〔一〕 全詞將李白《清平調》"雲想衣裳花想容"、"一枝紅豔露凝香"二首詩句錯落而檃括以成。
〔二〕 瑤臺：傳説中的神仙居處。《楚辭·離騷》："望瑤臺之偃蹇兮，見有娀之佚女。"李白《清平調》詩之一："若非群玉山頭見，會向瑤臺月下逢。"
〔三〕 雲雨巫山：楚宋玉《高唐賦》："昔者楚襄王與宋玉游於雲夢之臺，望高唐之觀，其上獨有雲氣……玉曰：昔者先王嘗游高唐，怠而晝寢，夢見一婦人曰：'妾巫山之女也。爲高唐之客，聞君游高唐，願薦枕席。'王因幸之，去而辭曰：'妾在巫山之陽，高丘之阻，旦爲朝雲，暮爲行雨，朝朝暮暮，陽臺之下。'"李白《清平調》詩之二："一枝紅豔露凝香，雲雨巫山枉斷腸。"
〔四〕 飛燕：趙飛燕，其原名未被正史記載，通常認定爲宜主，是西漢漢成帝的皇后，漢哀帝時的皇太后。傳説其身輕如燕，能作掌上舞。《西京雜記》卷一："趙后體輕腰弱，善行步進退，女弟昭儀不能及也。"李白《清平調》詩之二："藉問漢宮誰得似，可憐飛燕倚新妝。"

緑　意

詠一片荷葉，同夔笙舍人。

碧雲規月〔一〕。是亭亭慣見，凌波一瞥。多謝眠鷗，相並驚鴻，休怨西風飄撇。青黄不是甘憔悴，怕嬌臉、軟紅猶怯。問田田、多少花間〔二〕，底事賦愁偏絶。　　好在木蘭舟小〔三〕，繡茵掩映處〔四〕，低襯裙褶〔五〕。漫惜餘香，卻戀飛塵，記取纖痕一搯⑴〔六〕。微波盼斷從舒卷〔七〕，早展盡、秋心層疊。儘勝他、擎住蓮房,甚日浣紗人説[八]。

【校】
（1） "搯",《詞卷》本作"掐"。"搯",同"掏"。據戈載《詞林正韻》,二字均不在詞韻十八部,細玩文義,或當作"摺"。家莊謹識。

【注】
〔一〕 規月：圓月。規,圓形。
〔二〕 田田：《樂府詩集·相和歌辭·相和曲》："江南可採蓮,蓮葉何田田！魚戲蓮葉間。"
〔三〕 木蘭舟：南朝梁任昉《述異記》卷下："木蘭洲在潯陽江中,多木蘭樹。昔吳王闔閭植木蘭於此,用構宮殿也。七里洲中,有魯般刻木蘭爲舟,舟至今在洲中。詩家云木蘭舟,出於此。"後常用爲船的美稱。唐羅隱《秋曉寄友人》詩："更見南來釣翁説,醉吟還上木蘭舟。"
〔四〕 繡茵：狀整片荷葉,綠繡如茵。
〔五〕 裙褶：喻荷葉邊沿像裙褶一樣有韻味。
〔六〕 纖痕：指荷葉上纖細的葉脈。
〔七〕 微波：指采蓮女流轉的眼波。唐張籍《採蓮曲》："秋江岸邊蓮子多,採蓮女兒憑船歌。青房圓實齊戢戢,爭前競折漾微波。"
〔八〕 浣紗人：張炎《水龍吟·白蓮》："記小舟夜悄,波明香遠,渾不見、花開處。應是浣紗人妒。褪紅衣、被誰輕誤。"

金　縷　曲

寄瑟老思恩[一]

別意從誰剖。自君行、遲花佇月,俊游都負[二]。鐵撥紅牙渾餘事[三],我已輸君八九。惶愧煞、王前盧後[四]。目極千山桄榔雨[五],祝使君、丰采長如舊[六]。鬱林石[七],柳州柳[八]。　　萬家生佛同稽首[九]。念民生、黄柑翠羽[一〇],依然寒陋。漫説玉簪山容好,須信水清石瘦。況關塞、近添斥堠[一一]。記得藥階春深處[一二],話襟期、幾輩陪尊酒[一三]。持(1)此意,問聾叟。謂疇丈

【校】

（１）　"持"，《詞卷》本作"特"，原校："特"，疑當作"持"。

【注】

〔一〕　思恩：清代廣西府名。府治在今廣西南寧市賓陽縣。

〔二〕　俊游都負：快意的游賞都被辜負了。其意有柳永《雨霖鈴》"便縱有、千種風情，更與何人説"之寓意。俊游，開心愉快的游賞。秦觀《望海潮》詞："金谷俊游，銅駝巷陌，新晴細履平沙。"

〔三〕　"鐵撥"句：意即填詞完全是多餘的事。俞文豹《吹劍續録》："東坡在玉堂日，有幕士善歌。因問：'我詞比柳耆卿何如？'對曰：'柳郎中詞，只好十七八女郎按執紅牙拍，歌"楊柳岸曉風殘月"。學士詞，須關西大漢執鐵綽板，唱"大江東去"。'公爲之絶倒。"

〔四〕　王前盧後：《舊唐書·楊炯傳》："炯與王勃、盧照鄰、駱賓王以文詞齊名海内，稱爲王楊盧駱，亦號爲四傑。炯聞之，謂人曰：'吾愧在盧前，耻居王後。'當時議者亦以爲然。"

〔五〕　桄榔：常緑喬木，産於兩廣、雲南等地。参見前《大江東去》（玉梅花下）注。

〔六〕　使君：古代對太守、知府的稱謂。瑟老彭鑾時爲思恩知府。

〔七〕　鬱林石：無名氏《大唐傳載》："蘇州開元寺東有陸氏世居，門臨河涘。有巨石塊立焉，乃吴陸績爲鬱林郡守，罷秩泛海而歸，不載寶貨，舟輕，用此石重之。人號鬱林石。"人們因陸績爲官清廉，又稱此石爲廉石。鬱林，屬廣西，今改稱玉林。

〔八〕　柳州柳：柳宗元《種柳戲題》詩："柳州柳刺史，種柳柳江邊。談笑爲故事，推移成昔年。垂陰當覆地，聳幹會参天。好作思人樹，慚無惠化傳。"此以彭氏比柳宗元。

〔九〕　萬家生佛：喻對於百姓有恩德的官吏。宋戴翼《賀陳待制啓》："福星一路之歌謡，生佛萬家之香火。"

〔一〇〕　黄柑翠羽：韓愈《送桂州嚴大夫》詩："蒼蒼森八桂，兹地在湘南。江作青羅帶，山如碧玉簪。户多輸翠羽，家自種黄柑。遠勝登仙去，飛鸞不暇驂。"桂州，古州名，治所在今桂林市。

〔一一〕　"關塞"句：意即廣西邊境近況吃緊。其時中法戰争雖已結束，但越南仍有反法戰事，故清廷在廣西邊境增加了軍事部署。斥堠，用以瞭望敵情的土堡。明尹耕《紫荆關》詩："斥堠直通沙磧外，戍樓高並朔雲平。"

〔一二〕 藥階：指中書省。彭鑾曾在京任內閣中書。謝朓《直中書省》詩："紅藥當階翻,蒼苔依砌上。"
〔一三〕 襟期：懷抱,志趣。《北史·李諧傳》："庶弟蔚,少清秀,有襟期倫理,涉觀史傳,兼屬文詞。"明唐寅《游焦山》詩："亂流尋梵刹,灑酒瀉襟期。"

金　縷　曲(1)

六月三十日,鶴公招同夔笙小集市樓(2)。

落落塵巾岸〔一〕。數年光、卅旬又六,今宵剛半。飽餓誰憐臣朔死〔二〕,聊共侏儒一粲。看眼底、風花淩亂。酒釅(3)茶甘銀燈側,料牽人、不敵羊頭爛〔三〕。容易遣,隔河漢。　　杯行到手休辭懶。聽淒淒、蛩螿四壁,秋聲偷換。人外聊同(4)文字飲〔四〕,藉作障塵腰扇〔五〕。算蛉贏、樽前何限〔六〕。漫道不如公榮者〔七〕,勝公榮、也莫同杯盞。歌一曲,南山旰〔八〕。

【校】
（1） 此首《薇省同聲集》本《袖墨詞》未收,此據《半塘剩稿》光緒三十二年小放下庵刻本錄入。
（2） 《詞卷》本序末尚有"夔笙有詞,倚調以和,並索鶴公同作"數句。《袖墨集》稿本序末尚有"同夔笙作"一句。
（3） "釅",《詞卷》本作"釀",疑誤。
（4） "人外聊同",《詞卷》本作"大噱高談"。

【注】
〔一〕 "落落"句：態度灑脫或衣著簡率不拘貌。唐劉肅《大唐新語·極諫》："中宗愈怒,不及整衣履,岸巾出側門。"塵巾岸,即岸塵巾。岸巾,一作岸幘。謂掀起頭巾,露出前額。落落,猶磊落。常用以形容人的氣質、襟懷。
〔二〕 "飽餓"句：參見前《摸魚子》(鎮無聊)注。侏儒,小矮人。古代戲劇中的滑稽演員,大都由侏儒裝扮。《漢書·徐樂傳》載徐樂《上武帝言世務書》："金石絲竹之聲,不絕於耳;帷帳之私,俳優侏儒之笑,不乏於前。"

〔三〕 羊頭爛：《後漢書·劉玄傳》："其所授官爵者，皆群小賈豎，或有膳夫庖人……罵詈道中。長安爲之語曰：'灶下養，中郎將。爛羊胃，騎都尉。爛羊頭，關内侯。'"羊頭本喻猥賤的小人，後指污濫的官吏。詞中既指菜肴，又取其喻義，一語雙關。

〔四〕 文字飲：謂文人間把酒賦詩論文。韓愈《醉贈張秘書》詩："不解文字飲，惟能醉紅裙。"

〔五〕 腰扇：古代佩於腰間的折疊扇。《南齊書·劉祥傳》："司徒褚淵入朝，以腰扇障日。"

〔六〕 蛉蠃：螟蛉與蜾蠃。蜾蠃，寄生蜂的一種。亦名蒲盧。腰細，體青黑色，長約半寸，以泥土築巢於樹枝或壁上，捕捉螟蛉等害蟲，爲其幼蟲的食物，古人誤以爲收養幼蟲。揚雄《法言·學行》："螟蛉之子殪而逢蜾蠃。"

〔七〕 "漫道"二句：《世説新語·任誕》："劉公榮與人飲酒，雜穢非類人；或譏之，答曰：'勝公榮者，不可不與飲；不如公榮者，亦不可不與飲；是公榮輩者，又不可不與飲。故終日共飲而醉。'"

〔八〕 旰：晚，遲。《左傳·襄公十四年》："日旰不召，而射鴻於囿。"杜預注："旰，晏也。"

踏　莎　行

題曹紫荃舍人詞卷〔一〕

倦圃清愁，安邱別調〔二〕。飄零一例丹青老。帝京景物盡流連，衫痕依舊青於草〔三〕。　　夜雨盟深，大雷書報〔四〕。才名得似君家少。鬢絲蕭散漫驚秋，鳳凰池上春聲早〔五〕。

【注】

〔一〕 曹紫荃：曹鍾英，原名毓英，字紫荃，江蘇吳縣人。光緒二年（1876）由舉人任内閣中書。有《鋤梅館詞》。

〔二〕 "倦圃"二句：以兩位清初的著名曹姓詞人稱頌曹舍人。倦圃，指曹溶。曹溶（1613—1685），字潔躬，號秋嶽，秀水（今浙江嘉興）人。明崇禎十年（1637）進士，官御史。清順治初授原官，遷廣東布政使，降山西陽和道。晚年自號鋤菜翁，築室范蠡湖畔，築園林曰倦圃。人稱倦圃先生。工詩、詞,精鑒別,富收藏書畫,亦能書。填詞規摹兩宋,無明人之弊,浙西詞風爲之一變,蓋浙西詞派之先河也。朱彝尊受曹溶影響頗深,少時曾從曹溶游。朱彝尊纂《詞綜》,即多從曹家藏宋人遺集中録出。有《靜惕堂集》。安邱,當指曹貞吉。曹貞吉(1634—1698),字升階,又字升六,號實庵。山東安邱人。康熙三年(1664)進士,授内閣中書,出爲徽州府同知,内召禮部郎中,以疾辭湖廣學政歸里。早年以詩名都下,後尤以詞著稱於世。有《珂雪詞》二卷。

〔三〕"衫痕"句:指曹氏終生官職卑微。宋楊澤民《醉桃源》詞:"十年依舊破衫青。空書制敕綾。但知心似玉壺冰。牛衣休涕零。"

〔四〕"夜雨"二句:謂曹氏詞卷才調,堪比鮑照《登大雷岸與妹書》。鮑照《登大雷岸與妹書》起始云:"吾自發寒雨,全行日少,加秋潦浩汗,山溪猥至,渡溯無邊,險徑游歷……"即"夜雨盟深"之謂也。

〔五〕鳳凰池:指宮廷内。内閣中書雖官階僅從七品,但與皇帝親近,故有是說。

聲 聲 慢

用花外集韻(1)〔一〕。

長房縮地〔二〕,騶衍談天〔三〕,誰人肯老蓬廬〔四〕。局蹐(2)寰中〔五〕,書生目論全疏〔六〕。神游(3)大千咫尺,底消磨、雲屩風蒲〔七〕。賦情冷〔八〕,便文(4)成封禪,未要相如。　莫漫評量今古,算鑿空有論〔九〕,盡信無書〔一〇〕。河塞(5)金成〔一一〕,仙人真在瀛壺〔一二〕。滄溟幾回蜃市〔一三〕,更六州、聚鐵何歟〔一四〕。漫惆悵,問長沙、流涕也無〔一五〕。

【校】

(1)《詞卷》本序作"用王碧山韻"。
(2)"局蹐",《詞卷》本作"跼蹐"。
(3)"神游"句,《詞卷》本作"榑桑去來咫尺"。
(4)"便文"二句,《詞卷》本作"料更無狗監,能識相如"。
(5)"河塞"二句,《詞卷》本作"雲路先鞭,終南可似蓬壺"。

【注】

〔一〕 花外集：宋末元初詞人王沂孫的詞集《碧山樂府》，又名《花外集》。王沂孫，字聖與，號碧山、中仙、玉笥山人。會稽（今浙江紹興）人，生平事蹟多不可考。龍榆生認爲半塘學詞"欲由碧山、白石、稼軒、夢窗，蘄以上追東坡之清雄，還清真之渾化"（《清季四大詞人》）。半塘詞中數處提及碧山，可資佐證。

〔二〕 "長房"句：葛洪《神仙傳·壺公》："（費長）房有神術，能縮地脈，千里存在，目前宛然，放之復舒如舊也。"

〔三〕 "騶衍"句：戰國齊陰陽家鄒衍（鄒，一作騶）其語宏大迂怪，故稱"談天"。《史記·孟子荀卿列傳》："故齊人頌曰：'談天衍，雕龍奭，炙轂過髡。'"裴駰集解引劉向《別錄》："騶衍之所言，五德終始，天地廣大，盡言天事，故曰'談天'。"後專指以天人感應來解釋自然與人事的關係。

〔四〕 蓬廬：茅舍別稱。泛指簡陋的房屋。《淮南子·本經訓》："民之專室蓬廬，無所歸宿。"唐李德裕《憶平泉山居，贈沈吏部一首》詩："昔聞羊叔子，茅屋在東渠。……少室映川陸，鳴皋對蓬廬。"

〔五〕 局蹐：局限，受拘束。鄭樵《通志》總序："當遷之時，挾書之律初除，得書之路未廣，亘三千年之史籍，而局蹐於七八種書，所可爲遷恨者。"

〔六〕 目論：喻膚淺狹隘的見解。《文選》卷五九王巾《頭陀寺碑文》："順非辯僞者，比微言於目論。"張銑注："意順於非戒以爲是、口辯其僞理以爲真者，則比微妙之聖言於目前狹論也。"

〔七〕 雲屩：稱僧道的鞋子。陸龜蒙《奉和襲美初夏游楞伽精舍次韻》："到回解風襟，臨幽濯雲屩。" 風蒲：風中蒲柳。杜牧《赴京初入汴口曉景即事先寄兵部李郎中》詩："露蔓蟲絲多，風蒲燕雛老。"

〔八〕 "賦情"三句：感慨司馬相如生前人們只知道他的賦，而備受冷落；他的《封禪文》死後才被漢武帝重視。《史記·司馬相如傳》："相如既病免，家居茂陵。天子曰：'司馬相如病甚，可往從悉取其書；若不然，後失之矣。'使所忠往，而相如已死，家無書。問其妻……其遺劄書言封禪事，奏所忠。"

〔九〕 鑿空有論：朱熹《朱子語類·學五》卷一一："固不可鑿空立論，然讀書有疑有所見，自不容不立論。"顧炎武《日知錄·王入于王城不書》："《路史》以爲襄王未嘗復國，而王子虎爲之居守，此鑿空之論。"

〔一〇〕 盡信無書：《孟子·盡心下》："盡信書，則不如無書。吾於武成，

〔一一〕 "河塞"句：沙淤河塞而黄金出於沙中。
〔一二〕 "仙人"句：據《後漢書·方術傳下·費長房》，東漢費長房欲求仙，見市中有老翁懸一壺賣藥，市畢即跳入壺中。費便拜叩，隨老翁入壺。但見玉堂富麗，酒食俱備。知老翁乃神仙。後人遂用瀛壺、蓬壺、方壺喻仙境。
〔一三〕 "滄溟"句：意即海市蜃樓幾回出現在滄海。蜃樓，《史記·天官書》："海旁蜃氣象樓臺，廣野氣成宮闕然。雲氣各象其山川人民所聚積。"蜃，即蛤蜃，海蚌類。《左傳·昭公二十年》："海之鹽蜃，祈望守之。"杜預注："蜃，大蛤也。"
〔一四〕 "更六州"句：《古今事文類聚·別集》卷一八："羅紹威帥魏博，以牙軍驕恣，盡殺之。由此勢弱，爲梁祖所制。乃曰：'聚六州四十三縣鐵，鑄一個錯。不成也。'"
〔一五〕 "問長沙"句：賈誼二十四歲以長沙王太傅遷謫長沙，憂憤而作《吊屈原賦》，世稱"賈長沙"。李商隱《安定城樓》詩："賈生年少虛垂涕，王粲春來更遠游。"

掃 花 游

苦雨和詩孫〔一〕

短檐注瀑，甚真個沉沉，漏天難補。暝煙萬縷。黯秋心癡到，送秋來處。潤逼衣篝，費盡蘭熏蕙炷〔二〕。恁情緒。只愁坐茜紗，依約朝暮。　　芳景空負負。奈九陌泥融，俊游間阻。掃晴驗否〔三〕。想筠竿黏遍〔四〕，唾絨窗户〔五〕。賀雨前番，悶檢雲山舊句。渺無據〔六〕。報新晴、滿城鐘鼓。

【注】

〔一〕 詩孫：何維樸。參見前《南浦》（花外暫題）注。
〔二〕 "潤逼"二句：宋張輯《疏簾淡月·寓桂枝香秋思》："梧桐雨細。漸滴作秋聲，被風驚碎。潤逼衣篝，線裊蕙爐沉水。"
〔三〕 掃晴：古代久雨求晴的風俗。明劉侗、于奕正《帝京景物略·春場》："雨久，以白紙作婦人首，剪紅綠紙衣之，以苕帚苗縛小帚，令攜之，竿懸檐際,曰掃晴娘。"

〔四〕 筠竿：掃晴用的小竹竿。

〔五〕 "唾絨"句：指閨房的窗户。唾絨,古代婦女刺繡,每當停針換綫、咬斷繡綫時,將口中沾留綫絨隨口吐出,俗謂唾絨。《紅樓夢》第五回："因看房内瑶琴、寶鼎、古畫、新詩,無所不有；更喜窗下亦有唾絨,奩間時漬粉污。"

〔六〕 "賀雨"三句：回顧前番賀雨時境況,言外意即：前番剛賀雨,現在又掃晴了。蘇軾《次韻穆父舍人再贈之什》："游仙夢覺月臨幌,賀雨詩成雲滿山。"賀雨,慶賀久旱得雨。

風　蝶　令[1]

翟梅巖明經[2]爲余編次舊作〔一〕,有"詞筆隨年健"之評,戲用其語成詠[3]。

詞筆隨年健,秋心逐夜長。翠衫零落酒痕香。只有舊時、月色在回廊。泡幻空中影〔二〕,無何醉裏鄉〔三〕。人書俱老究何嘗。贏得絲絲、愁鬢染新霜[4]。

【校】

（1） 此首《袖墨集》稿本位於卷首。

（2） "翟梅巖明經",《詞卷》本作"翟梅巖",《袖墨集》稿本作"翟君梅巖"。

（3） "成詠",《袖墨集》稿本作"自題卷首"。

（4） "人書"二句,《詞卷》本、《袖墨集》稿本作"廿年回首夢雲涼。付與金樽、檀板細平章"。

【注】

〔一〕 翟梅巖：待考。

〔二〕 "泡幻"句：宋姚鏞《醉高歌》詞："榮枯枕上三更。傀儡場中四並。人生幻化如泡影。幾個臨危自省。"

〔三〕 "無何"句：《莊子·逍遥游》："今子有大樹,患其無用。何不樹之於無何有之鄉、廣莫之野？"成玄英疏："無何有,猶無有也。莫,無也。

謂寬曠無人之處,不問何物,悉皆無有,故曰無何有之鄉也。"

青山濕遍〔一〕

八月三日,譙君生朝也。歲月⁽¹⁾不居,人琴俱杳。納蘭容若往⁽²⁾製此調〔二〕,音節淒惋。金梁外史、龍壁山人皆擬之〔三〕。傷心人同此懷抱也⁽³⁾。

中秋近也,年時根觸,雙笑行觴〔四〕。記得木犀香裏,倚青奩、特換明妝。更喁喁、吉語祝蘭房〔五〕。願年年、花好人同健,醉花陰、不羨鴛鴦〔六〕。誰信皋橋賃廡〔七〕,飄零天壤王郎。　任是他生能卜⁽⁴⁾,也難禁得,此際神傷。二十三年斷夢〔八〕,霜侵鬢、誰念無腸〔九〕。看依然、兒女拜成行。只不堪、衰草殘陽外,酹棠梨⁽⁵⁾、淚血沾裳〔一○〕。明月無端弓勢,宵來空照流黃〔一一〕。

【校】

（1）"歲月"二句,《詞卷》本作"愴念今昔,悲從中來"。"杳",《定稿》光緒三十二年本、《袖墨集》稿本作"往"。

（2）《清季四家詞》本《定稿》無"往"字。

（3）"也",《定稿》光緒三十二年本、《袖墨集》稿本作"矣"。

（4）"他生能卜",《詞卷》本作"後緣能續"。

（5）"棠梨",《詞卷》本、《袖墨集》稿本作"棠黎"。"黎"通"梨"。

【注】

〔一〕此調創自納蘭容若,原作《青衫濕遍》,用以悼亡。

〔二〕納蘭容若:納蘭性德(1654—1685),原名成德,字容若,號楞伽山人。滿洲正黃旗人。大學士明珠長子。康熙十五年(1676)進士,官一等侍衛。善騎射,好讀書,作詞主情致,工小令,宗李煜。風格清新婉麗,不事雕飾,頗多傷感情調。有《飲水詞》。又與顧貞觀合輯《今詞初集》。

〔三〕金梁外史:周之琦(1782—1862),字稚圭,號耕樵,一號退庵,河南祥符(今開封市)人。嘉慶十三年(1808)進士,歷官翰林院編修、廣西巡撫等。道光二十六年(1846)因病辭官。因中年悼亡,故引納蘭性德爲同調。有《心日齋詞》四種,第一種爲《金梁夢月詞》,並輯有《心日齋十六家詞選》十六卷,《晚香室詞錄》八卷。　　龍壁山人:王拯(1815—1876),原名錫振,字少鶴,號懺甫、定甫、龍壁山人等,廣西馬平(今柳州)人。道光二十一年(1841)進士,官至通政司通政使。爲"嶺西五大家"之一,有《龍壁山房文集》三卷、《詩集》十五卷,另有《茂陵秋雨詞》、《瘦春詞》,合稱《龍壁山房詞》。

〔四〕"雙笑"句:回憶譙君笑時臉上泛起雙酒窩。

〔五〕蘭房:猶香閨。舊時婦女所居之室。《文選》卷五七潘岳《哀永逝文》:"委蘭房兮繁華,襲窮泉兮朽壤。"吕延濟注:"蘭房,妻嘗所居室也。"

〔六〕醉花陰:詞牌名。此語雙關,一寫實景,一謂李清照《醉花陰》詞。李曾爲"薄霧濃雲愁永晝"《醉花陰》詞寄夫君趙明誠,流傳一段佳話。

〔七〕"誰信"二句:指婚後譙君舉案齊眉,而現在已成天壤永訣。皋橋,在吴縣(今蘇州市)西北閶門内,漢議郎皋伯通居此橋側,因名之。《後漢書·梁鴻傳》:"(梁鴻)遂至吴,依大家皋伯通,居廡下,爲人賃舂。每歸,妻爲具食,不敢於鴻前仰視,舉案齊眉。伯通察而異之曰:'彼傭能使其妻敬之如此?非凡人也。'乃方舍之於家。"賃廡,租住的房舍。天壤王郎,作者自謂。《世説新語·賢媛》:"王凝之謝夫人既往王氏,大薄凝之;既還謝家,意大不説。太傅慰釋之曰:'王郎逸少之子,人身亦不惡。汝何以恨乃爾?'答曰:'一門叔父,則有阿大、中郎,群從兄弟則有封胡、遏末。不意天壤之中乃有王郎。'"

〔八〕二十三年:同治四年(1865),半塘與曹氏成婚。光緒十四年(1888)四月,曹氏卒,二人共同生活二十三年,後半塘終身未續娶。

〔九〕無腸:猶言没有心腸或心思。史達祖《壽樓春》詞:"裁春衫尋芳。記金刀素手,同在晴窗。幾度因風殘絮,照花斜陽。誰念我,今無腸。"

〔一〇〕棠梨:即棠棣,又作常棣。《詩·常棣》:"常棣之華,鄂不韡韡……妻子好合,如鼓瑟琴。……宜爾室家,樂爾妻帑。"棠棣之詩,一般解釋爲象征兄弟情誼;實際亦喻夫妻感情。中國民俗,亦常將夫妻好合譬爲兄弟親情。宋彭元遜《蝶戀花》:"舊夢蒼茫雲海際。强作歡娱,不覺當年似。曾笑浮花並浪蕊。如今更惜棠梨子。"

〔一一〕"明月"二句:沈佺期《古意》詩:"誰爲含愁獨不見,更教明月照流黄。"

臨 江 仙

己丑除夕〔一〕

爆竹聲中催改歲,年年此夕⁽¹⁾殊鄉。天涯兄弟各相望。幾時歸去,談笑醉春觴。　已是向平婚嫁了〔二〕,名山願好誰償。休從鏡聽卜行藏〔三〕。春花秋月,流轉任風光〔四〕。

【校】
(1)"夕",《詞卷》本作"夜"。

【注】
〔一〕己丑:光緒十五年(1889)。
〔二〕"已是"二句:《後漢書·逸民傳》:"向長字子平,河內朝歌人也。隱居不仕,性尚中和,好通《老》、《易》。……建武中,男女娶嫁既畢,敕:'斷家事勿相關,當如我死也。'於是遂肆意,與同好北海禽慶俱游五嶽名山,竟不知所終。"
〔三〕鏡聽:即鏡卜。在除夕或元旦,懷鏡胸前,出門聽人言,以占吉凶休咎。唐王建有《鏡聽詞》。　行藏:做官還是歸隱,即人生命運際遇。《論語·述而》:"子謂顏淵曰:'用之則行,舍之則藏,唯我與爾有是夫?'"
〔四〕"流轉"句:意即順其自然地生活。杜甫《曲江二首》之二:"傳語風光共流轉,暫時相賞莫相違。"

蟲秋集

瑞鶴仙

六月三日大雨上直[一]。

亂流争赴壑。訝宣武城南,長洪陡落。淩兢馬蹄弱[二]。正踏波力盡,午前還卻。灘高浪惡。怳歷盡、川塗犖确(1)[三]。聽聲聲、石激輪摧[四],依約萬篙齊卓。　　噴薄[五]。鳳樓西畔,瀑布横飛,天瓢頻酌[六]。沉沉畫閣。風過處,撼鈴索。笑誰知老子,文靴烏帽,也向水雲行腳[七]。漫遲回、京洛塵多,素襟乍濯[八]。

【校】

（1）"川塗"句,稿本原作"川途确嶨",後改此。

【注】

〔一〕 上直：上班,當值。
〔二〕 淩兢：戰慄、恐懼狀。王安石《九井》詩："飛蟲淩兢走獸駭,霜雪夏落雷冬鳴。"
〔三〕 川塗犖确：水路中怪石嶙峋。劉長卿《越江西湖上贈皇甫曾之宣州》詩："莫恨扁舟去,川途我更遥。"韓愈《山石》詩："山石犖确行徑微,黄昏到寺蝙蝠飛。"
〔四〕 "聽聲"二句：言水中行車如行船。卓,以所執之桿狀物豎向叩擊。林逋《松徑》詩："霜子落秋筇卓破,雨釵堆地屐拖平。"
〔五〕 噴薄：雨雪紛飛貌。李隆基《喜雨賦》："或噴薄而攅集,或淋漓而灌注。"
〔六〕 天瓢：傳爲天神行雨所用之瓢。蘇軾《二十六日五更起行至磻溪天

〔七〕"笑誰"三句：自我調侃成了雨中跋涉的行腳僧。老子，自謂。水雲，佛教語，即水雲身，行腳僧。因其身如行雲流水，居無定處，故稱。周邦彥《迎春樂》詞之二："他日水雲身，相望處，無南北。"陸游《晨起》詩："平生水雲身，不墮車馬境。"行腳，佛教語，禪僧爲修行旅行也。《祖庭事苑》八曰："行腳者，謂遠離鄉曲，腳行天下，脱情捐累，尋訪師友，求法證悟也。所以學無常師，遍歷爲尚。"

〔八〕"漫遲"二句：陸機《爲顧彥先贈婦》詩之一："京洛多風塵，素衣化爲緇。"後以"京洛塵"比喻功名利禄等塵俗之事。

玉漏遲

中秋(1)，雨中扶病視姬人抱賢拜月〔一〕。

月和人意懶。風疏雨細，助將淒惋。小室吟湘〔二〕，靜倚銅荷慵剪〔三〕。一樣良宵輕擲，恁偏我、賦情難遣。愁望遠。浮雲知得，素娥幽怨。　　依然瓜果中庭〔四〕，問可似年時，月明花粲。愁病相看，厭説夜深弦管〔五〕。裊盡絲絲篆縷，訴不盡、深深深願。羅袖偃。闌干露華淒泫(2)〔六〕。

【校】

（１）"中秋"，稿本作"八月十五日"。

（２）"裊盡"四句，稿本原作"點檢盈盈翠袖，有多少、淚珠偷泫。空繾綣。闌干爲伊憑遍"，後改同《剩稿》光緒三十二年本。

【注】

〔一〕姬人：姬人，古稱妾爲姬人。《燕丹子》卷下："（秦王）召姬人鼓琴。"唐孟棨《本事詩·事感》："白尚書姬人樊素，善歌；妓人小蠻，善舞。"清袁枚《隨園詩話》卷六："余屢娶姬人，無能詩者。"　　抱賢：半塘妾名。

〔二〕吟湘：作詩填詞。張炎《聲聲慢》（平沙催曉）詞："情正遠，奈吟湘賦楚，近日偏慵。"半塘曾自號吟湘病叟，其書齋名吟湘小室。

〔三〕銅荷：銅製呈荷葉狀的燭臺。此指蠟燭。庾信《對燭賦》："銅荷承淚蠟，鐵鋏染浮煙。"

〔四〕 瓜果：拜月設奠的食品。宋楊無咎《雨中花·七夕》詞："笑人間兒戲，瓜果堆盤，繒彩爲樓。"
〔五〕 夜深絃管：周邦彥《慶春宮》詞："華堂舊日逢迎。花豔參差，香霧飄零。絃管當頭，偏憐嬌鳳，夜深簧暖笙清。"
〔六〕 "闌干"句：元王惲《過鹿臺山》詩："秋聲蕩林樾，風露凄以泫。"

摸魚子

酬沈鳳樓舍人〔一〕，並柬道希〔二〕。

捲疏簾、新涼沁骨，砭人都是秋氣。蕉心先怯西風勁〔三〕，經得雨憔煙悴。君信未。甚眼底空花、幻影堪描繪〔四〕。無端暗悔。看蜷曲支離，城樗社櫟〔五〕，多少向榮意。　　十年事，珍重修鏧飾帨〔六〕。依然驚到龍吷〔七〕。古人欺我真耶安，此意諒君能會。青鏡裏。只徑寸光明、磨煉酬知己。長歌漫倚。試問訊城西，停雲無恙〔八〕，一笑共謀醉。

【注】

〔一〕 沈鳳樓：沈桐，字敬甫，號鳳樓，浙江德清人。光緒十四年（1888）由舉人任內閣中書，光緒二十一年（1895）成進士，官至奉天東邊道。有《鳳樓詞》。
〔二〕 道希：文廷式（1856—1904），字道希，號蕓閣，一作雲閣，又號羅霄山人，晚號純常子。江西萍鄉人。光緒十六年（1890）進士，授編修。四年後大考，光緒帝親拔爲第一等第一名，升翰林院侍讀學士，兼日講起居注。有《雲起軒詞鈔》。
〔三〕 蕉心：紅蕉的花蕾。宋呂渭老《念奴嬌》詞："蕉心微展，雙蕊明紅燭。"
〔四〕 空花：佛教語。比喻紛繁的幻想和假象。《楞嚴經》卷四："亦如翳人，見空中華；翳病若除，華於空滅。忽有愚人，於彼空華所滅空地，待華更生；汝觀是人，爲愚爲慧？"蕭統《講解將畢賦三十韻詩依次用》："意樹發空花，心蓮吐輕馥。"
〔五〕 "城樗"句：以無用之材喻無用之人。樗，音"出"。落葉喬木。《莊子·逍遙游》："吾有大樹，人謂之樗。其大本擁腫而不中繩墨，其小枝捲曲而不中規矩；立之塗，匠者不顧。"櫟，音"利"，落葉喬木。《莊子・人間世》:"匠石之齊,至乎曲轅,見櫟社樹,其大蔽牛,絜之百圍;其高臨山,千仞而後有枝;其可以爲舟者旁十數。觀者如市……(匠伯)曰:'已矣,勿言之矣。散木也。以爲舟則沈,以爲棺槨則速腐,以爲器則速毀,以爲門户則液樠,以爲柱則蠹,是不材之木也。無所可用,故能若是之壽。'"

〔六〕"珍重"句:謂己講究禮節,謹小慎微。鞶,音"盤",皮革寬帶,官員所佩。帨,音"税",佩巾。

〔七〕"依然"句:照樣招來狗叫。此處喻受小人攻擊。《詩・召南・野有死麕》:"無使尨也吠。"尨,雜毛狗。

〔八〕停雲:思親友也。參見前《探芳信》(正芳晝)注。

摸 魚 子

近賦"捲疏簾"一闋,同人屬和甚盛。新寒病起,再用前解答之。

寄西風、一枝倦笛,秋聲似助淒厲。雨雲翻覆渾無賴[一],一笑那知許事[二]。塵海裏。暫領略茶煙、禪榻閒滋味[三]。先生休矣。只幾疊蠻箋,偷聲減字[四],銷得唾壺碎[五]。　闌干曲,惻惻新寒初試。支離病骨慵倚。藤梢橘刺縱横處[六],夢渺蒹葭秋水[七]。長嘯起。只排闥、青青山色如人意[八]。鵬天萬里。要六月培風[九],扶搖下視[一〇],才快遠游志[一一]。

【注】

〔一〕"雨雲"句:顧貞觀《金縷曲・寄吴漢槎》:"魑魅搏人應見慣,總輸他、覆雨翻雲手!冰與雪,周旋久。"

〔二〕許事:這樣的事情。辛棄疾《賀新郎》詞:"蓮社高人留翁語,吾醉寧論許事。"

〔三〕"暫領"句:杜牧《題禪院》詩:"今日鬢絲禪榻畔,茶煙輕揚落花風。"

〔四〕偷聲減字:填詞術語,謂填詞。

〔五〕"銷得"句:《世説新語・豪爽》:"王處仲每酒後,輒詠'老驥伏櫪,志在千里;烈士暮年,壯心不已'。以如意打唾壺,壺口盡缺。"

〔六〕"藤梢"句:杜甫《將赴成都草堂途中有作先寄嚴鄭公五首》之三:"竹寒沙碧浣花溪,橘刺藤梢咫尺迷。"

〔七〕蒹葭:《詩・國風・秦風》篇名。　秋水:《莊子》篇名。

〔八〕 "只排"句：王安石《書湖陰先生壁二首》之一："一水護田將緑繞，兩山排闥送青來。"
〔九〕 培風：猶乘風。《莊子·逍遥游》："風之積也不厚，則其負大翼也無力，故九萬里則風斯在下矣，而後乃今培風。"王念孫《讀書雜誌餘編·莊子》："培之言馮也，馮，乘也，風在鵬下，故言負；鵬在風上，故言馮……馮與培聲相近，故義亦相通。"
〔一〇〕 扶摇：飆風。即龍卷風。《莊子·逍遥游》："鵬之徙於南冥也，水擊三千里，搏扶摇而上者九萬里。"成玄英疏："扶摇，旋風也。"
〔一一〕 遠游志：杜甫有《遠游》詩。李白《上安州裴長史書》云："以爲士生，則桑弧蓬矢，射乎四方。故知大丈夫必有四方之志，乃仗劍去國，辭親遠游。"

摸 魚 子

寒夜不寐，率意倚聲，得《摸魚子》後半，莫知詞之所以然也。明日，畚泉(1)倚是調見寄〔一〕，且徵和作，因足成之。同聲之應，有如是夫。

耐殘更(2)、篝燈覓句，寂寥誰是同調。故人知我纏綿意，鏤玉裁冰相勞〔二〕。君莫笑。算一度風花、一度傷懷抱〔三〕。長歌浩渺。儘望遠低徊，衝寒(3)辛苦〔四〕，休爲外人道〔五〕。　　憐花瘦，知否看花人老。明年春信還(4)早。軟紅日月銷磨易，生怕(5)林嘲壑誚〔六〕。歸也好。只畫裏煙巒(6)、無地供游釣。餐霞自飽。便長揖青山，爛炊白石〔七〕，夢穩嶺雲表。

【校】
（1） "畚泉"，稿本原作"畚全前輩"，後改此。
（2） "殘更"，稿本作"寒更"。
（3） "衝寒"，稿本作"號寒"。
（4） "還"，稿本作"又"。
（5） "生怕"，稿本作"心悸"。
（6） "煙巒"，稿本作"林泉"。

【注】
〔一〕 畚泉：傅潽（1845—?），字畚沰，亦作畚泉，山東聊城人。同治十二年

（1873）舉人，官內閣中書、浙江嚴州府同知。有《石雲詞》。畣，"答"的古字。

〔二〕鏤玉裁冰：喻創作構思新穎精美。辛棄疾《西江月》詞："鏤玉裁冰著句，高山流水知音。"

〔三〕風花：指用華麗辭藻寫景狀物。白居易《答故人》詩："讀書未百卷，信口嘲風花。"

〔四〕衝寒：冒著嚴寒。杜甫《小至》詩："岸容待臘將舒柳，山意衝寒欲放梅。"

〔五〕"休爲"句：陶潛《桃花源記》："停數日，辭去。此中人語云：'不足爲外人道也。'"

〔六〕林嘲壑誚：謂山林溝谷都在嘲笑挖苦。孔稚圭《北山移文》："於是南嶽獻嘲，北隴騰笑，列壑爭譏，攢峰竦誚。"

〔七〕爛炊白石：晉葛洪《神仙傳·白石生》："白石生者，中黃丈人弟子也。至彭祖之時，已年二千餘歲矣。……常煮白石爲糧。"炊石及前"餐霞"，皆神仙所爲，喻隱居生活。

摸　魚　子

癸巳熟食雨中〔一〕。

倚疏櫺、斜風吹雨〔二〕，庭階直恁蕭散。方春已是情懷惡，何況春如人倦。春莫怨。便添盡春潮、比似愁深淺。簾櫳漫捲。賸兩袖淒痕，十年幽恨，無計訴歸燕。　　壺山路〔三〕，昨夜夢中親見。棠梨幾處開遍。東風濺慣孤兒淚，那更雁行中斷〔四〕。時聞上高兄訃。愁望眼。認一抹平蕪、冷落雙江(1)岸。檐聲(2)弄晚。怕淅淅瀟瀟，空牀卧聽，容易鬢絲換。

【校】

（1）"雙江"，《薇省詞鈔》作"江南"。

（2）"檐聲"句，《薇省詞鈔》作"爐煙颺晚"。

【注】

〔一〕癸巳：光緒十九年（1893）。　　熟食：古時以清明前二日（或説一日）爲寒食節。因寒食日不舉火而冷食其物，故謂之寒食，亦謂之熟食。杜甫《熟食日示宗文宗武》詩：“幾年逢熟食，萬里逼清明。”
〔二〕 疏櫺：稀疏的窗格。此謂軒窗。櫺，音"靈"。
〔三〕 壺山路：指桂林酒壺山，即今七星公園之駱駝山。
〔四〕 雁行：喻兄弟。《禮記·王制》：“父之齒隨行，兄之齒雁行，朋友不相踰。”兄弟長幼按年齒排列，如雁飛有序。

太　常　引

畫闌秋氣與雲平。病起怯衣輕。吟思底淒清〔一〕。聽依約、蛩聲雁聲。
寧馨老子〔二〕，十圍便腹，空洞儘容卿(1)〔三〕。青眼幾時橫。看山色、新來瘦生〔四〕。

【校】
（1） "寧馨"三句，稿本原作"十圍空洞，容卿盡許，老子自寧馨"，後改同《定稿》光緒三十二年本。

【注】
〔一〕 底：猶言這般，如此。宋楊萬里《和王才臣》詩："生兒底巧翁何恨，得子消愁我未窮。"
〔二〕 寧馨：晉宋時俗語，意同"如此"。劉禹錫《贈日本僧智藏》詩："爲問中華學道者，幾人雄猛得寧馨。"
〔三〕 "十圍"二句：語本蘇軾《寶山晝睡》詩："七尺頑軀走世塵，十圍便腹貯天真。此中空洞渾無物，何止容君數百人。"便腹，肥滿之腹。
〔四〕 "新來"句：參見前《百字令》（自題畫像）注。

卜　算　子

盼到月輪圓，夜夜期三五。誰信清光欲滿時，偏被纖雲妒。　　七十二鴛鴦〔一〕，交頸花間住。誰信成雙作對(1)飛，剩遣孤鸞舞〔二〕。

【校】
（1） "對"，定稿《清季四家詞》本作"隊"。

【注】

〔一〕 七十句：《玉臺新詠·相逢狹路間》："入門時左顧，但見雙鴛鴦。鴛鴦七十二，羅列自成行。"

〔二〕 孤鸞：孤單的鸞鳥。比喻失去配偶或没有配偶的人。此半塘自指。

高　陽　臺

伯崇鐵三以唱和新詞見示〔一〕，倚調和之。老去風懷，不值酒邊一笑也。

柳外青旗〔二〕，酒邊紅豆，舊時人月常圓。巷側櫻桃，誰家脆管繁弦〔三〕。庾郎莫漫傷摇落〔四〕，便花時、也自堪憐。儘流連，淚浥青衫〔五〕，酒浣銀箋。　銅街芳事分明記〔六〕，幾香迷幺鳳〔七〕，繭縛冰蠶〔八〕。夢冷山香〔九〕，奈他狼藉珠鈿。酒人一别渾如雨，問柘枝、老爲誰顛〔一〇〕。更休彈，入抱雲和〔一一〕，訴與華年。

【注】

〔一〕 伯崇：劉福姚（1866—?），字伯崇，號守勤，一號忍庵，廣西桂林人。光緒十八年（1892）殿試第一甲第一名。歷官翰林院修撰，貴州、河南、廣西等省鄉試主考，翰林院秘書郎。秉性耿介，不阿權貴。晚年窮愁潦倒，鬱鬱以終。官京師時，與王鵬運、朱古微等時相往還，多有酬唱，詞風亦頗相似。有《忍庵詞》。　鐵三：魏鋮（1860—1927?），初名龍常，字紉芝，又字鐵珊，亦作鐵三、鐵衫。晚號匏公，别號龍藏居士，浙江山陰（紹興）人，生長在廣西桂林。清光緒十一年（1885）舉人，候選知府。性嗜酒，有俠士之風。工書法，尤擅魏碑，與李梅庵齊名京津。能詩文，尤工倚聲長短調；精曉聲律、器樂，南北曲亦精美。著有《寄榆詞》、《魏鐵三先生遺詞草》。

〔二〕 青旗：指酒旗。元稹《和樂天重題别東樓》："唤客潛揮遠紅袖，賣壚高掛小青旗。"

〔三〕 脆管繁弦：指音樂演奏。宋王邁《沁園春》（首尾四年）："甲第新成，開尊行樂，脆管繁弦十二釵。"

〔四〕 "庾郎"句：庾信《枯樹賦》："昔年種柳，依依漢南。今看摇落，悽愴江潭。樹猶如此，人何以堪？"

〔五〕 浥：音"沃"，弄污。此處引申爲浸透、弄濕。

〔六〕 銅街：洛陽銅駝街的省稱，藉指京都鬧市。沈約《麗人賦》："狹斜才女，銅街麗人。"
〔七〕 幺鳳：桐花鳳，鳥名。蘇軾《西江月·梅花》詞："海仙時遣探芳叢，倒掛綠毛幺鳳。"
〔八〕 冰蠶：傳說中的一種蠶。《拾遺記》卷一〇："員嶠山……有冰蠶，長七寸，黑色，有角，有鱗。以霜雪覆之，然後作繭，長一尺，其色五彩。織爲文錦，入水不濡；以之投火，經宿不燎。唐堯之世，海人獻之……"
〔九〕 山香：古代曲名。即《舞山香》。唐南卓《羯鼓錄》："（汝陽王璡）常戴硃絹帽打曲，上自摘紅槿花一朵，置於帽上筓處。二物皆極滑，久之方安。遂奏《舞山香》一曲，而花不墜落。上大喜，笑賜璡金器一廚，因誇曰真花奴。"
〔一〇〕 "問柘"句：沈括《夢溪筆談·樂律一》："寇萊公好柘枝舞，會客必舞柘枝，每舞必盡日，時謂之'柘枝顛'。"
〔一一〕 雲和：指弦樂器。《周禮·春官·大司樂》："孤竹之管，雲和之琴瑟。"後引申爲琴、瑟、琵琶等弦樂器的統稱。《文選·張協〈七命〉》："吹孤竹，拊雲和。"李周翰注："雲和，瑟也。"鐵三通音律，精弦索。故云。

洞　仙　歌

馮園看花〔一〕

園林畫裏，歎餞春何驟〔二〕。幾日穠芳爲誰瘦。甚年年花底，款燕吟鶯，渾不是、綠媚紅酣時候。　　玉山拚自倒〔三〕，酒漬淋漓，偷染天香上襟袖〔四〕。沉醉問東風，解送春歸，還解遣、餘春住否。指浩蕩、雲山證心期〔五〕，算一抹闌干，盡人消受。

【注】
〔一〕 馮園：當時北京的私家園林。
〔二〕 餞春：設酒宴送春。古代文人的春末雅聚。宋方岳《沁園春·用梁權郡韻餞春》詞："鶯帶春來，鵑喚春歸，春總不知。恨楊花多事，杏花無賴，半隨殘夢，半惹晴絲。立盡碧雲，寒江欲暮，怕過清明燕子時。春且住，待新篁熟了，卻問行期。　　問春春竟何之。看紫態紅情難語離。想芳韶猶剩,牡丹知處,也須些個,付與荼蘼。喚取娉婷,勸教春醉,不道五更花漏遲。愁一餉,笑車輪生角,早已天涯。"

〔三〕 "玉山"句:指盡醉。《世說新語‧容止》:"山公曰:'嵇叔夜之爲人也,巖巖若孤松之獨立。其醉也,傀俄若玉山之將崩。'"又李白《襄陽歌》:"清風朗月不用一錢買,玉山自倒非人推。"

〔四〕 "偷染"句:謂不知不覺間衣袖染上花香。張炎《華胥引》(溫泉浴罷):"素衣初染天香,對東風傾國。惆悵東闌,炯然玉樹獨立。"

〔五〕 心期:心願,心意。宋陸淞《瑞鶴仙》詞:"待歸來,先指花梢教看,卻把心期細問。"

洞　仙　歌

陶然亭壁上有女史題詩云〔一〕:"眉黛春波一樣青,流鶯啼上夕陽亭。阿儂盡有傷心事,説與東風不忍聽。"引伸其語爲長短句,所謂"聞人言愁,我亦欲愁"也。

韶光九十〔二〕,歎等閒誰見。聽取春聲在鶯燕。恁盈盈翠袖〔三〕,倚遍闌干。只消得、一抹夕陽黄淺。　　舊愁新恨續,欲説還休〔四〕,問訊柔腸幾回斷。眉黛蘸春波,顧影羞覷,原不是、小桃人面。待攬取、東風入襟懷,怕輕薄楊花〔五〕,淚痕難濺。

【注】

〔一〕 陶然亭:在今北京正陽門外西南黑窑廠慈悲庵内,康熙三十四年(1695)工部郎中江藻建,並取白居易詩"更待菊黄家釀熟,與君一醉一陶然"句中"陶然"二字命名。此小亭頗受文人墨客青睞,被譽爲"周侯藉卉之所,右軍修禊之地",爲都中一勝。

〔二〕 "韶光"句:指春天,三個月共九十天。

〔三〕 盈盈翠袖:儀態美好的女子。古詩《青青河畔草》:"盈盈樓上女,皎皎當窗牖。"辛棄疾《水龍吟‧登建康賞心亭》詞:"倩何人、唤取紅巾(一作"盈盈")翠袖,揾英雄淚。"翠袖,代指女子。

〔四〕 "欲説"句:李清照《鳳凰臺上憶吹簫》詞:"生怕閒愁暗恨,多少事、欲説還休。新來瘦,非干病酒,不是悲秋。"

〔五〕 輕薄楊花:秦觀《水龍吟》詞:"瑣窗睡起重門閉,無奈楊花輕薄。"

長亭怨慢

寒夜飲水芝支館,用壁上龍壁山人詞韻[一],索省旃和[二]

漫商略、愁長宵短。滿目風塵,素襟誰浣[三]。歲晚冰霜,中年絲竹意何限[四]。願花長好,爭信我、風懷減。許事不須知,看月與、清尊俱滿。依黯[五]。認酒痕猶是,早是酒人星散。清寒對影,漫贏得、笑人蘭畹[六]。儘依依、照座銀荷[七],也羞對、年時心眼。倩簾幕橫枝,長笛夜寒相伴。

【注】

〔一〕 龍壁山人:半塘前輩親戚王拯號龍壁山人。參見前《青山濕遍》(中秋近也)注。

〔二〕 省旃:勒深之(1853—1898),字公遂,一字省旃,又字元俠,號象公,江西新建人。勒方琦之子。光緒十一年(1885)拔貢。性豪放,博學,尤長於詩,並工書畫。有《蕉鹿吟》。

〔三〕 素襟:樸素明澈的懷抱。宋王以寧《好事近》詞:"一段素襟清韻,似玉壺冰雪。"

〔四〕 中年絲竹:《晉書·王羲之傳》:"謝安嘗謂羲之曰:'中年以來,傷於哀樂,與親友別,輒作數日惡。'羲之曰:'年在桑榆,自然至此,頃正賴絲竹陶寫。'"後因謂中年人以聽音樂、觀歌舞演奏以排遣哀傷爲"絲竹中年"。辛棄疾《水調歌頭·送施聖與》:"試問東山風月,更著中年絲竹,留得謝公不。"

〔五〕 依黯:形容感傷別離、懷念遠人的心情。蘇軾《答寶月大師書》:"愈遠鄉里,曷勝依黯!"

〔六〕 蘭畹:《楚辭·離騷》:"余既滋蘭之九畹兮,又樹蕙之百畝。"

〔七〕 銀荷:指銀質荷形的燈盞或燭臺。

金縷曲

贈懷堂[一]。被酒作。

刺促胡爲者[二]。正撩人、春寒似水,個儂如畫。昵影銀屏相並處[三],何許香來蘭麝。算風月、今宵無價。寄語明朝當病酒,尚書期、請注尋芳假〔四〕。渾不管⁽¹⁾,長官罵。　　填膺熱血憑誰瀉。只依稀、狂奴故態〔五〕,向人非假。贏得嬋娟青眼在,此外更何求也。任浪蕊閒花開謝。笑脫⁽²⁾岑牟摘羯鼓〔六〕,和斜街、更點聲聲打。拚一醉,盡三雅〔七〕。

【校】
（１）"不管",稿本原作"不怕",後改此。
（２）"脫",稿本作"側"。

【注】
〔一〕懷堂：待考。
〔二〕刺促：忙碌急迫,勞碌不休。李賀《浩歌》："看見秋眉換新綠,二十男兒那刺促。"
〔三〕銀屏：鑲銀的屏風。白居易《長恨歌》："攬衣推枕起徘徊,珠箔銀屏邐迤開。"
〔四〕注：注重。重視。　　尋芳假：即春游假。尋芳,即賞花、踏春。全句以調侃的口吻希望長官對于放春假予以重視。
〔五〕狂奴故態：唐陸龜蒙《嚴光釣臺》詩："片帆竿外揖清風,石立雲孤萬古中。不是狂奴爲故態,仲華爭得黑頭公。"
〔六〕"笑脫"句：《後漢書·文苑傳下·禰衡》："(曹操)聞衡善擊鼓,乃召爲鼓史。因大會賓客,閱試音節。諸史過者,皆令脫其故衣,更著岑牟單絞之服。次至衡,衡方爲《漁陽》參撾,蹀躞而前,容態有異,聲節悲壯,聽者莫不慷慨。衡進至操前而止,吏訶之曰:'鼓史何不改裝,而輕敢進乎?'衡曰:'諾。'於是先解袒衣,次釋餘服,裸身而立,徐取岑牟、單絞而著之,畢,復參撾而去,顏色不怍。"岑牟,古代鼓角吏所戴的帽子。牟,通"鍪"。
〔七〕三雅：《太平御覽》卷八四五引《典論》："劉表有酒爵三,大曰伯雅,次曰仲雅,小曰季雅。伯雅容七升,仲雅六升,季雅五升。"後泛指酒器。

金　縷　曲

醉後書酒家壁

休惜纏頭費〔一〕。算人生、英雄兒女,一般滋味。腰扇西塵頻障處,眼底誰知程李〔二〕。歎何物、能令公喜〔三〕。漫説綏山桃似斗〔四〕,問何如、一石臣髡醉〔五〕。卿看我,銷魂未。　　重城夜氣清如水。儘催歸、天街霜滑〔六〕,馬嘶未已。我輩鍾情當樂死,底事青衫揾淚〔七〕。莫須有填胸塊磊。鳳子玉奴無恙在〔八〕,是樽前、第一關心事。歌欲闋,月西墜。

【注】

〔一〕纏頭:古代歌舞藝人表演完畢,客以羅錦爲贈,稱"纏頭"。杜甫《即事》詩:"笑時花近眼,舞罷錦纏頭。"後又作爲贈送妓女財物的通稱。

〔二〕程李:漢代邊郡名將程不識與李廣的並稱。《史記·魏其武安侯列傳》:"武安(田蚡)謂灌夫曰:'程李俱東西宫衛尉,今衆辱程將軍,仲孺獨不爲李將軍地乎?'灌夫曰:'今日斬頭陷胸,何知程、李乎!'坐乃起更衣,稍稍去。"

〔三〕"歎何"句:辛棄疾《賀新郎》詞:"問何物、能令公喜。"

〔四〕"漫説"句:舊題劉向撰《列仙傳》卷上"葛由"條:"葛由者,羌人也,周成王時好刻木羊賣之。一日騎羊而入西蜀,蜀中王侯貴人追之上綏山。綏山在峨嵋山西南,高無極也。隨之者不復還,皆得仙道。故里諺曰:'得綏山一桃,雖不得仙,亦足以豪。'"

〔五〕"問何"句:《史記·滑稽列傳》:"(齊威王)置酒後宫,召(淳于)髡,賜之酒。問曰:'先生能飲幾何而醉?'對曰:'臣飲一斗亦醉,一石亦醉。'威王曰:'先生飲一斗而醉,惡能飲一石哉?其説可得聞乎?'髡曰:'賜酒大王之前,執法在傍,御史在後,髡恐懼俯伏而飲,不過一斗徑醉矣。……日暮酒闌,合尊促坐,男女同席,履舄交錯,杯盤狼藉,堂上燭滅,主人留髡而送客,羅襦襟解,微聞香澤,當此之時,髡心最歡,能飲一石。'"淳于髡隱喻諍諫齊威王節制飲酒尋歡,傳爲佳話。

〔六〕"儘催"二句:周邦彦《少年游》詞:"馬滑霜濃,不如休去,直是少人行。"

〔七〕"底事"句:白居易《琵琶行》:"淒淒不似向前聲,滿座重聞皆掩泣。座中泣下誰最多,江州司馬青衫濕。"

〔八〕鳳子玉奴:代指心愛的歌伎。鳳子,傳説中的仙人名。鮑照《藥奩銘》:"毛姬餌葉,鳳子藏花。"錢振倫注引《修真録》:"仙人名鳳子,與笙雍會於九口,各以生生二肆之符相授。"玉奴,齊東昏侯妃潘氏,小名玉兒,詩詞中多稱玉奴。又爲唐玄宗妃楊太真小名。亦泛指美女。

采桑子(1)

闌干彔曲閒凝佇〔一〕，日影東廊。月影西廊。一霎寒温值底忙〔二〕。　　小園貯得春多少，花要生香。葉要生香。那禁東風柳絮狂。

【校】

（1）　調名，稿本作《羅敷豔歌》，同調異名。

【注】

〔一〕　彔曲：玲瓏曲折貌。黄景仁《憶餘杭》詞："彔曲紅闌欹斷沼，潑刺游鱗窺夢悄。"

〔二〕　"一霎"句：李清照《聲聲慢》詞："乍暖還寒時候，最難將息。"值底忙，簡直（變化）太快。值，即直，簡直之謂。底，如此，這般。忙，快也。

湘月

壬辰四月〔一〕，粹父(1)監倉招同子美駕部〔二〕，看花法源寺〔三〕，登陶然亭〔四〕。子美有詞紀游，致感存没，其言危苦。同憶戊子秋〔五〕，粹父約疇丈於此，爲延秋之酌。酒邊念往，凄然於懷。倚調奉酬，所謂於邑難爲聲也〔六〕。

對花無語，算今年又負，好春如海。問訊疏鐘，怕唤起、塵夢都無聊賴。新緑初融，遥青浡爽〔七〕，暫遣煩襟灑。閒亭語燕，似憐春去誰貸。　　何止憔悴春人，懷香空賦，寂寞搴蘭茝〔八〕。買醉延秋，尚記得、風雨停尊相待。今月仍圓，孤雲長往，此恨啼鵑解。微茫鄰笛〔九〕，更堪凄咽煙外。

【校】

（1）　"粹父"，稿本原作"邃父"，後改此。後段同。

【注】

〔一〕　壬辰：光緒十八年（1892）。

〔二〕 粹父監倉：王汝純曾官農部主事。監倉,監督倉庫的官員。指農部主事。　子美駕部：宗紹(1844—1899),或作宗詔,字子美,號石君,別號漱霞庵主、夢遺道人,哲爾德氏,滿洲鑲藍旗人。官兵部員外郎。有《四松草堂詩集》、《斜月杏花屋詞稿》。駕部,官職名。掌輿輦、傳乘、郵驛、廄牧之事。魏晉尚書有駕部郎;隋初改駕部侍郎,屬兵部;唐置駕部郎中,天寶中改駕部爲司駕;宋復稱駕部;明又改爲車駕司,清末廢。

〔三〕 法源寺：即憫忠寺。位於今北京宣武區教子胡同南端的法源寺前街,是北京城内現存歷史最悠久的古刹,始建於唐貞觀十九年。太宗憫東征士卒戰亡,收其遺骸,葬幽州城西,建憫忠寺。中有高閣。雍正十二年重修,改名法源寺。寺内花木繁多,初以海棠聞名,今以丁香著稱,至今全寺丁香千百成林,花開時節,香飄數里,爲京城絶景。

〔四〕 陶然亭：在今北京正陽門外西南黑窰廠慈悲庵内。參見前《齊天樂》(年年亭上)注。

〔五〕 戊子：光緒十四年(1888)。

〔六〕 於邑：同"嗚唈"。哀聲歎氣,愁悶不樂。

〔七〕 洊：通"薦"。一再,接連。

〔八〕 搴蘭茝：拔取芬芳的蘭茝。屈原《九章·悲回風》："故荼薺不同畝兮,蘭茝幽而獨芳。"

〔九〕 鄰笛：晉書向秀《思舊賦·序》："余與嵇康、吕安居止接近,其人並有不羈之才……其後各以事見法。……余逝將西邁,經其舊廬。於時日薄虞淵,寒冰凄然。鄰人有吹笛者,發聲寥亮。追思曩昔遊宴之好,感音而歎。"後以"鄰笛"爲懷念故友之典。

水　龍　吟

平生嗜睡成癖,讀《天籟集》睡詞[一],深有契於予懷者。戲用原韻(1),以志賞心。

舉頭(2)十丈塵飛,人間何許埋愁地。頹然一笑,玉山自倒[二],春生夢寐。我已相忘(3)、蕉陰(4)覆鹿[三]、槐根封蟻[四]。歎無情世故,倉皇逐熱[五],問誰識(5)、於中味。　漫説朝來挂笏[六],最宜人、西山晴翠。何如一枕,忘機(6)息影,黑甜鄉裏[七]。萬事悠悠,百年鼎鼎,付之酣睡。待黄鸝三請[八],

窺園乘興,倩花扶起[九]。

【校】

（1）"原韻",《薇省詞鈔》作"其韻"。
（2）"舉頭",《薇省詞鈔》作"軟紅"。
（3）"相忘",《薇省詞鈔》作"忘情"。
（4）"陰",《薇省詞鈔》作"邊"。
（5）"問誰識",《薇省詞鈔》作"誰能識"。
（6）"忘機",定稿《清季四家詞》本作"忘懷"。

【注】

〔一〕天籟集：白樸（1226—1306後）,字太素,號蘭谷。元曲四大家之一。詞清雋俊拔,有《天籟集》。　睡詞：指《天籟集》卷上《水龍吟》詞,其自序云："遺山先生有醉鄉一詞,僕飲量素慳,不知其趣,獨閒居嗜睡有味,因爲賦此。"半塘詞和其韻。

〔二〕玉山句：李白《襄陽歌》："清風朗月不用一錢買,玉山自倒非人推。"

〔三〕"蕉陰"句：喻以真作幻。《列子·周穆王》："鄭人有薪於野者,遇駭鹿,禦而擊之,斃之。恐人見之也,遽而藏諸隍中,覆之以蕉。不勝其喜,俄而遺其所藏之處。遂以爲夢焉。"

〔四〕"槐根"句：用唐李公佐《南柯太守傳》事,喻人生如夢。參見前《齊天樂》（西風吹醒）注。

〔五〕逐熱：追慕榮利。宋魏野《寄贈藍田王闕寺丞》詩："解使射生人改業,能令逐熱客安家。"

〔六〕"漫説"二句：意爲有高情雅致。《世説新語·簡傲》："王子猷作桓車騎參軍。桓謂王曰：'卿在府久,比當相料理。'初不答,直高視,以手版拄頰云：'西山朝來,致有爽氣。'"笏,即手版。古代臣朝見君時所執的狹長板子,用玉、象牙、竹木製成。

〔七〕息影,歸隱閒居。白居易《重題》詩："喜入山林初息影,厭趨朝市久勞生。"黑甜：蘇軾《發廣州》詩："三杯軟飽後,一枕黑甜餘。"自注："俗謂睡爲黑甜。"

〔八〕黃鸝三請：黃庭堅《次韻張詢齋中晚春》詩："春去不窺園,黃鸝頗三請。"

〔九〕"倩花"句：吳文英《喜遷鶯》詞："困無力,倚闌干,還倩東風扶起。"

鷓 鴣 天

老去風懷强自支。可堪花月對空卮。紉蘭枉費三秋約〔一〕,題扇愁吟七字詩〔二〕。　秋似水,鬢成絲。墜歡殘夢總淒迷。牆東雲樹參差裏,悵望遥天尚有涯〔三〕。

【注】

〔一〕　紉蘭:《楚辭·離騷》:"扈江離與辟芷兮,紉秋蘭以爲佩。"後以紉蘭喻人品高潔。徐鉉《和蕭郎中午日見寄》:"豈知澤畔紉蘭客,來赴城中角黍期。"
〔二〕　題扇:題寫字畫於扇上作留念之贈。宋張耒《漫呈無咎一絶》詩:"題扇燈前亦偶然,那知別後遠如天。"
〔三〕　"牆東"二句:宋仇遠《夢江南》詞:"天際有雲難載鶴,牆東無樹可啼烏。春夢繞西湖。"

念 奴 嬌

登暘臺山絶頂望明陵〔一〕。

登臨縱目〔二〕,對川原繡錯,如接(1)襟袖。指點十三陵樹影,天壽低迷如阜〔三〕。一霎滄桑,四山風雨〔四〕,王氣銷沉久。濤(2)生金粟〔五〕,老松疑作龍吼。　惟有沙草(3)微茫,白狼終古〔六〕,滚滚邊牆走。野老也知人世换,尚説山靈呵守。平楚蒼涼〔七〕,亂雲合遝〔八〕,欲酹無多酒。出山回望,夕陽猶戀高岫。

【校】

（1）　"接"字後《薇省詞鈔》、稿本有小注"作平"。
（2）　"濤",《薇省詞鈔》作"風"。
（3）　"草",《薇省詞鈔》作"綫"。

【注】

〔一〕　暘臺山:在今北京市海淀區西郊,山上有大覺寺,創建於遼代,爲游覽勝地。　　明陵：明十三陵,在今北京市西北昌平縣境。自明永樂七年(1409)明成祖營建長陵起,至清順治元年(1644)修建思陵以葬明思宗朱由檢止,共建陵十三座,陵區稱爲天壽山。

〔二〕"登臨"句：王安石《桂枝香·金陵懷古》詞："登臨送目,正故國晚秋,天氣初肅。"

〔三〕天壽：即天壽山。

〔四〕四山風雨：明田汝成《西湖游覽志餘》載,越中宋六陵曾被元胡僧楊璉真伽發掘,義士唐珏收葬骸骨,並有《夢中作》詩。其一云："親拾寒瓊出幽草,四山風雨鬼神驚。"

〔五〕金粟：金粟山,在今陝西蒲城縣東北,因山有碎石如金粟,故稱。《舊唐書·玄宗本紀》："初,上皇(玄宗)親拜五陵至橋陵,見金粟山崗有龍盤鳳翥之勢,復近先塋,謂侍臣曰：'吾千秋後宜葬此地,得奉先陵,不忘孝敬矣。'至是,追奉先旨以創寢園,以廣德元年三月辛酉葬於泰陵。"

〔六〕白狼：指白狼河。《水經注》："遼水右會白狼水。水出右北平白狼縣東南。"

〔七〕平楚：即平蕪。謂從高處遠望,叢林樹梢齊平,伸向無窮遠方。謝朓《宣城郡內登望》詩："寒城一以眺,平楚正蒼然。"

〔八〕合遝：重疊,攢聚。賈誼《旱雲賦》："遂積聚而合遝兮,相紛薄而慷慨。"

望　江　南

游卧佛寺〔一〕,拈樾亭居士詩句題壁〔二〕。蓋情事適相符也。

清游好,誰與紀蒼苔。風有自來秋並至,雲無處所霽全開〔三〕。樾亭句。佳句若探懷〔四〕。

【注】

〔一〕卧佛寺：北京西山十方普覺寺俗稱卧佛寺,唐始建時名兜率。後殿有銅卧佛一,明憲宗時造。又小殿有香檀卧佛一。

〔二〕樾亭居士：林喬蔭,字育萬,一字樾亭,閩縣(今福建福州市)人,乾隆三十年(1765)舉人,曾任將軍魁倫文案、江津知縣。博洽多聞,精通經史,善文詞,工駢文,著有《三禮述數求義》、《瓶城居士集》等。有抄本《橄亭雜纂》行於世。

〔三〕 雲無處所:宋玉《高唐賦》:"風止雨霽,雲無處所。"唐玉續《詠巫山》詩:"電影,雷聲峽外長。霽雲無處所,臺館曉蒼蒼。"

〔四〕 探懷:意謂居士探懷得五彩神筆,因而得此佳句。《南史·江淹傳》:"(淹)嘗宿於冶亭,夢一丈夫,自稱郭璞,謂淹曰:'吾有筆在卿處多年,可以見還。'淹乃探懷中,得五色筆一以授之。"劉克莊《念奴嬌》詞:"歲晚筆禿無花,探懷中殘錦,翦裁餘幾。"

唐 多 令

癸巳二月二十三日,爲先上高兄唪經設奠於廣惠寺[一],賦此以當哀誄[二]。蓋墨與淚俱下也。

兄弟此生休。匆匆卅八秋。竟憑棺、一慟無由。仿佛潮音驚梵響[三],最腸斷、漢陽舟。癸未與兄別於漢上,遂爾永訣。哀哉。　　燕角望吳頭[四]。關河極阻修[五]。奠椒漿、魂氣通否[六]。地下若隨先子去[七],休說我、鬢霜稠。

【注】

〔一〕 上高兄:半塘同胞兄弟。即半塘叔兄鵬海。曾官江西。　　唪經:誦經。清富察敦崇《燕京歲時記·盂蘭會》:"中元日各寺院設盂蘭會,燃燈唪經,以度幽冥之沉淪者。"　　設奠:陳設祭品,祭奠。《禮記·曾子問》:"孔子曰:'天子賜諸侯、大夫冕、弁服於大廟。歸,設奠,服賜服。'"孔穎達疏:"歸,設奠祭於己宗廟。"　　廣惠寺:北京廣惠寺相傳始建於元代,幾經重修,今荒廢。故址在今廣安門內大街路北老牆根一帶。

〔二〕 哀誄:哀悼死者的文章。《晉書·潘岳傳》:"岳美姿儀,辭藻絕麗,尤善爲哀誄之文。"

〔三〕 潮音:潮水的聲音。亦指僧衆誦經之聲。范成大《宿長蘆寺方丈》詩:"夜闌雷破夢,欹枕聽潮音。"黃景仁《張鶴柴招集賦得寒夜四聲·梵聲》詩:"潮音初浩蕩,塵夢一惺忪。"　　梵響:念佛誦經之聲。梁元帝《梁安寺刹下銘》:"宵長梵響,風遠鐘傳。"

〔四〕 燕角:指北京,屬古燕地。　　吳頭:指江西。宋祝穆《方輿勝覽》

卷一九"吴頭楚尾"條:"《職方乘記》:'豫章之地爲吴頭楚尾。'"

〔五〕關河句:《詩·秦風·蒹葭》:"溯洄從之,道阻且長。"

〔六〕椒漿:以椒浸製的酒漿。古代多用以祭神。《楚辭·九歌·東皇太一》:"蕙肴蒸兮蘭藉,奠桂酒兮椒漿。" 魂氣:魂靈。《禮記·郊特牲》:"魂氣歸於天,形魄歸於地。"

〔七〕先子:稱亡父。《孟子·公孫丑上》:"曾西蹵然曰:'吾先子之所畏也。'"

疏　　影

秋雲易夕。漸漏長⁽¹⁾人倦,欹枕寒惻。欲寄相思,夢冷蘼蕪,王昌懶問消息〔一〕。壓殘金綫渾無用〔二〕,枉拋盡、十年心力。只西園、淡月啼烏,如伴夜窗⁽²⁾岑寂。　　猶記小憐初嫁〔三〕,那時正媚嫵,紅萼相憶〔四〕。一樣山眉〔五〕,淺畫輕顰,總異春人標格。淚痕都是黄金鑄〔六〕,誰量取、愛河寬窄。怕殷勤、訴與菱花〔七〕,換了舊時顏色。

【校】

（1） "漏長",稿本作"夜長"。
（2） "夜窗",稿本作"小窗"。

【注】

〔一〕王昌:漂泊者。泛指女子外出的丈夫。崔顥《王家少婦》詩:"十五嫁王昌,盈盈入畫堂。自矜年最少,復倚婿爲郎。舞愛前溪緑,歌憐子夜長。閒來鬥百草,度日不成妝。"

〔二〕壓殘金綫:秦韜玉《貧女》詩:"苦恨年年壓金綫,爲他人作嫁衣裳。"

〔三〕小憐:本指北齊後主淑妃馮小憐,後主惑之以致亡國。李商隱《北齊二首》之一:"小憐玉體横陳夜,已報周師入晉陽。"此指詞中女主人公。

〔四〕"紅萼"句:姜夔《暗香》詞:"翠尊易泣。紅萼無言耿相憶。"

〔五〕山眉:温庭筠《醉歌》詩:"臨邛美人連山眉,低抱琵琶含怨思。朔風繞指我先笑,明月入懷君自知。"

〔六〕"淚痕"句:張炎悼王沂孫《瑣窗寒》詞:"彈折素弦,黄金鑄出相思淚。"

〔七〕 菱花：指菱花鏡。六角形或背面刻有菱花者名菱花鏡。亦泛指鏡。李白《代美人愁鏡》詩之二："狂風吹卻妾心斷，玉筯並墮菱花前。"

燭 影 搖 紅

宣武城西看月，同夔笙、雨人作〔一〕。

才出囂塵，迎人便覺清輝滿。市聲依約水雲閒〔二〕，喧寂情如見。歷歷畫譙更點〔三〕。底消磨、黑甜紅軟〔四〕。九霄風露，七寶樓臺〔五〕，三生依黯。
物外忘機，素娥應訝游情倦。廣寒靈藥不曾偷〔六〕，休怨仙緣淺。寂寞憑高念遠。話江湖、衰蘭猶戀〔七〕。雲門寺裏〔八〕，華子岡頭〔九〕，甚時如願。

【注】

〔一〕 夔笙：況周頤。參見前《南浦》（踏倦六街）注。　　雨人：原名鄧鴻儀，後改鴻荃，字雨人，一字逵臣，號休庵，廣西臨桂（今桂林市）人。半塘妹婿。光緒元年（1875）舉人，官四川候補知府。年近七十卒。有《秋雁詞》一卷。況、鄧二人同作詞序題"七月十六夜"。
〔二〕 市聲：街市或市場的喧鬧聲。蘇舜元、蘇舜欽《地動聯句》："坐駭市聲死，立怖人足踦。"
〔三〕 譙：城門上的瞭望樓。《三國志·吳書·孫權傳》："治城郭，起譙樓。"
〔四〕 黑甜紅軟：指酣睡於京都繁華之處，牢騷語也。黑甜，酣睡也；紅軟，即軟紅，都會繁華之地。范成大《聖集誆說少年俊游用韻記其語戲之》詩："京塵紅軟撲雕鞍，年少王孫酒量寬。"
〔五〕 "七寶"句：指用多種寶物裝飾的樓臺。七寶，佛教語。七種珍寶。佛經中說法不一。
〔六〕 "廣寒"句：李商隱《常娥》詩："常娥應悔偷靈藥，碧海青天夜夜心。"
〔七〕 衰蘭：李賀《金銅仙人辭漢歌》："衰蘭送客咸陽道，天若有情天亦老。"
〔八〕 雲門寺：寺院名。《梁書·處士列傳·何胤》："胤以會稽山多靈異，往游焉，居若耶山雲門寺。……有敕給白衣尚書祿，胤固辭。又敕山陰庫錢月給五萬，胤又不受。"又杜甫《奉先劉少府新畫山水障歌》："若耶溪，雲門寺，吾獨胡爲在泥滓。"

〔九〕華子岡：王維《輞川集序》："余別業在輞川山谷。其游止有孟城坳、華子岡、文杏館……"一説華子岡爲仙人華子期修真之地，在江西。此指隱逸之地。

水調歌頭

《江天琴話圖》爲公柬(1)同年作〔一〕。

章貢接天碧〔二〕，滕閣倚晴空〔三〕。小時歷歷游釣，常在夢魂中〔四〕。誰把嵐光一角，寫入琴心三疊，秋抱寄飛鴻〔五〕。南望白雲起〔六〕，慚愧軟塵紅〔七〕。　訪梅尉〔八〕，尋徐孺〔九〕，吊蘇公〔一〇〕。江山寂寞久矣，杯酒復誰同。漫説尋常登眺，正要從容吟嘯，雲物自清雄。歸去酹江水，爲我謝凫翁〔一一〕。

【校】

（1）公柬，疑作"公束"。

【注】

〔一〕江天琴話圖：馮世定作。馮世定（？—1894）浙江紹興人，字黔夫，善畫山水。據《清名家詞》張鳴珂《聲聲慢》（移篷坐雨）小序云："錢塘葉生頌、周維新年未弱冠，工小楷，諳琴旨，壬辰歲晤於西江節署，相從問字，執弟子禮甚恭，黔夫爲作《江天琴話圖》，紀一時萍合也。倚此題之。"　公柬：疑爲公束。張鳴珂，字玉珊，一字公束，晚號窊翁，浙江嘉興人，咸豐十一年拔貢，官江西義寧州知州，有《寒松閣詞》四卷，《國朝詞續選》一卷。

〔二〕章貢：章水和貢水的並稱。亦泛指贛江及其流域。蘇軾《鬱孤臺》詩："日麗崆峒曉，風酣章貢秋。"

〔三〕滕閣：即滕王閣。唐高祖子元嬰爲洪州刺史時所建。後元嬰封滕王，故名。故址在今江西省南昌市贛江濱。其後閻伯嶼爲洪州牧，宴群僚於閣上，王勃省父過此，即席作《滕王閣序》。閣以序存，歷毀歷修。

〔四〕"小時"二句：半塘十二歲（1861）至江西與父親團聚，從此隨父宦江西十餘年。

〔五〕 "寫入"二句：宋馬子嚴《朝中措》詞："彈到琴心三疊，鷓鴣啼傍黃昏。"嵇康《贈兄秀才入軍》詩："目送歸鴻，手揮五弦。俯仰自得，游心太玄。"

〔六〕 白雲：喻歸隱。左思《招隱詩》之一："白雲停陰岡，丹葩曜陽林。"

〔七〕 軟塵：吴文英《探芳信》詞："九街頭，正軟塵潤酥，雪銷殘溜。"此處泛指塵世。

〔八〕 梅尉：《漢書·梅福傳》："梅福，字子真，九江壽春人也。少學長安明尚書《穀梁春秋》，爲郡文學，補南昌尉。"傳説梅氏後成仙。

〔九〕 徐孺：《後漢書·徐穉傳》："徐穉，字孺子，豫章南昌人也。家貧常自耕稼，非其力不食，恭儉義讓。……時陳蕃爲太守……不接賓客，唯穉來，特設一榻，去則懸之。"

〔一〇〕 蘇公：指蘇雲卿。《宋史·隱逸下》："蘇雲卿，廣漢人，紹興間來豫章東湖，結廬獨居，待鄰曲有恩禮。無良賤老稚皆愛敬之，稱曰蘇翁。……與張濬爲布衣交。"

〔一一〕 鳧翁：疑指野鴨。葉夢得《採蓮曲·與魯卿晚雨泛舟出西郭用煙波定韻》詞："天末殘霞卷暮紅。波間時見没鳧翁。"

鷓 鴣 天(1)

十六日冒雨山行至卧佛、碧雲諸寺〔一〕。

鎮日看山未杖藜〔二〕。游心勿漫水雲西。無端似被山林妒，盡放濃陰壓翠微。　　雲靉靉〔三〕，雨霏霏。空濛山色望中奇〔四〕。那知游事翻奇絶，冒雨穿雲路不迷。

【校】

（1） 此首不見於《半塘定稿》、《半塘剩稿》及稿本。姑據劉映華《王鵬運詞選注》補於此。

【注】

〔一〕 卧佛、碧雲諸寺：北京西山十方普覺寺俗稱卧佛寺，唐始建時名兜率。後殿有銅卧佛一，明憲宗時造。又小殿有香檀卧佛一。碧雲寺亦位於北京西山，始建於元至元二十六年（1289），初名碧雲庵，明天啓三年（1623）太監魏忠賢重修，改稱"碧雲寺"。清乾隆十三年（1748）進一步重修擴建，保存至今。

〔二〕 杖藜：謂拄著手杖行走。藜，野生植物，莖堅韌，可爲杖。《莊子·讓王》："原憲華冠縰履，杖藜而應門。"

〔三〕 靉靉：雲盛貌。靉，音"愛"。

〔四〕 "空蒙"句：蘇軾《飲湖上初晴後雨》詩："水光瀲灧晴方好，山色空蒙雨亦奇。"

味梨集

鷓鴣天

癸巳七月十三日恭紀〔一〕

太液秋澄露半銷〔二〕。天風依約響琅璈〔三〕。漫將弱質輕蒲柳,得近宮牆也後凋。　　移故步,認新巢。鳳池回首日輪高。蔚州即墨聲華在〔四〕,珍重新恩賜珥貂〔五〕。

【注】

〔一〕　癸巳:光緒十九年(1893)。該年七月,半塘入都察院,任江西道監察御史,後升禮科給事中,轉禮科掌印給事中。

〔二〕　太液:漢宮中池苑名。《史記·封禪書》:"其(指建章宮)北治大池,漸臺高二十餘丈,命曰太液。池中有蓬萊、方丈、瀛洲、壺梁,象海中神山龜魚之屬。"此指清宮中池苑。

〔三〕　琅璈:古玉制樂器。《漢武帝內傳》:"王母乃命諸侍女王子登彈八琅之璈,又命侍女董雙成吹雲和之笙。"

〔四〕　蔚州:古代著名的"燕雲十六州"之一。州治在今河北省張家口市蔚縣,是京西現有保存最爲完整的古城。　　即墨:今山東省即墨市。位於山東半島西南部,墨水河穿城而過,因以爲名。東臨黃海,與日本、韓國隔海相望,南依嶗山,近靠青島。　　聲華:榮耀的聲譽。白居易《晏坐閒吟》:"昔爲京洛聲華客,今作江湖潦倒翁。"

〔五〕　珥貂:插戴貂尾。漢代侍中、中常侍於冠上插貂尾爲飾。後藉指皇帝之近臣。曹植《王仲宣誄》:"戴蟬珥貂,朱衣皓帶。入侍帷幄,出擁華蓋。"

鵲 橋 仙

八月十四日秋分,京兆試闈作〔一〕。

銅鋪雨過,瓊樓月上,風物望中無限。明宵已到十分圓,甚今夜,秋才分半。　統如更鼓,紛然烏鵲,擾擾玉繩低轉〔二〕。風流試院説煎茶,怕今月、笑人不免〔三〕。

【注】
〔一〕京兆:漢代京畿的行政區域,爲三輔之一。在今陝西西安以東至華縣之間,下轄十二縣。後因以稱京都。　試闈:科舉時代的考場。
〔二〕"統如"三句:謂時間在嘈雜的鼓聲和烏鴉亂叫聲中過去了。統如,擊鼓聲。《晉書·良吏傳·鄧攸》:"統如打五鼓,雞鳴天欲曙。"擾擾,煩亂貌。《國語·晉語六》:"唯有諸侯,故擾擾焉。"玉繩,星名。蘇軾《洞仙歌》詞:"試問夜如何,夜已三更,金波淡,玉繩低轉。"
〔三〕"風流"二句:蘇軾熙寧五年科場監試,作《試院煎茶》詩,有句云:"我今貧病長苦飢,分無玉碗捧蛾眉。且學公家作茗飲,磚爐石銚行相隨。"

鷓 鴣 天

似水閒愁撥不開。秋風庭院古莓薹。爐煙茗碗渾閒事,消得迴腸盪氣來〔一〕。　空繾綣〔二〕,自徘徊。鄰家弦管莫相催。風花結習憑都懺〔三〕,奈此昆明劫後灰〔四〕。

【注】
〔一〕迴腸盪氣:指喝茶後的輕鬆愉快心情。三國魏曹丕《大牆上蒿行》:"女娥長歌,聲協宮商,感心動耳,盪氣迴腸。"
〔二〕繾綣:纏綿。形容感情深厚。白居易《寄元九》詩:"豈是貪衣食,感君心繾綣。"
〔三〕"風花"句:指對自己寫作風花雪月類詩文的習慣感到懺悔。白居易

《答故人》詩:"讀書未百卷,信口嘲風花。"結習,源於佛經,一般多指積久難除之習慣。南朝梁沈約《內典序》:"結習紛綸,一隨理悟。"憑都,在京城。

〔四〕昆明劫後灰:指世事變化。典出干寶《搜神記》:"漢武帝鑿昆明池極深,悉是灰墨,無復土。舉朝不解,以問東方朔。朔曰:'臣愚不足以知之。'曰:'試問西域人。'帝以朔不知,難以移問。至後漢明帝時,西域道人入來洛陽。時有憶方朔言者,乃試以武帝時灰墨問之。道人云:'經云:天地大劫將盡則劫燒,此劫燒之餘也。'"

沁 園 春

展重陽日〔一〕,粹甫招同夔笙登西爽閣〔二〕。

問訊黃花,過了重陽,秋還許濃。正壓檐蒼翠,遥山淯爽〔三〕,平蘭煙樹,霽色橫空。渺渺愁予〔四〕,茫茫懷古,不覺置身圖畫中。閒吟處,聽西風鈴橐〔五〕,落日霜鴻。　攜筇。記得游蹤。指依約、雲間三數峰。向山靈長揖,諒非生客,塵埃揮手,毋溷而公〔六〕。醉帽慵扶,唾壺從缺〔七〕,管領秋光一笑同。人間世,算樽前消得,湖海元龍〔八〕。

【注】

〔一〕展重陽日:一般指重陽節後的陰曆九月十九日。展,即展期,延期在節日後過節。

〔二〕夔笙:參見前《南浦》(踏徧六街)注。　西爽閣:舊址在今北京土地廟下斜街山西會館,可望西山。

〔三〕淯爽:送來爽氣。淯,通"薦"。

〔四〕"渺渺"句:《楚辭‧九歌‧湘夫人》:"目眇眇兮愁予。"渺渺,同"眇眇"。極目遠視貌。

〔五〕鈴橐:駝鈴聲。橐,駱駝。

〔六〕溷:骯髒,此處作弄髒講。　而公:猶言你老子。《史記‧留侯世家》:"漢王輟食吐哺,罵曰:'豎儒!幾敗而公事。'"

〔七〕"唾壺"句:《世說新語‧豪爽》:"王處仲每酒後,輒詠'老驥伏櫪,志在千里;烈士暮年,壯心不已'。以如意打唾壺,壺口盡缺。"

〔八〕"湖海"句:《三國志‧陳登傳》:"陳登者,字元龍。在廣陵有威名。……後許汜與劉備並在荆州牧劉表坐。表與備共論天下人。汜曰:'陳元龍湖海之士,豪氣不除。'"

摸魚子

十月望日雪後,會經堂對月[一],呈駕航年丈[二]。先是,同事秋闈[三],駕丈賦《浣溪沙》索和,無以應也。兹復入監武試[四],仍徵前作,賦此報之。

倚高寒、碧天無際,暮雲浄卷空闊。瓊田千頃交輝處,表裏通明澄澈[五]。情脈脈。恁前度人來、今月渾非昨[六]。清尊試溯。記細雨檐花,秋風桂子,好句共斟酌。　　清詞麗,欲和紅牙愁拍。眼前有景難説。詩成更作徵逋券[七],比似催租孰虐。情約略。怕今夜瓊樓、莫也思量著[八]。燈花暈薄[九]。待撤棘人歸[一○],鈎簾月上,款款責前諾[一一]。

【注】

〔一〕　會經堂:位於北京城原貢院内。貢院在城東建國門大街路北,現貢院東街和貢院西街之間,爲明清兩代會試考場。會經堂爲考官閲卷之地。

〔二〕　駕航:孫楫(1831—1902),字濟川,號駕航,山東濟寧人。咸豐二年(1852)進士,官廣東雷州知府、順天府尹。有《郜亭詞集》。

〔三〕　秋闈:對科舉制度中鄉試的叫法。鄉試是明清時期科舉三級考試中最低級别的考試。每三年的秋季,在各省省城舉行。因爲在秋天舉行,故名"秋試"、"秋闈"。考中的稱爲"舉人",取得參加會試的資格。會試,又叫做"春闈"、"春試"、"禮部試"。考中者稱"貢士",取得參加殿試的資格。殿試又稱"御試"、"廷試"、"廷對",即指皇帝親自出題考試。殿試爲科舉考試中的最高一段。由武則天創制,但唐代尚未成定制,宋代始爲常制。明清殿試後分爲三甲:一甲三名賜進士及第,通稱狀元、榜眼、探花;二甲賜進士出身,第一名通稱傳臚;三甲賜同進士出身。闈,考場。

〔四〕　武試:武科考試。《清會典·兵部十·武庫清吏司》:"凡武試,曰馬科,曰步射,曰技勇,皆試於外場;曰武經,則於内塲試焉。"

〔五〕　"瓊田"二句:張孝祥《念奴嬌》詞:"玉鑒瓊田三萬頃,著我扁舟一

〔六〕 前度人：指駕航。
〔七〕 徵逋券：徵收拖欠賦稅的憑證。與後句"催租"同爲調侃駕航"仍徵前作"事。
〔八〕 瓊樓：此指女子居所。
〔九〕 暈薄：光線模糊暗淡。
〔一〇〕 撤棘：科舉時代稱考試工作結束。因放榜日關閉貢院，並於門口設置荊棘，以防落第者闖入喧鬧，放榜後始撤去。《舊五代史·周書·和凝傳》："貢院舊例，放榜之日，設棘於門及閉院門，以防下第不逞者。凝令撤棘啟門，是日寂無喧者。"
〔一一〕 款款：從容自如貌。

東風第一枝

此壬辰二月〔一〕，夔笙、伯崇計偕到京〔二〕，夜過四印齋〔三〕，用邵復孺韻聯句〔四〕。舊作偶於篋中檢得之，附錄於此。伯崇是年果占東風第一〔五〕，文字有祥，行爲夔笙祝也。時癸巳臘月廿二日雪中〔六〕。

寒重花悄，燈疏漏短，清吟誰伴孤影。半故人卻共春來，倦燈暫銷夜冷。夔天涯舊夢，又盞曲、紅闌催暝〔七〕。伯對玉梅、證取心期，早是宿醒輕醒。半檠鳳短、茜紗方靜〔八〕。箏雁悄、素弦待整〔九〕。夔彩毫怯寫銀箋，暗香尚留寶鼎。伯鸞簫鳳鑰〔一〇〕，看次第、天風吹並。半怕俊游、不似年時，負了武陵漁艇〔一一〕。夔

【注】
〔一〕 壬辰：清光緒十八年（1892）。
〔二〕 夔笙：況周頤，字夔笙。　　伯崇：劉福姚。參見前《高陽臺》（柳外青旗）注。　　計偕：謂舉人赴京會試。《史記·儒林列傳序》："郡國縣道邑有好文學、敬長上、肅政教、順鄉里、出入不悖所聞者，令相長丞上屬所二千石，二千石謹察可者，當與計偕，詣太常，得受業如弟子。"司馬貞索隱："計，計吏也。偕，俱也。謂令與計吏俱詣太常也。"
〔三〕 四印齋：半塘北京寓所名。參見前《大江東去》（熙豐而後）注。
〔四〕 邵復孺：邵亨貞（1309—1401），字復孺，號清溪，雲間（今上海市松江

〔五〕占東風第一：原意謂早春折得第一枝花。唐唐彥謙《無題十首》之一："尋芳陌上花如錦，折得東風第一枝。"後引申指科舉考試取得第一名。宋史浩《鷓鴣天·送試》詞："臚傳繞殿天顏喜，先折東風第一枝。"

〔六〕癸巳：清光緒十九年（1893）。

〔七〕盝曲：同"录曲"。玲瓏曲折貌。

〔八〕檠鳳：鳳形的燈架。　茜紗：紅色的紗窗。茜，絳紅色。

〔九〕箏雁：箏柱。因箏柱斜列如雁行，故稱。秦觀《木蘭花》詞："玉纖慵整銀箏雁。紅袖時籠金鴨暖。"

〔一〇〕籥：古代管樂器。似簫。三孔或六孔。

〔一一〕武陵漁艇：指尋幽探勝之事。用陶潛《桃花源記》事。

鷓　鴣　天

擬花間〔一〕

掛壁燈疏暈薄光。坐聽宵柝屋團霜〔二〕。人間好夢知多少，直恁鴛衾冷繡牀〔三〕。　　愁未已，漏方長。敗荷殘葦滿橫塘。峭風那解相思苦〔四〕，並作西樓一夜涼。

【注】

〔一〕擬花間：模擬《花間集》語調和風格作詞。花間詞風婉媚多情，溫柔敦厚，題材多樣，但以酒席花間的傷春悲秋、風花雪月和兒女情長爲主。

〔二〕宵柝：巡夜的梆聲。李商隱《馬嵬》詩之二："空聞虎旅傳宵柝，無復雞人報曉籌。"

〔三〕直恁：猶言竟然如此。《京本通俗小説·錯斬崔寧》："官人直恁負恩！甫能得官，便娶了二夫人！"

〔四〕峭風：呼嘯的寒風。峭，聲音尖厲，料峭。宋湯恢《滿江紅》詞："疏雨過，溶溶天氣，早如寒食。啼鳥驚回芳草夢，峭風吹淺桃花色。"

鷓 鴣 天

甲午首春〔一〕，初過碧茗館〔二〕，閱所藏舊院卞柳書畫〔三〕。

燈事頻催暖意回〔四〕。軟紅隨分踏天街。誰知寶篆沉煙後〔五〕，又蓺香心一寸來。　歌宛轉，月徘徊。鶼鶼鰈鰈此情懷〔六〕。南朝韻事卿休訴〔七〕，消受風情儘費才。

【注】

〔一〕 甲午：清光緒二十年（1894）。
〔二〕 碧茗館：不詳，待考。
〔三〕 舊院：在今之南京，明朝爲妓女叢聚之所。清余懷《板橋雜記·雅游》：“舊院，人稱曲中，前門對武定橋，後門在鈔庫街，妓家鱗次比屋而居。”　卞柳：疑爲卞緒昌，字纘甫，號柳門，江蘇儀征人，生於同治癸亥（1863），光緒乙酉（1885）拔貢，即乙酉年江蘇貢生第一名。“拔貢”別稱“明經”，故其又有“明經”之號。其出身名門望族，祖父、父親均官至巡撫。他也官至安徽按察使，補授巡警道。喜歡收藏書畫。
〔四〕 燈事：指元宵節張燈游樂之事。沈德符《野獲編補遺·畿輔·淹九》：“既見友人柬中稱爲淹九，或云燈事闌珊，未忍遽舍，取淹留之義。”
〔五〕 寶篆：熏香的美稱。焚時煙如篆狀，故稱。黃庭堅《畫堂春》詞：“寶篆煙消龍鳳，畫屏雲鎖瀟湘。”
〔六〕 鶼鶼鰈鰈：即卿卿我我，喻男女間親密無間狀。鶼鰈，音“煎蝶”，比翼鳥和比目魚。王安石《韓持國從富并州辟》詩：“惟子予所向，嗜好比鶼鰈。”
〔七〕 "南朝"句：意謂"卞柳書畫"似在訴說舊院當年韻事。

點 絳 脣

侘傺無端〔一〕，行歌不是傷春句。西山當戶。知我閒情緒。　去馬來牛〔二〕，擾擾渾如許。燕臺暮。荊高何處〔三〕。倚醉聽金縷〔四〕。

【注】

〔一〕 佗傺:《楚辭·離騷》:"忳鬱邑余佗傺兮,吾獨窮困乎此時也。"王逸注:"佗傺,失志貌。"

〔二〕 "去馬"句:似喻外敵入侵。杜甫《秋雨歎》詩之二:"去馬來牛不復辨,濁涇清渭何當分。"

〔三〕 "荊高"句:猶言眼下已無如荊軻、高漸離一類的俠士。荊高,荊軻和高漸離的並稱。後泛指任俠行義之人。《史記·刺客列傳》載,荊軻刺秦王將行,高漸離擊筑送之。

〔四〕 金縷:《金縷曲》,詞調名,即《賀新郎》。宋張元幹《賀新郎·送胡邦衡待制》詞:"舉大白,聽《金縷》。"

青玉案

晚興。和駕航京兆〔一〕。

亭皋緑遍春來路。又冉冉、春將去。不是吟情渾漫與〔二〕。天涯回首,落花飛絮。都付流鶯語。　珠簾翠幕無重數〔三〕。似水空庭鎮延佇。滿地江湖君念否。青山猶是,白雲終古。百草憂春雨〔四〕。用山谷語。

【注】

〔一〕 駕航:孫楫,號駕航。參見前《摸魚子》(倚高寒)注。

〔二〕 渾漫與:隨意揮灑。杜甫《江上值水如海勢聊短述》詩:"老去詩篇渾漫與,春來花鳥莫深愁。"

〔三〕 "珠簾"句:歐陽修《蝶戀花》詞:"庭院深深深幾許。楊柳堆煙,簾幕無重數。"

〔四〕 "百草"句:黃庭堅《書贈俞清老》題跋:"今蹙眉終日者,正爲百草憂春雨耳。"

滿江紅

送安曉峰侍御謫戍軍臺〔一〕。

荷到長戈,已禦盡、九關魑魅〔二〕。尚記得、悲歌請劍〔三〕,更闌相視。慘澹烽煙邊塞月,蹉跎冰雪孤臣淚。算名成、終竟負初心,如何是。　　天難問[四],憂無已。真御史,奇男子。只我懷抑塞,愧君欲死。寵辱自關天下計,榮枯休論人間世。願無忘、珍惜百年身,君行矣。

【注】

〔一〕 安曉峰:安維峻,字曉峰,甘肅秦安人。光緒六年(1880)進士,改庶吉士,授編修。十九年(1893)轉御史。一年內先後上疏六十餘。日韓釁起,時光緒帝雖親政,遇事必請太后意旨,和戰不能獨決,及戰屢敗,世皆歸咎李鴻章主款。於是維峻上言彈劾李鴻章,內有皇太后"遇事牽制"之語,得罪慈禧,被革職發往河北張家口軍臺。時光緒二十年(1894)十二月。維峻以言獲罪,直聲震中外。光緒二十五年(1899)放還。　　軍臺:清代設在新疆、蒙古西北兩路的郵驛。專管軍報和文書的遞送。魏源《聖武記》卷一一:"故官吏有罪者,效力軍臺。"
〔二〕 九關:《楚辭·招魂》:"魂兮歸來,君無上天些。虎豹九關,啄害下人些。"王逸注:"言天門凡有九重,使神虎豹執其關閉。"王夫之通釋:"九關,九天之關。"范仲淹《乞修京城劄子》:"臣聞天有九關,帝居九重,是王者法天設險,以安萬國也。"亦指宮闕、朝廷。陸游《言懷》詩:"孰云九關遠,精意當徹聞。"
〔三〕 請劍:《漢書·朱雲傳》載,漢成帝時朱雲上書求見,云:"臣願賜尚方斬馬劍,斷佞臣(安昌侯張禹)一人以屬其餘。"激怒成帝,欲殺朱雲。朱雲攀折殿檻,忠心不改。
〔四〕 天難問:杜甫《暮春江陵送馬大卿公恩命追赴闕下》詩:"天意高難問,人情老易悲。"張元幹《賀新郎·送胡邦衡待制》詞:"天意從來高難問,況人情老易悲難訴。"

八聲甘州

送伯愚都護之任烏里雅蘇臺[一]

是男兒萬里慣長征,臨歧漫淒然。只榆關東去[二],沙蟲猿鶴[三],莽莽烽煙[四]。試問今誰健者[五],慷慨著先鞭[六]。且袖平戎策[七],乘傳行邊[八]。　　老去驚心鼙鼓,歎無多憂樂,換了華顛。儘雄虺瑣瑣[九],呵壁問蒼天。認參差、神京喬木〔一〇〕,願鋒車、歸及中興年〔一一〕。休回首、算中宵月,猶照居延〔一二〕。

【注】

〔一〕伯愚都護:志鋭(1852—1912),字公穎,號伯愚,別號窮塞主,他塔拉氏,隸滿洲正紅旗。光緒六年(1880)進士,累遷詹事,擢禮部右侍郎。爲瑾妃、珍妃之胞兄,屬光緒帝黨主戰派人物。瑾、珍二妃貶貴人,志鋭降授烏里雅蘇臺參贊大臣,時在光緒二十年(1894)冬。志鋭以副都統銜出都,故稱其"都護"。　烏里雅蘇臺:清雍正間築,爲定邊左副將軍和烏里雅蘇臺參贊大臣駐地,位於烏里雅蘇臺河北岸,在今蒙古人民共和國札布汗省會札布哈朗特。

〔二〕榆關:即山海關。古稱渝關、臨榆關、臨渝關,明改爲今名。其地古有渝水,縣與關都以水得名。在今河北省秦皇島市。亦泛指北方邊塞。

〔三〕"沙蟲"句:《藝文類聚》卷九〇引晉葛洪《抱朴子》:"周穆王南征,一軍盡化,君子爲猿爲鶴,小人爲蟲爲沙。"按,今本《抱朴子·釋滯》作:"女媧地出,杜宇天墮,夔飛犬言,山徙社移,三軍之衆,一朝盡化,君子爲鶴,小人成沙……"後因以"沙蟲猿鶴"指陣亡的將士或死於戰亂的人民。李白《古風》詩:"容顏若飛電,時景如飄風。草緑霜已白,日西月復東。華鬢不耐秋,颯然成衰蓬。古來賢聖人,一一誰成功。君子變猿鶴,小人爲沙蟲。不及廣成子,乘雲駕輕鴻。"

〔四〕烽煙:指中日甲午之戰。

〔五〕健者:有雄才大略之人。《後漢書·袁紹傳》:"紹勃然曰:'天下健者,豈惟董公。'"

〔六〕著先鞭:《世説新語·賞譽》注引《晉陽秋》曰:"劉琨與親舊書曰:'吾枕戈待旦,志梟逆虜,常恐祖生先吾著鞭耳。'"

〔七〕平戎策:辛棄疾《鷓鴣天》(壯歲旌旗)詞:"卻將萬字平戎策,換得東家種樹書。"

〔八〕乘傳:指奉命出使。蘇軾《冬季撫問陝西轉運使副口宣》:"永言乘傳之勞,未遑退食之佚。"

〔九〕雄虺:毒蛇。虺,音"灰"。《楚辭·天問》:"雄虺九首,儵忽焉在?"

〔一〇〕喬木:喻人,指憂心國事之良臣。《孟子·梁惠王下》:"孟子見齊宣王,曰:'所謂故國者,非謂有喬木之謂也,有世臣之謂也。'"顏延之《還至梁城作》詩:"故國多喬木,空城凝寒雲。"

〔一一〕鋒車：即追鋒車。常指朝廷用以徵召賢士之車。陳師道《賀亳州林樞密書》："恐坐席之未溫，而鋒車之迅召。"
〔一二〕居延：古邊塞名，遺址在今甘肅額濟納旗西北。此處藉指烏里雅蘇臺。

水　龍　吟

乙未燕九日作〔一〕。

東風不送春來，如何只送邊聲至〔二〕。斷雲閣雨〔三〕，簾櫳似水(1)，冷清清地。爐火慵溫，唐花欲謝，惱人天氣。更無端清角〔四〕，乍淒還咽，直(2)爲喚、新愁起。　　記得年年燕九，鬧銅街、春聲如沸〔五〕。香車寶馬〔六〕，青紅兒女，白雲觀裏〔七〕。節物驚心，清游誰續，好懷難理。算勝他鐵甲，衝寒墮指〔八〕，向沙場醉。

【校】
（１）"水"，《定稿》光緒三十二年本作"夢"。
（２）"直"，《定稿》京華本作"真"。

【注】
〔一〕乙未：清光緒二十一年（1895）。　　燕九：道家舊俗，正月十九日爲"燕九節"。清潘榮陛《帝京歲時紀勝・正月》"燕九"條："白雲觀建於金，舊爲太極宫，元改名曰長春宫。明正統間重修，改名白雲觀。出西便門一里。觀中塑丘真人像，白皙無鬚眉。考元大宗師長春真人丘處機赴元太祖召，拳拳以止殺爲戒。……真人生於宋紹興戊辰正月十九日，故都人至正月十九日，致酹祠下，爲燕九節。車馬喧闐，游人絡繹。"
〔二〕邊聲：指邊境警報。光緒二十年（1894）爆發中日甲午戰爭，大連、旅順、海城等地相繼失陷。
〔三〕"斷雲"句：雲散雨停。閣，同"擱"，停止。
〔四〕清角：清越的號角。姜夔《揚州慢》詞："漸黄昏，清角吹寒，都在空城。"
〔五〕銅街：洛陽銅駝街的省稱。藉指鬧市。南朝梁沈約《麗人賦》："狹斜才女，銅街麗人。"陳子昂《晦日宴高氏林亭序》："出金市而連鑣，入銅街而結駟。"
〔六〕"香車"句：王維《同比部楊員外十五夜游有懷靜者季》詩："香車寶馬共喧闐，個裏多情俠少年。"李清照《永遇樂》詞："來相召、香車寶馬，謝他酒朋詩侶。"
〔七〕白雲觀：位於今北京市西城區復興門外白雲路東側。參見前注。
〔八〕墮指：謂凍掉手指。《漢書·高帝紀下》："上從晉陽連戰，乘勝逐北，至樓煩，會大寒，士卒墮指者什二三。"

金　縷　曲

二月十六日紀夢。

夢境非耶是。是分明、親承色笑〔一〕，融融泄泄〔二〕。晴日房櫳周旋久，左右孺人稚子〔三〕。恍歷歷、少年情味。懊恨晨鐘催夢轉，擁寒衾、往事零星記。剩點點，行行淚。　　不堪衰鬢成翁矣。試回頭、卅年彈指，悲歡夢裏。難得宵來團圞樂，情話依依在耳。似遠別、匆匆分袂。若是九京(1)仍骨肉〔四〕，算此身、此日翻如寄。非耶是(2)，問誰會。

【校】
（1）"九京"，《定稿》光緒三十二年本作"九原"。
（2）"非耶是"，UBC 藏本作"空有恨"。《薇省詞鈔》同 UBC 本。

【注】
〔一〕"親承"句：指侍奉父母。承，敬詞，蒙受。色笑，指和顏悅色的態度。語本《詩·魯頌·泮水》："載色載笑，匪怒伊教。"鄭玄箋："和顏色而笑語，非有所怒，於是有所教化也。"
〔二〕"融融"句：形容和樂舒暢。語出《左傳·隱公元年》："公入而賦：'大隧之中，其樂也融融。'姜出而賦：'大隧之外，其樂也泄泄。'"
〔三〕孺人：舊時對妻的通稱，後引申指老年婦女。江淹《恨賦》："左對孺人，顧弄稚子。"
〔四〕九京：猶九泉。指地下。葉適《翁誠之墓誌銘》："不忮不求，歸全其生乎，不從古人於九京乎？"

聲聲慢

春雪書懷,和駕航京兆韻〔一〕。

雲濃堆墨,眼眩生花,餘寒尚戀茸裘。問訊東皇,遲回駕爲誰留。年時二分春到,正柳棉、糁徑風柔〔二〕。又爭信,是天公玉戲〔三〕,歷亂颼飀〔四〕。　　記得咸豐年事,幾鯨呿豕突〔五〕,春暗皇州〔六〕。三年癸丑,十年庚申,一春大雪,皆有寇警。風雪今番,泥人一樣春愁〔七〕。憑誰凍雲深處,掃欃槍、焰落觜頭〔八〕。二十四,數花風、聽雨小樓。

【注】

〔一〕　駕航:孫楫。參見前《摸魚子》(倚高寒)注。
〔二〕　糁:音"散"(上聲),散落,像米粒般散開。杜甫《絕句漫興》之七:"糁徑楊花鋪白氈,點溪荷葉疊青錢。"
〔三〕　天公玉戲:喻下雪。宋陶穀《清異錄》卷上"天公玉戲"條:"比丘清傳與一客同入湖南。客曰:'凡雪,仙人亦重之。號"天公玉戲"。'"
〔四〕　歷亂:紛亂,雜亂。鮑照《擬行路難》詩之九:"剉檗染黃絲,黃絲歷亂不可治。"　　颼飀:音"搜留",風凜冽貌。李頎《聽安萬善吹觱篥歌》:"枯桑老柏寒颼飀,九雛鳴鳳亂啾啾。"
〔五〕　"鯨呿"句:喻暴雪並暗喻時局。鯨呿,鯨張口。呿,音"區"。豕突,像野豬一樣奔突竄擾。
〔六〕　皇州:帝都,京城。鮑照《侍宴覆舟山》詩之二:"繁霜飛玉闥,愛景麗皇州。"
〔七〕　泥:阻滯,滯留。
〔八〕　"掃欃槍"二句:喻平定戰亂。欃槍,即彗星,古人以爲妖星,主兵事。觜頭,即昴星,西方白虎七宿之一,古人以爲胡星,稟肅殺之氣。

清平樂

夢中得小詞,醒而錄存之,不知於意云何也。

連天沙草。南走邯鄲道〔一〕。枕上游仙都未覺。那怪琵琶聲杳。　　烽煙滿目山河〔二〕。好春多半蹉跎。奇絶代飛燕雁〔三〕,往來不畏雲羅。

【注】
〔一〕 邯鄲道:與下句"枕上游仙"句均用唐沈既濟《枕中記》"邯鄲夢"故實:盧生在邯鄲客店中遇道士吕翁,用翁所授瓷枕酣睡而夢,夢中經歷數十年富貴榮華。及醒,店主黄粱米飯尚未煮熟。用來比喻榮華富貴如夢一場,短促而虚幻。王安石《漁家傲》詞:"貪夢好。茫然忘了邯鄲道。"
〔二〕 烽煙:指中日甲午海戰。
〔三〕 代飛燕雁:即燕雁代飛,燕子夏天來温帶,冬天歸南方;大雁冬天來温帶,夏天歸南方。西漢劉安《淮南子·地形訓》:"磁石上飛,雲母來水,土龍致雨,燕雁代飛。"

清　平　樂

次園公韻〔一〕

百年草草〔二〕。玄髮無多了〔三〕。負手長空看過鳥〔四〕。青鏡本無塵到〔五〕。　逍遥我笑南華〔六〕。華胥夢裏誰家〔七〕。好是春風浩浩,吹開吹落千花。

【注】
〔一〕 園公:所附原作稱"園公侍御"。據後《南浦》詞"寒食日憶壺山桃花",況周頤和詞作"和耘翁憶壺山桃花",《味梨集》附"並園公侍御和作"。推知"園公侍御"當指"耘翁",即鍾德祥(字西耘)。
〔二〕 百年草草:百年匆匆而過。
〔三〕 玄髮:黑髮也。宋之問《入瀧州江》詩:"鏡愁玄髮改,心負紫芝榮。"
〔四〕 負手:兩手反交於背後。《淮南子·説林訓》:"過府而負手者,希不有盗心。"
〔五〕 "青鏡"句:語本敦煌寫本《壇經》所載禪宗六祖惠能《菩提偈》:"菩提本無樹,明鏡亦非臺。本來無一物,何處惹塵埃。"
〔六〕 南華:南華真人的省稱,即莊子。《逍遥游》乃莊子的代表作。

〔七〕 華胥夢：參見前《高陽臺》（翠葉招涼）注。

南　浦

春柳。用樂笑翁春水韻〔一〕，同李髯作〔二〕。

新綠滿瀛洲〔三〕，薄寒消，又是岸容催曉。羌管漫吹愁〔四〕，東風颭、和雨和煙都掃。盈盈顧影〔五〕，疏星一點春痕小。牽惹離愁千萬縷，何必綠波芳草。　　絲絲那綰流光〔六〕，幾銷凝、寒食清明近了。繫馬認閒門〔七〕，年時約、春共踏青人到〔八〕。吟情頓渺。夕陽休倚危闌悄〔九〕。問訊絮飛隨水處，種出蘋花多少〔一〇〕。

【注】

〔一〕 樂笑翁：南宋詞人張炎。參見前《南浦》（廿四數花）注。
〔二〕 李髯：李樹屏，薊州（一作蘇州）人。半塘家塾師，課讀半塘諸孫，助半塘校詞。
〔三〕 瀛洲：與蓬萊、方丈為中國古代傳說中的三座仙山。相傳瀛洲在渤海，為東方神仙居所。此以喻北京宮苑。李白《宮中行樂詞》詩："水綠南薰殿，花紅北闕樓。鶯歌聞太液，鳳吹繞瀛洲。"
〔四〕 羌管：羌笛，笛子。范仲淹《漁家傲》詞："羌管悠悠霜滿地。人不寐。將軍白髮征夫淚。"
〔五〕 "盈盈"句：形容眉目脈脈含情，舉止神態優雅美好。晏幾道《玉樓春》詞："妝成盡任秋娘妒。裊裊盈盈當繡戶。臨風一曲醉朦騰，陌上行人凝恨去。"
〔六〕 絲絲：狀垂柳柔條。范成大《浪淘沙》詞："官柳絲絲都綠遍，猶有春寒。"
〔七〕 馬認閒門：宋俞國寶《風入松》詞："玉驄慣識西湖路，驕嘶過、沽酒壚前。"
〔八〕 踏青：中國古代習俗，自先秦以來人們在草木返青的季節紛紛出郊外散步遊玩，到唐、宋、明、清更形成一種國人的普遍風習，稱為踏青。現在稱為春游。踏春人群以農曆三月三上巳節和清明節最為火爆。甚至有人以清明節為踏青節。孟浩然《大堤行》："歲歲春草生，踏青二三月。"辛棄疾《江神子》詞："梅梅柳柳鬥纖穠。亂山中。為誰容。

試著春衫,依舊怯東風。何處踏青人未去,呼女伴,認驕驄。　　兒家門戶幾重重。記相逢。畫橋東。明日重來,風雨暗殘紅。可惜行雲春不管,裙帶褪,鬢雲鬆。"

〔九〕 "夕陽"句:歐陽修《踏莎行》詞:"樓高莫近危闌倚。平蕪盡處是春山,行人更在春山外。"辛棄疾《摸魚兒》詞:"休去倚危樓,斜陽正在,煙柳斷腸處。"

〔一〇〕 "問訊"二句:蘇軾《再次韻曾仲錫荔支》詩"楊花著水萬浮萍"。自注云:"柳至易成,飛絮落水中,經宿即爲浮萍。"清黄任《楊花》詩:"行人莫折柳青青,看取楊花可暫停。到底不知離别苦,後身還去作浮萍。"

南　浦

寒食日憶壺山桃花〔一〕,再用春水韻。

芳事説壺山,近清明,正是千林春曉。花氣潤晴嵐,溪橋外、風過麴塵如掃〔二〕。單衣乍試〔三〕,翩翩蛺蝶迎人小。怪底暖風薰欲醉,看取青紅芳草。　　眼中節物依依,便歸來、已是十年遲了。寄謝草堂靈〔四〕,新蹊畔、知否夢雲曾到。空煙杳渺。鳴鳩聲裏山容悄。坐憶陰崖題石處〔五〕,剩得墨痕多少。五嶺春明看駐馬,三山日暖聽鳴鳩。山外四望樓楹語也。

【注】

〔一〕 壺山:即今桂林市七星公園內之駱駝山。半塘祖塋及故居近焉。

〔二〕 麴塵:酒麴上所生菌。因色淡黄如塵,亦用喻指淡黄色或塵土。

〔三〕 "單衣"句:周邦彥《六醜·薔薇謝後作》:"正單衣試酒,恨客裏、光陰虛擲。"

〔四〕 草堂靈:《文選》卷四三孔稚珪《北山移文》:"鍾山之英,草堂之靈。"李善注:"梁簡文帝《草堂傳》曰:'汝南周顒,昔經在蜀,以蜀草堂寺林壑可懷,乃於鍾嶺雷次宗學館立寺,因名草堂,亦號山茨。'"草堂,代指隱居之地。

〔五〕 陰崖題石:自隋唐以來,歷代有人於桂林七星山(包括壺山)刻石題名。陰崖,背陰的山崖,即山北石巖。

虞　美　人

春衣欲試寒猶重〔一〕。愁是東風種。閒拋金彈打流鶯。不道天涯蕩子、尚關情〔二〕。　　屏山可有人行處。禁得愁如許〔三〕。拚教花落舞山香〔四〕。誰向曲中念取、惜春陽。

【注】

〔一〕"春衣"句：唐張起《春情》詩："畫閣餘寒在，新年舊燕歸。梅花猶帶雪，未得試春衣。"
〔二〕蕩子：漂泊在外的游子。唐賀蘭進明《雜曲歌辭·行路難五首》之三："蕩子從軍事征戰，蛾眉嬋娟空守閨。"
〔三〕禁得：意即"怎禁得"。
〔四〕"拚教"句：唐南卓《羯鼓錄》："（汝陽王璡）嘗戴砑絹帽打曲，上自摘紅槿花一朵，置於帽上笪處。二物皆極滑，久之方安。遂奏《舞山香》一曲，而花不墜落。上大喜，笑賜璡金器一廚。"

壽　樓　春

清明次日，星岑前輩招同省游、夔笙〔一〕，尋春江亭〔二〕，回憶曩從疇丈、鶴老游，春秋佳日，輒觴詠於此〔三〕。感逝傷今，春光如夢，西州馬策〔四〕，腹痛不禁矣。是日畲泩期而不至〔五〕，賦《壽樓春》寄懷。即用其調，索同游諸君和。

嗟春來何遲。看鼎潭皺碧〔六〕，才漾輕澌。只有潭陰新柳，向人依依。紉蘭茝、搴荘蘺〔七〕。望所思、低徊天涯。儘刻意如儂，忘機似佛，相對也淒迷。　　前塵在，思年時。記黃壚買醉〔八〕，白練題詩〔九〕。回首憑闌人遠，夢雲難持。啼鵑恨，盟鷗知。且屬君、深杯休辭〔一〇〕。算消得游情，桃花隔籬紅幾枝。

【注】

〔一〕星岑：劉泩焞，號星岑。參見前《高陽臺》（客去堂虛）注。　　省舫：勒深之。參見前《長亭怨慢》(漫商略)注。
〔二〕 江亭：即陶然亭。亭爲康熙中水部郎江藻所建，故亦稱"江亭"。
〔三〕 觴詠：飲酒賦詩。語本王羲之《蘭亭集序》："一觴一詠，亦足以暢敘幽情。"韓愈《人日城南登高》詩："令徵前事爲，觴詠新詩送。"
〔四〕 西州馬策：即馬策西州。痛悼死者之典。據《晉書·謝安傳》載，謝安卒前扶病還都經西州門，安死，其甥羊曇傷痛，"行不由西州路，嘗因石頭大醉，扶路唱樂，不覺至州門。左右白曰：'此西州門。'曇悲感不已，以馬策扣扉，誦曹子建詩曰：'生存華屋處，零落歸山丘。'慟哭而去。"
〔五〕 僉洤：傅潚字。參見前《摸魚子》(耐殘更)注。
〔六〕 鳧潭：指野鳧潭。清于敏中等撰《日下舊聞考》卷六一引《敬業堂集》云："祈穀壇西積水十餘頃，四時不竭，每旦有群鳧游泳其間，因名之曰野鳧潭。"野鳧潭蘆葦接天。建國後，經過疏濬整治，開闢爲陶然亭公園。
〔七〕 "紉蘭"句：《楚辭·離騷》："扈江離與辟芷兮，紉秋蘭以爲佩。"茝，香草名。即白芷。搴，拔取，採取。茳蘺，一作"江離"，香草名。即蘪蕪。
〔八〕 黃壚買醉：參見前《百字令》(天乎難問)注。
〔九〕 白練題詩：《宋書·羊欣傳》："(羊)欣時年十二，時王獻之爲吳興太守，甚知愛之。獻之嘗夏月入縣，欣著新絹裙晝寢，獻之書裙數幅而去。欣本工書，因此彌善。陸龜蒙《懷楊臺文楊鼎文二秀才》詩：釣具每隨輕舸去，詩題閒上小樓分。重思醉墨縱橫甚，書破羊欣白練裙。"
〔一〇〕 深杯：滿杯酒。明高啓《清平樂》詞："侍兒勸我深杯，好懷恰待舒開。"

百 字 令(1)

星岑爲題戴笠圖〔一〕，殷殷以事功相勖勉〔二〕，倚調賦謝，並致愧醉。

男兒墮地〔三〕，看風雲咫尺，幾曾心死。也識荒雞聲不惡〔四〕，無那鬢星星矣〔五〕。鉛杵生涯〔六〕，欂櫨事業〔七〕，俯仰猶餘恥。篋(2)中鳴劍〔八〕，夜深休吐光氣。　　堪歎得失雞蟲〔九〕，百年未滿〔一〇〕，寸寸彎強似。坐對畫圖心語口,襄笠諒非難事。邱壑因循〔一一〕,塵埃襯襪〔一二〕,微尚仍虛寄〔一三〕。愧君良厚,拂衣行釣雲水。

【校】
（１）"百字令",《定稿》光緒三十二年本、《清季四家詞》本作"念奴嬌"。
（２）"篋":當作"匣"。

【注】
〔一〕戴笠圖:半塘戴笠圖半身像,多人曾詠題。
〔二〕勖勉:勉勵,鼓勵。勖,讀如"序"。
〔三〕男兒墮地:陸游《壯士吟次唐人韻》詩:"男兒墮地射四方,安能山棲效園綺。"又《隴頭水》詩:"我語壯士勉自強,男兒墮地志四方。"
〔四〕荒雞聲:《世説新語·賞譽》注引《晉陽秋》曰:"（祖）逖與司空劉琨俱以雄豪著名,年二十四,與琨同辟司州主簿。情好綢繆,共被而寢,中夜聞雞鳴俱起,曰:'此非惡聲也。'"荒雞,夜鳴不時之雞也。
〔五〕鬢星星:兩鬢黑髮與白髮相間。宋周紫芝《瀟湘夜雨》詞:"人間,真夢境,新愁未了,綠鬢星星。問明年此會,誰寄幽情。"
〔六〕"鉛杵"句:指校勘之事,也即今天所謂整理校點注釋古籍。古人用鉛粉點校書籍（今印書也用鉛字）,鉛粉須用杵磨細。
〔七〕"櫂椎"句:言御史官品低微。半塘時官江西道監察御史。《資治通鑑·唐紀·武后長壽元年》:"春一月丁卯,太后引見存撫使所舉人,無問賢愚,悉加擢用。高者試鳳閣舍人、給事中,次試員外郎、侍御史、補闕、拾遺、校書郎。試官自此始。時人爲之語曰:'補闕連車載,拾遺平斗量,欋推侍御史,盌脱校書郎。'"欋推,一作"櫂椎"。欋,四齒杷。
〔八〕"篋中"二句:《晉書·張華傳》:"初吳之未滅也,斗牛之間常有紫氣。道術者皆以吳方強盛,未可圖也;惟華以爲不然。及吳平之後,紫氣愈明。……華大喜,即補焕爲豐城令。焕到縣,掘獄屋基入地四丈餘,得一石函,光氣非常。中有雙劍,並刻題,一曰龍泉,一曰太阿。其夕,斗牛間氣不復見焉。"
〔九〕得失雞蟲:即雞蟲得失。杜甫《縛雞行》詩:"小奴縛雞向市賣,雞被縛急相喧爭。家中厭雞食蟲蟻,不知雞賣還遭烹。蟲雞於人何厚薄,吾叱奴人解其縛。雞蟲得失無了時,注目寒江倚山閣。"
〔一〇〕"百年"二句:此將人生比作拉開一張強弓。蘇軾《次前韻答子由》詩:"百年不易滿,寸寸彎强弓。"
〔一一〕 "邱壑"句:留戀山水。邱壑,一作丘壑,多藉指隱者所居。謝靈運《齋中讀書》詩:"昔余游京華,未嘗廢丘壑。"
〔一二〕 襪襪:音"耐戴"。衣服粗厚臃腫,不合時宜。比喻不曉事,無能。晉程曉(季明)《嘲熱客》詩:"今世襪襪子,觸熱到人家。"明張煌言《雨中寒甚再疊前韻》:"春衣襪襪還如鐵,島樹槎枒轉似金。"
〔一三〕 微尚:微小的志趣、意願或志向。常用作謙詞。南朝宋謝靈運《初去郡》詩:"伊余秉微尚,拙訥謝浮名。"

鷓 鴣 天

近作春柳詞,同人屬和盈軸,戲題一闋於後。

新緑禁寒瘦可憐。東風糝徑欲飛綿。尋常冷眼看芳草,記得低徊十載前。　傾翠斝〔一〕,驟香韉〔二〕。小樓依約懶晴天。憑君玉笛催春醒,説到靈和意惘然〔三〕。

【注】

〔一〕 傾翠斝:指飲酒。斝,古代青銅制貯酒器,有鋬(把手)、兩柱、三足、圓口,上有紋飾,供盛酒與温酒用。盛行於殷代和西周初期。後藉指酒杯、茶杯。斝,音"假"。
〔二〕 驟香韉:騎馬快跑。韉,馬鞍。藉指馬。
〔三〕 靈和:指宮廷中的春柳。參見前《滿江紅》(十載旗亭)注。

百 字 令

夔笙舍人輯録《薇省詞鈔》成,奉題一闋。

數才昭代〔一〕,算聲名紅藥〔二〕,英光蔚起。競説陽春池上曲〔三〕,猶有高岑風致〔四〕。地迥流清,官間韻勝,雅望推中秘〔五〕。王前盧後〔六〕,題名更闢新例。　遥憶偓直從容〔七〕,詔成五色〔八〕,高詠宮槐底〔九〕。文彩百年鸞掖盛〔一〇〕,金石噌吰猶爾〔一一〕。黄蓼徵題〔一二〕,潘功甫事。紅薇讀畫〔一三〕,張温和事。想望承平事。簪裾如接〔一四〕,後來英彦誰是。

【注】

〔一〕 數才昭代：歷數當代人才。昭代，政治清明的時代。常用以稱頌本朝或當今時代。唐崔塗《問卜》詩：“不擬逢昭代，悠悠過此生。”宋陸游《朝飢示子聿》詩：“生逢昭代雖虛過，死見先親幸有辭。”

〔二〕 紅藥：芍藥花，代指中書省（薇省）。語本謝朓《直中書省》詩：“紅藥當階翻，蒼苔依砌上。”

〔三〕 “競説”句：稱頌《薇省詞鈔》所收作品爲高雅之作。陽春，古歌曲名。是一種比較高雅難學的曲子。漢李固《致黃瓊書》：“嶢嶢者易缺，皦皦者易污。《陽春》之曲，和者必寡。”後用以泛指高雅的曲調或文學作品。白居易《張十八員外以新詩二十五首見寄因題卷後》詩：“《陽春》曲調高難和，淡水交情老始知。”

〔四〕 高岑：盛唐詩人高適和岑參的合稱，爲盛唐邊塞詩歌代表詩人的專稱。杜甫《寄彭州高三十五使君適、虢州岑二十七長史參三十韻》詩：“高岑殊緩步，沈鮑得同行。”意謂高岑成名雖晚，而才學卻堪比沈約、鮑照。

〔五〕 中秘：中書省和秘書省的合稱。《魏書·伊馛傳》：“中秘二省，多諸文士。”明李東陽《送張修撰養正擢僉都御史北巡》詩：“共道臺臣出中秘，不比御史尚書郎。”

〔六〕 王前盧後：《舊唐書·楊炯傳》：“炯與王勃、盧照鄰、駱賓王以文詞齊名海內，稱爲王楊盧駱，亦號爲四傑。炯聞之，謂人曰：‘吾愧在盧前，恥居王後。’當時議者亦以爲然。”

〔七〕 儤直：官吏在官府連日值宿。王禹偁《贈濬儀朱學士》詩：“何時儤直來相伴，三入承明興漸闌。”

〔八〕 “詔成”句：晉陸翽《鄴中記》：“石季龍與皇后在觀上，爲詔書，五色紙，著鳳口中。鳳既銜詔，侍人放數百丈緋繩，轆轤回轉，鳳凰飛下，謂之鳳詔。鳳凰以木作之，五色漆畫，腳皆用金。”後因以五色詔指詔書。

〔九〕 宮槐：宮中的槐樹。《周禮》：“朝士掌建邦外朝之灋，左九棘，孤卿大夫位焉，群士在其後；右九棘，公侯伯子男位焉，群吏在其後；面三槐，三公位焉，州長衆庶在其後。”梁元帝《漏刻銘》：“宮槐晚合，月桂宵暉。”

〔一○〕 鸞披：猶鸞臺。門下省的別名。掌受天下之成事，審查詔令，駁正違失，受發通進奏狀，進請寶印等。其長官初名侍中，後又或稱左相、黃門監等。唐楊汝士《宴楊僕射新昌里第》詩：“文章舊價留鸞披，桃李新陰在鯉庭。”

〔一一〕 "金石"句：喻諸作者文章有金石之聲。噌吰，象聲詞，音"層（陰平）宏"。多用以形容鐘鼓聲。《文選》司馬相如《長門賦》："擠玉户以撼金鋪兮，聲噌吰而似鐘音。"李善注："噌吰，聲也。"

〔一二〕 "黃蓼"句：内閣中書潘曾沂，字功甫，吳縣人。曾撰《念奴嬌》（即《百字令》）詠黃蓼花徵題。其序云："蓼花黃色者，向於京師中省書見之，覓其種二十年不得。今紱庭三弟得之典籍廳階下寄歸，因屬抱沖寫藥階黃蓼圖，自題其後寄三弟。"

〔一三〕 紅薇讀畫：張温和，即張祥河（1785—1862），婁縣（今上海松江）人。字元卿，號詩舲。嘉慶二十五年（1820）進士，官工部尚書。謚温和。《薇省詞鈔》存詞 11 首。詩、書、畫氣韻筆力都有獨到處。善作擘窠大字。桂林獨秀峰之"紫袍金帶"榜書，即他題寫。充大清會典繪圖。仁宗六句，進《庚辰萬紀圖詩畫册》，稱旨。祥河所作花卉，清勁瀟灑，尤工畫梅。

〔一四〕 簪裾：古代顯貴者的服飾。藉指顯貴。《南史·張裕傳》："而茂陵之彦，望冠蓋而長懷；渭川之甿，佇簪裾而竦歎。"

浣　溪　沙

和李髯〔一〕

國色盈盈欲鬥妍。好春難得豔陽天。怨紅淒碧問誰憐〔二〕。　　也識蝶情渾漫浪，聊將鶯語致纏綿。夕陽花塢意懨懨〔三〕。

【注】

〔一〕 李髯：李樹屏。參見前《南浦》（新緑滿瀛洲）注。
〔二〕 "怨紅"句：楊冠卿《蝶戀花》詞："緑怨紅愁春不管。天涯芳草人腸斷。"
〔三〕 懨懨：精神委靡貌。亦用以形容病態。唐劉兼《春晝醉眠》詩："處處落花春寂寂，時時中酒病懨懨。"

前　調

記得排雲侍上清〔一〕。偶拈簫管學龍鳴。天風吹下是春聲。　　說與前游成悵惘,爲誰淒調獨淩兢〔二〕。絲哀竹怨不勝情〔三〕。

【注】

〔一〕 排雲：撥開雲層。郭璞《游仙詩》之六：“神仙排雲出,但見金銀臺。” 上清：道家所稱的三清境之一。《雲笈七籤》卷三：“其三清境者,玉清、上清、太清是也。亦名三天,其三天者,清微天、禹餘天、大赤天是也……靈寶君治在上清境,即禹餘天也。”亦指上清境洞玄教主靈寶天尊。

〔二〕 淩兢:亦作“淩競”。形容寒涼之境。《漢書·揚雄傳上》：“登椽欒而狃天門兮,馳閶闔而入淩兢。”

〔三〕 絲哀竹怨：形容演奏的樂曲哀怨悲切。絲竹,代表管弦樂器。

唐 多 令

四月初九日作。

春樹噪昏鴉〔一〕。春城咽暮笳。正紛紛、紅雨迷花。都是東風來往路,恁回首、便天涯。 簾幕幾重遮。深深燕子家。莫思量、舊日繁華。紙醉金迷誰會得〔二〕,已春色、一分差〔三〕。

【注】

〔一〕 “春樹”句：元陳草庵《山坡羊》曲：“晨雞初叫,昏鴉爭噪,那個不去紅塵鬧?”

〔二〕 紙醉金迷句：此句點醒,讓全詞似有宋代林升《題臨安邸》“山外青山樓外樓,西湖歌舞幾時休?暖風熏得游人醉,只把杭州作汴州”的意味。

〔三〕 “已春”句：意謂約略還剩一分春色。

思 佳 客

嘲樊老〔一〕

老入温柔似醉鄉。蹣跚羞說少年場。誰知鮑老郎當袖〔二〕,也向東風舞欲狂。　　飛絮軟,雜花香。甘蕉情緒不尋常〔三〕。李髯新句還堪繪〔四〕,壓雪蒼松映海棠。髯嘲和朿句意。

【注】

〔一〕 樊老:樊增祥(1846—1931),近代藏書家、文學家。字嘉父,號雲門,又號樊山,晚號天琴老人。湖北恩施(今屬鄂西自治州)人。光緒三年(1877)進士,選翰林院庶吉士。近代晚唐詩派代表詩人,遺詩多達三萬餘首。且擅長作賦與詞,詞集有《東濱草堂樂府》、《五十麝齋詞賡》等。

〔二〕 "誰知"句:陳師道《後山詩話》:"楊大年《傀儡詩》云:'鮑老當筵笑郭郎,笑他舞袖大琅璫。若教鮑老當筵舞,轉更琅璫舞袖長。'語俚而意切,相傳以爲笑。"鮑老,古代戲劇腳色名,此代稱樊老。琅璫,猶郎當。潦倒貌。

〔三〕 "甘蕉"句:指友情。唐彦謙《漢代》詩:"聯詩徵弱絮,思友詠甘蕉。"似與詞意不合。"甘蕉"或當作"甘蔗"。宋陳景沂《全芳備祖後集》卷四引《野史》曰:"神宗問惠卿曰:'何草不庶？獨於蔗庶,何也？'對曰:'凡草種之則正生,此側出也,所謂庶出也。'"後以"甘蔗旁出"喻老來娶妾生子。原刻本似誤。

〔四〕 李髯:李樹屏。參見前《南浦》(新綠滿瀛洲)注。

祝英臺近

次韻道希感春〔一〕

倦尋芳,慵對鏡,人倚畫闌暮。燕妒鶯猜,相向甚情緒。落英依舊繽紛,輕陰難乞〔二〕,枉多事、愁風愁雨。　　小園路。試問能幾銷凝,流光又輕誤。聯袂留春〔三〕,春去竟如許。可憐有限芳菲,無邊風月,恁都付、等閒花絮。

【注】

〔一〕 道希:文廷式。參見前《摸魚子》(卷疏簾)注。

〔二〕 "輕陰"句:護花的陰涼天氣難得。陸游《花時遍游諸家園》詩:"綠章夜奏通明殿,乞藉春陰護海棠。"

〔三〕 聯袂:衣袖相聯。喻攜手偕行。唐杜甫《暮秋遣興呈蘇渙侍御》詩:

"市北肩輿每聯袂,郭南抱甕亦隱几。"

臺　城　路

過甘石橋南園林感賦[一]。

蒼雲鬱鬱城西路,瑤源尚通人境[二]。尺五天高[三],萬千春好,想像承平觴詠[四]。匆匆醉醒。歎鳳去臺空[五],夕陽紅冷。彳亍牆陰,舊歡新恨共誰省。　　當時何限樂意,樓臺平地起,深駐韶景[六]。鶯燕逢迎,鼎鐘歌嘯[七],四壁煙霞坐領[八]。輕陰弄暝。甚刻意經營,總成銷凝[九]。彌望風塵[一〇]。暗愁生藻井[一一]。

【注】

〔一〕　甘石橋:位於今北京宣武區西部,與廣安門外大街毗鄰,跨越蓮花河。
〔二〕　瑤源:帝王的族系。泛指家世不凡的人。江淹《宋故銀青光祿大夫孫復墓誌文》:"碧葉獨秀,瑤源自清。"此似指皇家園林。
〔三〕　"尺五"句:參見前《齊天樂》(鬱蔥喬木)注。
〔四〕　承平觴詠:天下太平時期的詩酒歡會。宋晁端禮《壽星明》詞:"海寓承平,君臣相悦,樂奏徵招初遍。"
〔五〕　鳳去臺空:李白《登金陵鳳凰臺》詩:"鳳凰臺上鳳凰游,鳳去臺空江自流。"
〔六〕　韶景:美景致,好時光,常謂春景。宋曹勛《竹馬子》詞:"喜韶景才回,章臺向曉,官柳舒香縷。正和煙帶雨,遮桃映杏,東君先與。"
〔七〕　鼎鐘歌嘯:鐘鳴鼎食,歌嘯震耳。狀極爲繁華鼎盛氣象。
〔八〕　坐領:慢慢領略欣賞。坐,逐漸。陳與義《游道林嶽麓》詩:"山中日易晚,坐失羣木陰。"
〔九〕　銷凝:銷魂凝神,一種專注凝重而忘我的精神狀態。秦觀《八六子》詞:"正銷凝。黃鸝又啼數聲。"
〔一〇〕彌望:盡在視野之中,滿眼皆是。姜夔《揚州慢》詞序:"夜雪初霽,薺麥彌望。"
〔一一〕藻井:中國建築中一種頂部裝飾。一般做成向上隆起的井狀,有方形、多邊形或圓形凹面,周圍飾以各種花藻井紋、雕刻和彩繪。

多用在宮殿寶座上方、寺廟的佛壇上方位置。後來古代考究建築的中堂頂部亦常以藻井爲飾。史達祖《雙雙燕》詞："還相雕梁藻井。又軟語、商量不定。"

木 蘭 花 慢

送道希學士乞假南還[一]。

茫茫塵海裏,最神往、是歸雲[二]。看風雨縱橫,江湖頮洞,車騎紛紜。君門。回頭萬里,料不應長往戀鱸蓴[三]。淒絶江天雲樹[四],驪歌幾度聲吞[五]。　輪囷[六]。肝膽共誰論。此別更消魂。歎君去何之,天高難問[七],吾舌應捫[八]。襟痕。斑斑凝淚,算牽裾何只惜離群。煩向北山傳語,而今眞愧移文[九]。

【注】

〔一〕送道希學士乞假南還:道希,即文廷式。中日甲午戰事起,文廷式力主抗擊,上疏請罷慈禧生日慶典、召恭親王參大政;奏劾李鴻章"昏庸驕蹇、喪心誤國";諫阻和議,以爲"辱國病民,莫此爲甚"。光緒二十一年(1895)秋,文廷式與陳熾等出面贊助康有爲,倡立強學會於北京。次年二月,遭李鴻章姻親御史楊崇伊參劾,被革職驅逐出京。

〔二〕歸雲:柳永《少年游》詞:"歸雲一去無蹤跡,何處是前期?"喻歸家之願。

〔三〕鱸蓴:喻思鄉之情。《晉書·文苑列傳·張翰》:"張翰,字季鷹,吳郡吳人也。……翰因見秋風起,乃思吳中菰菜、蓴羹、鱸魚膾,曰:'人生貴得適志,何能羈宦數千里以要名爵乎!'遂命駕而歸。"蓴,又作"蒓",多年生水草。葉片橢圓形,深緑色,浮在水面,莖上和葉背有黏液,花暗紅色。嫩葉可以做湯菜,即蓴羹。

〔四〕江天雲樹:杜甫《春日憶李白》詩:"渭北春天樹,江東日暮雲。"

〔五〕驪歌:即《驪駒》歌,告別的歌。南朝劉孝綽《陪徐僕射晚宴》詩:"洛城雖半掩,愛客待驪歌。"《漢書·儒林傳·王式》:"謂歌吹諸生曰:'歌《驪駒》。'"顔師古注:"服虔曰:'逸《詩》篇名也,見《大戴禮》。客欲去歌之。'文穎曰:'其辭云"驪駒在門,僕夫俱存;驪駒在路,僕夫整駕"也。'"後因以爲典,指告別。唐韓翃《贈兗州孟都督》詩:

"願學平原十日飲,此時不忍歌《驪駒》。"明無名氏《鳴鳳記·南北分別》:"愁蘊結,心似裂,孤飛兩處風與雪,腸斷《驪駒》聲慘切。"

〔六〕 輪囷:盤曲貌。此喻心中鬱結。宋王禹偁《送光禄王寺丞通判徐方》詩:"戲馬臺荒春寂寞,斬蛇鄉古樹輪囷。"

〔七〕 "天高"句:宋楊冠卿《卜算子》:"長使英雄淚滿襟,天意高難問。"

〔八〕 "吾舌"句:握住自己舌頭不說話。《詩·大雅·抑》:"莫捫朕舌,言不可逝矣。"

〔九〕 "煩向"二句:南朝孔稚珪所作的《北山移文》,是一篇諷刺那些僞裝隱居而實求利禄之文人的文章。道希則是慷慨朝士,努力要爲朝廷做一番大事業,但苦被奸臣掣肘並陷害,不得不退避三舍,他的"南還",並不是真心要隱居山林,逃避現實,而是迫不得已。如是半塘發出"真愧移文"之反諷。

玉　漏　遲

望中春草草。殘紅卷盡,舊愁難掃。載酒園林,往日游情倦了。幾點飄零花絮,做弄得、陰晴多少。歸夢好。宵來猶記,駿鸞親到〔一〕。　　尾長翼短如何〔二〕,算愁裏聽歌,也傷懷抱。爛錦年華〔三〕,誰信春殘恁早。留取花梢日在〔四〕,休冷落、舊家池沼。吟思悄。此恨鷓鴣能道〔五〕。

【注】

〔一〕 駿鸞:參見前《摸魚子》(愛新晴)注。

〔二〕 "尾長"句:意爲難以奮飛。語本《晉書·苻堅載記下》:"堅之分氐户於諸鎮也,趙整因侍,援琴而歌曰:'阿得脂,阿得脂,博勞舊父是鸜鵒,尾長翼短不能飛,遠徙種人留鮮卑,一旦緩急語阿誰!'堅笑而不納。"

〔三〕 "爛錦"句:喻青春年華。吳文英《倦尋芳》詞:"爛錦年華,誰念故人游倦。"爛錦,燦爛如錦。

〔四〕 "留取"句:賀鑄《薄倖》詞:"厭厭睡起,猶有花梢日在。"

〔五〕 "此恨"句:指思鄉之情。古人諧鷓鴣鳴聲爲"行不得也哥哥",詩文中常用以表示思念故鄉之意。

玉漏遲

題蔣鹿潭水雲詞[一]。

玉簫沉舊譜。鼓鼙聲裏[二],暗愁如訴。濁酒孤吟,謫盡天涯風露[三]。除是楊花燕子,更誰解、漂零念汝。江上路。傷心消得,蕪城一賦[四]。　　淒涼蕙些蘭騷[五],歎哀樂無端,如相告語。煙月陳隋[六],金粉工愁爾許[七]。休怨城笳戍角[八],算聽到、無聲更苦。慵覓句。疏燈夜窗紅嫵。

【注】

〔一〕蔣鹿潭：蔣春霖(1818—1868),字鹿潭,江蘇江陰人。幼侍父荊門州任所,賦詩黃鶴樓,一時有"乳虎"之目。曾爲兩淮鹽官,咸豐二年(1852)權富安場鹽課大使。一生落拓,中年後致力於詞。作品抑鬱悲涼,多敘寫身世之感。有《水雲樓詞》二卷,補遺一卷。夏承燾《論詞絕句》評其詞集云："兵間無路問吟窗,彩筆如椽手獨扛。常浙詞流摩眼看,水雲一派接長江。"

〔二〕鼓鼙聲：代指戰爭殺伐之音。

〔三〕"濁酒"二句：范仲淹《漁家傲》詞："濁酒一杯家萬里。燕然未勒歸無計。"

〔四〕"蕪城"句：揚州爲清代兩淮鹽運衙門所在地,故以蔣氏《水雲詞》比鮑照《蕪城賦》。

〔五〕蕙些蘭騷：以屈原的《離騷》等楚辭體作品代指蔣氏詞作。史達祖《一剪梅》詞："蘭騷蕙些,無計重招。"些,楚辭語助詞,音"所"。騷,指楚辭。

〔六〕煙月陳隋：即陳隋煙月。概指南朝陳代和隋朝的歷史滄桑。清孔尚任《桃花扇·餘韻》："陳隋煙月恨茫茫,井帶胭脂土帶香。"

〔七〕金粉：喻繁華綺麗生活。吳偉業《殘畫》詩："六朝金粉地,落木更蕭蕭。"

〔八〕城笳戍角：軍樂器,藉指戰爭。唐末五代毛文錫《甘州遍》詞："蕭蕭颯颯,邊聲四起,愁聞戍角與征鼙。"

點 絳 唇

餞春

拋盡榆錢[一]，依然難買春光駐。餞春無語。腸斷春歸路。　　春去能來，人去能來否。長亭暮。亂山無數。只有鵑聲苦。

【注】
〔一〕　榆錢：榆莢。因其形似小銅錢，故稱。唐施肩吾《戲詠榆莢》："風吹榆錢落如雨，繞林繞屋來不住。"

南 鄉 子

爛醉復奚疑。紅瘦偏憐衆綠肥[一]。聽遍禽言行不得[二]，誰知。坐看春光冉冉歸。　　底事有成虧。一曲英皇遠別離[三]。待把長竿浮大澤[四]，依依。雲水微茫意轉迷。

【注】
〔一〕　"紅瘦"句：李清照《如夢令》詞："昨夜雨疏風驟。濃睡不消殘酒。試問捲簾人，卻道海棠依舊。知否？知否？應是綠肥紅瘦。"
〔二〕　禽言：指鷓鴣聲，啼叫聲如"行不得也哥哥"。
〔三〕　"一曲"句：李白《遠別離》詩："遠別離。古有皇英之二女，乃在洞庭之南、瀟湘之浦。"皇英，指娥皇、女英。傳説為堯帝之二女，舜之二妃。即屈原《九歌》中的"湘夫人"。
〔四〕　"待把"句：謂隱逸之思。長竿，釣魚竿。

東風第一枝

讀周青原落花詞[一]，生氣遠出，不落前人窠臼。與李臀約各擬一解，仍禁用飄零衰颯語意。縮紅縈綠，自愧不如臀也。軼群定應突過。

懶蕊搏空〔二〕,餘香藉草〔三〕,小庭風意初定。雅游還憶搴芳〔四〕,客思幾回忍俊〔五〕。惜春心在,待訴與、啼鵑未肯。儘勝他、柳絮輕狂,化作滿池萍冷〔六〕。　　新月上、漸移舊影。微雨過、砌成繡徑。倩將芳事勾留,彩筆試描畫幀。臨流坐久,看水面、文章輕靚〔七〕。料個人、裹入鮫綃,喚取蝶魂應醒〔八〕。

【注】

〔一〕周青原：周發春(1738—1811),字卉含,一字青原,江蘇上元人,乾隆三十年由舉人任內閣中書。

〔二〕搏空：盤旋於高空。陳亮《三部樂》詞："十朝半月,争看搏空霜鶻。"

〔三〕"餘香"句：謂花落草上。餘香,指落花。藉草,坐卧在草叢。蘇軾《浣溪沙》詞："羅襪空飛洛浦塵。錦袍不見謫仙人。攜壺藉草亦天真。"

〔四〕搴芳：採摘花草。謝靈運《山居賦》："愚假駒以表谷,涓隱巖以搴芳。"

〔五〕忍俊：含笑,忍笑。《續傳燈録·道寬禪師》："僧問：'飲光正見,爲甚麼見拈花卻微笑？'師曰：'忍俊不禁。'"

〔六〕"儘勝他"二句：蘇軾《水龍吟·次韻章質夫楊花詞》："曉來雨過,遺蹤何在。一池萍碎。"自注云："舊説楊花入水爲浮萍。驗之信然。"柳絮,即楊花。

〔七〕"看水面"句：謂花落水面,波紋也漂亮。文章,指水紋。

〔八〕"料個人"二句：謂花瓣落在那人身上,仿佛將其裹上一襲鮫綃衣裳,將蝶魂唤醒了。鮫綃,傳説中鮫人所織的綃。任昉《述異記》卷上："南海出鮫綃紗,泉室潛織,一名龍紗。其價百餘金,以爲服,入水不濡。"宋石孝友《長相思》詞："紅依稀。緑依稀。寒勒花梢開較遲。蝶魂空自迷。"

清　平　樂

禿襟窄袖〔一〕。春意微微透。好是酒闌人散後。言笑不知眉皺。　　千金一刻韶光。昵人燈影紅窗。惆悵沾泥情絮,難隨風蝶飛揚〔二〕。

【注】

〔一〕"秃襟"句：蘇軾《觀杭州鈐轄歐育刀劍戰袍》詩："秃襟小袖雕鶻盤，大刀長劍龍蛇柙。"秃襟，沒有衣領的服飾。

〔二〕"惆悵"二句：趙令畤《侯鯖録》卷三："東坡在徐州，參寥自錢塘訪之。坡席上令一妓戲求詩，參寥口占一絶云：'多謝樽前窈窕娘，好將幽夢惱襄王。禪心已作沾泥絮，不逐東風上下狂。'"

摸 魚 子

太常仙蝶來過〔一〕，賦此以志。

算年年、鶯猜燕妒，仙緣知在何許。羽衣黄暈珊珊影〔二〕，畫裏記窺眉嫵〔三〕。閒院宇。甚一晌翩然、還共行雲住。殷勤酹取。念萬里家山，三春夢影，黯黯觸愁緒。　　長安陌，莫漫蘧蘧栩栩〔四〕。軟紅都是塵土。貞元朝士無多在，憶否舊時吟侣〔五〕。休浪舞。怕望裏樓臺、不盡游仙路。蟲天掌故〔六〕。歎甕繭誰收〔七〕，金錢解幻〔八〕，爲爾幾延佇〔九〕。

【注】

〔一〕太常仙蝶：清代北京太常寺有蝴蝶通靈，曾蒙乾隆賜詩，京城當時盛傳。清人筆記亦多有記載。清戴璐《藤陰雜記》卷三："太常仙蝶，翅長毛茸，通靈解人語，呼爲老道。戊申冬，德少宗伯明捧貯盒內進呈。御賜詩云。"

〔二〕"羽衣"句：狀太常仙蝶。羽衣，仙人衣，指蝶翅。黄暈，指蝶翅的黄色暈斑。珊珊，緩慢飛動貌。

〔三〕"畫裏"句：指清代畫家多畫太常仙蝶。

〔四〕蘧蘧栩栩：悠然自得貌。《莊子·齊物論》："昔者莊周夢爲蝴蝶，栩栩然蝴蝶也。自喻適志與，不知周也。俄然覺，則蘧蘧然周也。"

〔五〕"貞元"二句：唐劉禹錫《聽舊宮中樂人穆氏唱歌》詩："曾隨織女渡天河，記得雲間第一歌。休唱貞元供奉曲，當時朝士已無多。"劉禹錫在貞元中任御史，後坐王叔文党貶逐，歷二十餘年，始以太子賓客再入朝，感念今昔，故有是語。

〔六〕"蟲天"句：謂雖爲蟲豸，卻有適應自然之天性。《莊子·庚桑楚》："唯蟲能蟲，唯蟲能天。"成玄英疏："鳥飛獸走，能蟲也；蛛網蜣丸，能天也,皆稟之造物,豈仿效之所致哉!"陸德明釋文:"一本唯(按,當指後者)作雖……言蟲自能爲蟲者,天也。"

〔七〕 甕繭:《太平廣記·女仙傳》:"(園客)嘗種五色香草積數十年,服食其實。忽有五色蛾集香草上,客收而薦之以布,生華蠶焉。至蠶出時,有一女自來助客養蠶,亦以香草飼之。蠶壯,得繭百三十枚。繭大如甕。"元揭祐民《監繡》詩:"鳳閣龍庭慶自今,羽鱗顔色組絲深。美人百巧天孫手,才士一生紅女心。願化神蠶抽甕繭,用將繄藉入瑶林。讀書補報渾無力,慚愧臨機惜寸陰。"

〔八〕 "金錢"句:太常仙蝶翅上有金錢斑紋。

〔九〕 延佇:久久滯留,流連忘返。《楚辭·離騷》:"悔相道之不察兮,延佇乎吾將反。"王逸注:"延,長也;佇,立貌。"

踏 莎 行

戲題《燕燕集》,爲李髯作〔一〕。

酒國先聲〔二〕,情天新制。矮箋書遍人人字〔三〕。非花非霧説因緣〔四〕,一波一磔傳心事。　　鴨小呼名〔五〕,貓憨醉紙。顛狂柳絮東風裏〔六〕。殷勤越網結千絲〔七〕,綺懷誰似髯夫子〔八〕。

【注】

〔一〕 李髯:李樹屏。参見前《南浦》(新緑滿瀛洲)注。

〔二〕 酒國:猶酒鄉。宋唐庚《次泊頭》詩:"潮田無惡歲,酒國有長春。"

〔三〕 矮箋:猶矮紙,短紙。陸游《春日》詩之四:"今代江南無畫手,矮箋移入放翁詩。"　　人人:用以稱親昵者。歐陽修《蝶戀花》詞:"翠被雙盤金縷鳳。憶得前春,有個人人共。"

〔四〕 "非花"句:晏幾道《虞美人》詞:"非花非霧前時見,滿眼嬌春。淺笑微顰。恨隔垂簾看未真。　　殷勤藉問家何處,不在紅塵。若是朝雲。宜作今宵夢裏人。"

〔五〕 "鴨小"句:宋朱繼芳《苕溪》詩:"居民難問姓,溪鴨自呼名。"

〔六〕 "顛狂"句:杜甫《絕句漫興九首》其五:"顛狂柳絮隨風舞,輕薄桃花逐水流。"

〔七〕 "殷勤"句:李商隱《寄成都高苗二從事》詩:"莫將越客千絲網,網得西施別贈人。"
〔八〕綺懷：猶言風月情懷。黃景仁《寫懷》詩："華思半經消月露，綺懷微懶注蟲魚。"

大　酺

詠瓶中芍藥，用清真韻[一]，同夔笙聯句[二]。

又海棠收，荼蘼過，芳事難留華屋。半塘紅扶燈畔影[三]，話豐臺消息[四]，舊游根觸。夔笙錦幄香融[五]，玉柈粉暈[六]，吟賞消他絲竹。半塘遽憐春婪尾，倚嬌憨莫負，綠醪初熟[七]。夔笙記凍徹銅瓶，閉門前度，詠梅人獨[八]。半塘番風過迅速。幾回見、蜂蝶隨雕轂[九]。夔笙未用説、清吟洛下[一〇]，影事揚州[一一]，便一作平枝，儘供題目。半塘十載東華夢[一二]，空悵惘、豔翻階曲。夔笙將離恨、黯京國。多少鉛淚[一三]，襟上猩紅如菽。半塘歲華暗驚轉燭[一四]。夔笙

【注】

〔一〕清真：北宋詞人周邦彥，自號清真居士，詞集名《清真集》。其詞《大酺》首句云："對宿煙收，春禽靜，飛雨時鳴高屋。"
〔二〕夔笙：況周頤，字夔笙。
〔三〕"紅扶"句：本指女子臉龐被燈光映紅。此喻芍藥。"扶"，通"膚"。
〔四〕豐臺：參見前《掃花游》(彎環十八)注。
〔五〕"錦幄"句：指室內香氣充溢。錦幄，錦制的帷幄。亦泛指華美的帳幕。周邦彥《少年行》詞："錦幄初溫，獸煙不斷，相對坐調笙。"
〔六〕玉柈：即玉盤。"柈"，同"盤"。《樂府詩集·相和歌辭九·董逃行五解》："奉上陛下一玉柈，服此藥可得神仙。"
〔七〕綠醪：綠色美酒。白居易《自賓客遷太子少傅分司》詩："何言家尚貧？銀榼提綠醪。"
〔八〕"記凍徹"三句：陶宗儀《南村輟耕錄》卷二八"爇梅花文"條："周申父之翰寒夜擁爐爇火，見瓶內所插折枝梅花，冰凍而枯，因取投火中，戲作下火文云：'寒勒銅瓶凍未開，南枝春斷不歸來。……'"
〔九〕雕轂：華麗的車子。轂，車輪，代指車。
〔一〇〕"清吟"句：許渾《和李相國》詩："虎帳齋中設，龍樓洛下吟。"洛

〔一一〕 "影事"句：宋代揚州以産芍藥著名。宋王觀有《揚州芍藥譜》。影事，佛教語。謂塵世間一切事皆虚幻如影。《楞嚴經》卷五："縱滅一切見聞覺知，内守幽閒，猶爲法塵分别影事。"

〔一二〕 東華夢：喻京都生涯。東華，即紫禁城東華門。

〔一三〕 鉛淚：吴文英《浪淘沙》詞："西陵人去暮潮還。鉛淚結成紅粟顆，封寄長安。"

〔一四〕 轉燭：風摇燭火。用以比喻世事變幻莫測。杜甫《佳人》詩："世情惡衰歇，萬事隨轉燭。"

蘭　陵　王

爲西耘端公題照〔一〕。

暮寒薄。春老東風漸弱。京華路，獨立蒼茫，極目關山怨飄泊。風光未蕭索。驚見⁽¹⁾摩空健鶚〔二〕。低頭拜、臣甫杜鵑〔三〕，詩卷長吟動寥闊。　披圖認約略。歎過影能留，心事難托。櫺椎園裏花爲幕〔四〕。聊五斗中聖〔五〕，一經課子，如公風趣信不惡。笑塵事休莫。　磅礴。且行樂。漫望遠低徊，書空錯愕〔六〕。清灘只在殷山北〔七〕。待相望兩地，自專一壑〔八〕。憑誰圖取，向畫裏，證舊約。

【校】

（1） 檢《詞譜》卷二七，此詞當用周邦彦《蘭陵王》（柳陰直）一體，周詞此句及後句作"誰惜。京華倦客"。《全宋詞》（唐圭璋編，中華書局1999年版，後文同）第1443頁作"誰識。京華倦客"。均藏一短韻。半塘詞此處未押韻，或據秦觀《蘭陵王》，但尾句又異。集中此調均同。立此存照。

【注】

〔一〕 西耘端公：鍾德祥（1847—1905？），字西耘，一字伯慈，號愚翁，晚號耘翁，廣西宣化（今南寧市邕寧區）人。光緒二年（1876）進士，官江南道監察御史。有《睡足齋詞鈔》一卷。按：據《蟄窠詩稿》第三册第十三頁《光緒二十一年蒼龍在乙未，距僕始生之歲今六十一矣……》詩,光緒二十一年(1895)鍾德祥自言六十一歲,推斷其當生於1834年。端公,唐代對侍御史的別稱。《通典·職官六》:"侍御史之職有四,謂推、彈、公廨、雜事,定殿中監察以下職事及進名改轉臺内之事悉主之,號爲臺端,他人稱之曰端公。"

〔二〕 鶚:鳥名。雕屬。性兇猛。比喻有才能的人。語本孔融《薦禰衡表》:"鷙鳥累百,不如一鶚,使衡立朝,必有可觀。"

〔三〕 "低頭"句:杜甫《杜鵑》詩:"杜鵑暮春至,哀哀叫其間。我見常再拜,重是古帝魂。"臣甫,杜甫自稱。杜甫《北征》詩:"中原反未已,臣甫憤所切。"

〔四〕 欋椎園:藉指鍾德祥園林,鍾曾官監察御史。宋沈樞《通鑑總類》卷二上:"長壽元年春一月丁卯,太后引見存撫使所舉人,無問賢愚悉加擢用……時人爲之語曰:補闕連車載,拾遺平斗量,欋椎侍御史,盌脱校書郎。"

〔五〕 中聖:醉酒的隱語。李白《贈孟浩然》詩:"醉月頻中聖,迷花不事君。"

〔六〕 書空:南朝宋劉義慶《世説新語·黜免》:"殷中軍被廢,在信安,終日恒書空作字。揚州吏民尋義逐之,竊視,唯作'咄咄怪事'四字而已。"

〔七〕 清灕:指桂林灕江。　　般山:當爲斑山,又名斑峰,位於今廣西南寧市邕寧區,爲邕州(南寧)名勝之一。建於清光緒四年(1878)的斑峰書院,即以此山命名,書院大門匾額、門聯及碑記均出自鍾德祥手筆。

〔八〕 "待相望"二句:指桂林、南寧兩地相近,可各自隱居。王安石《偶書》詩:"我亦暮年專一壑,每逢車馬便驚猜。"專一壑,指專居山林,隱居不出。

東風第一枝

近與李髯賦落花詞,禁用飄零哀颯語,夔笙和之,復廣其意,賦柳絮索和,好勇過我,出奇無窮,倚調奉酬,仍索李髯同作。

弱不棲塵,輕疑颺麴,空花拈出禪趣〔一〕。乍開便逐流雲,倦舞有時帶雨。兒童笑捉,愛看到、樹陰亭午〔二〕。憶飣盤、雪白河豚〔三〕,試問荻芽生否。

才散卻、香毬更聚〔四〕。便絆著、游絲肯住。任教高下隨風,不入漢南恨賦〔五〕。靚妝試了,怕綰上、雲鬟未許。記畫闌、影事依依,笑倚個儂吹處〔六〕。

【注】

〔一〕"空花"句:《五燈會元·七佛·釋迦牟尼佛》卷一:"世尊於靈山會上,拈花示衆。是時衆皆默然,唯迦葉尊者破顔微笑。世尊曰:'吾有正法眼藏,涅槃妙心,實相無相,微妙法門,不立文字,教外別傳,付囑摩訶迦葉。'"

〔二〕"兒童"二句:宋楊萬里《閒居初夏午睡起二絕句》之一:"日長睡起無情思,閒看兒童捉柳花。"亭午,正午。東晉孫綽《游天台山賦》:"爾乃羲和亭午,游氣高褰。"

〔三〕"憶飣盤"二句:蘇軾《惠崇春江晚景二首》詩之一:"竹外桃花三兩枝,春江水暖鴨先知。蔞蒿滿地蘆芽短,正是河豚欲上時。"飣盤,果物盛放於盤中。唐黃損《求爲別業》詩:"傍水野禽通體白,飣盤山果半邊紅。"荻,爲多年生草本植物,與蘆同類。

〔四〕"才散卻"二句:宋章楶《水龍吟·楊花》詞:"繡牀漸滿,香球無數,才圓卻碎。"

〔五〕"不入"句:庾信《枯樹賦》:"昔年種柳,依依漢南。"

〔六〕"記畫闌"二句:周邦彦《蝶戀花》詞:"不見舊人空舊處。對花惹起愁無數。卻倚闌干吹柳絮。"個儂,這人、那人。

八 聲 甘 州

得筱珊鄂中書〔一〕,並寄贈蔣鹿潭方彦聞詞刻〔二〕。賦此以謝。

黯消魂渾不爲離情,天涯渺愁予〔三〕。倚危闌四顧,悲生海日,歌闋山蕪。休道別來無恙,春望已模糊。説到蒼茫感,恨也何如。　自撫庭柯念遠,料楚天芳樹,一例扶疏。儘引商刻羽〔四〕,遣得旅愁無。眷風塵、舊歡零落,願祝君、飽食武昌魚〔五〕。還知否,我懷歸夢,夜夜江湖。

【注】

〔一〕筱珊:繆荃孫(1844—1919),字炎之,號筱珊。晚所居堂曰藝風,世稱藝風先生，江蘇江陰人。光緒二年(1876)進士，官至國史館總纂、學部候補參議。中國近代藏書家、校勘家、目錄學家、史學家、音韻學家、金石家。世人尊稱他爲中國近代圖書館的鼻祖。有《碧香詞》一卷。另輯《常州詞録》三十卷，《雲自在龕刻名家詞》十七種二十四卷。

〔二〕蔣鹿潭：參見前《玉漏遲・題蔣鹿潭水雲詞》注。　方彦聞：方履籛(1790—1831)，字彦聞，號術民，江蘇陽湖(今常州)人。嘉慶二十三年(1818)舉人，官閩縣知縣。博學能文，尤嗜金石文字。有《萬善花室詩存》。

〔三〕愁予：《楚辭・九歌・湘夫人》：「帝子降兮北渚，目眇眇兮愁予。」王逸注：「予，屈原自謂也。」一説猶憂愁。姜亮夫校注：「予，諸家以爲吾之藉字，實不辭。予者，……憂也。」按，後人皆用王注義。漢司馬相如《長門賦》：「衆雞鳴而愁予兮，起視月之精光。」唐皮日休《貧居秋日》詩：「亭午頭未冠，端坐獨愁予。」

〔四〕引商刻羽：謂曲調高古，講求聲律的演奏。古樂律音階有宫、商、角、徵、羽以及變徵、變宫。商聲在五音中最高，稱「引」；羽聲等較細，稱「刻」。宋玉《對楚王問》：「客有歌於郢中者……引商刻羽，雜以流徵，國中屬而和者不過數人而已；是其曲彌高，其和彌寡。」

〔五〕武昌魚：指武昌附近所産團頭魴。肉味鮮美。岑參《送費子歸武昌》詩：「秋來倍憶武昌魚，夢著只在巴陵道。」

高　陽　臺

夢亡室譙君爲外姑賦《高陽臺》詞題《秋宵待月圖》〔一〕。譙君素不工詞，夢境迷離，殊不可曉。即倚原調紀之。蟲韻，猶是夢中爲君捉刀句也。

萱樹依然〔二〕，槁砧無恙〔三〕，夜臺念爾飄蓬〔四〕。翠袖單寒〔五〕，吟聲響答秋蟲。含情欲向圓靈訴〔六〕，甚團圞、夢影匆匆。鎮難忘。笑語粧臺，舊日簾櫳。　　蒼茫身世憑誰慰，歎孤吟弔影，恨滿西風。詞筆悽涼，多時愁憶眉峰。落梅五月方聞笛〔七〕，恁無端、秋訊潛通。儘消魂。此意誰知，説與晨鐘。

【注】

〔一〕外姑：岳母。《爾雅・釋親》：「妻之父爲外舅，妻之母爲外姑。」

〔二〕 萱樹：當即萱草。古稱母親居室爲"萱堂"。後因以"萱"爲母親或母親居處的代稱。唐牟融《送徐浩》詩："知君此去情偏切，堂上椿萱雪滿頭。"

〔三〕 槁砧：亦作"藁砧"。古代處死刑，罪人席槁伏於砧上，用鈇斬之。鈇、夫諧音，後因以"槁砧"爲婦女稱丈夫的隱語。《玉臺新詠》卷一〇《古絶句四首》之一："槁砧今何在，山上復有山。何當大刀頭，破鏡飛上天。"

〔四〕 夜臺：墳墓。藉指陰間。沈約《傷美人賦》："曾未申其巧笑，忽淪軀於夜臺。"

〔五〕 翠袖：杜甫《佳人》詩："天寒翠袖薄，日暮倚修竹。"

〔六〕 圓靈：本意指天。此喻月。參見前《高陽臺》（夢短宵長）注。

〔七〕 "落梅"句：語本李白《與史郎中欽聽黃鶴樓上吹笛》詩："黃鶴樓中吹玉笛，江城五月落梅花。"

聲聲慢

六生將賦遠游〔一〕，倚聲留別，即次原韻送行。傷離念遠，憂來無端，不覺音之沉頓也。

腥餘海氣〔二〕，悲咽城笳，驚風吹換流年。滿目煙塵，酒徒空憶幽燕〔三〕。劍歌夜闌激越〔四〕，悄無端、淚盡樽前。君去也，攬江山壯采，珍重吟箋。我愧津亭楊柳〔五〕，儘陽關唱遍，猶滯歸鞍。脫鞅東華〔六〕，望來人物疑仙〔七〕。浪浪海山奏雅，怕移情、別有成連〔八〕。更甚處，覓靈均、天外問天〔九〕。

【注】

〔一〕 六生：關榕祚，字六生，廣西臨桂（今桂林市）人。光緒十六年（1890）進士，官山東道監察御史、贛州知府。

〔二〕 "腥餘"二句：指此前不久發生的中日甲午黃海之戰，清廷海軍全軍覆没。

〔三〕 "酒徒"句：感慨當時已經没有燕太子丹門客荆軻、高漸離一類的英雄了。《史記·刺客列傳》："荆軻嗜酒，日與狗屠及高漸離飲於燕市。酒酣以往，高漸離擊筑，荆軻和而歌於市中，相樂也。已而相泣，旁若無人者。"

〔四〕 "劍歌"句：李白《獻從叔當塗宰陽冰》詩："彈劍歌苦寒，嚴風起前楹。"
〔五〕 津亭：建於渡口旁的亭子。劉克莊《長相思》詞："風蕭蕭，雨蕭蕭，相送津亭折柳條。"
〔六〕 鞅：套在牛馬頸上或腹上的皮帶。引申爲羈絆。
〔七〕 "望來"句：看上去超逸如神仙中人。
〔八〕 成連：參見前《賀新涼》(寂寞閑門閉)注。
〔九〕 "靈均"句：屈原《楚辭》有作品名《天問》。

定　風　波

鵾鳩聲中醉不辭。年年佁悵綠陰時〔一〕。爭似新來情味惡。蕭索。無因説與杜康知〔二〕。　萬里驚傳天外信。愁聽。故人眉宇到今疑〔三〕。誰遣飛花隨水去。空訴。暮天風笛起相思。

【注】

〔一〕 佁悵：猶惆悵，音"抄唱"。悲傷不如意的樣子。《楚辭·九辯》："心搖悦而日幸兮，然佁悵而無冀。"
〔二〕 杜康：傳説最早造酒的人。亦藉指酒。曹操《短歌行》："何以解憂，惟有杜康。"
〔三〕 眉宇：即面目，泛指人的容貌。

摸　魚　子

鐵三有海外之行〔一〕，過我言別，並示近作《萬柳堂紀游》詞〔二〕，倚調奉答，即以贈行。

指接天、萬株翠柳，野雲何處池沼。斜陽一角滄桑影，都在斷垣荒草。愁渺渺。問可是靈和、舊植新來少〔三〕。閒鷗看飽。儘付與江潭，任他搖落，多事費憑弔〔四〕。　承平事，裙屐風流未杳〔五〕。驚心我輩重到。故家喬木君休問〔六〕，塵滿長安古道。行也好。試汗漫騎鯨、醉看榑桑曉〔七〕。歸來一笑。更載酒攜柑〔八〕，翠陰深處，快讀壯游稿。

【注】

〔一〕 鐵三：魏諴，字鐵珊，亦作鐵三、鐵衫。參見前《高陽臺》（柳外青旗）注。

〔二〕 萬柳堂：舊址位於北京崇文區廣渠門内。元代重臣廉希憲於右安門外草橋建别墅名萬柳堂，清初大學士馮溥慕其名，於廣渠門内建别墅，亦取名萬柳堂。

〔三〕 靈和：古宫殿名。參見前《滿江紅》（十載旗亭）注。

〔四〕 "儘付"三句：庾信《枯樹賦》：桓大司馬聞而歎曰："昔年種柳，依依漢南。今看摇落，悽愴江潭。樹猶如此，人何以堪！"

〔五〕 裙屐風流：即少年風流。裙屐，原指六朝貴游子弟的衣著。後泛指富家子弟的時髦裝束。北魏邢巒《請增兵糧圖蜀表》："蕭淵藻是裙屐少年，未洽治務。"清趙翼《陪松崖漕使宴集九峰園並爲湖舫之游作歌》："綺寮砥室交掩映，最玲瓏處集裙屐。"

〔六〕 故家喬木：宋陳與義《木蘭花慢》詞："慨故宫離黍，故家喬木，那忍重看。"

〔七〕 "汗漫"句：指魏諴漫游海外。汗漫，形容漫游之遠。唐陳陶《謫仙吟贈趙道士》："汗漫東游黄鶴雛，縉雲仙子住清都。"騎鯨，比喻隱遁或游仙。晁補之《少年游》詞："它日騎鯨，尚憐迷路，與問衆仙真。"榑桑，即扶桑。傳説中的神樹林，日出其下。我國舊稱日本爲扶桑國。

〔八〕 攜柑：唐馮贄《雲仙雜記》卷二引《高隱外書》："戴顒春攜雙柑斗酒，人問何之，曰：'往聽黄鸝聲。此俗耳鍼砭，詩腸鼓吹，汝知之乎？'"

三　姝　媚[(1)]

道希南歸〔一〕，途次賦詞見寄，倚調答之，即用原韻。

懷人心正苦。況闌干依然，倦紅愁舞。淚滴羅襟，數心期慵續，閑情新句。費盡春工，成就得、半天風絮。碧海沉沉〔二〕，只有嫦娥，忘去情終古。
此際潮生江步〔三〕。正酒醒扁舟，羨君歸路。風雨禁持〔四〕，料也應念我，獨弦歌處。已是啼鵑，休更説、看花如霧〔五〕。知否成連海上〔六〕，新聲换譜。

【校】

（1） 原作"三株媚"。無此詞牌名，徑改。下同。

【注】

〔一〕 道希：文廷式。參見前《摸魚子》(卷疏簾)注。
〔二〕 "碧海"三句：李商隱《嫦娥》詩："嫦娥應悔偷靈藥，碧海青天夜夜心。"
〔三〕 江步：江邊的渡口、碼頭。步，同"埠"。韋莊《江亭酒醒卻寄維揚餞客》詩："別筵人散酒初醒，江步黃昏雨雪零。"
〔四〕 禁持：折磨，使受苦。姜夔《浣溪紗》詞："雁怯重雲不肯啼，畫船愁過石塘西，打頭風浪惡禁持。"
〔五〕 看花如霧：杜甫《小寒食舟中作》詩："春水船如天上坐，老年花似霧中看。"
〔六〕 成連：參見前《賀新涼》(寂寞閒門閉)注。

三 姝 媚

疊韻示子苾並柬夢湘夔笙〔一〕。

吟情休浪苦。且逍遙期君，聽歌看舞。題遍江山，有雙鬟解唱〔二〕，酒邊奇句。落溷飄茵〔三〕，休較量、等閒花絮。燕市悲涼，不見荆高〔四〕，黯然懷古。　　記否江亭聯步〔五〕。對葭葦蒼茫，寄愁無路〔六〕。莫更銷魂，好闌干總在，斷無人處。不分西山，也難障、朝來煙霧。珍重棗花簾底〔七〕，清歌共譜。

【注】

〔一〕 子苾：張祥齡(1853—1903)，字子苾，一字子苾，號芝馥，四川漢州人。光緒二十年(1894)進士，官陝西大荔縣知縣。有《半篋秋詞》一卷、續一卷，與半塘、況周頤聯句成《和珠玉詞》一卷。　　夢湘：王以敏(1855—1921)，原名以慜，字子捷，一字夢湘，號幼遐，一號檗塢，辛亥後字古傷，湖南武陵(今常德市)人。光緒十六年(1890)進士，改庶吉士，授翰林院編修，官江西瑞州知府。有《檗塢詞存》十二卷。
〔二〕 雙鬟：指年輕歌姬。歐陽修《玉樓春》詞："金雀雙鬟年紀小。學畫蛾眉紅淡掃。盡人言語盡人憐，不解此情惟解笑。"
〔三〕 "落溷"句：《梁書‧范縝傳》："(蕭)子良問曰：'君不信因果，世間何得有富貴,何得有貧賤?'縝答曰:'人之生譬如一樹花,同發一枝,俱開一蒂,隨風而墮,自有拂簾幌墜於茵席之上,自有關籬牆落於溷糞之側。墜茵席者,殿下是也;落糞溷者,下官是也。貴賤雖復殊途,因果竟在何處?'子良不能屈,深怪之。"

〔四〕"燕市"二句:用荆軻、高漸離事。

〔五〕聯步:同行,相隨而行。岑參《寄左省杜拾遺》詩:"聯步趨丹陛,分曹限紫微。"

〔六〕"對葭葦"二句:《詩·秦風·蒹葭》:"蒹葭蒼蒼,白露爲霜。所謂伊人,在水一方。溯洄從之,道阻且長。溯游從之,宛在水中央。"

〔七〕棗花簾:清洪亮吉《北江詩話》:"吳門汪布衣縄……聞余至揚,偕江來訪,因同至傍花村看菊。坐半,江代吟其(汪縄)少日詩曰:"斟酌橋西舊酒樓,樓中夜夜唱凉州。棗花簾外初圓月,一度銷魂便白頭。"余爲之擊節。"

三　姝　媚

滿目煙塵〔一〕,欲歸不得,三用道希韻以寫懷抱。猿驚鶴怨〔二〕,思之黯然。

天涯情味苦。柁低徊江湖,片帆風舞。似水前盟,有閒鷗記得,舊題詩句。念取萍飄,翻忘卻、客身如絮〔三〕。誰與消憂,只有吾家,醉鄉千古。　卅載風塵愁步。負煙雨呼牛〔四〕,短蓑村路。老去懷鄉,似神山風引〔五〕,欲從無處。獨秀峨峨〔六〕,盼不到、楚江雲霧。剩把歸來新操〔七〕,夜凉自譜。

【注】

〔一〕煙塵:指戰亂。蕭統《七契》:"當朝有仁義之師,邊境無煙塵之驚。"

〔二〕猿驚鶴怨:寫歸隱情狀。辛棄疾《沁園春·帶湖新居將成》詞:"三徑初成,鶴怨猿驚,稼軒未來。"

〔三〕客身如絮:謂人生客跡江湖,如風中柳絮,飄忽無定所。

〔四〕呼牛:唐丘爲《泛若耶谿》詩:"日暮鳥雀稀,稚子呼牛歸。住處無鄰里,柴門獨掩扉。"

〔五〕神山風引:《史記·封禪書》:"自威、宣、燕昭使人入海求蓬萊、方丈、瀛洲。此三神山者,其傳在渤海中,去人不遠,患且至,則船風引而去。"

〔六〕 "獨秀"句：唐鄭叔齊《新開石巖記》引顏延之詩："未若獨秀者，峨峨郛邑間。"獨秀峰，位於今桂林市王城內，平地拔起，陡峭高聳，有"南天一柱"之稱。

〔七〕 新操：新琴曲。

三　姝　媚

江亭聞鳩，四用道希韻。

江亭吟思苦。聽鳴鳩淒淒〔一〕，麥風低舞〔二〕。我已無田，底快耕快割〔三〕，喚人千句。坐憶家園，正暖入、三山晴絮。三山日暖聽鳴鳩，吾鄉四望樓楹語。愧爾頻催，剩得春犁，硯田雲古〔四〕。　　回首蹇驢歸步〔五〕。記澤國梅黃，楚天郵路〔六〕。呼婦聲中〔七〕，正荷鋤無計，客腸摧處。料想明朝，風雨釀、遙天雰霧。怊悵雁鴻在野〔八〕，豳風漫譜〔九〕。

【注】

〔一〕 鳴鳩：本指斑鳩。此當指鳲鳩，即布穀鳥。其鳴聲似"布穀"及"快耕快割"，故相傳爲勸耕之鳥。

〔二〕 麥風：即麥信。江淮間指陰曆五月的信風。白居易《和微之四月一日作》詩："麥風低冉冉，稻水平漠漠。"

〔三〕 底：設疑之辭，"何"之意也。杜甫《赴青城縣出成都寄陶王二少尹》詩："文章差底病，回首興滔滔。"

〔四〕 硯田：以硯喻田。謂靠筆墨維持生計。唐庚《次泊頭》詩："硯田無惡歲，酒國有長春。"

〔五〕 蹇驢：跛蹇駑弱的驢子。《楚辭·東方朔〈七諫·謬諫〉》："駕蹇驢而無策兮，又何路之能極？"王逸注："蹇，跛也。"

〔六〕 郵路：古代設有驛站的大路。

〔七〕 呼婦：鳩聲。吳陸璣《毛詩草木鳥獸蟲魚疏》："鶻鳩灰色，無繡項。陰則屏逐其匹，晴則呼之。語曰'天將雨，鳩逐婦'是也。"

〔八〕 "怊悵"句：謂傷流民而愁苦。《詩·小雅·鴻雁》："鴻雁于飛，肅肅其羽。之子于征，劬勞于野。"雁鴻，喻流民。

〔九〕 豳風：即豳風。姜夔《齊天樂》詞："豳詩漫與。"豳詩，指《詩·豳風·七月》。《周禮·春官·鑰章》:"中春,晝擊土鼓,龡《豳詩》,以逆暑。"鄭玄注:"《豳詩》,《豳風·七月》也。""邠",同"豳"。古代諸侯國名。

三姝媚

題紅橋舊游圖^[一],五用道希韻。

簫聲空外苦^[二]。説瓊花當年,豔陽歌舞^[三]。塵劫匆匆^[四],紀游情贏得,蜀岡題句^[五]。畫裏春風,看鶴背、夢痕如絮^[六]。好是紅橋,月影波光,更無今古。　猶記雪深瓜步^[七]。乍短棹衝寒,詠梅官路。過眼繁華,悵雨絲風片^[八],玉人何處^[九]。目斷江城,應一片、緑楊籠霧。賴有千巖商略,揚州舊譜^[一〇]。

【注】

〔一〕紅橋:橋名。在今江蘇省揚州市。明崇禎時建,爲揚州游覽勝地之一。王士禛《紅橋游記》:"游人登平山堂,率至法海寺,舍舟而陸,徑必出紅橋下。橋四面皆人家荷塘,六七月間,菡萏作花,香聞數里,青簾白舫,絡繹如織,良謂勝游矣。"

〔二〕空外:野外,天外。唐太宗《大唐三藏聖教序》:"積雪晨飛,途間失地;驚沙夕起,空外迷天。"

〔三〕"説瓊花"二句:《隋書·五行志上》:"禎明初,(陳)後主作新歌詞,甚哀怨,令後宫美人習而歌之。其詞曰:'玉樹後庭花,花開不復久。'時人以歌讖,此其不久兆也。"顔師古《大業拾遺記》載隋煬帝游揚州吴公宅恍惚間遇陳後主並請張麗華舞《玉樹後庭花》事。李商隱《隋宫》詩:"地下若逢陳後主,豈宜重問《後庭花》。"瓊花,古歌曲名。即《玉樹後庭花》。

〔四〕塵劫:佛教稱一世爲一劫,無量無邊劫爲塵劫。後亦泛指塵世的劫難。《楞嚴經》卷一:"縱經塵劫,終不能得。"元好問《龍興寺閣》詩:"桑海幾經塵劫壞,江山獨恨酒腸乾。"

〔五〕"紀游"二句:宋樂史《太平寰宇記·淮南道一·揚州》:"蜀岡,《圖經》云:'今枕禪智寺,即隋之故宫。岡有茶園,其茶甘香,味如蒙頂。'"蒙頂,指蒙頂茶,産今四川名山縣蒙山上。蘇軾《歸宜興留題

〔六〕 鶴背：傳說爲修道成仙者騎坐處。司空圖《雜題》詩之二："世間不爲蛾眉誤，海上方應鶴背吟。"

〔七〕 瓜步：地名。在今江蘇省揚州市六合縣東南。有瓜步山，山下有瓜步鎮。古瓜步山南臨大江，南北朝時屢爲軍事爭奪要地。

〔八〕 雨絲風片：細雨微風。多指春景。王士禎《秦淮雜詩》之一："十日雨絲風片裏，濃春煙景似殘秋。"

〔九〕 "玉人"句：唐杜牧《寄揚州韓綽判官》詩："青山隱隱水迢迢，秋盡江南草未凋。二十四橋明月夜，玉人何處教吹簫。"

〔一〇〕 "賴有"二句：姜夔《揚州慢》詞序："千巖老人以爲有黍離之悲也。"宋詩人蕭德藻，自號千巖老人，賞識姜夔才華，以兄女妻之。

三 姝 媚

李髯、夢湘、子苾、子培、叔衡、夔笙、伯崇皆和道希韻見貽〔一〕。吟事之盛，爲十年來所未有。六用前韻答之。

休辭歌者苦。遇知音欣然，筆花飛舞〔二〕。不負平生，是錦囊收盡〔三〕，樽前名句。隔斷纖埃，看展卷、墨雲堆絮。許事慵知，一曲清商〔四〕，寄情黃古〔五〕。　　癡絕闊巾高步。儘彈指花間〔六〕，覓愁來路。人影車塵，試與君著眼，樓臺高處。且閉閒門，煙篆褭、一簾香霧。底用宮牆擫笛〔七〕，龜兹暗譜〔八〕。

【注】

〔一〕 子培：沈曾植（1850—1922），字子培，號巽齋、寐叟，又號乙庵。浙江嘉興人。光緒六年（1880）進士，官至安徽布政使。僞滿時爲學部尚書。學識淵博，工書法，詩詞皆受江西派影響。有《海日樓詩文集》《曼陀羅寱詞》等。　　叔衡：丁立鈞（1854—1902），字叔衡，號雲樵，又號衡齋，一作恒齋，丹徒（今屬江蘇）人。光緒六年（1880）進士，曾任山東沂州知府，擢兵備道。後因風疾，右手偏癱，以左手作書畫，爲世所珍。有詞見《全清詞鈔》卷二八。

〔二〕 "休辭"三句：《古詩十九首》："不惜歌者苦，但傷知音稀。"

〔三〕 錦囊：用錦製成的袋子。古人多用以藏詩稿或機密文件。李商隱《李長吉小傳》："（李賀）恒從小奚奴，騎蹇驢，背一古破錦囊，遇有所得，即書投囊中。"

〔四〕 清商：清商樂，亦泛指古樂。中國的古典音樂大致分爲三個發展階段，第一個是三國以前雅樂爲主；第二個是魏晉南北朝時代的清商樂，又名清樂；第三個是唐朝初期由清商樂吸收西域龜兹音樂而興盛的燕樂，又名宴樂。詞調音樂主要是燕樂。吴文英《還京樂・友人泛湖》（黄鐘商）詞："泛清商竟。轉銅壺敲漏，瑶牀二八青娥，環佩再整。"

〔五〕 黄古：疑指中國古典音樂。中國古典音樂的十二律制，是用三分損益法將一個八度分爲十二個不完全相等的半音的一種律制。從低到高依次爲：黄鐘，大吕，太簇，夾鐘，姑洗，仲吕，蕤賓，林鐘，夷則，南吕，無射，應鐘。因爲"黄鐘"排序在前，故稱"黄古"。

〔六〕 彈指：表示情緒激越。此處亦有彈指記拍倚聲填詞之謂。

〔七〕 宫牆擫笛：唐元稹《連昌宫詞》詩："逡巡大遍涼州徹，色色龜兹轟録續。李謩擫笛傍宫牆，偷得新翻數般曲。"自注："明皇嘗於上陽宫，夜後按新翻一曲，屬明夕，潛游燈下。忽聞酒樓上有笛奏前夕新曲，大駭之。明日，密遣捕捉笛者，詰驗之。自云：'其夕竊於天津橋玩月，聞宫中度曲，遂於橋柱上插譜記之。臣即長安少年善笛者李謩（謨）也。'明皇異而遣之。"擫笛，按笛奏曲。

〔八〕 龜兹：即龜兹樂。此句謂填詞事。參見前《徵招》（周情柳思）注。

鶯啼序(1)

子苾示讀同叔問孝廉登北固樓用夢窗荷花韻聯句近作〔一〕，沉鬱悲涼，觸我愁思，仍用原韻奉答(2)。

無言畫闌獨憑，黯吟懷似水。絮風悄、换到鵑聲，亂紅飄盡殘蕊。聽幾度、邊笳自咽〔二〕，鄉心遠逐南雲墜(3)〔三〕。悵風塵極目，棲棲總是愁思。　　沉醉休辭，浮名過羽(3)〔四〕。底英雄豎子〔五〕，儘空外、歸雁聲酸，碧山人遠莫至〔六〕。恁天涯、登臨弔古，也雲裏、帝城遥指。算長堤，芳草萋萋，解憐幽意。　　新詞讀罷，琴筑蒼涼〔七〕，想寤歌獨寐。清嘯對、江山形勝，坐念當日，名士新亭，暗傾鉛淚〔八〕。飆輪電卷，驚濤夜湧，承平簫鼓渾如夢，望神州、那不傷愁悴[九]。風沙滾滾,因君更觸前游,驚心短歌聲裏[一〇]。　長安此日[一一],斗酒重攜,且吟紅寫翠[一二]。漫省念、關山漂泊(4)[一三],海水橫飛,怕有城烏,喚人愁起。與君試向,危樓凝睇(5)。綠陰如幕芳事歇,惜流光、誰解新聲倚。從教淚滿青衫[一四],俯仰蒼茫,恨題鳳紙[一五]。

【校】

（1）　此詞用吳文英《鶯啼序》(橫塘棹穿豔錦)韻,全詞僅少數韻腳不同,格律亦略有不合。或因其用子苾與叔問聯句原韻之故。

（2）　"子苾"二句,《定稿》光緒三十二年本作"子苾示讀同叔問登北固樓用夢窗韻聯句之作"。

（3）　吳詞此句《詞譜》卷三九作"過如迅羽","羽"字是韻;《全宋詞》第7358頁作"冉冉迅羽","羽"字非韻。半塘詞此處似以"羽"字為韻而用之。

（4）　吳詞此句作"吳宮幽憩","憩"字是韻。半塘詞此處"泊"字非韻。

（5）　吳詞此句作"留連歡事","事"字是韻。半塘詞此處"睇"字是韻,但未用吳詞韻。

【注】

〔一〕　子苾:張祥齡。參見前《三姝媚》(吟情休浪苦)注。　叔問:鄭文焯(1856—1918),字叔問,一字俊臣,號小坡,晚號石芝崦主、大鶴山人,又署冷紅詞客。奉天鐵嶺(今遼寧鐵嶺縣)人,隸屬正黃旗漢軍籍。光緒元年(1875)舉人,官內閣中書。旅食蘇州,為巡撫幕客四十餘年。辛亥革命後以清遺老自居,卒葬鄧尉山。嗜好金石,精鑒賞,擅長書畫篆刻,精通醫術和音律,雅慕姜夔之為人。與王鵬運、朱祖謀、況周頤合稱為"清末四大家"。詞集有《瘦碧》、《冷紅》、《比竹餘音》、《苕雅餘集》等。其後刪存諸詞集為《樵風樂府》九卷。吳昌綬收集其生平著述,除上述五種外,還有如《說文引經考故書》、《揚雄說故》、《高麗好太王碑》、《釋文纂考》、《醫故》、《詞源斠律》、《絕妙好詞校釋》等,合刊為《大鶴山房全集》。

〔二〕　邊笳:即胡笳。我國古代北方邊地少數民族的一種樂器,類似笛子。鮑照《王昭君》詩:"霜鞞旦夕驚,邊笳中夜咽。"

〔三〕　南雲:陸機《思親賦》:"指南雲以寄款,望歸風而效誠。"

〔四〕　過羽:飄起的羽毛。喻輕微。

〔五〕　英雄豎子:《晉書·阮籍傳》:"(阮籍)嘗登廣武,觀楚漢戰處,歎曰:

'時無英雄,使豎子成名。'"豎子,對人的鄙稱。猶今言"小子"。

〔六〕 碧山:指欲歸隱的家山。

〔七〕 琴筑句:曲調悲涼。琴、筑均爲樂器。

〔八〕 "名士"二句:劉義慶《世説新語·言語》:"過江諸人每至美日,輒相邀新亭,藉卉飲宴。周侯(顗)中坐而歎曰:'風景不殊,正自有山河之異。'皆相視流涙。唯王丞相(導)愀然變色曰:'當共戮力王室,克復神州,何至作楚囚相對?'"

〔九〕 "飆輪"四句:傷感時局。清光緒二十年(1894)春,朝鮮爆發東學黨農民起義,朝鮮政府請求中國出兵幫助鎮壓。日本政府表示對中國出兵"決無他意"。但當清軍入朝時,日本以保護使館和僑民等爲名大舉侵朝,於7月25日突襲中國北洋艦隊,挑起中日甲午戰爭。戰爭打響後,兩國海軍進行了黄海大戰,北洋海軍全軍覆没。日本陸上戰鬥軍從朝鮮打到奉天(今瀋陽),佔領大片領土。光緒二十一年(1895)初又侵佔山東威海。清政府無力抗戰,敗後派直隸總督李鴻章前往日本馬關,被威逼簽署《馬關條約》。《馬關條約》(又稱《春帆樓條約》)共11款,並附有"另約"和"議訂專條"。主要内容有: 1. 中國承認朝鮮的獨立自主,廢絶中朝宗藩關係。2. 中國割讓遼東半島、臺灣及澎湖列島給日本。3. 賠償日本軍費銀二億五千萬兩。4. 開放重慶、沙市、蘇州和杭州爲商埠。5. 日本可以在中國通商口岸開設工廠。條約簽訂後,由於俄、德、法三國的干涉,日本將遼東半島退還給中國,中國付給日本"酬報"銀三千萬兩。

〔一〇〕 "驚心"句:元金仁傑《蕭何月夜追韓信》雜劇第二折,韓通道:"想自家離了淮陰。投於楚國不用。今投沛公。亦不能用。人悶悶不已,而成短歌。歌曰:'背楚投漢,氣吞山河。知音未遇,彈琴空歌。棄執戟離霸主,謀大將投蕭何。治粟以歎何補,乘駿騎而知他。'(詩曰)涙灑西風怨恨多,淮陰壯士被窮磨。魯麟周鳳皆爲瑞,時與不時争奈何。"

〔一一〕 長安:指北京。

〔一二〕 吟紅寫翠:指吟詩作詞,

〔一三〕 "漫省念"句:再次追想清廷陸軍在平壤失敗,海軍在黄海全軍覆没,國勢日衰情狀。

〔一四〕 "從教"句:白居易《琵琶行》詩:"座中泣下誰最多,江州司馬青衫濕。"

〔一五〕 鳳紙:繪有金鳳的名紙。唐時文武官誥及道家青詞用之。李商隱

《碧城》詩之三:"檢與神方教駐景,收將鳳紙寫相思。"

采　緑　吟

緑陰聯句用蘋洲韻〔一〕。此調《詞律》不載,拾遺於過片次句絲字斷句注韻〔二〕,幾無文理。鄙意脆字仄叶,與《渡江雲》換頭正合。因與夔笙賦此,以諗知者。葉氏《天籟軒詞譜》〔三〕:"前段歌拍寄誰字誤爲誰寄,宜更。"妄生枝節也。

小苑槐風静,倦聽去蜀魄林西〔四〕。餘英蘸水,紋紗換影,涼意生詩。半塘夢回香篆裹,渾難辨、曲屏幾折琉璃。似年時,湖山路,垂楊煙艇攏誰〔五〕。夔笙　　清露滴闌干,湘弦潤、新聲知更幽脆〔六〕。隔斷軟紅塵,認一桁簾衣〔七〕。半塘晝愔愔、猶剩春寒,莓牆暗、慵覓舊時題〔八〕。閒凝佇,芳樹遠天,煙外徑微。夔笙

【注】

〔一〕蘋洲:周密(1232—1298),字公謹,號草窗,仕宋爲義烏令,入元不仕。有《草窗詞》、《蘋洲漁笛譜》。

〔二〕拾遺:指《詞律拾遺》,清杜本立纂,補萬樹《詞律》。《詞律拾遺》卷四録周密《采緑吟》詞,過片次句作"蘋風度瓊絲","絲"字注韻;後接"霜管清脆"句,"脆"字未注韻。

〔三〕葉氏:葉申薌(1780—1842),字維鬱,一字葺園,號小庚,葉觀國第七子,福建閩縣人。嘉慶九年(1804)進士,分發雲南富民縣,後改官浙江寧波,官終河南河道。性情疏狂,嗜好酒與書,自許"詞顛"。詞學交游甚廣,與林則徐、梁章鉅、孫爾準、馮登府等皆有詞唱酬。有《天籟軒詞譜》傳世。

〔四〕蜀魄:猶蜀魂。鳥名。指杜鵑。相傳蜀主名杜宇,號望帝,死化爲鵑。春月晝夜悲鳴,蜀人聞之,曰:"我望帝魂也。"故稱。

〔五〕攏:使船靠岸。

〔六〕湘弦:即湘瑟,傳説湘妃所彈之弦樂器。亦泛指弦樂。湘妃,名曰娥皇、女英,本帝堯之二女,舜之二妃,即屈原《九歌》中的"湘夫人"。韓愈《送靈師》詩:"四座咸寂默,杳如奏湘弦。"孟郊《湘弦怨》詩:"湘弦少知意,孤響空踟蹰。"

〔七〕 簾衣：《梁書·夏侯亶傳》："（亶）晚年頗好音樂，有妓妾十數人，並無被服姿容，每有客，常隔簾奏之，時謂簾爲夏侯妓衣也。"後因謂簾幕爲簾衣。陸龜蒙《寄遠》詩："畫扇紅弦相掩映，獨看斜月下簾衣。"
〔八〕 苺牆：長滿臺蘚的牆壁。苺，臺蘚。

定　風　波

有寄

説到元黄事可哀[一]。江山消歇伯王才[二]。可是魚龍真曼衍[三]。誰見。狂瀾隻手挽能回[四]。　　斥鷃紛紛君莫計[五]。曾是。鏡奩長對月明開。夢裏欃槍揮劍掃[六]。一笑。驚人海上看橫來[七]。

【注】

〔一〕 元黄：即玄黄。指戰亂。清末周祥駿（春夢生）《維新夢》詩："玄黄世界群龍舞，黑白棋枰萬馬騰。"

〔二〕 伯王：霸王。霸者的尊稱。伯，通"霸"。《漢書·項籍傳贊》："羽非有尺寸，乘勢拔起隴畝之中，三年，遂將五諸侯兵滅秦，分裂天下而威海内，封立王侯，政繇羽出，號爲'伯王'，位雖不終，近古以來未嘗有也。"顔師古注："伯讀曰霸。"

〔三〕 "可是"句：喻朝政多變。魚龍曼衍，古代百戲雜耍名。由藝人執持製作的珍異動物模型表演，有幻化的情節。魚龍即所謂猞猁之獸，曼衍亦獸名。此喻虚假多變，玩弄權術。宋陸游《劍南詩稿》卷一七《小舟過御園》："盡除曼衍魚龍戲，不禁芻蕘雉兔來。"

〔四〕 "狂瀾"句：韓愈《進學解》："障百川而東之，回狂瀾於既倒。"

〔五〕 "斥鷃"句：《莊子·逍遥游》："斥鷃笑之（指鵬）曰：'彼且奚適也？我騰躍而上，不過數仞而下，翱翔蓬蒿之間，此亦飛之至也。而彼且奚適也？'"陸德明釋文引司馬彪曰："斥，小澤也。本亦作'尺'。鷃，鷃雀也。"成玄英疏："鷃雀，小鳥。"

〔六〕 欃槍：《爾雅·釋天》："彗星爲欃槍。"《漢書·天文志》："孝文後二年正月壬寅，天欃夕出西南。占曰：'爲兵喪亂。'"喻指叛亂、動亂。唐唐堯臣《金陵懷古》詩："欃槍如雲勃，鯨鯢旋自曝。"

〔七〕 看橫來：《史記·田儋列傳》載，秦末齊國貴族田横爲劉邦所敗，率五百餘人逃亡海島。劉邦命其到洛陽,他因不願對漢稱臣,於途中自殺。在海島中的五百人聞田橫死,全自殺以殉。此疑指丁汝昌等在中日甲午海戰失敗後自殺一事。

金　縷　曲

和伯崇〔一〕

此恨君知否。撫危闌、亂紅飛盡,峭風驚又〔二〕。點檢春衫愁誰見,別淚猶沾襟袖。更歷歷、愁痕凝酒。盼到蟾圓偏易缺〔三〕,問素娥、寡爲何人守〔四〕。歌不得,自箝口〔五〕。　　昨宵酒醒燈昏後。憶前歡、畫屏獨倚,夢雲僝僽。可是歸來芳菲歇,眼底韶華難負。悵碧海、沉沉何有〔六〕。看取向時歌舞伴,尚腰肢、軟鬥纖纖柳〔七〕。誰望遠,一回首。

【注】

〔一〕伯崇:劉福姚。參見前《高陽臺》(柳外青旗)注。
〔二〕峭風:冷冽的寒風。梅堯臣《唐寺丞知南雄》詩:"逆水春風峭,孤舟掛席輕。"
〔三〕蟾:傳説月中有蟾蜍,因藉指月亮。李白《雨後望月》詩:"四郊陰靄散,開户半蟾生。"
〔四〕"問素娥"句:嫦娥獨守月宫,守寡是也。此句似有托諷。
〔五〕箝口:閉嘴。不言或不敢言。《逸周書・芮良夫》:"賢智箝口,小人鼓舌。"隋楊俊(秦王)《伐陳檄蕭摩訶等文》:"……雕牆峻宇,加錦繡於土木;嚴刑酷法,陷人物於塗炭。諫士喪身,元良箝口。無道之極,自古罕聞。"
〔六〕"悵碧海"句:似指甲午海戰全軍覆没之痛。
〔七〕"看取"二句:似暗諷甲午海戰時,朝中重臣李鴻章等的軟弱無能。戰後仍然一蹶不振,完全喪失恢復之志。

踏　莎　行

五月十三夜對月,偶讀《于湖集》,有是日"月色大佳,戲作"⑴一調,依韻賦此。光景長新,古人不見,未知今夕懷抱,視公何如矣。

影淡星河,涼生庭院。依依光景人誰見。風回蟲網颭千絲,簾垂燕羽閒雙翦。　　冷落吳鉤〔一〕,徘徊越扇〔二〕。壯懷消歇成淒怨。無因放得酒腸寬〔三〕,素娥未用深深勸。

【校】

（1）　張孝祥《于湖詞》卷二有《踏莎行·五月十三日夜月甚佳戲作》一闋,《于湖集》卷三三作《踏莎行·五月十三日月甚佳》。

【注】

〔一〕　"冷落"句:喻指人才被棄置不用。吳鉤,兵器,形似劍而曲。春秋時吳人善鑄鉤,故稱。亦泛指利劍。
〔二〕　"徘徊"句:王昌齡《長信秋詞》:"奉帚平明金殿開,且將團扇共徘徊。"
〔三〕　酒腸寬:謂酒量大也。宋万俟詠《梅花引》詞:"寒梅驚破前村雪。寒雞啼破西樓月。酒腸寬。酒腸寬。家在日邊,不堪頻倚闌。"

望　江　南

前夕醉,夢到半塘灣〔一〕。新筍已抽雷後籜〔二〕,小亭猶傍舍南山。疏樹夕陽間。　　殘醉醒,攬鏡惜塵顏〔三〕。逐逐暗憐飛羽倦〔四〕,悠悠長羨嶺雲閒。人海甚時還〔五〕。

【注】

〔一〕　半塘灣:位於桂林市育才路半塘尾,廣西師範大學育才校區南門。王鵬運父親王必達墳塋在焉。後王鵬運去世亦歸葬於此。
〔二〕　"新筍"句:歐陽修《戲答元珍》詩:"殘雪壓枝猶有橘,凍雷驚筍欲抽芽。"
〔三〕　攬鏡:即持鏡,對鏡自照也。《晉書·王衍傳》:"然心不能平,在車中攬鏡自照,謂導曰:'爾看吾目光乃在牛背上矣。'"
〔四〕　"逐逐"句:謂同情飛鳥因匆忙而疲倦。逐逐,奔忙、匆忙貌。唐胡皓《奉和聖制送張尚書巡邊》詩:"棱威方逐逐,談笑坐怡怡。"

〔五〕 "人海"句：謂避開人海而回歸田園。吳文英《丹鳳吟》詞："麗景長安人海，避影繁華，結廬深寂。"

鷓　鴣　天

偶欲爲詞，率成五十五字。索解人不得也。

喚取花前金叵羅[一]。醉時了了醒時歌[二]。東風去住無憑准，奈爾雞聲馬影何[三]。　　雲慘澹，雨滂沱。金城楊柳自婆娑[四]。不知生意誰矜惜[五]，消得先生老茗柯[六]。

【注】

〔一〕 金叵羅：金制酒器。《北齊書·祖珽傳》："神武宴寮屬，於坐失金叵羅，竇泰令飲酒者皆脱帽，於珽髻上得之。"一説指飲酒用的金質吸管。

〔二〕 了了：明白，清楚。李白《代美人愁鏡》詩："明明金鵲鏡，了了玉臺前。"

〔三〕 雞聲馬影：言早起行路之無奈。元張翥《陌上花》詞："馬影雞聲，諳盡倦郵荒館。"

〔四〕 金城楊柳：《晉書·桓温傳》："温自江陵北伐，行經金城，見少爲琅邪時所種柳，皆已十圍，慨然曰：'木猶如此，人何以堪！'攀枝執條，泫然流涕。"

〔五〕 生意：生命境况。庾信《枯樹賦》："殷仲文風流儒雅，海内知名。世異時移，出爲東陽太守。常忽忽不樂，顧庭槐而歎曰：'此樹婆娑，生意盡矣。'"杜甫《追酬故高蜀州人日見寄》詩序："老病懷舊，生意可知。"

〔六〕 茗柯：猶茗芋，酩酊。大醉貌。劉義慶《世説新語·賞譽》："簡文云：劉尹茗柯有實理。"

鶯　啼　序(1)

子苾和作，淒然有離鸞之感[一]。再用前韻奉酬，亦同聲之應也。

遼天暗驚夜鵲，正宵涼似水。倚清簟、玉漏頻催，茜窗燈颭紅蕊[二]。省斷夢、羅裙怨蝶,愀然淚逐歌聲墜。悵吟魂[三],淒斷無端,頓觸離思。　　萬事驚心,百年過眼,似梅酸在子。畫梁悄、飛落輕塵,舊時雙燕又至[四]。便幺弦、鸞膠漫續[五],問誰識、淒音盈指。黯鶩飆,吹冷蘼蕪,自傷幽意[六]。　　愁蛾未展,倦眼長開,算報將不寐[七]。休感歎、釵分鏡拆[八],夢影回首,老矣黔婁[九],不禁淒淚。煙埋古寺,雲迷故國,高原馬額歸無日[一〇],儘神傷、荀倩抃憔悴[一一]。靈鵝怨極[一二],言愁我亦工愁,斷腸子規風裏。　　攜君此曲,哭向青山,蹙萬峰眉翠。況說似、臨春寫豔(1)[一三],顧影花羞,詠雪傳箋,因風絮起[一四]。天長地久,綿綿幽恨(2)[一五],清商欲和弦柱澀[一六],任低徊、寶瑟同僵倚[一七]。明朝鬢染吳霜[一八],定有秋聲,暗生故紙。

【校】
（1）　此詞仍用吳文英《鶯啼序》（橫塘棹穿豔錦）韻。吳詞此句作"吳宮幽憇","憇"字是韻。半塘詞此處"豔"字非韻。
（2）　吳詞此句作"留連歡事","事"字是韻。半塘詞此處"恨"字非韻。

【注】
〔一〕　離鸞：比喻分離的配偶。李商隱《當句有對》詩："但覺游蜂饒舞蝶,豈知孤鳳憶離鸞。"
〔二〕　茜窗：絳紅色窗紗的窗户。　　紅蕊：指燈芯。
〔三〕　吟魂：指詩情,詩思。唐李咸用《雪》詩："高樓四望吟魂斂,卻憶明皇月殿歸。"
〔四〕　"舊時"句：晏殊《浣溪沙》詞："無可奈何花落去,似曾相識燕歸來。"
〔五〕　"便幺弦"句：《海內十洲記·鳳麟洲》："鳳麟洲在西海之中央……又有山川池澤,及神藥百種,亦多仙家。煮鳳喙及麟角,合煎作膏,名之爲續弦膠,或名連金泥。此膠能續弓弩已斷之弦、刀劍斷折之金,更以膠連續之,使力士掣之,他處乃斷,所續之際終無斷也。"古以琴瑟喻夫婦,因謂喪妻曰斷弦,再娶曰續弦。
〔六〕　"吹冷"二句：漢樂府《上山采蘼蕪》："上山采蘼蕪,下山逢故夫。……將縑來比素,新人不如故。"
〔七〕　"愁蛾"三句：元稹《遣悲懷三首》之三："唯將終夜長開眼,報答平生未展眉。"愁蛾,愁眉。
〔八〕　釵分鏡拆：比喻夫妻或戀人分離。此指夫妻生死相隔。宋元吳潛《蝶戀花》詞："鏡斷釵分何處續,傷心芳草庭前綠。"參見後《謁金門》（涼恁早）注。

〔九〕 黔婁：人名。據劉向《列女傳·魯黔婁妻》載，黔婁爲春秋魯人。《漢書·藝文志》、皇甫謐《高士傳·黔婁先生》則說是齊人。隱居不仕，家貧，死時衾不蔽體。陶潛《詠貧士》之四："安貧守賤者，自古有黔婁。"後作爲貧士的代稱。元稹《遣悲懷三首》之三："謝公最小偏憐女，自嫁黔婁百事乖。"

〔一〇〕 "高原"句：魏嵇康《四言贈兄秀才入軍》詩："鴛鴦于飛，肅肅其羽。朝游高原，夕宿蘭渚。……鴛鴦于飛，嘯侶命儔。朝游高原，夕宿中洲。"

〔一一〕 荀倩：指荀粲，字奉倩。參見前《高陽臺》（夢短宵長）注。

〔一二〕 靈鶼：即鶼鶼，比翼鳥。《爾雅·釋地》："南方有比翼鳥焉，不比不飛，其名謂之鶼鶼。"晉張華《博物志》卷一〇："崇吾之山有鳥，一足一翼一目，相得而飛，名曰鶼鶼。"清納蘭性德《南鄉子·爲亡婦題照》詞："別語忒分明，午夜鶼鶼夢早醒，卿自早醒儂自夢，更更，泣盡風檐夜雨鈴。"

〔一三〕 寫豔：《南史·蘇侃傳》引蘇侃《塞客吟》："蘭含風而寫艷，菊籠泉而散英。"此當指描繪妻子形態。

〔一四〕 "詠雪"二句：劉義慶《世說新語·言語》："謝太傅寒雪日內集，與兒女講論文義。俄而雪驟，公欣然曰：'白雪紛紛何所似？'兄子胡兒曰：'撒鹽空中差可擬。'兄女曰：'未若柳絮因風起。'"

〔一五〕 "天長"二句：白居易《長恨歌》："天長地久有時盡，此恨綿綿無絕期。"

〔一六〕 清商：商聲，古代五音之一。其調淒清悲涼，故稱。《韓非子·十過》："公曰：'清商固最悲乎？'師曠曰：'不如清徵。'"杜甫《秋笛》詩："清商欲盡奏，奏苦血霑衣。"

〔一七〕 寶瑟：古樂器瑟的美稱。《漢書·金日磾傳》："何羅袖白刃從東廂上，見日磾，色變，走趨臥內欲入，行觸寶瑟，僵。"

〔一八〕 鬢染吳霜：李賀《還自會稽歌》："吳霜點歸鬢，身與塘蒲晚。脈脈辭金魚，羈臣守迍賤。"

鶯啼序

江亭感舊，用夢窗春晚韻。

疏鐘漫催暝色〔一〕，送銀蟾到户〔二〕。畫屏悄、人老樽前，青山猶是朝暮〔三〕。

認簾外、陰陰暗緑,昔年種柳成嘉樹[四]。夢江風、吹散紅綿[五],似憐萍絮[六](1)。　　少日江亭,俊侶勝賞,綣輕塵軟霧。酒痕凝、依約餘香,春衣緇盡紈素[七]。倚新聲、花嬌月困[八],誰惜取、曲中金縷[九]。證前游,指似鳧潭[一〇],舊眠汀鷺。　　雲鴻自遠,遼鶴誰招[一一],燕勞尚倦旅[一二]。儘説與、溪山無恙,廿載回首,數到晨星,感深今雨。蕭條鬢影,飄零詞筆,驚風葭葦鳴寒瀨[一三],最難忘、李郭同舟渡[一四]。期君盡醉,題詩那用紗籠,淡墨漬遍牆土[一五]。　　危闌悶倚,離恨無端,似抽絲引苧[一六]。試爲訪、荒祠酹酒,花事春闌,淒塚埋香[一七],蝶魂夜舞[一八]。閒身偷得,英游暫續[一九],秦箏低撥尋舊譜(2)[二〇]。奈清商、黯黯生弦柱[二一]。寄聲鄰笛休哀[二二],對此茫茫,暗愁任否[二三]。

【校】

（1）　上數句夢窗原詞作五字、六字兩句:"念羈情游蕩,隨風化爲輕絮。"如依此斷句,則語意頗不連貫。故不從。

（2）　夢窗原詞此句作"藍霞遼海沉過雁","雁"字非韻。

【注】

〔一〕　暝色:暮色。李白《菩薩蠻》詞:"暝色入高樓,有人樓上愁。"
〔二〕　銀蟾:月亮。柳永《傾杯樂》詞:"變韶景、都門十二,元宵三五,銀蟾光滿。"
〔三〕　"青山"句:猶言青山依舊。
〔四〕　"昔年"句:庾信《枯樹賦》:"昔年種柳,依依漢南;今看搖落,悽愴江潭。樹猶如此,人何以堪。"
〔五〕　紅綿:柳絮的美稱。柳綿常伴落紅飄墜,故稱。
〔六〕　似憐萍絮:參見前《東風第一枝》(懶蕊搏空)注。
〔七〕　"春衣"句:謂潔白的細絹春衣盡成黑色。西晉陸機《爲顧彦先贈婦》詩:"京洛多風塵,素衣化爲緇。"
〔八〕　花嬌月困:宋毛滂《調笑》詞:"花嬌葉困春相逼。燕子樓頭作寒食。"
〔九〕　"誰惜"句:唐杜秋娘《金縷衣》詩:"勸君莫惜金縷衣,勸君惜取少年時。花開堪折直須折,莫待無花空折枝。"
〔一〇〕鳧潭:在今陶然亭公園内。參見前《壽樓春》(嗟春來何遲)注。
〔一一〕遼鶴:指遼東丁令威得仙化鶴歸里事。託稱晉陶潛撰《搜神後記》卷一載,遼東人丁令威,學道後化鶴歸遼,徘徊空中而言曰:"有鳥有鳥丁令威,去家千年今始歸。"周邦彥《點絳脣》詞:"遼鶴歸來,故鄉多少傷心地。"

〔一二〕燕勞:指燕子和伯勞鳥。清孫枝蔚《無題次彭駿孫王貽上韻》:"燕勞異路東西鳥,松柏同心上下枝。"

〔一三〕寒瀨:寒涼湍急的水流。段成式《猿》詩:"影沉巴峽夜巖色,蹤絕石塘寒瀨聲。"

〔一四〕李郭同舟:《後漢書・郭太傳》:"郭太字林宗,太原界休人也。家世貧賤……乃游於洛陽。始見河南尹李膺,膺大奇之,遂相友善,於是名震京師。後歸鄉里,衣冠諸儒送至河上,車數千兩。林宗唯與膺同舟而濟,衆賓望之,以爲神仙焉。"後因以喻不分貴賤的知己相處。南朝梁陸倕《以詩代書別後寄贈》:"李郭或同舟,潘夏時方駕。"

〔一五〕"題詩"二句:唐王定保《唐摭言・起自寒苦》:"王播少孤貧,嘗客揚州惠昭寺木蘭院,隨僧齋餐。諸僧厭怠,播至,已飯矣。後二紀,播自重位出鎮是邦,因訪舊游,向之題已皆碧紗幕其上。播繼以二絶句曰:'……上堂已了各西東,慚愧闍黎飯後鐘。二十年來塵撲面,如今始得碧紗籠。'"宋吳處厚《青箱雜記》卷六:"世傳魏野嘗從萊公(寇準)游陝府僧舍,各有留題。後復同遊,見萊公之詩,已用碧紗籠護,而野詩獨否,塵昏滿壁。時有從行官妓,頗慧黠,即以袂就拂之。野徐曰:'若得常將紅袖拂,也應勝似碧紗籠。'萊公大笑。"

〔一六〕"離恨"二句:謂離愁如抽絲引麻連綿不斷。

〔一七〕埋香:謂埋葬美人。李賀《官街鼓》詩:"漢城黃柳映新簾,柏陵飛燕埋香骨。"

〔一八〕"蝶魂"句:宋史達祖《龍吟曲・問梅劉寺》詞:"夜寒幽夢飛來,小梅影下東風曉。蝶魂未冷,吾身良是,悠然一笑。"

〔一九〕英游:本指英俊之輩或才智傑出的人物。此當指與此類人物的交游。

〔二〇〕"秦箏"二句:白居易《偶於維揚牛相公處覓得箏箏未到先寄詩來走筆戲答》詩:"楚匠饒巧思,秦箏多好音。如能惠一面,何啻直雙金。玉柱調須品,朱弦染要深。會教魔女弄,不動是禪心。"

〔二一〕清商:參見前詞注。辛棄疾《太常引》詞:"無奈玉纖何。卻彈作、清商恨多。"

〔二二〕鄰笛:用向秀聞鄰笛而傷逝懷舊之典,澆心中塊壘。參見前《疏影》(幾番游屐)注。

〔二三〕 任否：能够承受得住嗎？任，承受，禁受，擔當。

三 姝 媚

倒用道希韻，柬叔衡[一]。

清琴休按譜。渺天風浪浪，海山霏霧[二]。繞遍回廊，歎雙鴛舊跡[三]，已無尋處。夢影都迷，空望斷、謝橋歡路[四]。蓮漏聲中[五]，淒絕年時，玉階隨步。　　莫更徘徊思古。聽燕語綿綿，泥人如絮。怨縷情思，倩回紋織出[六]，斷腸愁句。眼底芳菲，誰信只、楊枝工舞[七]。正是不禁離恨，賦情漫苦。

【注】

〔一〕 叔衡：丁立鈞。參見前《三姝媚》(休辭歌者苦)注。
〔二〕 "渺天"二句：舊題司空圖《二十四詩品》"豪放"條："天風浪浪，海山蒼蒼。"霏霧，濃密的大霧。
〔三〕 雙鴛：指女子的一雙繡鞋。吳文英《風入松》詞："惆悵雙鴛不到，幽階一夜苔生。"
〔四〕 "夢影"二句：晏幾道《鷓鴣天》詞："夢魂慣得無拘檢，又踏楊花過謝橋。"
〔五〕 蓮漏：即蓮花漏。古代的一種計時器。李肇《唐國史補》卷中："初，惠遠以山中不知更漏，乃取銅葉製器，狀如蓮花，置盆水之上，底孔漏水，半之則沉。每晝夜十二沉，爲行道之節，雖冬夏短長，雲陰月黑，亦無差也。"鄭谷《信美寺岑上人》詩："我來能永日，蓮漏滴階前。"
〔六〕 回紋：即回文詩，屈曲成文，詞意回環，婉如思婦愁腸百結。朱存孝在《回文類聚·序》中說："自蘇伯玉妻《盤中詩》爲肇端，竇滔妻作《璇璣圖》而大備。"《璇璣圖》是最著名的回文詩，是將回文詩用蠶絲織成一方五色錦緞。原詩共八百四十字，縱橫各二十九字，方陣縱、橫、斜、交互、正、反讀或退一字、迭一字讀均可成詩，詩有三、四、五、六、七言不等，據傳有人統計約可組成七千九百五十八首詩，被稱爲回文詩中之千古力作！
〔七〕 楊枝：白居易《不能忘情吟》序："妓有樊素者，年二十餘，綽綽有歌舞態，善唱《楊枝》。人多以曲名名之，由是名聞洛下。"後常用以爲典，泛指侍妾婢女或所思戀的女子。

八 聲 甘 州

芳菲已歇，歡事去心，濁酒孤吟，淒然念遠，不識一聲河滿[一]，視此何如耳。

甚年年花底説春歸，今年倍傷情。倚闌干不語，水分新緑，天蹙遥青[二]。點檢奚囊題句，剩得瘞花銘[三]。消受清和意，簾額塵輕[四]。　愁裏漫聽鶗鴂[五]，算天涯啼徹，都是離聲。悵故人不見，落日自高城[六]。更休逐、孤雲南望，但平林如薺野煙生[七]。家山遠、寫朱弦恨[八]，誰弔湘靈[九]。

【注】

〔一〕 河滿：《河滿子》的省稱。一作《何滿子》。舞曲名。葛立方《韻語陽秋》卷一五："白樂天云：'《河滿子》，開元中，滄州歌者臨刑進此曲以贖死，竟不得免。'"張祜《河滿子》詩："一聲河滿子，雙淚落君前。"

〔二〕 蹙：接近，迫近。　遥青：遠山。孟郊《生生亭》詩："置亭嶕嶢頭，開窗納遥青。遥青新畫出，三十六扇屏。"

〔三〕 瘞花銘：葬花的銘文。吴文英《風入松》詞："聽風聽雨過清明，愁草瘞花銘。"

〔四〕 簾額：簾子的上端。李賀《宫娃歌》："寒入罘罳殿影昏，彩鸞簾額著霜痕。"

〔五〕 "愁裏"句：宋韋驤《減字木蘭花·惜春詞》："韶華幾許。鶗鴂聲殘無覓處。莫自因循。一片花飛減卻春。"

〔六〕 "悵故"二句：唐歐陽詹《初發太原途中寄太原所思》詩："高城已不見，况復城中人。"

〔七〕 平林如薺：《顔氏家訓·勉學篇》："羅浮山記云：'望平地樹如薺。'"

〔八〕 朱弦恨：黄庭堅《登快閣》詩："朱弦已爲佳人絶，青眼聊因美酒橫。"《禮記·樂記》："《清廟》之瑟，朱弦而疏越，一倡而三歎，有遺音者矣。"

〔九〕 弔湘靈：懷屈原也。《楚辭·遠游》："使湘靈鼓瑟兮，令海若舞馮夷。"

南 鄉 子

斜月半朦明〔一〕。凍雨晴時淚未晴。倦倚香篝溫別語〔二〕,愁聽。鸚鵡催人說四更。　此恨判⁽¹⁾今生〔三〕。紅豆無根種不成。數遍⁽²⁾屏山多少路〔四〕,青青。一片煙蕪是去程。

【校】
（1）"判",《定稿》光緒三十二年本作"拚",義同。
（2）"數遍",《薇省詞鈔》作"畫裏"。

【注】
〔一〕"斜月"句：白居易《人定》詩："人定月朦明,香消枕簟清。"朦明,微明。
〔二〕香篝：熏香爐外的篾罩。
〔三〕"此恨"句：謂今生此恨長伴,無可消弭耳。周邦彦《解連環》詞："拚今生,對花對酒,爲伊淚落。"判,同"拚"。
〔四〕"數遍"句：語本宋趙令畤《蝶戀花》詞："飛燕又將歸信誤,小屏風上西江路。"

驀 山 溪

怡貞下第游粵〔一〕,作此送之。

才逢旋去聲別,黯淡津亭柳。記得落花時,慣銷凝、阻風中酒〔二〕。我知夫子,骨相異臞仙〔三〕,好珍重,少年身,莫爲傷春瘦。　煙霞痼疾〔四〕,我輩生來有。說到桂林山,夢雲飛、逐君鵾首〔五〕。征橈停處,猿鶴定相迎,煩寄謝,草堂靈〔六〕,歸計安排久。

【注】
〔一〕怡貞：待考。據詞意揣摩,應爲半塘同鄉,臨桂（今廣西桂林）人。
〔二〕阻風：行船被風所阻,喻科場失利或仕途不暢。韓偓《阻風》詩："肥鰶香秔小艛艓,斷腸滋味阻風時。"
〔三〕 骨相:舊給人或馬看相的術語,指骨骼、形體、相貌諸特徵。韓愈《韶州留別張端公使君》詩:"久欽江總文才妙,自歎虞翻骨相屯。" 臞仙:隱居山澤的仙人。蘇軾《余與李廌方叔相知久矣作詩送之》:"歸家但草淩雲賦,我相夫子非臞仙。"臞,同癯,音"曲",清瘦也。
〔四〕 煙霞痼疾:謂酷愛山水成癖。《舊唐書·隱逸傳·田游巖》:"臣泉石膏肓,煙霞痼疾,既逢聖代,幸得逍遥。"
〔五〕 鷁首:船頭。古代畫鷁鳥於船頭,故稱。薛用弱《集異記補編·葉法善》:"法善徐謂侍者曰:'取我黑符投之鷁首。'"此指船。後"征橈"亦指代船。
〔六〕 草堂:茅草蓋的堂屋。舊時文人常以"草堂"名其所居,以標遺世獨立、遠離官場之高雅風操。南朝齊孔稚珪《北山移文》:"鍾山之英,草堂之靈,馳煙驛路,勒移山庭。"唐杜甫《狂夫》詩:"萬里橋西一草堂,百花潭水即滄浪。"元王珩《巡按謁靈巖名刹禮佛焚香漫繼嚴韻》詩:"鍾山英秀草堂靈,林下相逢話愈清。聞道謀身官勇退,得閒何必待功成。"

徵　　招

叔衡米市寓齋〔一〕,舊爲許海秋我園〔二〕,符南樵嘗於此撰録《熙朝雅頌集》〔三〕。琴尊高致,得叔衡爲之繼,林亭不寂寞矣。近叔衡隱有歸志,題此以泥其行,且爲異日誌西京坊巷之一助〔四〕。

街南老樹藏詩屋,花深自然塵少。獨鶴意徘徊〔五〕,剩蒼雲休掃。吟聲聽了了。算唯許、草玄人到〔六〕。翠葆紅茵〔七〕,似留圖畫,待君幽討〔八〕。　　坐嘯〔九〕。憶承平,看風月、依然勝流煙渺〔一〇〕。琴筑後來心,耿壺天清峭〔一一〕。闌干閒處好。也分占、燕鶯昏曉。軟紅外、一壑能專〔一二〕,漫眷懷歸棹。

【注】
〔一〕 叔衡:丁立鈞。參見前《三姝媚》(休辭歌者苦)注。
〔二〕 許海秋:許宗衡(1811—1869),原名鯤,字海秋,號我園、枕星。江蘇上元(今南京)人。咸豐二年(1852)進士,改庶吉士,官內閣中書、起居注主事。有《玉井山館詩餘》一卷。　　我園：原稱壺園,位於北京宣武門外米市胡同。清道光初年徐寶善居住,後由許宗衡使用,改稱"我園"。許氏有《我園集》。

〔三〕　符南樵：符葆森(1814—1863),原名燦,字南樵,江蘇江都(今揚州市)人。咸豐元年(1851)舉人,一生窮愁潦倒,師事姚瑩,與張維屏、徐榮、朱琦爲友。著有《寄鷗館詩稿》等,輯有《國朝正雅集》等。

〔四〕　西京：指北京。

〔五〕　獨鶴：喻指叔衡。

〔六〕　草玄人：《漢書·揚雄傳下》："哀帝時,丁、傅、董賢用事,諸附離之者或起家至二千石。時雄方草《太玄》,有以自守,泊如也。"後因以"草玄人"稱揚雄或指代淡於勢利、潛心著述的文人。杜甫《酬高使君相贈》詩："草《玄》吾豈敢,賦或似相如。"

〔七〕　翠葆：形容草木青翠茂盛。杜牧《華清宮三十韻》："嫩嵐滋翠葆,清渭照紅妝。"　　紅茵：紅色的墊褥。元稹《夢游春七十韻》："鋪設繡紅茵,施張鈿妝具。"此當指開滿紅花的花壇。

〔八〕　幽討：深入尋求。尋幽探勝。杜甫《贈李白》詩："李侯金閨彥,脫身事幽討。"

〔九〕　坐嘯：閒坐吟嘯。《後漢書·黨錮傳序》載,東漢成瑨少修仁義,篤學,以清名見,任南陽太守,用岑晊(字公孝)爲功曹,公事悉委岑辦理,民間爲之謠曰："南陽太守岑公孝,弘農成瑨但坐嘯。"後因以"坐嘯"指爲官清閒或不理政事。謝朓《在郡臥病呈沈尚書》詩："坐嘯徒可積,爲邦歲已期。"

〔一〇〕　勝流：猶名流。《魏書·張纂傳》："纂頗涉經史,雅有氣尚,交結勝流。"

〔一一〕　壺天：神仙世界。暗喻壺園。

〔一二〕　"一壑"句：即一心一意歸隱。王安石《偶書》詩："我亦暮年專一壑,每逢車馬便驚猜。"

徵　　招

過觀音院追悼疇丈〔一〕,用草窗九日懷楊守齋韻〔二〕。

林梢舊灑西州淚〔三〕,驚隨暗塵飛到。吟思滿蒼煙,恨倚闌人杳(1)〔四〕。殘僧驚客老⁽²⁾。問哀樂、中年多少〔五〕。冷落招提〔六〕，夢痕重省，晚鐘催覺。　翻幸錦鯨游，胡笳怨、不入高山琴調〔七〕。愁影亂蒹葭，儘長歌欹帽〔八〕。凌雲書勢好〔九〕。與誰證、酒邊孤抱〔一〇〕。料今夜、月落屋梁⁽³⁾〔一一〕，定斷魂淒照。

【校】

（1）"杳"，《定稿》光緒三十二年本作"渺"，疑誤。草窗原詞此句作"奈曲終人杳"，"杳"字是韻。

（2）《全宋詞》第8323頁草窗原詞此句作"登臨嗟老矣"，"矣"字非韻。半塘詞此句"老"字是韻。

（3）"屋梁"，《定稿》光緒三十二年本作"梁空"。

【注】

〔一〕觀音院：故址在今北京宣武區官菜園上街。　疇丈：端木埰，字子疇。參見前《大江東去》（熙豐而後）注。

〔二〕草窗：周密（1232—1298），字公謹，號草窗。有《草窗詞》、《蘋洲漁笛譜》。　楊守齋：宋楊纘號守齋。參見前《徵招》（周情柳思憑誰契）注。

〔三〕西州淚：感舊興悲、傷悼故人之淚。參見前《探芳信》（正芳晝）注。

〔四〕倚闌人：指疇丈。

〔五〕"問哀樂"句：《晉書·王羲之傳》："謝安嘗謂羲之曰：'中年以來，傷於哀樂，與親友別，輒作數日惡。'羲之曰：'年在桑榆，自然至此，頃正賴絲竹陶寫。'"

〔六〕招提：梵語。音譯爲"拓鬥提奢"，省作"拓提"，後誤爲"招提"。其義爲"四方"。四方之僧稱招提僧，四方僧之住處稱爲招提僧坊。北魏太武帝造伽藍，創招提之名，後遂爲寺院的別稱。此指觀音院。

〔七〕"翻幸"二句：指作者反而爲端木子疇已去世，而不再經受西方列強戰爭威脅之痛感到幸運。錦鯨游，古人常以騎鯨指隱遁或仙游。此指去世。

〔八〕欹帽：帽子偏斜，寫人的醉態。元白樸《沁園春》（千載尋盟）詞："兒童笑，道先生醉矣，風帽欹斜。"

〔九〕"凌雲"句：書法氣勢凌雲。書勢，書法的意態和氣勢。晉衛恒有《四體書勢》。

〔一〇〕孤抱：超凡拔俗的志向。唐韋應物《答徐秀才》詩："清詩舞豔雪，孤抱瑩玄冰。"宋道潛《廬山雜興》詩之十二:"百舌語空林,關關催欲曉。眾鳥亦和鳴,爲我釋孤抱。"

〔一一〕 月落屋梁:杜甫《夢李白二首》之一:"落月滿屋梁,猶疑照顏色。"

西子妝慢

用夢窗韻答六笙〔一〕。

簾額曛黃,闌腰潤綠〔二〕,暖日暗籠紛霧。楊花吹淚訴春心〔三〕,賸飄零、斷萍河塊(1)〔四〕。珠塵縈舞。料難絆、歌雲爲去住〔五〕。笑相看平,儘愁侵詩鬢,風懷何許。　匆匆誤。巷陌烏衣,舊燕誰家去〔六〕。酒腸輸與帶圍寬〔七〕,系斑騅、倦嘶芳樹〔八〕。愁邊覓句。青衫恨、不堪重賦〔九〕。念家山、甚日同聽夜雨〔一○〕。

【校】

(1) "河塊",原誤作"河垬",徑改。

【注】

〔一〕 六笙:陳璚(1827—1906),字鹿笙,一字六笙、鹿生,號澹園,晚稱老鹿,廣西貴縣(今貴港市)人。清咸豐十一年(1861)廩貢,同治四年(1865)以軍功簡任浙江杭嘉湖道,官至四川布政使。工書善畫。有《隨所遇齋詩集》。今存《澹園吟草》一卷,有詞見《清詞綜補續編》卷三。

〔二〕 闌腰句:闌干與綠陰相映,中部印現綠色。

〔三〕 "楊花"句:蘇軾《水龍吟·楊花》詞:"細看來,不是楊花,點點是、離人淚。"

〔四〕 河塊:橋兩端向平地傾斜的部分。吳文英《西子妝》詞:"笑拈芳草不知名,乍凌波斷橋西塊。"

〔五〕 "料難"句:語本《列子·湯問》:"薛譚學謳於秦青,未窮青之技,自謂盡之;遂辭歸。秦青弗止;餞於郊衢,撫節悲歌,聲振林木,響遏行雲。薛譚乃謝求反,終身不敢言歸。"

〔六〕 "巷陌"二句:劉禹錫《烏衣巷》詩:"朱雀橋邊野草花,烏衣巷口夕陽斜。舊時王謝堂前燕,飛入尋常百姓家。"

〔七〕"酒腸"句：謂欲藉酒澆愁，但還是因愁緒而消瘦。酒腸，代指酒量。孟郊、韓愈《同宿聯句》："爲君開酒腸，顛倒舞相飲。"帶圍，即腰圍。舊時以帶圍的寬緊觀察身體的瘦損與壯健。

〔八〕斑騅：毛色青白相雜的駿馬。李商隱《春游》詩："橋峻斑騅疾，川長白鳥高。"

〔九〕青衫：泛指官職卑微。歐陽修《聖俞會飲》詩："嗟余身賤不敢薦，四十白髮猶青衫。"

〔一〇〕"甚日"句：韋應物《簡郡中諸生》詩："此時聽夜雨，孤燈照窗間。……惟當上客至，論詩一解顏。"

摸 魚 子

星岑見示酒邊新作〔一〕，依調酬之。

甚陰陰、綠天清潤，簾櫳猶颺花雨。琴尊卅載江湖夢，風月總輸塵土〔二〕。君莫語。問往日憑闌、可有愁如許。華年漫訴。好白練留題〔三〕，紅鹽數拍〔四〕，隨意醉鄉住。　元都觀，休說劉郎前度〔五〕。櫻桃芳訊輕誤〔六〕。舊人空剩何戡在，換了渭城歌譜〔七〕。還信否。風雨後斜陽、芳草驚非故〔八〕。青衫淚污。漫回首穠春，萬花如海，鶯囀上林樹。

【注】

〔一〕星岑：劉湜焴。參見前《高陽臺》（客去堂虛）注。

〔二〕"風月"句：周邦彥《蝶戀花》詞："一笑相逢蓬海路。人間風月如塵土。"

〔三〕"好白"句：《宋書·羊欣傳》："欣時年十二，時王獻之爲吳興太守，甚知愛之。獻之嘗夏月入縣，欣著新絹裙晝寢，獻之書裙數幅而去。欣本工書，因此彌善。"陸龜蒙《懷楊臺文楊鼎文二秀才》詩："重思醉墨縱橫甚，書破羊欣白練裙。"白練，白色熟絹。亦喻指白紙。

〔四〕"紅鹽"句：宋范鎮《東齋記》："江南有紅鹽。橄欖樹高，以紅鹽塗其樹，而子自落。"蘇軾《橄欖》詩："紛紛青子落紅鹽，正味森森苦且嚴。"紅鹽，食鹽的一種，此當代指橄欖。按橄欖可佐酒。

〔五〕"元都"二句：劉禹錫《再游玄都觀絕句》："種桃道士歸何處，前度劉郎今又來。"元都觀，即玄都觀。

〔六〕 "櫻桃"句：謂誤失預櫻桃宴機會，意即只是因小小疏忽而致未能舉進士。按：王鵬運、劉星岑二人科考均未能進士及第或賜進士出身，僅以舉人應官，引爲終生遺憾。王定保《唐摭言》卷三"慈恩寺題名游賞賦詠雜紀"條："新進士尤重櫻桃宴。"

〔七〕 "舊人"二句：劉禹錫《與歌者何戡》詩："二十餘年別帝京，重聞天樂不勝情。舊人唯有何戡在，更與殷勤唱渭城。"何戡，唐元和、長慶間之善歌者。半塘用以比星岑。戡，音"刊"。渭城歌譜，即王維《送元二使安西》詩："渭城朝雨裛輕塵，客舍青青柳色新。勸君更盡一杯酒，西出陽關無故人。"渭城，地名。本秦都咸陽，漢高祖元年改名新城，後廢。武帝元鼎三年復置，改名渭城。東漢併入長安縣。治所在今陝西咸陽東北二十里。

〔八〕 "風雨"五句：爲慰勉星岑之辭。勸其不要傷感，其功名文采已經蜚聲朝野。上林，古宮苑名。此代指朝廷。

水調歌頭

十刹海酒樓題壁〔一〕，和星岑。

舉酒爲君壽，聽我賦游仙〔二〕。雲山長此終古，何日得身閒。十載蠻鄉作郡〔三〕，一笑滄洲散髮〔四〕，鷗鳥總忘言。醉語雜清嘯，九點小齊煙〔五〕。歎人生，行樂耳〔六〕，想當然。百年局蹐塵鞅〔七〕，寬處略安便〔八〕。不見淵明雅尚，猶睇層邱獨秀，風日戀斜川〔九〕。幽意問誰識，漁唱起霞天。

【注】

〔一〕 十刹海：清富察敦崇《燕京歲時記》："十刹海俗呼河沿，在地安門外迤西，荷花最盛。"

〔二〕 賦游仙：唐錢起《登覆釜山遇道人二首》之一："花間煉藥人，雞犬和乳竇。散髮便迎客，采芝仍滿袖。郭璞賦游仙，始願今可就。"

〔三〕 "十載"句：指劉星岑官鎮遠事。參見前《高陽臺》(客去堂虛)詞。

〔四〕 "一笑"句：指辭官歸隱。滄洲，水濱。古時常用以稱隱士的居處。謝朓《之宣城郡出新林浦向板橋》詩："既歡懷禄情，復協滄洲趣。"

〔五〕 "九點"句：李賀《夢天》詩："遥望齊州九點煙，一泓海水杯中瀉。"齊州，猶中州。古時指中國。

〔六〕 人生行樂：辛棄疾《洞仙歌》詞："人生行樂耳，身後虛名，何似生前一杯酒。"
〔七〕 "百年"句：一輩子受世俗事務的束縛。局蹐，局限，受拘束。鞅，套在馬頸上的皮帶。
〔八〕 安便：安適。白居易《新秋喜涼》詩："老夫納秋候，心體殊安便。"
〔九〕 "猶睇"二句：陶潛《游斜川》詩："迴澤散游目，緬然睇層丘。雖微九重秀，顧瞻無匹儔。"風日，風光。

驀　山　溪

流雲試雨〔一〕，潤逼琴絲緩〔二〕。池館綠陰濃，炫金英、小槐黃綻〔三〕。營巢燕子，日永哺雛忙，爐煙定、漏聲遲，涼意生羅扇。　　懷人斷句〔四〕，閒劃闌干遍。不是愛言愁，一回吟、一程人遠。試燈時候〔五〕，數過楝花風，曾幾日，又新蟬。此恨憑誰遣〔六〕。

【注】

〔一〕 試雨：初雨。王夫之《新梅》詩："試雨禁風始出胎，根苗忘盡舊亭臺。"
〔二〕 "潤逼"句：因空氣濕潤而使琴弦變得鬆弛。周邦彥《大酺・春雨》詞："潤逼琴絲，寒侵枕障，蟲網吹黏簾竹。"
〔三〕 "炫金英"句：指槐樹開金黃色耀眼的花。
〔四〕 斷句：時斷時續之句也。
〔五〕 試燈：舊俗陰曆正月十五日元宵節晚上張燈，以祈豐稔，未到元宵節而張燈預賞謂之試燈。李清照《臨江仙》詞："試燈無意思，踏雪沒心情。"
〔六〕 "數過"四句：謂春盡夏來。宋陳元靚《歲時廣記》卷一"花信風"條："《東皋雜錄》：江南自初春至初夏五日一番風候，謂之花信風。梅花風最先，楝花風最後，凡二十四番，以爲寒絶也。"

西　河

用清真韻送雲階同卿歸里〔一〕。

分攜地。東門帳飲空記〔二〕。鞭絲指處是天涯，馬頭雲起〔三〕。舳艫回首淚應揮〔四〕,煙埃蒼莽無際。　　篋(1)中劍,天外倚〔五〕。玉驄那便長繫。請纓莫漫説榆關〔六〕,暗迷舊壘。知君去國寂寥心,拂衣不爲雲水〔七〕。　　玉簪翡翠水國市。羨巾車、來往鄉里〔八〕。自顧倦游身世。久長歌弔影〔九〕,黄塵愁對〔一〇〕。何日尋君煙波裏(2)〔一一〕。

【校】

（1）　篋,當作"匣"。
（2）　此詞末三句斷句於半塘原意頗合,對字是韻。清真原三句作:"入尋常、巷陌人家,相對如説興亡,斜陽裏。"對字在句中,非韻。如以清真《西河·金陵懷古》詞所用詞律讀半塘此詞,則頗覺後三句語意破碎。

【注】

〔一〕　雲階:岑春煊(1861—1933),字雲階,自號炯堂老人,廣西西林人。光緒十一年(1885)舉人,十八年補授光禄寺少卿,旋遷太僕寺少卿,署大理寺正卿。戊戌變法期間岑春煊趕赴京都,與維新派人士多有往還。光緒二十四年以力主變法維新而得光緒帝青睞,提任廣東布政使。官至四川總督。　　同卿:太僕卿之別稱,掌管輿馬和畜牧等事。
〔二〕　帳飲:謂在郊野張設帷帳,宴飲送别。《晉書·石崇傳》:"(石崇)出爲征虜將軍……崇有別館在河陽之金谷,一名梓澤;送者傾都,帳飲於此焉。"
〔三〕　"馬頭"句:雲霧在馬前出現。多指雨中山行之景。薩都剌《偕廉公亮游鍾山》詩:"十里松風吹酒醒,馬頭雲氣碧崚嶒。"
〔四〕　甋棱:宮闕上轉角處的瓦脊成方角棱瓣之形。亦藉指宮闕或京城。秦觀《赴杭倅至汴上作》詩:"俯仰甋棱十載間,扁舟江海得身閒。"
〔五〕　天外倚:戰國宋玉《大言賦》:"楚襄王與唐勒、景差、宋玉游於陽雲之臺……宋玉曰:'方地爲車,圓天爲蓋,長劍耿耿倚天外。'"
〔六〕　請纓:《漢書·終軍傳》:"南越與漢和親,乃遣軍使南越,説其王,欲令入朝,比内諸侯。軍自請:'願受長纓,必羈南越王而致之闕下。'"後以"請纓"指自告奮勇請求殺敵。　　榆關:一般指今河北省撫寧縣榆關鎮,但古代"榆關"是範圍廣泛的軍事防區概念,南至海,北至山,東至山海關,西北抵青龍都山,地域要遠遠大於今榆關鎮所轄地域。隋唐時期,榆關作爲中原漢王朝防禦遼東高麗入侵的重要的軍

〔七〕"知君"二句：謂岑春煊本非真心歸隱。去國，離開京城。拂衣，振衣而去。謂歸隱。殷仲文《解尚書表》："進不能見危授命，忘身殉國；退不能辭粟首陽，拂衣高謝。"

〔八〕巾車：有帷幕的車子，此指官員所乘之車。宋胡銓《好事近》詞："囊錐剛要出頭來，不道甚時節。欲駕巾車歸去，有豺狼當轍。"

〔九〕吊影：對影自憐。喻孤獨寂寞。謝朓《拜中軍記室辭隋王箋》："輕舟反溯，吊影獨留。"

〔一〇〕黃塵：比喻俗世、塵世。明高啓《江上晚眺圖》詩："觀圖忽起滄洲想，身墮黃塵又幾年。"

〔一一〕何日句：宋向子諲《浣溪沙》詞："樂在煙波釣是閒。草堂松桂已勝攀。梢梢新月幾回彎。　一碧太湖三萬頃，屹然相對洞庭山。狂風浪起且須還。"

解　連　環

用夢窗别石帚韻餞叔梅〔一〕。

離腸絲結。折垂楊易盡，送人無極。正怨笛、流恨關山〔二〕，漫凝想風雲，洞天春色。淚沁蘭襟〔三〕，夢香徑、暗迷南北。算分茶頌酒〔四〕，往日俊游，儘消追憶。　繁華似憐浪擲。向吟邊見我，詩鬢輕白。黯别情、愁入溪藤〔五〕，定難忘茜窗，露垂秋碧〔六〕。倦枕明朝，與誰聽、海門風汐〔七〕。只依依、玉蟾萬里，夜光共得〔八〕。

【注】

〔一〕叔梅：未詳。或爲清末畫家叔梅，今世間存其1879年所作紙本扇面設色花鳥，爲珍貴文物。

〔二〕怨笛：王之涣《涼州詞》詩："羌笛何須怨楊柳，春風不度玉門關。"楊萬里《聞子規》詩："怨笛哀箏總不如，一聲聲徹九天虚。"

〔三〕蘭襟：芬芳的衣襟，喻知心朋友。盧照鄰《哭明堂裴主簿》詩："遂痛蘭襟斷，徒令寶劍懸。"

〔四〕分茶：宋元時煎茶之法。注湯後用箸攪茶乳，使湯水波紋幻變成種種形狀。陸游《臨安春雨初霽》詩:"矮紙斜行閒作草,晴窗細乳戲分茶。" 頌酒:《文選》卷二一顏延之《五君詠·劉參軍》詩:"《頌酒》雖短章,深衷自此見。"李善注:"《頌酒》,即《酒德頌》也。"劉伶有《酒德頌》。此指飲酒。

〔五〕 愁入溪藤:意謂愁情牽掛,有萬不得已、無可奈何的難言之隱在。語本黃庭堅《寄黃幾復》詩:"想得讀書頭已白,隔溪猿哭瘴溪藤。"

〔六〕 秋碧:澄碧的秋空。韋莊《贈峨嵋山彈琴李處士》詩:"茫茫四海本無家,一片愁雲揚秋碧。"

〔七〕 海門:内河通海之處。韋應物《賦得暮雨送李冑》:"海門深不見,浦樹遠含滋。"

〔八〕 "只依依"二句:同蘇軾《水調歌頭》"但願人長久,千里共嬋娟"句意。

解 連 環

同人小集西爽閣〔一〕,再用夢窗韻。

虛檐綺結。敞瓊筵高處〔二〕,醉鄉寬極〔三〕。送暮靄、鶩外霞明〔四〕,看影瀉青尊,隔城山色〔五〕。莫倚危闌,空悵望、舳棱天北。且籌花佇月〔六〕,漫遣勝游〔七〕,後時相憶。　　閒愁座中暫擲。算深杯共把,醉眼難白〔八〕。試與君、憑眺天涯,但芳草暮雲,向人浮碧。欲待忘憂,奈來似、朝潮夕汐。儘烏烏、唾壺擊缺〔九〕,放歌未得。

【注】

〔一〕 西爽閣:舊址在今北京土地廟下斜街山西會館,可望西山。

〔二〕 瓊筵:盛宴,美宴。南朝齊謝朓《始出尚書省》詩:"既通金閨籍,復酌瓊筵醴。"李白《春夜宴從弟桃花園序》:"開瓊筵以坐花,飛羽觴而醉月。"

〔三〕 醉鄉:王績《醉鄉記》:"阮嗣宗、陶淵明等十數人,並游於醉鄉。"

〔四〕 "送暮靄"句:王勃《秋日登洪府滕王閣餞別序》:"落霞與孤鶩齊飛,秋水共長天一色。"

〔五〕 "看影"二句:楊萬里《引見前一夕寓宿徐元達小樓,元達招符君俞、胡季永小集,走筆和君俞韻》詩:"高閣連雲壓潮白,前山倒影入杯青。"

〔六〕 "且籌"句:謂及時行樂。籌花,以花爲酒籌。汪元量《永康軍》詩:

"一夜不眠何似者,籌花賭酒到天明。"佇,停止,停留。

〔七〕 勝游:快意的游覽。劉禹錫《奉和裴侍中將赴漢南留別座上諸公》:"管弦席上留高韻,山水途中入勝游。"

〔八〕 "醉眼"句:《晉書·阮籍傳》:"籍又能爲青白眼。見禮俗之士,以白眼對之。及嵇喜來吊,籍作白眼,喜不懌而退;喜弟康聞之,乃齎酒挾琴造焉,籍大悦,乃見青眼。"

〔九〕 "儘烏烏"句:用王敦酒後擊唾壺而歌事。參見前《摸魚子》(寄西風)注。烏烏,歌呼聲。

洞 仙 歌

曉起

林梢初日〔一〕,閃晨光不定。一霎牆陰弄疏影。聽繁聲送處,群動方醒〔二〕,誰共領、物外蕭閒清境。　　杉湖思舊隱〔三〕,雲斂晴嵐,曉色晞微碧天净。林際荷鋤行,獨鳥呼風,香冉冉、露花幽靚。儘廿載、閒看薊門山〔四〕,只昨夢難忘,故園煙景〔五〕。

【注】

〔一〕 初日:剛升的太陽。何遜《曉發》詩:"早霞麗初日,清風消薄霧。"
〔二〕 群動:各種動物。陶潛《飲酒》詩之七:"日入群動息,歸鳥趨林鳴。"
〔三〕 杉湖:桂林市内湖之一,與榕湖相聯通。半塘別業在湖畔。
〔四〕 廿載:半塘於同治十三年(1874)以内閣中書分發到閣行走,旋補授内閣中書,正式開始在朝廷任職,寓住北京宣武門外校場頭條胡同四印齋。到填此詞時,過了整二十年。　　薊門山:即北京城西德勝門外西北隅的薊丘,古稱薊門。燕京八景之一的"薊門煙樹"在焉。
〔五〕 故園:指半塘故居,今廣西桂林。

鶯 啼 序

用夢窗豐樂樓韻,紀查貞婦李氏女事〔一〕,爲陰階前輩作〔二〕。

西風漫歌寡鵠〔三〕,引愁生斷綺〔四〕。甚玉樹、豔説交柯〔五〕,茜窗好夢無際。

鸐鶄遠[六],星橋不渡,秋期枉盼銀河霽。看霜痕,染遍貞筠[七],慘綠淒墜。　秦簫麗偶[八],綺歲卜鳳[九],幸蒹葭玉倚[一〇]。記門户、七烈生輝[一一],問名光映金翠。恁瓊枝、無端恨折[一二],指青案、舊盟如水[一三]。更何心,李代桃僵,委蛇人世[一四]。　孤弦調澀[一五],古井波澄,待續柏舟美。長歎起、練裳縞夜,淡月隨步,一昔驚魂,九京心事[一六]。危湍獨涉,秋墳拜倒,隴雲祠樹增寒色,聽錚然、匕首聲鏗地[一七]。枌榆社散,憑教佳話爭傳,露牀自憐熒緯[一八]。　穗帷塵冷[一九],漆室燈昏[二〇],儘宵長漏遲。任説與、綺羅香澤,金粉華年,顧影羞雙,所天不二[二一]。光圓破鏡,心堅匪石,坤靈織錦成怨牒,泣離鸞、淚血殷衣袂[二二]。異時採入輶軒,棹楔高門,定應式里[二三]。

【注】

〔一〕　貞婦:舊指從一而終的婦女。《禮記·喪服四制》:"禮以治之,義以正之,孝子、悌弟、貞婦,皆可得而察焉。"孔穎達疏:"貞婦者,謂貞節之婦。"唐孟郊《列女操》詩:"梧桐相待老,鴛鴦會雙死。貞婦貴殉夫,舍生亦如此。波瀾誓不起,妾心井中水。"

〔二〕　陰階:查恩綏(1839—1906),字承先,號陰階。1867年舉人,歷官內閣中書、內閣典籍、四品內閣侍讀,記名道府,署南昌府知府、軍機處存記,賞戴花翎,賞二品銜,歷充協辦侍讀等。誥授通奉大夫。

〔三〕　寡鵠:喪偶的天鵝。用以比喻寡婦或不能婚嫁的女子。李商隱《聖女祠》詩:"寡鵠迷蒼壑,羈凰怨翠梧。"馮浩箋注:"《列女傳》:陶嬰夫死守義,作歌曰:'悲夫黃鵠之早孤,七年不雙。'"

〔四〕　斷綺:華貴美麗的紈綺斷裂,喻美好的婚姻斷絕。

〔五〕　豔説:豔羨地評説。清洪亮吉《漫賦截句》之三:"才人豔説李深之,束髮能題七字詩。"

〔六〕　鸐鶄:傳説中的異鳥名。此指喜鵲。此處反用牛郎織女鵲橋會事,謂夫妻別離。

〔七〕　貞筠:指竹。喻堅貞不移的節操。王融《贈族叔衛軍》詩:"德馨伊何,如蘭之宣,貞筠抽箭,潤璧懷山。"

〔八〕　"秦簫"句:舊題劉向撰《列仙傳》卷上:"蕭史者,秦穆公時人也,善吹簫,能致孔雀、白鶴於庭。穆公有女字弄玉,好之。公遂以女妻焉。日教弄玉作鳳鳴。居數年,吹似鳳聲。鳳凰來止其屋。公爲作鳳臺;夫婦止其上,不下數年,一旦皆隨鳳凰飛去。"麗偶,佳偶。

〔九〕　綺歲:青春,少年。《南齊書·蕭穎冑傳》:"食葉之徵,著於弱年;當璧之祥,兆乎綺歲。"　　卜鳳:《史記·田敬仲完世家》:"齊懿仲欲妻陳敬仲,卜之。占曰:是謂'鳳皇于飛,和鳴鏘鏘;有嬀之後,將育于姜。五世其昌,並于正卿;八世之後,莫之與京'。"事亦見《左傳·莊公二十二年》。後因以"卜鳳"爲擇婿之典。

〔一〇〕 蒹葭玉倚:猶言蒹葭倚靠玉樹。《世説新語·容止》:"魏明帝使後弟毛曾與夏侯玄共坐。時人謂'蒹葭倚玉樹'。"謂兩個品貌極不相稱的人在一起。後以"蒹葭玉樹"表示地位低的人仰攀、依附地位高貴的人。亦常用作謙辭。此指遇到理想的配偶。

〔一一〕 七烈生輝:謂查家前代多品行高潔的女子,其事蹟讓家門生輝,仍在當時廣泛流傳。烈,指重義輕生或建功立業的人。金翠,黄金碧玉。

〔一二〕 "恁瓊枝"句:指李氏女之夫查氏早亡。

〔一三〕 青案:即青玉案。碧玉所製的短腳盤子。名貴的食用器具。張衡《四愁詩》:"美人贈我錦繡段,何以報之青玉案。"此當指夫妻定情之物。　　舊盟如水:指堅守當時夫妻間的盟誓。如水,如止水不波。

〔一四〕 "更何心"三句:謂夫病,婦心極欲替代其病甚至於死,卻不可能。李代桃僵,亦作"李代桃殭"。《樂府詩集·相和歌辭三·雞鳴》:"桃生露井上,李樹生桃旁,蟲來齧桃根,李樹代桃殭。樹木身相代,兄弟還相忘!"委蛇,隨順、順應貌。《莊子·應帝王》:"吾與之虚而委蛇。"成玄英疏:"委蛇,隨順之貌也。"

〔一五〕 "孤弦"句:謂李氏女已經抱定守節不嫁的決心。《詩·鄘風·柏舟序》:"柏舟,共姜自誓也。衛世子共伯早死,其妻守義,父母欲奪而嫁之,誓而弗許,故作是詩以絶之。"後因以謂喪夫或夫死矢志不嫁。潘岳《寡婦賦》:"蹈恭姜兮明誓,詠《柏舟》兮清歌。"

〔一六〕 "長歎起"四句:謂一個明月夜晚李氏女出户徘徊,突然思念去世的丈夫。練裳,白衣裙。縞,映照。一昔,一天晚上。"昔",通"夕"。九京,猶九泉。泛指墓地。宋葉適《翁誠之墓誌銘》:"不忮不求,歸全其生乎,不從古人於九京乎?"黄庭堅《送范德孺知慶州》詩:"平生端有活國計,百不一試埋九京。"

〔一七〕 "危湍"四句:指李氏女獨自到丈夫墓前用匕首自殺殉夫。

〔一八〕 "枌榆"三句:謂李氏女貞潔殉夫的佳話在民間廣爲流傳。枌榆,漢高祖故鄉的里社名。《史記·封禪書》:"高祖初起,禱豐枌榆社。"裴駰集解引張晏曰:"社在豐東北十五里。或曰:枌榆,鄉名,高祖里社也。"此即指春社。泛指民間聚會場所。露牀,指鋪設竹席的涼牀。白居易《時熱少客因詠所懷》:"露牀青篾簟,風架白蕉衣。"嫠緯,代指李氏女。《左傳·昭公二十四年》:"嫠不恤其緯,而憂宗周之隕,爲將及焉。"嫠,寡婦;緯,織物的橫紗。

〔一九〕 穗帷:亦作"總幃"。指總帳,設於靈柩前的帷幕。謝朓《銅雀臺妓》詩:"總幃飄井幹,樽酒若平生。""總",用同"穗"。

〔二〇〕 漆室:此指設奠祭祀的靈堂。

〔二一〕 所天不二:不事二夫也。舊稱所依靠的人爲"所天",即指丈夫。潘岳《寡婦賦》:"少喪父母,適人而所天又殞。"

〔二二〕 "光圓"四句:爲詞人的假想意境。光圓破鏡,猶破鏡重圓。指李氏女自殺後在地下與丈夫團圓。後三句,即爲團圓後與丈夫"泣離"的内容及情狀。如表示"意志堅定,不像石頭那樣可以轉動"。按:《詩·邶風·柏舟》:"我心匪石,不可轉也。"孔穎達疏:"言我心非如石然,石雖堅尚可轉,我心堅,不可轉也。"又表示"秉承大地靈秀之氣,曾經織錦成哀怨的書信寄出"。怨牒,悲傷哀怨的書信。

〔二三〕 "異時"三句:謂他日被朝臣採錄事例,載於史冊,屋前立貞節牌坊,成爲鄉里楷模。輶軒,古代使臣乘坐的一種輕車。揚雄《答劉歆書》:"嘗聞先代輶軒之使,奏籍之書皆藏於周秦之室。"棹楔,指旌表的木柱,即貞節牌坊之屬。高門,藉指富貴之家,高貴門第。《莊子·達生》:"有張毅者,高門縣薄,無不走也。"成玄英疏:"高門,富貴之家也。"式里,成爲鄉里的楷模。

感　皇　恩

用放翁韻〔一〕

槐午緑陰圓〔二〕,暗迷芳渚。侵曉霞生弄疏雨。滿汀煙草,腸斷舊尋春處。橫塘題句在〔三〕,愁如許。　　太白青山〔四〕,少陵夔府〔五〕。多少新詩是愁做。古人似我,一樣埋憂無路〔六〕。醉鄉誰種秫〔七〕,休論畝。

【注】

〔一〕　放翁:南宋詩人陸游,字務觀,號放翁。

〔二〕 "槐午"句：語本周邦彥《滿庭芳》詞："風老鶯雛，雨肥梅子，午陰嘉樹清圓。"
〔三〕 "橫塘"句：賀鑄《青玉案》詞："凌波不過橫塘路，但目送、芳塵去。……碧雲冉冉蘅皋暮，彩筆新題斷腸句。"橫塘，古堤名。在今江蘇省蘇州市吳中區西南。
〔四〕 "太白"句：據傳李白出川前曾游青城山學道、學劍，遍覽兵家與道家之書，立下四方之志。青山，即青城山。又有"相看兩不厭，只有敬亭山"（《獨坐敬亭山》）的名句。
〔五〕 "少陵"句：杜甫晚年出峽前曾居夔州（今四川奉節縣），留下《秋興八首》、《夔州歌十絕句》等，詩歌風格爲之大變，成就了蒼涼感喟的沉鬱氣象。
〔六〕 埋憂：謂排除憂愁。《後漢書·仲長統傳》："百慮何爲？至要在我。寄愁天上，埋憂地下。"
〔七〕 "醉鄉"句：《晉書·隱逸·陶潛》："（陶潛）謂親朋曰：'聊欲弦歌，以爲三徑之資可乎？'執事者聞之，以爲彭澤令。在縣公田悉令種秫穀，曰：'令吾常醉於酒足矣。'妻子固請種粳，乃使一頃五十畝種秫，五十畝種粳。"秫，高粱、粟米之黏者，多用以釀酒。陶潛《和郭主簿》："春秫作美酒，酒熟吾自斟。"

感　皇　恩

再用前韻

芳草桂山陰〔一〕，訾洲煙渚〔二〕。記泛扁舟正秋雨。黃雲如錦〔三〕，坐聽農歌高處。向風傾一盞，愁何許。　　枕上黃粱〔四〕，槐根紫府〔五〕。失計看人夢輕做。曉來攬鏡，頓憶提壺村路〔六〕。幾時蓑笠底，仍南畝〔七〕。

【注】

〔一〕 桂山：泛指桂林城中諸山。
〔二〕 訾洲：桂林市灕江邊象鼻山左對岸的小洲，其水域爲天然泳場。
〔三〕 "黃雲"句：指訾家洲經秋的樹木染上深淺不同的黃色。
〔四〕 "枕上"句：用沈既濟《枕中記》盧生在邯鄲旅舍白日入夢事，喻世事如夢。

〔五〕 "槐根"句：用李公佐《南柯太守傳》淳于棼夢入蟻穴事，喻世事如夢。紫府，道教稱仙人所居。

〔六〕 提壺：鳥名，即鵜鶘，以其鳴聲似曰"提壺"得名。歐陽修《啼鳥》詩："獨有花上提葫蘆，勸我沽酒花前傾。"

〔七〕 "幾時"二句：指歸隱。南畝，謂農田。南坡向陽，利於農作物生長，古人田土多向南開闢，故稱。《詩·小雅·大田》："俶載南畝，播厥百穀。"

夢 芙 蓉

數日不出，不知夢湘已行〔一〕。送人之苦，莫甚於今年。而於夢湘，尤怏悒不已〔二〕。黯然賦此，情溢於詞。

遥空雲浪起。對關河繡錯〔三〕，怨紅似洗。惜春闌檻，曾共帕羅倚〔四〕。落梅風笛裏〔五〕。商歌如和淒唳〔六〕。酒醒西園，甚鞭絲帽影〔七〕，容易又千里。　惆悵青綾被底〔八〕。簾閣花深，短鬢還驚悴〔九〕。十年吟卷〔一〇〕，禁浼玉關淚〔一一〕。料君今夕醉。銀潢夢渺天際〔一二〕。寄語江湖，便塵香浣盡，憐取舊衣袂〔一三〕。

【注】

〔一〕 夢湘：王以敏。參見前《三姝媚》（吟情休浪苦）注。

〔二〕 怏悒：鬱鬱不樂貌。杜甫《早發射洪縣南途中作》詩："汀洲稍疏散，風景開怏悒。"

〔三〕 繡錯：色彩錯雜如繡。《魏書·地形志上》："犬牙未足論，繡錯莫能比。"

〔四〕 "曾共"句：宋曹勳《宴清都》詞："奉冕旒、衣彩坤珍，同耀帕羅珠袖。"

〔五〕 "落梅"句：李白《與史郎中欽聽黃鶴樓上吹笛》詩："一爲遷客去長沙，西望長安不見家。黃鶴樓中吹玉笛，江城五月落梅花。"

〔六〕 商歌：悲涼的歌。商聲淒涼悲切，故稱。《淮南子·道應訓》："甯戚飯牛車下，望見桓公而悲，擊牛角而疾商歌。桓公聞之，撫其僕之手曰：'異哉，歌者非常人也。'命後車載之。"後以"商歌"比喻自薦求官。

〔七〕 鞭絲帽影：馬鞭和帽子。藉指出游。陸游《齊天樂》詞："塞月征塵，鞭絲帽影，常把流年虛占。"
〔八〕 青綾：青色的有花紋的絲織物。古時貴族常用以製被服帷帳。庾信《謝趙王賚白羅袍袴啓》："永無黃葛之嗟，方見青綾之重。"
〔九〕 驚悴：因憔悴而驚嚇。
〔一〇〕 吟卷：詩册，詩稿。戴復古有《趙葦江與東嘉詩社諸君游，一日攜吟卷見過，一謝其來》詩。
〔一一〕 玉關：即玉門關。據考證，唐時玉門關已由敦煌故址移設到了晉昌城，也即今甘肅省安西縣境内。此泛指北方關隘。李白《清溪半夜聞笛》詩："羌笛梅花引，吴溪隴水情。寒山秋浦月，腸斷玉關聲。"
〔一二〕 銀潢：天河，銀河。《舊唐書·彭王僅傳》："銀潢毓慶，璿萼分輝。"
〔一三〕 舊衣袂：周邦彦《點絳脣》詞："愁無際。舊時衣袂。猶有東門淚。"

紫 玉 簫

駕老有朝雲之感〔一〕，賦此慰之。

團扇歌闌〔二〕，羅裙夢杳〔三〕，泥人槐夏陰清。疏簾淡月，定幾番根觸，京兆閒情〔四〕。漸秋期近，釵鈿約、密誓生生〔五〕。新詞就，懸知暗愁〔六〕，咽斷簫瓊〔七〕。　　銀鋪往日題句〔八〕，説人在紅樓，倦倚秋晴。綺懷猶是〔九〕，想朝雲寫怨，錦瑟慵橫〔一〇〕。對屏山晚，歌楚調、恨滿遥青〔一一〕。掀髯處〔一二〕，霜影鏡中，未礙星星〔一三〕。

【注】
〔一〕 駕老：孫楫，號駕航，半塘稱駕航年丈。參見前《摸魚子》（倚高寒）注。　　朝雲之感：疑指失去愛妾事。戰國宋玉《高唐賦》："昔者楚襄王與宋玉游於雲夢之臺，望高唐之觀，其上獨有雲氣，崒兮直上，忽兮改容，須臾之間，變化無窮。王問玉曰：'此何氣也？'玉對曰：'所謂朝雲者也。'王曰：'何謂朝雲？'玉曰：'昔者先王嘗游高唐，怠而晝寢，夢見一婦人，曰："妾，巫山之女也。爲高唐之客。聞君游高

唐,願薦枕席。"王因幸之。去而辭曰:"妾在巫山之陽,高丘之阻,旦爲朝雲,暮爲行雨。朝朝暮暮,陽臺之下。"旦朝視之,如言。故爲立廟,號曰"朝雲"。'北魏河間王元琛之婢名朝雲;宋蘇軾愛妾,亦名朝雲。後"朝雲"遂成爲文人詩詞中愛妾的代稱。

〔二〕"團扇"句:楊衒之《洛陽伽藍記》卷四:"(河間王元琛)有婢朝雲,善吹篪,能爲團扇歌、壟上聲。"

〔三〕羅裙:五代牛希濟《生查子》詞:"語已多,情未了,回首猶重道。記得綠羅裙,處處憐芳草。"

〔四〕京兆閒情:《漢書·張敞傳》:"敞無威儀……又爲婦畫眉,長安中傳張京兆眉憮。有司以奏敞。上問之,對曰:'臣聞閨房之内,夫婦之私,有過於畫眉者。'"

〔五〕"釵鈿"句:男女雙方以釵鈿爲信物立誓生生世世相守。釵鈿約,以釵鈿爲定情信物。陳鴻《長恨歌傳》:"定情之日,(明皇)授金釵鈿合以固之。"密誓,私下盟誓。生生,世世代代。清洪昇《長生殿·見月》:"兩情諧,願結生生恩愛。"

〔六〕懸知:料想,預知。庾信《和趙王看伎》:"懸知曲不誤,無事畏周郎。"

〔七〕"咽斷"句:指簫聲嗚咽斷續。簫瓊,即瓊簫,玉簫。

〔八〕銀鋪:閨閣門上的銀飾鋪首,代指閨閣。三國魏何晏《景福殿賦》:"青瑣銀鋪,是爲閨闥。"

〔九〕綺懷:美麗浪漫的青春情懷。多指戀情。清黃景仁有《綺懷》七律十六首。

〔一○〕"錦瑟"句:指懶得彈奏錦瑟。李商隱有《錦瑟》詩,訴說纏綿淒美的愛情之追求與失落。

〔一一〕楚調:楚地的曲調。常與吳弦、燕歌對舉。後爲樂府相和調之一。陶翰《燕歌行》:"請君留楚調,聽我吟燕歌。" 遥青:遠處的青山。此當指屏風上的山水畫。孟郊《生生亭》詩:"置亭巀嶭頭,開窗納遥青。遥青新畫出,三十六扇屏。"

〔一二〕掀髯:笑時啓口張鬚貌,激動貌。辛棄疾《水調歌頭》詞:"謫仙人,鷗鳥伴,兩忘機。掀髯把酒一笑,詩在片帆西。"劉克莊《沁園春》詞:"掀髯嘯,有魚龍鼓舞,狐兔悲嗥。"

〔一三〕"霜影"二句:指雖然照鏡看見自己頭髮花白,但不以爲礙。霜影,本指月光,此指鏡中所見白髮。星星,頭髮花白貌。左思《白髮賦》:"星星白髮,生於鬢垂。"

卜　算　子

涼意透疏襟〔一〕,月淡星光大。誰識蕭條獨夜心〔二〕,檐角流螢墮。　　花潤露珠圓,燈颭風簾嚲〔三〕。閒倚闌干斷續吟,付與秋蟲和。

【注】
〔一〕　疏襟:布衣。疏,指粗布。杜甫《上後園山腳》詩:"曠望延駐目,飄飄散疏襟。"
〔二〕　獨夜心:唐武元衡《夜坐聞雨寄嚴十少府》詩:"迢遞三秋夢,殷勤獨夜心。懷賢不覺寐,清磬發東林。"
〔三〕　"燈颭"句:風透過簾子吹得燈光搖擺不定。颭,音"展"。風吹物使顫動搖曳。嚲,音"朵",下垂貌。

清　平　樂

馬纓過了〔一〕。籬豆含葩小〔二〕。暋影虛廊驚墮鳥。檐蝠斜飛林杪。　　殘蟾抱魄仍圓〔三〕。夜涼風露娟娟〔四〕。只有蛩聲三兩,秋心催入吟邊。

【注】
〔一〕　馬纓:馬纓花。即合歡樹,豆科落葉喬木,小葉夜間成對相合。
〔二〕　籬豆:扁豆,緣籬笆蔓生,故名。
〔三〕　"殘蟾"句:指深夜圓月已斜。殘蟾,殘月。魄,通"霸",月初出或將沒時的微光。
〔四〕　娟娟:姿態柔美貌。杜甫《寄韓諫議注》詩:"美人娟娟隔秋水,濯足洞庭望八荒。"

風　中　柳

用樵庵韻〔一〕

説似心期,未要石家金谷〔二〕。一丘壑、中間自足〔三〕。風泉絲竹〔四〕。幽人松菊^{〔五〕}。儘徜徉、白雲茅屋^{〔六〕}。　　點塵不到,但有萬重濃綠。百無憂、茶香飯熟。關山哀曲^{〔七〕}。荆高悲筑^{〔八〕}。莫相妨、抱琴獨作平宿。

【注】

〔一〕　樵庵:劉因(1249—1293),字夢吉,號静修,容城(今屬河北)人。以理學名世。詩詞風格高邁,比興深微。元至元十九年(1282)徵授承德郎,右贊善大夫,因母病辭歸。有《樵庵詞》一卷。

〔二〕　石家金谷:指晉石崇所築的金谷園,雖盛極一時但好景不長。

〔三〕　"一丘"句:張炎《甘州》詞:"方喜閒居好,翻爲詩忙。多少周情柳思,向一丘一壑,留戀年光。"

〔四〕　"風泉"句:謂風聲和泉水叮咚,就是伴奏的音樂。絲竹,指代樂器。

〔五〕　幽人:幽隱之人,隱士。《易·履》:"履道坦坦,幽人貞吉。"孔穎達疏:"幽人貞吉者,既無險難,故在幽隱之人守正得吉。"

〔六〕　白雲:喻歸隱。左思《招隱詩》之一:"白雲停陰岡,丹葩曜陽林。"

〔七〕　關山哀曲:樂府古題《關山月》,屬横吹曲辭。哀辭苦調,歷代多有所詠。其中以李白、陸游的作品尤爲世人稱頌。李白《關山月》云:"明月出天山,蒼茫雲海間。長風幾萬里,吹度玉門關。漢下白登道,胡窺青海灣。由來征戰地,不見有人還。戍客望邊色,思歸多苦顔。高樓當此夜,歎息未應閒。"

〔八〕　"荆高"句:《史記·刺客列傳》載,荆軻刺秦王將行,高漸離擊筑送之,歌"風蕭蕭兮易水寒,壯士一去兮不復還……"。

側　　犯

駕老朝雲之感,寫少陵"罷琴惆悵月照席"句意爲圖^{〔一〕}。用石帚芍藥韻賦詞索和。倚調奉題,用清真集韻。

畫闌側畔,素娥舊識秋容靚。煙定。記笑倚雙聲、泛明鏡^{〔二〕}。哀弦閉玉匣^{〔三〕},斷夢迷芳徑。人静。又缺月,纖纖弄眉影^{〔四〕}。　　鳳樓愁抱^{〔五〕},冷怯桃笙瑩^{〔六〕}。休感念⁽¹⁾,彩雲飛,幽恨惱江令^{〔七〕}。消得清吟,星河夜迥⁽²⁾。按原重静韻,方千里、楊澤民和作,皆改叶迥字。兹從之。孤桐似洗,露零金井^{〔八〕}。

【校】

(1)　周清真詞作此處作"誰念省",省字是韻。方千里和詞同。此詞不用韻。後首同。
（２）《詞譜》卷一八載清真原詞此句作"酒壚深迥",《片玉詞》卷上作"酒壚寂静"。故小注云"原重静韻"。

【注】
〔一〕"少陵"句：杜甫《送孔巢父謝病歸游江東兼呈李白》詩："……惜君只欲苦死留,富貴何如草頭露。蔡侯静者意有餘,清夜置酒臨前除。罷琴惆悵月照席,幾歲寄我空中書。南尋禹穴見李白,道甫問信今何如。"
〔二〕"記笑"句：兩人在平静的湖面上行舟,相對發出會心的笑聲。
〔三〕"哀弦"句：指停止彈琴。曹丕《善哉行》："哀弦微妙,清氣含芳。"玉匣,鮑照《擬行路難》詩之一："奉君金卮之美酒,瑇瑁玉匣之雕琴。"
〔四〕"又缺月"二句：謂見彎月而思念"朝雲"的雙眉。
〔五〕鳳樓：指婦女的居處。江淹《征怨》詩："蕩子從征久,鳳樓簫管閒。"
〔六〕桃笙：桃枝竹編的竹席。《文選》卷五左思《吴都賦》："桃笙象簟。"劉逵注："桃笙,桃枝簟也,吴人謂簟為笙。"
〔七〕"幽恨"句：江淹《恨賦》："綺羅畢兮池館盡,琴瑟滅兮丘壟平。自古皆有死,莫不飲恨而吞聲。"江令,指江淹,江淹曾為建安吴興令和建元東武令。
〔八〕金井：井欄上有雕飾的水井。一般用以指宫庭園林中的井。南朝梁費昶《行路難》詩之一："唯聞啞啞城上烏,玉欄金井牽轆轤。"

側　　犯

畏熱不出,經旬閉門。盤花旋竹[一],如在空山中。再用清真韻賦此,亦自適其適也。

斷虹弄晚[二],霽光掩映明霞靚。風定。看翳盡遥空、上金鏡[三]。紅塵不到處,仲蔚蓬蒿徑[四]。宵静。試把酒,花間酬清影。　　槐熏竹瘦[五],一碧相鮮瑩[六]。消受得,個中心,風物儘韶令[七]。寂寞閉門,暮雲自迥。蟲聲咽雨,送秋煙井[八]。

【注】
〔一〕盤花旋竹：留連花草樹木間。

〔二〕 斷虹：一段彩虹，殘虹。歐陽修《臨江仙》詞："柳外輕雷池上雨，雨聲滴碎荷聲，小樓西角斷虹明。闌干倚處，待得月華生。"

〔三〕 "翳盡"句：雲霧消散，月亮升上天空。翳，指雲霧。陸賈《新語・慎微》："罷雲霽翳，令歸山海，然後乃得覩其光明。"金鏡，銅鏡，此喻月亮。元稹《泛江翫月》詩："遠樹懸金鏡，深潭倒玉幢。"

〔四〕 "仲蔚"句：東漢皇甫謐《高士傳》卷中："張仲蔚者，平陵人也。與同郡魏景卿俱修道德，隱身不仕……所處蓬蒿没人，閉門養性，不治榮名。"

〔五〕 槐熏：槐香。周密《採緑吟・甲子夏霞翁會吟社諸友逃暑于西湖之環碧……》詞："采緑鴛鴦浦，畫舸水北雲西。槐薰入扇，柳陰浮槳，花露侵詩。"熏，同"薰"。

〔六〕 鮮瑩：歐陽修《飛蓋橋玩月》詩："餘暉所照耀，萬物皆鮮瑩。"

〔七〕 "個中心"二句：猶言在這心目中，自然風物看上去都是美好的。韶令，美好。即序中所謂"自適其適"之謂也。

〔八〕 "送秋"句：指將秋送達人間。煙井，即人間。煙火井邊人家也。

霜　葉　飛

　　用夢窗韻題《風木庵圖》，爲丁修甫舍人作[一]。庵，其尊人竹舟、松生兩先生廬墓處也。

縞衣染遍(1)皋魚血[二]，淒然感深原樹。驚飆如訴蓼莪心[三]，淚盡明湖雨。未用説、遼東鶴羽[四]。當歸堂上椿雲古[五]。當歸草堂君家舊額。看澤閟香芸[六]，慘澹夜燈青，脈望爲守緗素[七]。　　遥念丙舍湘南[八]，雲迷宰木[九]，述德詩在愁賦[一〇]。愧君珍惜到丹青[一一]，此意悲難語。認畫裏、風煙萬縷。依依似戀春暉去[一二]。剩慘緑、年時恨[一三]，松柏離離[一四]，暮山蒼處。

【校】

（1）　夢窗詞首句作"斷煙離緒"，"緒"字是韻。據此半塘詞在此應斷句，且"遍"字失韻。

【注】

〔一〕 丁修甫：丁立誠（1850—1911），字修甫，號慕清，晚號辛老，浙江錢塘

（今杭州市）人。著名藏書家丁丙之侄、丁申之長子，光緒元年（1875）舉人，官内閣中書。有《小槐簃詩詞吟稿》。丁申、丁丙，時人稱爲"雙丁"，八千卷樓主人。丁申，字竹舟，生年不詳，卒於 1887 年。因其以抄補文瀾閣《四庫全書》有功，被賞四品頂戴。丁丙（1832—1899），字嘉魚，别字松生，晚稱松存。終身未仕。著録所藏善本書爲《善本書室藏書志》。

〔二〕縞衣：舊時居喪或遭其他凶事時所著的白色衣服。薛用弱《集異記·葉法善》："發引日，敕官縞衣祖送於國門之外。" 皋魚：人名。《韓詩外傳》卷九："孔子行，聞哭聲甚悲。孔子曰：'驅驅！前有賢者。'至則皋魚也，被褐擁鐮哭於道傍。孔子辟車與之言曰：'子非有喪？何哭之悲也？'皋魚曰：'吾失之三矣：少而游學諸侯，以後吾親，失之一也；高尚吾志，間吾事君，失之二也；與友厚而小絶之，失之三矣。樹欲静而風不止，子欲養而親不待也，往而不可得見者親也。吾請從此辭矣。'立槁而死。"後因用作人子不及養親之典。

〔三〕蓼莪：《詩·小雅》篇名。此詩表達了子女追慕雙親撫養之德的情思。後因以"蓼莪"指對亡親的悼念。蘇軾《謝生日詩啓》："《蓼莪》之感，迨衰老而不忘。"

〔四〕"遼東"句：丁令威成仙化鶴歸里事。參見前《齊天樂》（片帆催入）注。

〔五〕椿雲古：椿樹緑蓋如雲，時代久遠。此稱頌丁氏父輩之德。《莊子·逍遥游》："上古有大椿者，以八千歲爲春，八千歲爲秋。"因其高齡，後用以喻長壽，亦用以指父親。

〔六〕澤閟香芸：指先輩的恩澤如芸香般陰護後代。澤，恩德，恩惠。閟，陰蔽，庇護。香芸，芸香一類的香草。俗呼七里香。有特異香氣，能去蚤虱，辟蠹奇驗，古來藏書家多用以防蠹。楊炯《卧讀書架賦》："開卷則氣雜香芸，掛編則色連翠竹。"

〔七〕脈望：一種傳説中的書蟲，據説讀書人用它熬藥，喝了後會應舉高中或成仙升天。據段成式《酉陽雜俎》續集卷二載：唐德宗建中末年，書生何諷，曾經買到黄紙古書一卷。何諷讀它，在書中得到一個髮卷，圓四寸，像一個環没有頭。何諷就隨意地弄斷了它，斷處兩頭滴出水有一升多。用火一燒它有頭髮的氣味。何諷曾經把這事告訴一個道人。道人説："唉！你本來是俗骨凡胎，遇到此物不能飛升成仙，這是命啊！據仙經説：'蠹魚幾次吃到書頁上印的神仙二字，就變化成爲這種東西，名叫脈望。'夜裏用這個東西熠映當天中星，星使立刻降臨,可以求得仙丹,取你方才弄斷'脈望'時流出的水調和之後服了,就能脱胎换骨,飛升成仙。"何諷聽了之後,就取來古書查找,有幾處蛀蟲咬壞的地方,前後對照文義,都是"神仙"二字。何諷才贊許信服。緗素:淺黄色的絹帛。即黄紙古書。

〔八〕 "遥念"句:半塘自念遠在桂林的父母墓廬。丙舍,指在墓地的房屋。元乃賢《秋夜有懷侄元童》詩:"墓田丙舍知何所,一夜令人白髮長。"

〔九〕 宰木:墳墓上的樹木。語出《公羊傳·僖公三十三年》:"秦伯怒曰:'若爾之年者,宰上之木拱矣。'"何休注:"宰,塚也。"

〔一〇〕 述德詩:稱述先輩功德的詩作。如《文選》錄謝靈運《述祖德詩二首》。

〔一一〕 丹青:指繪畫作品或畫家。此指《風木庵圖》。

〔一二〕 春暉:春日的陽光。喻慈母之恩。孟郊《游子吟》:"誰言寸草心,報得三春暉。"

〔一三〕 慘緑:指冢上松柏青翠之色。

〔一四〕 離離:濃密貌。曹操《塘上行》:"蒲生我池中,其葉何離離。"

一 萼 紅

碧山人遠〔一〕,好音忽來,舊約空乖,幽憂未已。慢聲寫抱,亦無聊之極思也。

盼瑶臺〔二〕。正玉蟾宵霽〔三〕,懷抱若爲開〔四〕。蛾緑閒顰〔五〕,梅黄新恨〔六〕,往事何限低徊。久説似、湘靈怨瑟〔七〕,秋江冷、漫遣玉龍哀〔八〕。舊譜誰尋〔九〕,么弦獨奏,驚聽還猜。　休道銀灣萬里〔一〇〕,算斑騅系處,那便天涯。暖入南柯〔一一〕,風生北渚〔一二〕,簾影悄隔煙埃。只可惜、畫屏秋色,恁冷落、付與水雲隈。悵望故人不見,短棹輕回〔一三〕。

【注】

〔一〕 碧山人遠:參見前《鶯啼序》(無言畫闌)注。

〔二〕 瑶臺:傳説中的神仙居處。此指月宫瓊樓玉宇。《楚辭·離騷》:"望瑶臺之偃蹇兮,見有娀之佚女。"

〔三〕 宵霽:夜晴。

〔四〕 若爲:怎能。范成大《燕堂書事》詩:"耳邊情話少,笑口若爲開。"

〔五〕 蛾緑：古代婦女畫眉用的青黑顏料。藉指女子的眉毛。姜夔《疏影》詞：“猶記深宮舊事，那人正睡裏，飛近蛾緑。”

〔六〕 梅黄：當指黄梅天，此時梅子黄熟，天氣潮悶，而春天將盡。

〔七〕 湘靈怨瑟：謂湘水女神彈奏的哀怨之瑟。《楚辭·遠游》：“使湘靈鼓瑟兮，令海若舞馮夷。”

〔八〕 玉龍：喻笛。林逋《霜天曉角》詞：“甚處玉龍三弄，聲摇動，枝頭月。”

〔九〕 "舊譜"句：宋賀鑄《浣溪沙》詞：“閒把琵琶舊譜尋。四弦聲怨卻沉吟。燕飛人静畫堂深。”

〔一〇〕 銀灣：指銀河。李賀《溪晚涼》詩：“玉煙青濕白如幢，銀灣曉轉流天東。”王琦匯解：“銀灣，銀河也。”

〔一一〕 南柯：朝南的樹枝。梁簡文帝《山齋》詩：“北榮下飛桂，南柯吟夜猿。”

〔一二〕 北渚：北面的水涯。《楚辭·九歌·湘君》：“鼂騁騖兮江皋，夕弭節兮北渚。”王逸注：“渚，水涯也。”

〔一三〕 短棹：小槳，代指小船。歐陽修《采桑子》詞：“輕舟短棹西湖好，緑水逶迤。芳草長堤。隱隱笙歌處處隨。”

臺城路

熏風南來[一]，殘暑自退，星岑前輩適以新作見示，依調奉酬。時乙未六月五日。(1)[二]

鳳樓西北關情地，喁喁酹花私語。聽雨前番，歸雲此夕，已是不禁離緒。荷衣漫紉(2)[三]。問雙槳來時，舊逢歡處。比翼鶼鶼，爲誰顛倒意如許[四]。　　旗亭題句尚在，風流人共説，江上孫楚[五]。醉墨空揮，穠春易失，月偃虛堂如霧[六]。凌波路阻[七]。早負卻搴芳，斷腸尊俎。夢影迷離，曉鐘驚覺否。

【校】

（1）《定稿》光緒三十二年本序無“前輩適”、“乙未”等字。

（2）“紉”，《定稿》光緒三十二年本作“與”。

【注】

〔一〕熏風：《吕氏春秋·有始》："東南曰熏風。"

〔二〕乙未：清光緒乙未，即 1895 年。

〔三〕荷衣：屈原《離騷》："製芰荷以爲衣兮，集芙蓉以爲裳。"後世常藉"荷衣"以指隱者或高人的服裝。

〔四〕顛倒：因愛慕、敬佩而入迷。王守仁《傳習録》卷中："時君世主，亦皆昏迷顛倒於其説。"

〔五〕孫楚：西晉文學家。《晉書》有傳。劉義慶《世説新語·排調》："孫子荆（楚）年少時欲隱，語王武子當枕石漱流，誤曰漱石枕流。王曰：'流可枕石可漱乎？'孫曰：'所以枕流，欲洗其耳；所以漱石，欲礪其齒。'"

〔六〕"月偃"句：指月亮下去之後，空堂之上好像籠罩一層煙霧。偃，倒伏，此指月落。

〔七〕"凌波"句：宋賀鑄《青玉案》詞："凌波不過横塘路。但目送、芳塵去。"

夢芙蓉

同子苾、夔笙葦灣觀荷〔一〕，用夢窗韻。

玉奩驚散綺〔二〕。問阿誰解識，錦香十里。鬧紅一舸〔三〕，吟斷碧雲外。亂蟬催客醉。凌波花覆鴛被。不爲愁多，倩東風著力，齊挽靚妝起。　舊恨樽前眼底。片葉親題，夢影摇珠佩〔四〕。惹香襟袖〔五〕，容易暗塵洗。遠峰低夕翠，濠梁似换秋意〔六〕。點檢游情，付眠沙鷗鷺，得意自煙水。

【注】

〔一〕子苾：張祥齡。參見前《三姝媚》（吟情休浪苦）注。　葦灣：故址在今北京宣武門外西南郊。原長滿蘆葦，後植荷花，爲當時觀荷勝地。

〔二〕"玉奩"句：喻荷塘美景。玉奩，指鏡。比喻明淨的水面。秦觀《擬郡學試東風解凍》詩："江河霜練静，池沼玉奩空。"散綺，展開美麗的綢緞。南朝謝朓《晚登三山還望京邑》詩："餘霞散成綺，澄江静如練。"

〔三〕 "鬧紅"句：姜夔《念奴嬌》詞："鬧紅一舸，記來時，嘗與鴛鴦爲侶。"
〔四〕 珠佩：珠玉綴成的佩飾。沈約《腳下履》詩："逆轉珠佩響，先表繡袿香。"
〔五〕 惹香：宋無名氏《驀山溪》詞："林間繫馬，曾憶關山夜。醉袖惹香歸，誤幾回、燈前嬌雅。"
〔六〕 濠梁：《莊子·秋水》記莊子與惠子游於濠梁之上，見儵魚出游從容，因辯論魚知樂否。

南 鄉 子

雲意欲藏山。一夕西風作曉寒。消得季鷹歸思否〔一〕，湘南。籬菊初黃橘柚殷〔二〕。　詞賦倦江關〔三〕。不爲悲秋綺思刪〔四〕。節近重陽風雨易〔五〕，愁看。新雁聲中獨倚闌。

【注】

〔一〕 季鷹歸思：西晉張翰（字季鷹）因秋風起，便思歸鄉。參見前《木蘭花慢》（茫茫塵海裏）注。
〔二〕 殷：深紅或赤黑色。
〔三〕 江關：猶言海内。杜甫《詠懷古跡》之一："庾信生平最蕭瑟，暮年詩賦動江關。"
〔四〕 刪：消除，消失。韓愈《雪後寄崔二十六丞公》詩："歸來殞涕揢關卧，心之紛亂誰能刪。"
〔五〕 "節近"句：用潘大臨重陽賦詩事。參見前《摸魚子》（莽天涯）注。宋劉辰翁《減字木蘭花》詞："風雨重陽。無蝶無花更斷腸。"

霜 花 腴

重九日同子苾、夢湘、伯唐〔一〕，天寧寺登高〔二〕，用夢窗韻。時子苾將之官榆塞〔三〕。

龍山會渺〔四〕，酹翠尊，空懷晉代衣冠〔五〕。黃菊霜清，翠微煙暝，秋容繪出應難。醉鄉盡寬〔六〕。甚別情、偏繞樽前。步荒臺、目斷遥天，雁程迢遞暮雲寒。　　休惜蕭疏塵鬢,漸繁華換盡,落葉哀蟬。倚扇歌闌〔七〕,籠紗句杳〔八〕,游情怯寫蠻箋〔九〕。拍浮酒船〔一〇〕。憶舊時、花月娟娟。向西風、醉把茱萸,再來誰共看〔一一〕。

【注】

〔一〕 伯唐：王鐵珊(1860—1900),字海門,一字伯唐,安徽英山人,光緒十五年(1889)進士。《清史稿》有傳。

〔二〕 天寧寺：清富察敦崇《燕京歲時記》"九月九"條："每屆九月九日,則都人士提壺攜榼,出郭登高。南則在天寧寺、陶然亭、龍爪槐等處,北則薊門煙樹、清淨化城等處,遠則西山八刹等處。"參見前《解語花》(天開霽色)注。

〔三〕 之官榆塞：到榆塞做官。指張祥齡散館,選陝西榆林府懷遠知縣事。榆塞,榆林府,為河套防禦系統要塞。

〔四〕 龍山會：謂九月初九日主賓瀟灑從容的登高聚會。《晉書·孟嘉傳》："九月九日,(桓)溫宴龍山,寮佐畢集。時佐吏並著戎服,有風至吹嘉帽墮落,嘉不之覺。溫使左右勿言,欲觀其舉止。嘉良久如廁；溫令取還之,命孫盛作文嘲嘉,著嘉坐處。嘉還見,即答之,其文甚美,四坐嗟歎。"

〔五〕 晉代衣冠：李白《登金陵鳳凰臺》詩："吳宮花草埋幽徑,晉代衣冠成古丘。"此指龍山會中諸人。衣冠,代稱縉紳、士大夫。

〔六〕 "醉鄉"句：五代李煜《錦堂春》詞："醉鄉路穩宜頻到,此外不堪行。"

〔七〕 倚扇：以扇遮面,女子嬌羞狀。王沂孫《聲聲慢》詞："迎門高髻,倚扇清吭,娉婷未數西州。"

〔八〕 籠紗：參見前《鶯啼序》(疏鐘漫催)注。

〔九〕 蠻箋：唐時高麗紙的別稱。亦指蜀地所產名貴的彩色箋紙。柳永《定風波》詞："早知恁麼。悔當初、不把雕鞍鎖。向雞窗、只與蠻箋象管,拘束教吟課。"

〔一〇〕 "拍浮"句：《世說新語·任誕》："畢茂世(卓)云：一手持蟹螯,一手持酒杯,拍浮酒池中,便足了一生。"

〔一一〕 "向西風"二句：杜甫《九日藍田崔氏莊》詩："明年此會知誰健,醉把茱萸仔細看。"

齊 天 樂

乙未九月二十日集四印齋,用張叔夏過鑒曲漁舍會飲韻聯句[一]。

青鞋踏遍蒼松路[二],長安故人稀少。道希萬里風沙,千條柳色,秋入塞垣幽窈。子苾離心似草。問誰共餐英[三],小園霜曉。半塘且訪東皋[四],此生宜向醉鄉老。子薔[五]　　誰家今夕夢好。敞紗窗銀燭,光被遮了。夢湘易水東流,醫巫北峙[六],齊入亂雲孤抱。道希新愁舊惱。盡付與江頭,去帆煙鳥。子苾後夜懷君,屐塵休便掃[七]。半塘

【注】

〔一〕張叔夏:南宋詞人張炎(1248—1320?),字叔夏,號玉田,又號樂笑翁。著有《詞源》《山中白雲詞》,存詞約三百首。在南宋詞壇與姜夔齊名,世稱"姜張"。與宋末著名詞人蔣捷、王沂孫、周密並稱"宋末四大家"。　　鑒曲:指鑒湖。在浙江紹興。語本《新唐書·隱逸傳·賀知章》:"又求周宮湖數頃爲放生池,有詔賜鏡湖剡川一曲。"

〔二〕青鞋:指草鞋。杜甫《發劉郎浦》詩:"白頭厭伴漁人宿,黃帽青鞋歸去來。"仇兆鰲注:"沈氏曰:黃帽,篛冠。青鞋,芒鞋。"辛棄疾《點絳唇》詞:"青鞋自喜,不踏長安市。"

〔三〕餐英:《楚辭·離騷》:"朝飲木蘭之墜露兮,夕餐秋菊之落英。"後世詠菊時遂用"餐英"爲典,隱寓高潔之意。

〔四〕東皋:水邊向陽高地。也泛指田園、原野。陶潛《歸去來兮辭》:"登東皋以舒嘯,臨清流而賦詩。"詞中指初唐詩人王績。酷嗜酒。晚歲棄官歸東皋著書,號東皋子。

〔五〕子薔:成昌(1859—?),字子薔,一字湼生,號子和、南禪,薩克達氏,滿洲鑲黃旗人。光緒十四年(1888)舉人,官四川夔州知府。有《退來堂詩詞鈔》。

〔六〕醫巫:當指醫巫閭山,又名醫無慮山。位於今遼寧省北鎮縣西北。《明一統志》卷二五:"醫巫閭山在廣寧衛西五里。舜封十有二山,以此山爲幽州之鎮,自是遂爲北鎮。"

〔七〕屐塵:人走後留下的鞋塵。韋莊《清平樂》詞:"去路香塵莫掃,掃即郎去歸遲。"

沁園春

用稼軒韻。集四印齋,餞張子苾,聯句。

橫覽九州,地棘天荊[一],君去何之。道希歎終南山色[二],誰吟秀句,灞橋流水[三],我起悲思。子苾狂撥秦箏,輕挑趙瑟[四],回首京華雲共飛。子蕃平生淚,拚仰天灑盡,化作長霓。夢湘　　榆關西去崔嵬。且漫著心情戀故溪[五]。半塘看儒冠雖誤[六],一囊書劍[七],窮邊好樹[八],十丈旌旗。道希縛取降王[九],功成上相[一○],留得青山頭白歸。子苾書生志,願憑闌釂酒[一一],橋柱同題[一二]。夢湘

【注】

〔一〕"地棘"句:謂天地間長滿荊棘。喻國家有戰亂。

〔二〕終南山:山名。秦嶺主峰之一。在陝西省西安市南。唐詩人盧藏用因隱居此山而聲名大振,於是得官。此藉指北京附近之山。

〔三〕灞橋:橋名。本作霸橋。據《三輔黃圖·橋》:霸橋,在長安東,跨水作橋。漢人送客至此橋,折柳贈別。鄭穀《小桃》詩:"和煙和雨遮敷水,映竹映村連灞橋。"此藉指送客之橋。

〔四〕"狂撥"二句:唐陳子昂《於長史山池三日曲水宴》詩:"金弦揮趙瑟,玉指弄秦箏。……日落紅塵合,車馬亂縱橫。"

〔五〕故溪:舊溪。喻家鄉。宋黃子行《小重山》詞:"家山千里遠,夢難覓。江湖風月好休拾。故溪雲,深處著蓑笠。"

〔六〕"看儒"句:杜甫《奉贈韋左丞丈二十二韻》:"紈袴不餓死,儒冠多誤身。"

〔七〕書劍:孟浩然《自洛之越》詩:"遑遑三十載,書劍兩無成。"

〔八〕窮邊:荒僻的邊遠地區。蘇舜欽《己卯冬大寒有感》詩:"窮邊苦寒地,兵氣相纏結。"

〔九〕"縛取"句:《漢書·終軍傳》載:"南越與漢和親,乃遣軍使南越,說其王,欲令入朝,比內諸侯。軍自請:'願受長纓,必羈南越王而致之闕下。'"

〔一○〕"功成"句:因功而受提拔到高位。上相,對宰相的尊稱。《史記·酈生陸賈列傳》:"足下位爲上相,食三萬戶侯,可謂極富貴無

〔一一〕 釃酒：斟酒。釃，音"師"。蘇軾《前赤壁賦》："釃酒臨江，橫槊賦詩，固一世之雄也，而今安在哉？"
〔一二〕 "橋柱"句：《太平御覽》卷七三引《華陽國志》曰："升仙橋在成都縣北十里，即司馬相如題橋柱（處）。曰：'不乘駟馬高車，不復過此橋。'（今本《華陽國志》略異）"後以"題橋柱"比喻宏大志向或對功名的强烈欲求。

沁　園　春

滿眼關河，一醉依然，天涯故人。夢湘儘長歌擊筑，聲皆變徵〔一〕，對花命酒，筆尚如神。半塘人海藏身，金門習隱〔二〕，憑仗騷壇張一軍〔三〕。道希投鞭去〔四〕，問漢關何在，秦月應存〔五〕。子苾　　今宵細數悲欣。莫孤負樽前别酒温。子苾歎銅仙已老〔六〕，蒼鵝出後〔七〕，夷歌又起〔八〕，白雁來辰〔九〕。夢湘五嶽填胸〔一〇〕，百年彈指〔一一〕，老子婆娑且弄孫〔一二〕。半塘歸休好，待蓬萊清淺〔一三〕，重問莊椿〔一四〕。道希

【注】

〔一〕 "儘長歌"二句：《史記・刺客列傳・荆軻》："太子及賓客知其事者，皆白衣冠以送之。至易水之上，既祖，取道，高漸離擊筑，荆軻和而歌，爲變徵之聲。士皆垂淚涕泣。"
〔二〕 金門：漢代官署金馬門的省稱。因門傍有銅馬，故謂之曰金馬門。《史記・滑稽列傳》記載東方朔曾爲金馬門待詔。漢武帝將他作爲文學弄臣看待，故鬱鬱不得志，調侃稱自己是"陸沉於俗，避世金馬門，宫殿中可以避世全身，何必深山之中，蒿廬之下"。一時傳爲佳話。李白《玉壺吟》詩："世人不識東方朔，大隱金門是謫仙。"
〔三〕 "憑仗"句：指依靠在詩壇上大顯身手。張一軍，展一聲威、張揚一番身手之謂也。清龔自珍《己亥雜詩》之一三九："玉立長身宋廣文，常州重到忽思君。遥憐屈賈英靈地，朴學奇才張一軍。"
〔四〕 投鞭：喻下馬勤王，奮力一搏。《三國志・魏書・孫禮傳》："帝獵於大石山，虎趨乘輿，禮便投鞭下馬，欲奮劍斫虎。"
〔五〕 "問漢關"二句：王昌齡《出塞》詩："秦時明月漢時關，萬里長征人未還。"

〔六〕"歎銅仙"句：以下數句謂時局衰颯。銅仙，"金銅仙人"的省稱。《三輔黃圖·建章宮》："神明臺在建章宮中，祀仙人處，上有銅仙舒掌捧銅承雲表之露。"

〔七〕"蒼鵝"句：《晉書·五行志》："孝懷帝永嘉元年二月，洛陽東北步廣里地陷，有蒼白二色鵝出，蒼者飛翔沖天，白者止焉。此羽蟲之孽，又黑白，祥也。陳留董養曰：'步廣，周之狄泉，盟會地也。白者，金色，國之行也；蒼爲胡象，其可盡言乎？'是後劉元海、石勒相繼亂華。"庾信《哀江南賦》："出狄泉之蒼鳥，起橫江之困獸。"

〔八〕夷歌：泛指外族的歌曲。杜甫《閣夜》詩："野哭千家聞戰伐，夷歌幾處起漁樵。"

〔九〕"白雁"句：元王惲《玉堂嘉話》卷四："宋未下時，江南謠云：'江南若破，百（一作白）雁來過。'當時莫喻其意，及宋亡，蓋知指丞相巴延也。"杜甫《九日五首》詩之一："殊方日落玄猿哭，舊國霜前白雁來。弟妹蕭條各何往，干戈衰謝兩相催。"來辰，晨來也。

〔一〇〕"五嶽"句：指壯志滿懷，胸懷不平之氣。

〔一一〕"百年"句：指一輩子很短暫。陶潛《擬古》詩之二："不學狂馳子，直在百年中。"

〔一二〕弄孫：逗孫兒玩樂。

〔一三〕蓬萊清淺：喻指四海清平。蘇軾《坤成節集英殿宴口號》詩："欲采蟠桃歸獻壽，蓬萊清淺半桑田。"

〔一四〕莊椿：《莊子·逍遥游》："上古有大椿者，以八千歲爲春，以八千歲爲秋。"

最 高 樓

聯句，用司馬昂父韻〔一〕。

吹短笛，看月破邊愁。依舊上心頭。夢湘遥天新雁無書尺〔二〕，小庭淒蟀伴燈篝。半塘篆煙微，琴意悄，畫屏幽。道希 寫烏絲、日下多同調〔三〕。憶明湖、舊雨而今少〔四〕。子蕃問塵世、幾英流〔五〕。懷沙有志人何在〔六〕，封侯無命夢都休〔七〕。夢湘學屠龍〔八〕，看射虎，總悠悠。半塘

【注】

〔一〕此爲王以敏（夢湘）、王鵬運（半塘）、文廷式（道希）聯句之作。司馬

昂父：當即司馬昂夫。生卒不詳，字九皋。維吾爾族人。事蹟無可考。《元草堂詩餘》載司馬昂夫《最高樓》（花信緊）詞，與此詞同韻。

〔二〕書尺：尺牘，書信。劉克莊《沁園春》詞："書尺裏，但平安二字，多少深長。"

〔三〕烏絲：即烏絲欄。指上下以烏絲織成欄，其間用朱墨界行的絹素。後亦指有墨線格子的箋紙。李肇《唐國史補》卷下："宋亳間，有織成界道絹素，謂之烏絲欄、朱絲欄。"梅堯臣《韓玉汝遺澄心紙二軸》詩："君家兄弟意，將此比烏絲。" 日下：指京都。古代以帝王比日，因以皇帝所在地爲"日下"。南朝宋劉義慶《世說新語·排調》："荀鳴鶴、陸士龍二人未相識，俱會張茂先坐。張令共語……陸舉手曰：'雲間陸士龍。'荀答曰：'日下荀鳴鶴。'"徐震堮校箋："日下，指京都。荀，潁川人，與洛陽相近，故云。"

〔四〕舊雨：老友的代稱。杜甫《秋述》："秋，杜子臥病長安旅次，多雨生魚，青苔及榻，常時車馬之客，舊雨來；今雨不來。"

〔五〕英流：才智傑出的人物。陳子龍《酬吳次尾》詩："牙璋虎節滿天下，誰能好士知英流。"

〔六〕懷沙：《楚辭·九章》篇名。《史記·屈原賈生列傳》謂此篇爲屈原自投汨羅江前絕筆，述其懷沙礫以自沉之由。後以"懷沙"爲因忠憤而投水死義之典。

〔七〕封侯無命：《史記·李將軍列傳》："（李）蔡爲人在下中，名聲出廣下甚遠，然廣不得爵邑，官不過九卿；而蔡爲列侯，位至三公。諸廣之軍吏及士卒或取封侯。廣嘗與望氣王朔燕語，曰：'自漢擊匈奴，而廣未嘗不在其中；而諸部校尉以下，才能不及中人，然以擊胡軍功取侯者數十人，而廣不爲後人，然無尺寸之功以得封邑者，何也？豈吾相不當侯邪？且固命也？'"

〔八〕學屠龍：《莊子·列禦寇》："朱泙漫學屠龍於支離益，單千金之家，三年技成，而無所用其巧。"後因以指高超的技藝或高超而無用的技藝。

一 斛 珠

雨饕風虐〔一〕。寒山如睡何曾覺〔二〕。黃花輕負重陽約〔三〕。離恨誰知，人遠雁難托。　　當時心力空拋卻。天涯原在紅闌角〔四〕。愁濃莫戀村醪薄〔五〕。入骨相思,禁得幾回錯〔六〕。

【注】

〔一〕 "雨饕"句:喻風雨猛烈。韓愈《祭河南張員外文》:"歲弊寒凶,雪虐風饕。"
〔二〕 "寒山"句:憤激語,喻當時神州如睡。韓翃《送齊山人歸長白山》詩:"柴門流水依然在,一路寒山萬木中。"
〔三〕 "黄花"句:謂重陽節未見菊花。
〔四〕 "天涯"句:猶咫尺天涯意。
〔五〕 村醪:參見前《高陽臺》(撲帽風輕)注。
〔六〕 禁得:經受得,承受得。

點　絳　唇

種豆爲萁,烏烏擊碎南山缶〔一〕。曉來寒驟。霜逼千林瘦。　　荷鍤心情,肯落劉伶後〔二〕。無何有〔三〕。閉門頌酒〔四〕。自把寒花嗅〔五〕。

【注】

〔一〕 "種豆"二句:漢楊惲《報孫會宗書》:"酒後耳熱,仰天撫缶,而呼嗚嗚。其詩曰:田彼南山,蕪穢不治,種一頃豆,落而爲萁。人生行樂耳,須富貴何時。"
〔二〕 "荷鍤"二句:《世説新語·文學》:"劉伶著《酒德頌》,意氣所寄"注引《名士傳》曰:"伶字伯倫,沛鄲人,肆意放蕩,以宇宙爲狹。常乘鹿車,攜一壺酒,使人荷鍤隨之,云:'死便掘地以埋。'土木形骸,遨游一世。"
〔三〕 無何有:《莊子·逍遥游》:"今子有大樹,患其無用,何不樹之於無何有之鄉,廣莫之野。"成玄英疏:"無何有,猶無有也。"
〔四〕 頌酒:《文選》卷二一顔延之《五君詠·劉參軍》:"《頌酒》雖短章,深衷自此見。"李善注:"《頌酒》,即《酒德頌》也。"劉伶有《酒德頌》。此指飲酒。
〔五〕 寒花:此指菊花。張協《雜詩》:"寒花發黄采,秋草含緑滋。"

徵　　招

得夔笙白門書〔一〕，卻寄⁽¹⁾。

雁聲催落屋作平梁⁽²⁾月〔二〕，淒然頓驚離緒。料得據梧吟〔三〕，鎮沉冥誰語〔四〕。露荷凋柱渚〔五〕。更休問、采香儔侶〔六〕。賴有西山，向人依舊，數峰清苦〔七〕。　獨酌不成歡，霜風緊、落葉打窗如雨。蕭瑟對江關，憶蘭成詞賦〔八〕。秣陵秋幾許〔九〕。定愁滿、古臺煙樹。夜堂悄、有夢從君，化斷雲千縷。

【校】

（１）《選巷叢談》附王鵬運《徵招》詞。序云："得夔笙秣陵書賦此代柬，此闋乙未九月書便面寄金陵。"

（２） "屋梁"，《定稿》光緒三十二年本作"空梁"，無小注。

【注】

〔一〕 白門：代指南京。六朝皆都建康（今南京市），其正南門爲宣陽門，俗稱白門，故名。

〔二〕 "雁聲"句：杜甫《夢李白二首》之一："落月滿屋梁，猶疑照顏色。"

〔三〕 據梧：靠著梧几。《莊子·齊物論》："昭文之鼓琴也，師曠之枝策也，惠子之據梧也，三子之知幾乎？"成玄英疏："據梧者，只是以梧几而據之談說，猶隱几者也。"劉義慶《世說新語·排調》："范榮期見郗超俗情不淡，戲之曰：'夷齊巢許，一詣垂名。何必勞神苦形，支策據梧邪？'"

〔四〕 鎮沉冥：整日沉思冥想。

〔五〕 枉渚：古地名。枉水流入沅水的小水灣，在今湖南常德市南。《楚辭·九章·涉江》："朝發枉渚兮，夕宿辰陽。"

〔六〕 采香儔侶：指屈原一類的清高雅潔之士，以喻夔笙。屈原在《楚辭》中常謂自己采芳草爲佩，不同流合污。故云。采香，採摘芬芳花草。

〔七〕 數峰清苦：姜夔《點絳唇》詞："數峰清苦，商略黃昏雨。"

〔八〕 蘭成：南北朝庾信，字蘭成。有《哀江南賦》等。

〔九〕 秣陵：即金陵，今南京市。

燭影搖紅

子苾行二日,霜風頓緊,淒然欲寒,命酒懷人[一],譜此以寄。

絲竹何心[二],中年哀樂渾難遣。閒雲似惜別離多,悄逐南飛雁。一夕霜風淒變。曉寒深、客程方遠。漢關縹緲,燕月蒼涼,此情誰見。　人海支離[三],年年路鬼揶揄慣[四]。可堪搖落對江山[五],又是芳華晚。休憶豔陽歌管[六]。黯鳧潭、蒹葭秋滿[七]。舊時燕子,甚日重來,畫梁愁換。

【注】

〔一〕　命酒:命人置酒,飲酒。白居易《琵琶行》詩序:"遂命酒,使快彈數曲。"
〔二〕　絲竹:指聽音樂、欣賞歌舞。
〔三〕　支離:流離,流浪。杜甫《詠懷古跡》之一:"支離西北風塵際,飄泊東南天地間。"
〔四〕　"年年"句:《世說新語·任誕》"襄陽羅友有大韻"條劉孝標注引《晉陽秋》:"後同府人有得郡者,(桓)溫為席起別,(羅)友至尤晚。問之。友答曰:'民性飲道嗜味,昨奉教旨,乃是首旦出門,於中途逢一鬼,大見揶揄,云:"我只見汝送人作郡,何以不見人送汝作郡?"民始怖終慚,回還以解,不覺成淹緩之罪。'"揶揄,嘲笑,戲弄。
〔五〕　搖落:凋殘,零落。《楚辭·九辯》:"悲哉秋之為氣也!蕭瑟兮草木搖落而變衰。"
〔六〕　"休憶"句:指不堪回憶當年風和日麗歌唱游樂情景。
〔七〕　鳧潭:在今陶然亭公園內。參見前《壽樓春》(嗟春來何遲)注。

望江南

詩家小游仙[一],昔人擬之,九奏中新音,八珍中異味[二],詞則不少概見。暇日冥想,率成十有五闋,東坡所謂想當然者[三],妄言妄聽[四],無事周郎之顧誤也[五]。

排雲立[六],飛觀聳神霄[七]。雙鶴每邀王母馭[八],六龍時見玉宸朝[九]。阿閣鳳凰巢〔一〇〕。

【注】

〔一〕 游仙：晉何劭、郭璞等作有游仙詩，後人多仿作。鍾嶸《詩品》卷二評郭璞游仙之作云："辭多慷慨，乖遠玄宗，而云'奈何虎豹姿'，又云'戢翼棲榛梗'，乃是坎懍詠懷，非列仙之趣也。"半塘此組詞作，亦以游仙爲名，揭露慈禧置國家安危於不顧，挪用海軍經費，大興土木，修造頤和園，縱情享樂，干政誤國。

〔二〕 "九奏"二句：白居易《禽蟲十二章序》："微之、夢得嘗云：'此乃九奏中新聲，八珍中異味也。'"九奏，指古代宫廷行禮奏樂九曲。《尚書·益稷》："《簫韶》九成，鳳凰來儀。"孔傳："備樂九奏而致鳳凰。"八珍，八種珍貴食品。泛指珍饈美味。

〔三〕 想當然：宋龔頤正《芥隱筆記·殺之三宥之三》："東坡試《刑賞忠厚之至論》，其間有云：'皋陶曰殺之三，堯曰宥之三。'梅聖俞以問蘇出何書。答曰：'想當然耳。'"

〔四〕 妄言妄聽：《莊子·齊物論》："予嘗爲女妄言之，女以妄聽之。"

〔五〕 周郎之顧誤：《三國志·吴志·周瑜傳》："瑜少精意於音樂，雖三爵之後，其有闕誤，瑜必知之，知之必顧。故時人謡曰：'曲有誤，周郎顧。'"

〔六〕 "排雲"句：指神仙出現於雲間。郭璞《游仙詩》："神仙排雲出，但見金銀臺。"頤和園有排雲殿。1894年慈禧六十大壽，時中日甲午戰事正緊，慈禧仍於排雲殿接受拜賀。

〔七〕 飛觀：高聳的宫闕。東漢王延壽《魯靈光殿賦》："陽榭外望，高樓飛觀。" 神霄：道教謂九天中之最高者。《宋史·方技傳下·林靈素》："既見，大言曰：'天有九霄，而神霄爲最高，其治曰府。'"

〔八〕 "雙鶴"句：神話傳說西王母壽辰時在瑶池大開蟠桃宴，群仙多駕鶴赴宴。

〔九〕 六龍：神話傳說日神乘車，駕以六龍。古代天子的車駕爲六馬，馬八尺以上稱龍，因以爲天子車駕的代稱。 玉宸朝：指光緒帝向慈禧拜壽。玉宸，天宫或帝王的宫殿。藉指帝王。

〔一〇〕"阿閣"句：《太平御覽·羽族部二》："尚書中候曰：黄帝時，天氣休通，鳳凰巢於阿閣，讙於樹。"阿閣，四面都有檐霤的樓閣。此指頤和園閣樓。

前　　調

山徑轉，雲磴鬱盤紆〔一〕。聞道煉顏仙姥健〔二〕，御風不用日華車〔三〕。飛佩響瓊琚〔四〕。

【注】

〔一〕"雲磴"句：蒼翠的高山上有盤旋曲折的石級。雲磴，高山上的石級。皮日休《奉和魯望四月十五日道室書事》："松膏背日凝雲磴，丹粉經年染石牀。"盤紆，回繞曲折。《淮南子·本經訓》："木巧之飾，盤紆刻儼，嬴鏤雕琢，詭文回波。"高誘注："盤，盤龍也；紆，曲屈。"
〔二〕煉顏仙姥：常葆青春容顏的女仙。指慈禧。煉顏，指經過修煉而常保青春的容顏。厲鶚《國香慢》詞："仙人煉顏如洗，尚帶鉛霜。"姥，老婦的通稱。
〔三〕"御風"句：駕風而行，不用坐車。日華車，即日車。指神話中太陽所乘的六龍駕的車。《莊子·徐無鬼》："有長者教予曰：'若乘日之車而游於襄城之野。'"
〔四〕"飛佩"句：飛行或快速行走時佩玉發出響聲。佩，古代繫於衣帶的裝飾品，常指珠玉、容刀、帨巾、觽之類。瓊琚，精美的玉佩。《詩·衛風·木瓜》："投我以木瓜，報之以瓊琚。"

前　　調

雲木杪，瑤殿敞山阿〔一〕。天上也思安樂好〔二〕，璿題新署擬行窩〔三〕。富貴到煙蘿〔四〕。

【注】

〔一〕"瑤殿"句：謂慈禧的宮殿在萬壽山隈顯得高大宏敞。杜甫《銅瓶》詩："亂後碧井廢，時清瑤殿深。"
〔二〕"天上"句：暗諷慈禧。
〔三〕璿題新署：慈禧在頤和園所居正殿題"樂壽堂"三字，取《論語》"知者樂，仁者壽"句意。璿，同"璇"，美玉。　　行窩：《宋史》卷四二七《邵雍傳》："好事者別作屋,如雍所居,以候其至。名曰'行窩'。"邵伯温《聞見録》卷二〇："康節先公所居安樂窩……謂之行窩。故康節先公殁,鄉人挽詩有云:春風秋月嬉游處,冷落行窩十二家。"後因指可以小住的安適之所。此指慈禧把頤和園當作行宫。

〔四〕 "富貴"句:慈禧命在樂壽堂種花卉,以玉蘭、海棠、牡丹爲主,取"玉堂富貴"之意。

前　　調

金闕秘[一],朝暮降真仙[二]。甲乙親排承值日[三],英皇分侍上清筵[四]。來往各翩然。

【注】

〔一〕 金闕:道家謂天上有黄金闕,爲仙人或天帝所居。亦指天子所居的宫闕。此實指慈禧所居樂壽宫。
〔二〕 真仙:仙人。喻慈禧。
〔三〕 "甲乙"句:謂頤和園的所有人員都由慈禧親自指派,照應前"秘"字。
〔四〕 "英皇"句:指慈禧的起居飲食,要求皇后以下大小宫嬪排值侍候。英皇,舜之二妃娥皇、女英。此指光緒帝后隆裕及妃子珍妃、瑾妃等人。上清筵,指慈禧開飯。其場面奢華,每餐一百道菜,隆裕及珍妃等必須立侍,等她吃完再吃。

前　　調

新漲落[一],荇藻碧參差。偶駕潛虯凌弱水[二],人間遥指是晴霓[三]。金翠接天西[四]。

【注】

〔一〕 新漲落:謂昆明湖新近灌水。昆明湖爲半人工湖,水源大半靠引左近泉水入湖。枯水季節則需人工灌水。漲落,爲偏義複詞,此處只取"漲"的意思。

〔二〕"偶駕"句：神仙駕龍游於弱水之上。實指慈禧乘坐飾有龍紋的汽船游於昆明湖上。弱水，神話中水名。
〔三〕晴霓：此指汽船過處，浪花濺起水霧彌空，陽光照射下，現出彩虹，爲"晴霓"也。
〔四〕"金翠"句：慈禧游湖船隊中的宮嬪侍從以黃金、翠玉爲飾，在湖上連成一線，直到天邊。

前　　調

多少事，天上異人間。電入夜城光不滅〔一〕，月臨蓬島影長圓〔二〕。雲水共澄鮮〔三〕。

【注】
〔一〕"電入"句：當時清廷已引進發電設備，在頤和園開動發電機，供園中照明。
〔二〕"月臨"句：指電燈如一個一個月亮，卻可以長圓不缺。
〔三〕"雲水"句：水天一色清澈鮮明。指電燈輝映下的昆明湖上夜景。

前　　調

壺中静〔一〕，揮灑出天真〔二〕。題榜少霞官閣吏〔三〕，侍書南岳召夫人〔四〕。清極絶纖塵。

【注】
〔一〕壺中：指仙境。參見前《湘月》（冷官趣别）注。此喻慈禧所居宮殿。
〔二〕"揮灑"句：指書畫體現出天然真趣。天真，謂事物的天然性質或本來面目。
〔三〕"題榜"句：蘇軾《游羅浮山一首示兒子過》詩自注："又有蔡少霞者，夢人遣書碑……其末題云'五雲書閣吏蔡少霞書'。"按蔡少霞夢中爲龍王書《蒼龍溪新宮銘》，事見薛用弱《集異記》"蔡少霞"條。東坡所記有誤，洪邁《容齋隨筆》卷一三"東坡羅浮詩"條辨甚詳。題榜，題寫匾額。此句與後句影射慈禧以官眷繆嘉惠翰墨冒充自己手跡賞賜大臣,附庸風雅並起籠絡之效。

〔四〕 侍書:官名。侍奉帝王、掌管文書的官員。宋明爲翰林院屬官。
南岳召夫人:道家所稱女仙名。據《太平廣記》卷五八"魏夫人"條:姓魏,名華存,字賢安,自幼好道,至晉成帝咸和九年卒,享年八十三歲。道家謂之飛升成仙,位爲紫虚元君,稱"南岳夫人"。

前　　調

煙柳外,空翠濕衣裾〔一〕。三塔高低連北鎮〔二〕,六橋縹緲似西湖〔三〕。圖畫定誰如。

【注】

〔一〕 空翠:王維《闕題二首》之一:"荆谿白石出,天寒紅葉稀。山路元無雨,空翠濕人衣。"
〔二〕 "三塔"句:頤和園内有萬壽山後山坡上的多寶琉璃塔,後山原香巖宗印之閣内的四大部洲塔(過街塔),後山下的石幢雙塔等三塔。另外萬壽山頂有衆香界三塔和智慧海三塔。北鎮,北方的主山。指醫巫閭山。《舊唐書·禮儀志四》:"五嶽、四鎮、四海、四瀆,年別一祭,各以五郊迎氣日祭之……北岳恒山,於定州;北鎮醫巫閭山,於營州。"
〔三〕 "六橋"句:頤和園内昆明湖中西堤仿杭州西湖蘇堤而建,也建有六座橋亭。其中最著名的爲玉帶橋,其餘五橋從北向南是界湖橋、豳風橋、鏡橋、練橋、柳橋。

前　　調

屏山曲,雲母繞周遭〔一〕。玉座重重遮錦幄〔二〕,琪花密密護仙茅〔三〕。寒重覺天高。

【注】

〔一〕 "屏山"二句:指以雲母爲飾的屏風。頤和園仁壽殿爲慈禧聽政之處,寶座後有壽字屏風。

〔二〕　玉座：仁壽殿内平牀正中有九龍寶座。

〔三〕　琪花：即瓊花，玉樹之花。　　仙茅：本爲植物名。又名婆羅門參。此以喻慈禧。宋無名氏《蝶戀花·壽江察判孺人》詞："九葉仙茅呈瑞巧，青青輝映萱庭草。"

前　　調

闌干側，風景更誰同。千步長廊隨曲水〔一〕，萬株寒翠間鞓紅〔二〕。迎面碧芙蓉。

【注】

〔一〕　"千步"句：頤和園内長廊位於萬壽山南麓，面向昆明湖，全長 728 米，共 273 間，是中國園林中最長的游廊，1992 年被認定爲世界上最長的長廊。廊上的每根枋梁上均有彩繪，共有圖畫 14 000 餘幅。

〔二〕　寒翠：指常綠樹木在寒天的翠色。南朝范雲《園橘》詩："芳條結寒翠，圓實變霜朱。"此指綠樹。　　鞓紅：牡丹的一種。歐陽修《洛陽牡丹記·花釋名》："鞓紅者，單葉深紅花，出青州，亦曰青州紅……其色類腰帶鞓，故謂之鞓紅。"此喻經霜的紅楓。鞓，音"廳"。

前　　調

琉璃壁，雲影四周圍。不遣輕塵粘舞席，愛移行幛傍歌臺〔一〕。羯鼓報花開〔二〕。

【注】

〔一〕　"不遣"二句：頤和園中德和園大戲樓爲慈禧六十歲生日修建，專供慈禧看戲。高二十一米，共三層。演神鬼戲時，可從"天"而降，也可從"地"而出，還可引水上臺。戲臺前頤樂殿專供慈禧看戲用，王公大臣只能在東西兩側的廊子裏看。行幛，行軍或出游時所用的圍幛。

〔二〕　"羯鼓"句：唐南卓《羯鼓錄》載：唐明皇二月旦游上苑，時宿雨始晴，景色明麗，小殿内亭柳杏將吐，明皇旋命取羯鼓，臨軒縱擊一曲，曲名《春光好》。神思自得，及顧柳杏皆已發拆，指而笑謂嬪嬙内官曰：

"此一事不喚我作天公可乎？"蘇軾《虢國夫人夜游圖》："宫中羯鼓催花柳,玉奴弦索花奴手。"羯鼓,古代打擊樂器的一種。起源於印度,從西域傳入,盛行於唐開元、天寶年間。

前　　調

雲水畔,奇幻絶人寰。泛海靈槎疑化石〔一〕,出林高閣欲藏山〔二〕。休作化城看〔三〕。

【注】

〔一〕"泛海"句：清廷曾於1882年從國外購進軍艦,在昆明湖中操練。中日甲午海戰,北洋海軍覆滅,只剩下昆明湖畔的石舫。石舫位於萬壽山西麓,昆明湖西北角,用大理石雕刻堆砌而成,又稱清晏舫。靈槎,即仙槎、浮槎,能乘往天河的船筏。張華《博物志》卷一〇"雜説"下："舊説云天河與海通。近世有人居海渚者,年年八月有浮槎去來,不失期。人有奇志,立飛閣於槎上,多齎糧,乘槎而去。十餘日中,猶觀星月日辰,自後茫茫忽忽,亦不覺晝夜。去十餘日,奄至一處,有城郭狀,屋舍甚嚴。遥望宫中多織婦,見一丈夫牽牛,渚次飲之。牽牛人乃驚問曰：'何由至此？'此人具説來意,並問此是何處,答曰：'君還至蜀郡,訪嚴君平,則知之。'竟不上岸,因還如期。後至蜀,問君平,曰：'某年月日有客星犯牽牛宿。'計年月,正是此人到天河時也。"

〔二〕高閣：清晏舫上建有兩層船樓,船底花磚鋪地,窗户爲彩色玻璃,頂部磚雕裝飾。

〔三〕化城：指幻境。劉辰翁《太常引》詞："風雨動鄉情。夢燈火、揚州化城。"

前　　調

仙路迥,天外望青鸞。最是雲間雞犬樂〔一〕,因緣分得鼎餘丹。長日守松壇〔二〕。

【注】
〔一〕 "最是"二句：葛洪《神仙傳》卷六"淮南王"條："（八公）乃取鼎煮藥，使王服之，骨肉近三百餘人同日升天，雞犬舐藥器者亦同飛去。"
〔二〕 守松壇：看守門户。壇，道家誦經修道之處。

前　　調

驂鸞路，行近意都迷。柳岸風輕煙絮軟，芝田日暖藥苗肥〔一〕。雲控漫如飛〔二〕。

【注】
〔一〕 芝田：傳説仙人種靈芝的地方。曹植《洛神賦》："爾乃税駕乎蘅皐，秣駟乎芝田。"
〔二〕 雲控：乘雲控鶴，升仙遨遊。

前　　調

游仙樂，彈指現林邱〔一〕。寶氣遠騰天北極，豪情親遏海西流〔二〕。終古不知愁〔三〕。

【注】
〔一〕 "彈指"句：意謂彈指間建成了頤和園。光緒十二年（1886），慈禧聲言歸政於光緒，挪用海軍經費修建頤和園爲其"歸政"後的休憩之所，工程前後花了近十年時間。林邱，指隱居的地方。
〔二〕 "豪情"句：指慈禧有修建頤和園的豪情，卻親自扼殺了海軍建設，導致甲午海戰徹底失敗。遏，抑制，阻止。
〔三〕 "終古"句：指慈禧不顧國家安危，只知玩樂享受。

蘭　陵　王

小庭藝菊百盎〔一〕。新霜已過，晚花猶妍。約李髯同拈此解〔二〕，以賞馨逸。

小屏側。芳事經秋似客。重陽過,深紫淺黃,顧影西風淡無跡。斜陽舊巷陌〔三〕。只有幽人伴得〔四〕。新寒悄,把酒酬花,一笑相呼快浮白〔五〕。　闌干暮煙碧。儘步繞珍叢,苔點吟屐〔六〕。天涯霜信愁無極。看涼月如洗,冷雲疑夢,花枝憔悴那解惜。漫風雨狼藉。　淒惻。又今夕。歎老圃留香〔七〕,瘦影誰識。憑高莫問秋消息。且醉撚殘蕊,強簪巾幘〔八〕。白衣人遠,望不到,五柳宅〔九〕。

【注】

〔一〕　藝:種植。
〔二〕　李髯:李樹屏。參見前《南浦》(新綠滿瀛洲)注。
〔三〕　斜陽句:辛棄疾《永遇樂·京口北固亭懷古》詞:"斜陽草樹,尋常巷陌,人道寄奴曾住。"
〔四〕　幽人:此指隱逸之士。謂李髯。
〔五〕　浮白:劉向《說苑·善說》:"魏文侯與大夫飲酒,使公乘不仁爲觴政,曰:'飲不釂者,浮以大白。'"原意爲罰飲一滿杯酒,後亦稱滿飲或暢飲爲浮白。
〔六〕　"儘步"二句:繞著菊叢,踏著蒼苔,邊走邊吟。
〔七〕　老圃:古舊的園圃。宋韓琦《九月水閣》詩:"雖慚老圃秋容淡,且看寒花晚節香。"
〔八〕　"強簪"句:勉強將菊花插在頭巾上。周邦彦《六醜·薔薇謝後作》詞:"殘英小,強簪巾幘。終不似一朵,釵頭顫裊,向人敧側。"
〔九〕　"白衣"三句:喻指無人送酒來。白衣人,南朝宋檀道鸞《續晉陽秋·恭帝》:"王宏爲州刺史,陶潛九月九日無酒,於宅邊東籬下菊叢中摘盈把,坐其側。未幾,望見一白衣人至,乃刺史王宏送酒也。即便就酌而後歸。"後因以爲重陽故事。亦用作朋友贈酒或飲酒、詠菊等典故。五柳,陶淵明有《五柳先生傳》,可視爲作者自傳。後人遂以五柳先生稱之。

一　叢　花

長夜薄病〔一〕,短夢頻回,窗月鄰雞,清寒入骨。用東坡病起韻〔二〕。

睡鄉安穩夜如年〔三〕。燈乳綴花妍〔四〕。虛堂漏定吟魂悄〔五〕，枕函静、思落誰邊。羅幕徘徊，紋疏皎潔〔六〕，應是月輪圓。　　薄寒依約上屏山。塵夢淡於煙〔七〕。老懷不耐雞聲惡〔八〕，儘長路、鞭影爭先〔九〕。爲報鄰鐘，暫時休打，容我五更眠。

【注】

〔一〕　薄病：小病。
〔二〕　東坡病起韻：蘇軾《一叢花》(今年春淺臘侵年)詞。見《全宋詞》第623頁，別本或題作"初春病起"。
〔三〕　睡鄉：陸游《睡鄉》詩："不如睡鄉去，萬事風馬牛。"
〔四〕　"燈乳"句：燭淚積成如花般美麗的蠟堆。
〔五〕　吟魂悄：吟誦詩詞的聲音消失。
〔六〕　紋疏：同綺疏，有花紋的紗窗。唐駱賓王《同崔駙馬曉初登樓思京》詩："綺疏低晚魄，鏤檻肅初寒。"張炎《木蘭花慢》詞："正私語晴蛙，于飛晚燕，閒掩紋疏。"
〔七〕　塵夢：未超脱的世俗夢幻。五代齊己《送禪者游南嶽》詩："塵夢是非都覺了，野雲心地更何妨。"
〔八〕　"老懷"句：反用祖逖聞雞起舞事。參見前《百字令》(男兒墮地)注。
〔九〕　"儘長路"句：用劉琨事。參見前《百字令》(是男兒)注。

浣　溪　沙

擬續小游仙四首

離垢天空萬象清〔一〕。閒雲如笠傍仙扃〔二〕。白榆人共識春星〔三〕。　　滄海釣鼇金闕渺〔四〕，閶風縋馬玉珂輕〔五〕。五雲東望接蓬瀛〔六〕。

【注】

〔一〕　離垢：佛教語。謂遠離塵世煩惱。《維摩經·佛國品》："遠塵離垢，得法眼净。"王僧孺《初夜文》："大招離垢之賓，廣集應真之侶。"
〔二〕　仙扃：神仙居處的門户。此諷喻頤和園慈禧樂壽堂。
〔三〕　白榆：星名。《春秋運斗樞》："玉衡星散爲雞，爲鷗……爲荆，爲榆。"漢無名氏《隴西行》："天上何所有，歷歷種白榆。"

〔四〕 釣鼇：《列子·湯問》：“（渤海之東有五山）而五山之根，無所連著，常隨潮波上下往還，不得暫峙焉。仙聖毒之，訴之於帝。帝恐流於西極，失群聖之居，乃命禺強使巨鼇十五舉首而戴之，迭爲三番，六萬歲一交焉，五山始峙。而龍伯之國有大人，舉足不盈數步而暨五山之所，一釣而連六鼇，合負而趣歸其國，灼其骨以數焉。於是岱輿、員嶠二山流於北極，沉於大海。”後因以“釣鼇”喻抱負遠大或舉止豪邁。

〔五〕 閬風紲馬：《楚辭·離騷》：“朝吾將濟於白水兮，登閬風而紲馬。”閬風，即閬風巔。山名。傳說中神仙居住的地方，在崑崙之巔。《海内十洲記·崑崙》：“山三角：之一角正北，干辰之輝，名曰閬風巔；之一角正西，名曰玄圃堂；之一角正東，名曰崑崙宫。”紲，拴，縛。　玉珂：馬絡頭上的裝飾物。多爲玉製。張華《輕薄篇》詩：“文軒樹羽蓋，乘馬鳴玉珂。”

〔六〕 五雲：五色祥雲。多作福瑞的徵兆。《南齊書·樂志》：“聖祖降，五雲集。”亦指皇帝所在地。王建《贈郭將軍》詩：“承恩新拜上將軍，當值巡更近五雲。”　蓬瀛：蓬萊和瀛洲。神山名，相傳爲仙人所居之處。亦泛指仙境。葛洪《抱朴子·對俗》：“（得道之士）或委華馴而轡蛟龍，或棄神州而宅蓬瀛。”

前　　調

聞道東風百六時〔一〕。彩雲西駛認咸池〔二〕。緱山笙鶴證前期〔三〕。　偶藉流霞傾別酒〔四〕，漫勞紅葉寄新詩〔五〕。人間天上總相思。

【注】

〔一〕 百六：即一百六。寒食日的別稱。宗懍《荆楚歲時記》：“（寒食）據曆合在清明前二日，亦有去冬至一百六日者。”元稹《連昌宫詞》：“初過寒食一百六，店舍無煙宫樹綠。”亦有謂一百五日者。

〔二〕 咸池：神話中謂日浴之處。《楚辭·離騷》：“飲余馬於咸池兮，總余轡乎扶桑。”王逸注：“咸池，日浴處也。”

〔三〕 “緱山”句：舊題劉向撰《列仙傳》卷上“王子喬”條：“王子喬者，周靈王太子晉也。好吹笙，作鳳凰鳴。游伊洛之間，道士浮丘公接以上嵩高山。三十餘年後，求之於山上，見桓良曰：‘告我家：七月七日待我於緱氏山巔。'至時，果乘白鶴駐山頭，望之不得到，舉手謝時人，數日而去。"緱山，即緱氏山。在河南省偃師縣。藉指修道成仙之處。

〔四〕流霞：傳説中天上神仙的飲料。王充《論衡·道虛》："（項曼都）曰：'有仙人數人，將我上天，離月數里而止……口飢欲食，仙人輒飲我以流霞一杯，每飲一杯，數月不飢。'"亦泛指美酒。

〔五〕"漫勞"句：唐代宮女紅葉題詩、結成良緣的故事較多，情節略同而人事各異。如范攄《雲溪友議》卷一〇載：宣宗時舍人盧渥偶臨御溝，得一紅葉，上題絶句云："流水何太急，深宮盡日閒。殷勤謝紅葉，好去到人間。"歸藏於箱。後來宮中放出宮女擇配，不意歸盧者竟是題葉之人。

前　　調

亭俯澄漪帶落霞〔一〕。銀灣幾曲隱蒹葭〔二〕。如船新藕自生花〔三〕。　筇杖戲抛通略彴〔四〕，幽泉欲瀉響筝琶。霜筠風蔓任欹斜〔五〕。

【注】

〔一〕澄漪：清波。唐方幹《題仙巖瀑布呈陳明府》詩："聚向山前更誰測，深沉見底是澄漪。"

〔二〕銀灣：明淨的水灣。

〔三〕"如船"句：韓愈《古意》詩："太華峰頭玉井蓮，開花十丈藕如船。"韓醇題解曰："《華山記》云：'山頂有池，生千葉蓮花，服之羽化，因曰華山。'"

〔四〕筇杖：竹拐杖。許渾《王居士》詩："筇杖倚柴關，都城賣卜還。"
略彴：山澗中用以踏腳而過的小獨木橋。彴，音"酌"。陸游《閉門》詩："獨木架成新略彴，一峰買得小嶙峋。"

〔五〕霜筠：經霜的竹林。賈島《竹》詩："子猷没後知音少，粉節霜筠漫歲寒。"

前　　調

水作旋螺樹作龍〔一〕。瀟瀟寒碧有無中。脱巾支拂聽松風〔二〕。　亂葉飄空星錯落,疏苔點砌玉玲瓏。問君何處著塵容〔三〕。

【注】
〔一〕 "水作"句:謂湧泉造型特殊,自下而上湧出的水流又呈螺旋狀流下;園丁培植的樹木盤虬如龍。
〔二〕 脫巾支拂:脫下頭巾,手舉拂塵。
〔三〕 塵容:世俗的容態。孔稚珪《北山移文》:"焚芰製而裂荷衣,抗塵容而走俗狀。"

百 字 令

為艾卿洗馬題照〔一〕。

輕衫小扇,稱清標玉立〔二〕,融然高寄〔三〕。水石澄鮮何處得,聊寫崢嶸胸次〔四〕。陰托金萱〔五〕,情移珠柱〔六〕,人在春花裏。幼興巖穴〔七〕,差堪商略風致。　顧我憔悴承明〔八〕,衣塵緇盡〔九〕,面目都非是。卻對畫圖成悵惘,萬事輸君如此。丹地流清〔一〇〕,皋禽韻遠〔一一〕,岳岳英光起〔一二〕。彩雲南望,花鬘如蓋天際〔一三〕。

【注】
〔一〕 艾卿:朱益藩(1861—1937),字艾卿,號定園,江西蓮花(今萍鄉市蓮花縣)人。光緒庚寅翰林,官湖南正主考、陝西學政、上書房師傅、考試留學生閱卷大臣,曾任京師大學堂總監督。著名書法家。　洗馬:古官名,即太子洗馬,秦漢時為太子的侍從官。清代雖不設太子官屬,仍保存洗馬官名,屬於詹事府,為從五品官,實僅為翰林官遷轉階梯。艾卿為翰林又曾任"上書房師傅",故有是稱。
〔二〕 清標玉立:風度俊逸,姿態修美。
〔三〕 "融然"句:寄托高遠貌。陶潛《晉故征西大將軍長史孟府君傳》:"至於任懷得意,融然遠寄,傍若無人。"逯欽立校注:"融然,高朗貌。"
〔四〕 崢嶸胸次:深廣的胸懷。崢嶸,深遠、偉岸貌。
〔五〕 "陰托"句:托母親陰庇之福。陰,陰庇。金萱,《御定分類字錦》卷五四《學圃餘疏》:"萱草有一種小而純黃者曰金萱,甚香而可食。"古人以萱草藉指母親。清愛新覺羅·弘曆(乾隆)爲母親做壽,就是送的唐寅《金萱圖》,其詩云:"石渠富有六如畫,此畫偏宜獻聖慈。一朵迎風疑相舞,正當春永壽萱時。"(《御製詩集·三集》卷七)

〔六〕 "情移"句:彈奏感人的琴曲。珠柱,以明珠爲飾的琴柱。藉指精美的琴。庾信《小園賦》:"琴號珠柱,書名《玉杯》。"

〔七〕 "幼輿"句:兩晉名士謝鯤(281—323),字幼輿,陳郡陽夏(今河南太康)人。出身陳郡謝氏士族,鎮西將軍謝尚之父,太保謝安的伯父。官至豫章太守,故有稱謝豫章。《世説新語·品藻》:"明帝問謝鯤:'君自謂何如庾亮?'答曰:'端委廟堂,使百僚準則,臣不如亮;一丘一壑,自謂過之。'"詞中所謂"巖穴"就是"一丘一壑"的意思。

〔八〕 承明:即承明廬。漢承明殿旁之屋,侍臣值宿居所。又三國魏文帝以建始殿朝群臣,門曰承明,其朝臣止息之所亦稱承明廬。

〔九〕 "衣塵"句:塵土把衣服全染黑了。緇,黑色。西晉陸機《爲顧彥先贈婦》詩:"京洛多風塵,素衣化爲緇。"

〔一〇〕 丹地:古代帝王宫殿中塗飾著紅色的地面,因用以指朝廷。簡文帝《圍城賦》:"升紫霄之丹地,排玉殿之金扉。"此句謂艾卿人在朝廷,卻保留著清流勝概。

〔一一〕 皋禽:鶴的別稱。《文選》卷一三謝莊《月賦》:"聆皋禽之夕聞,聽朔管之秋引。"李善注:"《詩》曰:'鶴鳴九皋。'皋禽,鶴也。"

〔一二〕 岳岳:王逸《楚辭章句·九思·憫上》:"叢林兮崟崟,株榛兮岳岳。"王逸自注:"岳岳,衆木植也。"

〔一三〕 花鬘:古印度人用作飾物的花串。也有用各種寶物雕刻成花形,聯綴而成。